SECUESTRO EN OXFORD

LOS IMPERDIBLES

CARA HUNTER

SECUESTRO EN OXFORD

Traducción de Miguel Alpuente

DUOMO EDICIONES
Barcelona, 2024

Título original: *All the Rage*

© 2021, Cara Hunter
© 2024, de la traducción por Miguel Alpuente
© 2024, de esta edición por Antonio Vallardi Editore S.u.r.l., Milán

Publicado previo acuerdo con Johnson & Alcock Ltd.

Todos los derechos reservados

Primera edición: junio de 2024

Duomo ediciones es un sello de Antonio Vallardi Editore S.u.r.l.
Av. de la Riera de Cassoles, 20. 3.º B. Barcelona, 08012 (España)
www.duomoediciones.com

Gruppo Editoriale Mauri Spagnol S.p.A.
www.maurispagnol.it

ISBN: 978-84-19834-05-8
Código IBIC: FA
DL B 2604-2024

Composición:
David Pablo

Impresión:
Grafica Veneta S.p.A. di Trebaseleghe (PD)

Impreso en Italia

Prólogo

La noche es tan cálida que la chica tiene la ventana abierta; los visillos se levantan perezosamente en la tenue brisa de final de verano. Hay luz en el piso, aunque solo en la sala de estar: por eso él sabe que está sola. También se oye música. No suena fuerte, pero él está lo bastante cerca para oírla. Es algo que solía inquietarle, al principio: temía acercarse demasiado y delatarse. Ahora ya no. Sabe que ese tipo de furgonetas están por todas partes, incluso a plena luz del día. La gente ya ni las ve. Ni siquiera los más observadores. Como ella.

Baja un poco más la ventanilla. Debe de estar a punto de salir, porque la música es rápida, enérgica, optimista; no ese *jazz* suave que ella suele preferir. Cierra los ojos un instante y trata de visualizar la ropa que llevará, qué prenda se estará poniendo ahora mismo sobre la piel, una piel todavía húmeda por la ducha que la ha oído darse hace apenas un momento. No será el vestido negro con pedrería, tan ceñido que él puede imaginarse cada detalle de su cuerpo: si fuera a cenar con el capullo de su novio, no estaría escuchando esa porquería de música. Ni tampoco será con sus padres. Si estuvieran en Oxford, él habría visto el coche. No, la velada debe de ser con sus amigas. Y eso significa que elegirá algo menos sugerente, algo discreto que indique inaccesibilidad de un modo educado. El vestido azul, quizá, el de mangas anchas. Azul Tiffany, lo llaman. Eso él no lo sabía. Es un vestido bonito. Neutral. Y uno de los que ella prefiere.

No ha sido ella quien le ha contado todas esas cosas. Las ha averiguado por sí mismo. Tampoco resulta tan difícil. Uno solo tiene que observar con atención. Observar y esperar y deducir. A veces, no se tarda más que unos pocos días, aunque con esas pocas veces se queda completamente satisfecho. Con esta de ahora lleva ya más de tres semanas, pero no importa: le gusta tomarse su tiempo. Y algo le dice que la chica lo vale, como no dejan de repetir los anuncios de ese champú que ella compra. Además, ya ha aprendido por las malas que estas cosas no pueden hacerse deprisa. Así es como se cometen los errores; así es como todo acaba saliendo mal.

Alguien se acerca. Oye el repiqueteo de los zapatos en la acera. Tacones altos. Risas. Cambia de postura para tener una mejor visión y el plástico del asiento se le pega al cuerpo y cruje bajo su peso. Al otro lado de la calle, aparecen dos chicas. Y no tienen nada de discretas, eso salta a la vista. Lentejuelas, bocas como una cuchillada sangrante, tambaleándose sobre esos zapatos de fulana que llevan...; esas putillas imbéciles ya van mamadas. No las había visto hasta ese momento, pero deben de ser amigas suyas, porque se detienen delante del edificio y empiezan a rebuscar en los bolsos. Una de ellas saca por fin un objeto y grita con gesto teatral: «¡Tachán!». Una banda de un rosa satinado, con unas letras brillantes que no alcanza a leer. Pero tampoco le hace falta. Entorna los ojos; ya ha visto esa mierda antes. Es una despedida de soltera. Una puta despedida de soltera. ¿Desde cuándo le interesan a ella esas gilipolleces? Las dos chicas han juntado las cabezas, y hay algo en su manera de reír y cuchichear que le provoca un hormigueo nervioso en el espinazo. Imposible que sea su despedida, eso seguro. Ella no puede tener... Él se habría enterado... Y no lleva anillo... Se lo habría visto...

Se inclina hacia delante, buscando un mejor ángulo de visión. Una de las chicas está llamando al timbre del piso, y no deja de apoyarse en el interfono hasta que arriba se abre una ventana.

—¿De verdad tenéis que hacer tanto ruido?

Trata de adoptar un tono de desaprobación, pero le cuesta reprimir la risa. Asoma la cabeza y los rizos del largo cabello negro le resbalan sobre el hombro. Todavía lo lleva mojado por la ducha. A él se le hace un nudo en la garganta.

Una de las chicas mira hacia arriba y levanta los brazos en actitud triunfante. Sostiene una coronita de plástico en una mano y la banda rosa en la otra.

—¡Ey, mira lo que tenemos!

La joven de la ventana niega con la cabeza.

—Me lo habías prometido, Chlo: nada de cutreces ni de diademas.

Las dos de abajo estallan en una carcajada.

—Resulta que este tocado de gusto tan exquisito es mío, no tuyo —dice la segunda joven, arrastrando ligeramente las palabras—. Para ti hemos traído esta cosita...

Rebusca en el bolso y sostiene algo en alto, y, cuando la farola lo ilumina, él puede verlo con toda claridad: un pasador de pelo de vivo color rosa, con la palabra PILLADA en letras de *strass*.

La chica de la ventana vuelve a negar con la cabeza.

—¿Qué habré hecho yo para merecerme a dos piezas como vosotras?

Agacha la cabeza para meterse otra vez dentro y, poco después, se oye el zumbido del portero automático y las dos jóvenes entran con paso vacilante, todavía riéndose.

El hombre abre la guantera. Esa guarra tiene suerte de que no vaya a ocuparse de ella ahora mismo; bien que le iba a aguar su sucia fiestecita de pindongas. Pero no lo hará. Prefiere la excitación de la espera; es lo que sigue ansiando, incluso ahora. La deliciosa anticipación, la sucesión de detalles: cómo olerá, su sabor, el tacto del cabello. Le gusta deleitarse sabiendo que podrá tener todo eso cuando quiera, que lo único que se lo impide es su propia contención...

Se queda un rato sentado, abriendo y cerrando los puños, dejando que se calmen los latidos del corazón. Luego mete la llave en el contacto y arranca el coche.

La alarma suena a las siete, pero Faith Appleford lleva una hora levantada. Pelo, ropa, zapatos, maquillaje: todo lleva su tiempo. Ahora está sentada en el tocador, dándose los últimos toques de rímel mientras por las escaleras se oye la voz de su madre, que llama desde la cocina.

–Nadine, ¿te has levantado ya? Si quieres ir en coche, tienes que estar aquí abajo dentro de diez minutos.

Se oye un gruñido en la habitación de al lado y Faith se imagina a su hermana dándose la vuelta en la cama y tapándose la cabeza con la almohada. Siempre es lo mismo; Nadine no sirve para nada por las mañanas. Al contrario que Faith, que siempre está lista con tiempo de sobra. Siempre perfectamente presentable. Se vuelve hacia el espejo y ladea la cabeza a derecha e izquierda, comprobando los ángulos, arreglándose un mechón de pelo, alisándose el escote del suéter. Preciosa. Y no es por echarse flores. Lo es de verdad. Absolutamente preciosa.

Se levanta y elige un bolso del manojo colgado tras la puerta. Es de ante. Bueno, no de ante auténtico, pero hay que acercarse mucho para notarlo. El color es perfecto, sobre todo con la chaqueta que lleva puesta. Tiene el matiz exacto de azul.

Adam Fawley
1 de abril de 2018
9:15

—¿Está bien así? ¿No está demasiado frío?

He notado que Alex se estremecía cuando la sonda le ha tocado la piel, pero ella niega de inmediato con la cabeza y sonríe.

—No, así perfecto.

La enfermera se vuelve hacia el monitor y teclea alguna cosa. Todo está amortiguado en la habitación. Las luces, atenuadas; los ruidos en sordina, como si estuviéramos bajo el agua. A nuestro alrededor, el hospital bulle de actividad, pero aquí dentro, en este mismo instante, el tiempo se ha ralentizado al ritmo de un latido de corazón.

—Ahí estás —dice por fin la enfermera, girando el monitor y sonriéndonos. La imagen de la pantalla cobra vida. Una cabeza, una nariz, un puño diminuto levantado como en un gesto de celebración. Movimiento. Vida. La mano de Alex busca a tientas la mía, pero sus ojos siguen fijos en el bebé.

—Es su primera vez, ¿no, señor Fawley? —prosigue la enfermera—. Me parece que no estuvo en la primera ecografía, ¿verdad? —El tono es desenfadado, pero no deja de percibirse cierta censura en él.

—Es complicado —se apresura a explicar Alex—. Estaba tan aterrorizada por si algo iba mal... No quería atraer la mala suerte...

Le aprieto con más fuerza la mano. Ya hemos discutido el asunto. Por qué no me lo dijo, por qué ni siquiera podía vivir conmigo hasta saberlo con certeza. Hasta estar segura.

—No pasa nada —digo yo—. Lo único que importa es que ahora estoy aquí. Y que el bebé está bien.

—Y lo está. El latido es normal y fuerte —dice la enfermera tecleando de nuevo—. Y va creciendo bien; está exactamente como debería estar a las veintidós semanas. No veo ningún motivo de preocupación.

Me oigo soltar el aire: ni siquiera me había dado cuenta de que estaba conteniendo la respiración. Somos padres mayores, hemos leído todos los folletos, pasado todas las pruebas médicas, pero aun así...

—¿Está completamente segura? —le pregunta Alex—. Porque la verdad es que no quiero someterme a una amnio...

La enfermera sonríe de nuevo, esta vez con una sonrisa más honda y cálida.

—Todo está perfectamente, señora Fawley. No tiene que preocuparse por nada.

Alex se vuelve hacia mí con lágrimas en los ojos.

—Va bien —susurra—. Todo va a ir bien, bien de verdad.

En la pantalla, el bebé da un brinco repentino; un delfín diminuto en la oscuridad plateada.

—Bueno —dice la enfermera ajustando de nuevo la sonda—, ¿quieren saber el sexo?

* * *

Fiona Blake pone un cuenco de cereales delante de su hija, pero Sasha ni siquiera parece darse cuenta. No ha dejado de mirar el teléfono desde que ha bajado, y Fiona tiene que reprimir las ganas de decirle algo. En su casa, no se miran los móviles durante las comidas. Y no porque Fiona haya impuesto esa norma, sino porque acordaron, entre las dos, que no era así como querían hacer las cosas. Se va a llenar la tetera, pero, cuando vuelve a la mesa, Sasha sigue con la vista clavada en la dichosa pantalla.

—¿Algún problema? —pregunta, tratando de no parecer enfadada.

Sasha levanta la vista y niega con la cabeza.

—Perdón. Es solo Pats, que dice que no irá hoy a clase. Se ha pasado la noche vomitando.

Fiona hace una mueca.

—¿Es ese virus del invierno, el que da vómitos?

Sasha asiente y aparta el teléfono.

—Tiene toda la pinta. Por cómo suena por teléfono, parece que esté fatal.

Fiona observa con atención a su hija; le brillan los ojos y tiene las mejillas un poco coloradas. Ahora que lo piensa, lleva así toda la semana.

—Tú te encuentras bien, ¿no, Sash? También parece que tengas algo de fiebre.

Sasha abre mucho los ojos.

—¿Yo? Estoy bien. De verdad, mamá. Estoy perfectamente. Y muerta de hambre.

Sonríe a su madre y alarga el brazo por encima de la mesa para coger una cuchara.

* * *

En la comisaría de policía de St Aldate, el agente Anthony Asante trata de sonreír, aunque por la cara del subinspector Gislingham se diría que no lo está haciendo demasiado bien. No es que Asante no tenga sentido del humor, solo que no es de los que se ríe con gags de tartas de crema y pieles de plátano. Por eso le cuesta tanto encontrarle la gracia al vaso de agua boca abajo que hay en su mesa. Por eso y porque está furioso consigo mismo por haber olvidado qué día es y no haber sido más cauto. Tendría que haberlo visto venir en el acto: el novato del equipo, acceso a la profesión por la vía rápida, recién salido de Scotland Yard... Es como si hubiera llevado tatuada la palabra «pardillo» en la frente. Y ahora allí están todos, mirándolo, esperando para comprobar si se toma las cosas «con deportividad» o es «más tieso que un palo de escoba» (que es claramente la opinión del agente Quinn, a juzgar por esa sonrisita que no se molesta en disimular, aunque Asante está tentado de preguntar si Quinn desempeña allí el papel de la sartén o del cazo). Respira hondo y se esfuerza por sonreír de modo más convincente. Después de todo, podría haber sido peor. Uno de los capullos de la prisión de Brixton le dejó un racimo de plátanos en su pupitre en su primer día.

—Muy bien, muchachos —dice, y mira a su alrededor esperando transmitir la mezcla correcta de ironía y cierto aire de «yo estoy ya de vuelta»—. Muy gracioso.

Gislingham le sonríe, más aliviado que otra cosa. Al fin y al cabo, una broma es una broma y, en este oficio, tienes que ser tan capaz de encajar golpes como de repartirlos. Lo que pasa es que él aún hace poco que se ha estrenado como subinspector y no quiere dar la impresión de estar acosando a nadie. Y menos aún al único miembro del equipo que no es blanco. Le da a Asante una palmada amistosa en el brazo y dice:

—Bien jugado, Tone.

Y, decidiendo que quizá es mejor dejarlo ahí, se dirige a la máquina de café.

* * *

—Y bien: ¿cómo vamos a llevar esto?

Alex se acomoda lentamente en el sofá y pone los pies en alto. Yo le paso la taza y ella la rodea con las manos.

—¿Cómo vamos a llevar el qué? —pregunta ella a su vez, aunque tiene ya una expresión pícara.

—Sabes exactamente a qué me refiero: al detalle de que tú conozcas el sexo y yo no.

Ella sopla su té y me mira, todo inocencia.

—¿Y por qué tendría que ser un problema?

Aparto un cojín y me siento.

—¿Cómo vas a mantener en secreto algo así? Seguro que al final se te escapa.

Alex sonríe.

—Bueno, mientras no utilices tu infame técnica de interrogatorio conmigo, creo que podré guardármelo para mí. —Se ríe al ver mi cara—. Mira, te prometo que seguiré pensando en dos listas de nombres...

—Muy bien, pero...

—Y que no lo compraré todo azul.

Antes de que pueda abrir la boca, vuelve a reírse y me empuja con el pie.

—Ni rosa.

Sacudo la cabeza con fingido aire de desaprobación.

—Me rindo.

—No es verdad —dice, seria de pronto—. Tú nunca te rindes, con nada.

Y ambos sabemos que no solo habla de mi trabajo.

Me pongo de pie.

—Tómatelo con calma y descansa el resto del día. ¿De acuerdo? Nada de levantar peso ni ninguna otra insensatez.

Arquea una ceja.

—Así que adiós al plan de cortar leña que tenía para esta tarde, ¿no? Pues vaya.

—Y envíame un correo si hay que comprar alguna cosa.

Imita un saludo militar y vuelve a empujarme con el pie.

—Vete, que ya llegas tarde. Y no es la primera vez que hago esto, no te olvides. Empapelé el cuarto de Jake cuando estaba el doble de gorda que ahora.

Cuando me mira sonriente, me doy cuenta de que ni siquiera recuerdo la última vez que me habló así. Durante los largos meses que siguieron a la muerte de Jake, la maternidad no fue para ella más que un sinónimo de pérdida. De ausencia. No solo porque echara de menos a Jake, sino porque había perdido la esperanza de volver a ser madre. Durante todo ese tiempo, solo podía hablar de nuestro hijo con dolor. Ahora, quizá ya es capaz de recuperar también el lado alegre. Por mucho que lo deseemos, este bebé nunca podrá ser un sustituto; pero tal vez él, o ella, sí pueda representar una redención.

Estoy ya en la puerta cuando me giro hacia ella.

—¿Qué infame técnica de interrogatorio?

Su risa me sigue durante todo el camino hasta la calle.

* * *

A las 10:45, Somer todavía está en la A33, en un atasco. Su intención era haber regresado desde Hampshire la noche anterior, pero, sin saber cómo, el paseo por la costa se había convertido en una cena, y la cena en una sucesión demasiado larga de últimas copas, de modo que a las 22:30 ambos habían convenido en que no era buena idea que ella condujera. El nuevo plan consistía en que se levantara a las 5:00 para evitar la hora punta de la mañana del lunes, solo que tampoco habían cumplido lo previsto y ya pasaban de las 9:00 cuando se había subido al coche. Tampoco es que se queje. Sonríe para sí misma; todavía siente un cosquilleo en la piel, a pesar de la ducha caliente y el frío del coche. Aunque eso signifique que no va a tener una muda de ropa limpia para la oficina ni tiempo para ir a casa a por ella. Suena un aviso en el teléfono y baja la vista para mirarlo. Un mensaje de Giles. Vuelve a sonreír mientras lo lee, ansiosa por contestar con algún comentario pícaro sobre lo que diría el comisario de Giles si recibiera ese mensaje por error, pero el coche de delante empieza por fin a moverse. Por una vez, Giles va a tener que esperar.

* * *

Cuando el conductor del taxi vio a la chica, creyó que estaba borracha. Otra de esas puñeteras estudiantes, pensó, que se ponen hasta las cejas de sidra barata y vuelven a casa a las tantas, dando bandazos. Debía estar a unos cien metros de él, pero podía distinguir cómo se tambaleaba al caminar. Hasta que el coche no estuvo más cerca, no se dio cuenta de que en realidad estaba cojeando. Uno de los zapatos con tiras que calzaba seguía indemne, pero al otro le faltaba el tacón. Eso le hizo aminorar la marcha. Eso y el lugar en el que estaba, en Marston Ferry Road, a bastantes kilómetros de cualquier sitio, o tan cerca de cualquier otro sitio como de Oxford. En cualquier caso, cuando puso el intermitente y se detuvo a su lado seguía pensando que estaba borracha.

Hasta que vio su cara.

La oficina está prácticamente vacía cuando entra la llamada. Quinn está en paradero desconocido, a Fawley no le toca llegar hasta la hora de comer y Gislingham está en un curso de formación. Algo relacionado con gestión de personal, le cuenta Baxter a Ev. Tras lo cual sonríe y añade que no sabe para qué el subinspector se molesta en ir: sobre ese tema, no hay nada que Gis no pueda aprender de su propia esposa.

Somer acaba de volver con una ensalada y una ronda de cafés cuando suena el teléfono. Observa cómo Everett descuelga y se encaja el auricular entre la oreja y el hombro mientras responde un correo electrónico.

–¿Cómo? –dice de pronto, sujetando el teléfono con la mano y olvidándose del correo–. ¿Puede repetir eso? ¿Está seguro? ¿Y cuándo ha sido? –Coge un bolígrafo y garabatea algo–. Dígales que estaremos ahí dentro de veinte minutos.

Somer levanta la vista; algo le dice que la ensalada va a tener que esperar. Una vez más. Ya ni siquiera se molesta en comprar comidas calientes.

Everett cuelga el teléfono.

–Han encontrado a una chica en Marston Ferry Road.

–¿Encontrado? ¿Qué quieres decir con «encontrado»?

–En estado de ansiedad extrema y con marcas de ligaduras en las muñecas.

–¿Ligaduras? ¿La habían atado?

La cara de Everett muestra una expresión lúgubre.

–Parece que algo bastante peor.

* * *

Aún estoy en la carretera de circunvalación cuando recibo la llamada de Everett.

–¿Señor? Estoy con Somer de camino a los Lagos. Hemos recibido una llamada hace unos diez minutos. Han encontrado a una chica muy alterada en Marston Ferry Road. Todo indica que podría haber sufrido una agresión.

Pongo el intermitente para desviarme a un área de descanso, aparco y cojo el teléfono.

–¿Una agresión sexual?

–No nos consta que sea así. Pero la verdad es que ahora mismo no sabemos mucho.

Por su voz, adivino que hay algo raro. Y si algo sé sobre Ev es que tiene buenas antenas. Buenas antenas y no demasiada confianza en ellas. Ni en sí misma. Ahí tiene Gislingham un buen asunto del que ocuparse cuando vuelva de su cursillo de Recursos Humanos.

–Hay algo que no ves claro, ¿verdad?

–Tenía la ropa desgarrada y llena de barro y marcas de ligaduras en las muñecas...

–Dios mío...

–Sí, ya sé. Al parecer, su estado era terrible, pero se ha negado a acudir a la policía o a que la viera un médico. Hizo que el taxista que la encontró la llevara directamente a casa y le dijo que no quería denunciar el hecho. Algo de lo que, por suerte, él no ha hecho caso.

Busco en la guantera un trozo de papel y le pido que me repita la dirección de los Lagos. Por cierto, si alguien se pregunta cómo no vio todas esas aguas estancadas durante su visita turística a Oxford, debe saber que lo más grande que puede encontrarse en muchos kilómetros es un estanque. Los Lagos son una urbanización que se construyó en Marston durante la década de 1930. La gente la llama así porque muchas de sus calles tienen nombres del distrito de los Lagos: Derwent, Coniston, Grasmere, Rydal. A mí me gusta pensar que es porque algún urbanista de antaño sentía añoranza de aquellas montañas, pero Alex me dice que no soy más que un romántico.

–¿Sabemos el nombre de la chica?

–Creemos que puede llamarse Faith. El taxista ha dicho que llevaba un collar con ese nombre. Aunque a lo mejor no era más que una de esas piezas con mensajes inspiradores tipo «fe, esperanza y amor». Imagino que usted ha visto alguna.

Pues sí. Pero no porque la llevara Ev, eso seguro. En cuanto al taxista, al parecer no solo tenía espíritu cívico, sino que también era observador. La gente nunca deja de maravillarme.

–Según el censo electoral, en esa dirección vive una tal Diane Appleford –continúa Ev–. Se mudó hará un año, y no tiene antecedentes ni nada digno de mención. Y no parece que haya ningún señor Appleford, al menos viviendo con ella.

–De acuerdo. Estoy solo a diez minutos.

–Nosotras nos desviamos ya por Rydal Way, pero esperaremos hasta que llegue usted aquí.

El hogar de los Appleford es una cuidada vivienda semiadosada de fachada convexa, jardincillo pavimentado en la entrada y un murete de ladrillos blancos que parecen hechos con estarcido. Cuando yo era un crío, nuestros vecinos tenían uno idéntico. Si a eso le sumamos las cortinas de tul que se ven por la ventana, la casa parece haberse quedado anclada en 1976.

Veo a Somer y a Everett que salen del coche y vienen hacia mí. Everett viste su conjunto estándar de camisa blanca, falda oscura y un precavido impermeable, aunque la bufanda de vivo color rojo representa a todas luces una pequeña rebelión. Somer, en cambio, lleva tejanos negros, chaqueta de cuero y botines de tacón alto con flecos en el talón. No es muy normal que venga así vestida, por lo que supongo que ha pasado el fin de semana con su novio y todavía no ha podido ir a casa a cambiarse. Se ruboriza ligeramente al verme, lo que me convence aún más de que tengo razón. Lo conoció cuando trabajábamos en el caso de Michael Esmond. A su novio, quiero decir. Giles Saumarez. Es del gremio. Y no acabo de saber si eso es bueno o malo.

—Buenas tardes, señor —dice Everett, subiéndose un poco más el bolso en el hombro.

Busco en el bolsillo una pastilla de menta. Ahora llevo las dichosas pastillitas a puñados. Dejar de fumar es una cabronada, pero no es negociable. Negociable conmigo mismo, quiero decir, porque no esperé a que Alex me lo pidiera.

—¿Es esa una buena idea? —pregunta Somer al ver la pastilla—. Por los dientes, quiero decir.

Arrugo el gesto fugazmente y entonces recuerdo que es ahí donde les dije que iría esa mañana, al dentista. La socorrida mentirijilla universal. No es que el bebé sea un secreto. Al final, la gente se enterará. Es solo que... En fin, que no es el momento.

—Ha ido bien —le digo—. No han tenido que hacerme nada.

Me vuelvo hacia Ev.

—Y bien: ¿algo más antes de que irrumpamos ahí dentro?

Ev niega con la cabeza.

—Ahora ya sabe tanto como nosotras.

Nos abre la puerta una mujer de cabello rubio y seco, vestida con un pantalón de chándal blanco y una sudadera también blanca con la inscripción «Mami choni». Debe de tener cuarenta y tantos. Se la ve cansada. Cansada y, de inmediato, a la defensiva.

—¿Señora Appleford?

Me examina y luego hace otro tanto con las mujeres.

—Sí. ¿Quién es usted?

—Soy el inspector Adam Fawley. Estas son las agentes Everett y Somer.

Se aferra con más fuerza a la puerta.

—Faith lo ha dejado muy claro: no quiere a la policía en esto. Aquí no tienen nada que...

—¿Faith es su hija?

Duda durante un momento, como si revelar un detalle tan nimio fuera una especie de traición.

—Sí. Faith es mi hija.

—El hombre que la encontró estaba muy preocupado por su estado de salud. Y también lo estamos nosotros, por supuesto.

Somer me toca en el hombro y señala con un gesto a su espalda. Ni siquiera necesito girarme. Casi puedo oír el movimiento subrepticio de las cortinas.

—¿Podríamos entrar, señora Appleford? ¿Solo un momento? Será más fácil hablar dentro.

La mujer mira al otro lado de la calle; también ella ha visto a los vecinos cotillas.

—Bien. Pero solo un par de minutos, ¿de acuerdo?

El salón está pintado de un malva pálido, con sofá y sillones supuestamente del mismo tono, aunque el color se aleja lo suficiente como para dejarte algo descolocado. Y para colmo son demasiado grandes. Nunca deja de asombrarme que la gente no mida las habitaciones antes de comprar muebles. Se respira un aroma penetrante, un olor a ambientador artificial. Lavanda. No hace falta preguntarlo.

La mujer no nos invita a sentarnos, así que nos quedamos plantados en situación algo embarazosa sobre la estrecha franja de alfombra, entre los asientos y la mesa baja de tablero acristalado.

—¿Estuvo aquí su hija ayer por la noche, señora Appleford?

Asiente.

—¿Toda la noche?

—Sí. No salió.

—Entonces la habrá visto a la hora de desayunar.

Asiente de nuevo.

—¿Y a qué hora ha sido eso? —pregunta Somer, sacando discretamente su cuaderno de notas de la chaqueta.

La mujer se envuelve el cuerpo con los brazos. Intento no extraer conclusiones de su lenguaje corporal, pero no es que ella ayude demasiado.

—Sobre las 7:45, creo. Yo me he ido con Nadine justo antes de las 8:00, pero Faith empezaba hoy más tarde. Debe de haber salido a las 9:00 para coger el autobús.

De modo que no acaba de saber exactamente lo que su hija ha hecho esta mañana. Solo porque algo ocurra siempre de una forma determinada, no significa que siempre haya de ocurrir así.

—¿Nadine es también hija suya? —pregunta Somer.

La mujer asiente.

—La he dejado en el instituto de camino al trabajo. Soy recepcionista en la consulta médica de Summertown.

—¿Y Faith?

—Ella va al colegio de formación postsecundaria, en Headington. Por eso coge el autobús. Es en dirección contraria.

—¿Ha tenido algún contacto con Faith a lo largo del día de hoy?

—Le envié un mensaje hacia las diez, pero no contestó. Era solo un enlace a un artículo sobre Meghan Markle. Ya saben, por la boda. El vestido. A Faith le interesa todo eso. Estudia Moda. Tiene mucho talento.

—¿Y era eso raro? Que no contestara, quiero decir.

La mujer se queda pensativa y luego se encoge de hombros.

—Supongo, sí.

Ahora soy yo quien pregunta.

—¿Tiene novio?

Arruga un poco los ojos.

—No. En este momento, no.

—¿Pero se lo diría... si lo tuviera?

Me atraviesa con la mirada.

—No me esconde nada, si es a eso a lo que se refiere.

—Estoy segura de que es así —dice Somer, en tono conciliador—. Solo tratamos de averiguar quién podría haber hecho esto, si podría haber sido alguien que conocía...

—No tiene novio. Ni quiere tenerlo.

Se produce un silencio.

Somer mira a Ev, como diciéndole: «Por qué no lo intentas tú».

—¿Estaba usted aquí —pregunta Ev— cuando la ha traído el taxista?

La mujer gira la cabeza hacia ella y asiente.

—Normalmente, no habría estado. Pero me había olvidado las gafas de leer, así que volví un momento.

Ev y Somer intercambian miradas de nuevo. Creo que sé lo que están pensando: si la señora Appleford no hubiera estado en casa, la chica seguramente habría tratado de ocultarle lo sucedido también a ella. Yo, por mi parte, estoy cada vez más convencido de que Ev tiene razón: aquí desde luego pasa algo raro.

Doy un paso hacia la mujer.

—¿Sabe por qué Faith ha decidido no hablar con nosotros, señora Appleford?

Se pone tensa.

—No quiere hacerlo. Eso debería ser suficiente, ¿no?

—Pero si la han violado...

—Nadie la ha violado. —Su tono es incontestable. Categórico.

—¿Cómo puede estar tan segura?

Su rostro se endurece.

—Me lo ha dicho. Faith me lo ha dicho. Y mi hija no es una mentirosa.

—No estoy diciendo que lo sea. En absoluto. —La mujer ahora no me mira—. Escúcheme, sé que las investigaciones por violación pueden ser traumáticas... No culparía a nadie por sentir miedo ante esa perspectiva..., pero ya no son como antes. Tenemos agentes muy preparados. La agente Everett...

—No la han violado.

—Me alegra oírlo, pero aun así podría tratarse de un delito grave. Agresión sexual, delito de lesiones...

—¿Cuántas veces tengo que decírselo? No ha habido delito y no va a presentar cargos. Así que, por favor, ¿pueden dejarnos ustedes en paz?

Nos va mirando uno a uno. Quiere que nos movamos hacia la salida, que digamos que Faith puede ponerse en contacto con nosotros si cambia de opinión. Pero no lo hacemos. Yo no lo hago.

–Su hija ha estado desaparecida durante más de dos horas –dice Ev en tono amable–. Desde las 9:00 hasta las 11:00, que es cuando el señor Mullins la vio vagando por Marston Ferry Road en un estado terrible, llorando, con la ropa llena de barro y el zapato roto. Algo debe de haber pasado.

La señora Appleford enrojece.

–Supongo que ha sido por el Día de los Inocentes de abril. Una broma tonta que se ha ido un poco de las manos.

Pero nadie de los allí presentes se lo cree. Ni siquiera ella.

–Si no ha sido más que una broma –digo por fin–, me gustaría que la propia Faith lo confirmara, por favor. Pero, si no lo ha sido, la persona que le ha hecho esto a Faith puede volver a hacerlo. Otra chica puede sufrir la misma experiencia traumática que ha vivido su hija. No me creo que usted quiera algo así. Ni usted ni ella.

La señora Appleford sostiene mi mirada. Aunque mi jugada no sea un jaque mate, quiero que le resulte puñeteramente difícil decir que no.

–Supongo que Faith está ahora en casa, ¿es así?

–Sí –acaba contestando–. En el jardín.

¿Para respirar aire puro? ¿Para fumar? ¿O simplemente para huir de este espantoso violeta que inunda la habitación? La verdad, la apoyo en cualquiera de esas tres razones.

La señora Appleford respira hondo.

–Mire, voy a preguntarle si quiere hablar con ustedes, pero no forzaré las cosas. Si dice que no, habrá que respetar su decisión.

Es mejor que nada.

–Me parece justo. Esperaremos aquí.

Cuando la señora Appleford sale, empiezo a pasearme por la habitación. Los cuadros son reproducciones de impresionistas. De Monet, sobre todo. Estanques, nenúfares, ese tipo de cosas. Llámenme desconfiado, pero sospecho que eran las únicas obras de oferta con el tono malva adecuado.

–Me encantaría ir a ese sitio –dice Ev, señalando una imagen del puente de Giverny–. Está en mi lista de cosas que hacer antes de morir, si gano la lotería. Y si encuentro a alguien con quien ir. –Hace una mueca–. Además del Taj Mahal y Bora Bora, claro.

Somer levanta la vista y sonríe; está frente a la repisa de la chimenea, examinando las fotos familiares.

–También está en la mía, al menos lo de Bora Bora.

Ev le lanza a Somer una mirada elocuente que le arranca a esta última otra sonrisa y luego aparta la vista cuando nota que me he dado cuenta.

Se vuelve hacia mí.

–Me parece que sería buena idea si fuera a buscar el baño. Creo que ya me entiende.

Asiento y sale rápidamente de la habitación, y casi de inmediato se oyen pasos en el pasillo y Diane Appleford vuelve a aparecer.

–Está lista para hablar...

–Gracias.

–Pero solo con una mujer –prosigue–. No con usted.

Miro a Somer, quien asiente.

–Por mí bien, señor.

Me vuelvo hacia la mujer y esbozo mi más encantadora sonrisa del tipo de «solo estoy aquí para servirla».

–Lo entiendo perfectamente, señora Appleford. Esperaré a mis colegas en el coche.

* * *

Ev se detiene al llegar arriba de las escaleras. A su izquierda está la puerta del baño, abierta. Azulejos blancos, una pesada cortina de plástico en la ducha y un fuerte olor a lejía. Se fija en que las toallas (pulcramente dobladas, a diferencia de las de su propio piso) son del mismo color malva que hay abajo. Esto empieza a ser ya obsesión.

Delante tiene tres habitaciones más, dos de ellas con la puerta abierta: un dormitorio principal con un cubrecama de satén (y no hay premio para quien adivine el color) y otra que, según decide Ev, debe de ser la de la hija menor. Se ven prendas y zapatillas tiradas de cualquier manera por el suelo. Un edredón colocado sin ningún esmero de través, peluches desparramados, un neceser de maquillaje. Se acerca tan silenciosamente como puede a la tercera puerta, la que está cerrada, dando gracias interiormente por el grosor de la alfombra. En su piso nunca podría tener una con ese aspecto: el gato se la comería para desayunar. Le encantan esos cereales que parecen almohadillas.

La habitación que se le ofrece a la vista es el polo opuesto a la de la otra hermana. Armarios perfectamente cerrados, ninguna prenda asomando fuera de la cómoda. Incluso el montón de revistas *Grazia* está apilado con orden milimétrico. Pero no es eso lo que Ev está mirando, ni lo que miraría cualquier otra persona que entrara en esta habitación. El espacio está dominado por un tablero que ocupa toda la pared del fondo, decorado de arriba abajo con fotos recortadas de las revistas de papel cuché, bolsitas de plástico con cuentas y botones de vivos colores, trenzas de lana, muestras de telas, trocitos de encaje y de piel de imitación, notas adhesivas escritas en gruesa tinta roja y, en medio de todo, varios bocetos dibujados seguramente por la propia Faith. Everett no es la más indicada para opinar sobre ropa, pero hasta ella puede apreciar el estilo de algunas de aquellas imágenes, cómo Faith ha partido de un pequeño detalle y ha hecho que todo el conjunto gire en torno a él: la forma de un tacón, la caída de una tela, el efecto de las mangas.

—Su madre tiene razón en una cosa —murmura—: desde luego, tiene talento.

—¿Quién coño —dice una voz a su espalda— eres tú?

* * *

—Esta es Faith.

La joven pasa por delante de su madre y la luz la ilumina. Es muy guapa, Somer se da cuenta enseguida. Ni siquiera la enmarañada coleta ni el rímel corrido pueden ocultar la exquisitez de sus rasgos. Y está como un palillo; el enorme jersey con el que se ha envuelto como si fuera una manta de seguridad no hace sino acentuar su delgadez. Debe tener ya sus años, ese jersey: se ven agujeros en la lana y los puños están deshilachados.

Somer da un paso hacia ella.

—¿Por qué no te sientas? ¿Te apetece tomar algo? ¿Un té? ¿Agua? ´

La chica se queda dudando; luego niega con la cabeza. Se acerca despacio al sofá, tanteando con la mano como una anciana.

Somer frunce el ceño.

—¿Tienes dolor?

La joven vuelve a negar con la cabeza. Todavía no ha dicho nada.

Su madre se sienta junto a ella y le coge la mano.

—Me llamo Erica —dice Somer, sentándose en el sillón de enfrente—. Sé que esto es difícil, pero, de verdad, solo queremos ayudar.

La chica levanta brevemente la vista. Todavía tiene lágrimas enganchadas en los grumos de rímel.

—¿Puedes contarnos lo que te ha pasado? —pregunta Somer con suavidad—. El hombre que te encontró, el señor Mullins, dice que estabas muy alterada.

Faith respira hondo y se estremece. Las lágrimas empiezan a derramarse y no se molesta en enjugarlas. Su madre le agarra la mano con fuerza.

—No pasa nada, cariño. Tómate tu tiempo.

La joven la mira y luego vuelve a bajar la cabeza al tiempo que esconde las manos dentro de las mangas. Pero Somer ya ha visto los arañazos de los nudillos y las marcas de las muñecas. Y a pesar de la perfecta manicura de las uñas, una de ellas está rota; acaba en una punta irregular que le haría sangre si le raspara la piel. Lleva horas en casa y todavía no se la ha limado. Ese detalle, más que ningún otro, en una chica tan consciente de su aspecto, le dice a Somer que algo marcha realmente mal.

—Tu madre dice que estudias Moda —continúa—. ¿Es eso lo que quieres hacer? ¿Diseñar ropa?

La chica levanta la cabeza.

—Zapatos —dice, con voz un tanto quebrada—. Quiero hacer zapatos.

Somer sonríe.

—También yo tengo debilidad por los zapatos. —Se señala las botas con un gesto—. Ya se nota, ¿no?

La joven no llega a sonreír, pero se diría que la tensión se ha aliviado. Al menos, un poco. Pero entonces Faith se estremece, a pesar de que en la habitación hace calor. Demasiado calor.

—Creo —prosigue Somer volviéndose hacia la señora Appleford— que una taza de té sería una muy buena idea.

La mujer arruga el entrecejo.

—Faith ha dicho que no quiere...

—Tengo mucha experiencia con gente que ha sufrido una impresión fuerte, señora Appleford. Sea lo que sea lo que le ha ocurrido a su hija, lo que ahora mismo necesita es una taza de té bien caliente con mucho azúcar.

Diane Appleford vacila y se vuelve hacia su hija.

—¿Estarás bien aquí durante cinco minutos? —le pregunta con suavidad—. Puedes decirle que se vaya cuando quieras.

Faith asiente enseguida.

—No pasa nada, mamá. Un té me vendrá bien.

Somer espera a que la mujer haya salido de la habitación antes de retomar la palabra. Faith está sentada con rigidez en el borde del asiento, con las manos aprisionadas entre las rodillas.

—Tienes suerte de tener una madre que te cuide tanto —dice Somer—. Ojalá la mía lo hubiera hecho.

La joven levanta la vista y esboza una sonrisa desmayada.

—Se preocupa por mí, eso es todo.

—Para eso están las madres.

Faith se encoge de hombros.

—Sí, supongo.

—Pero a veces eso hace más difícil hablar de ciertas cosas, sobre todo si son desagradables. Porque, cuanto más nos quiere nuestra familia, más duro nos resulta contarles algo que sabemos que va a afectarles.

En la cara de la chica se aprecia ahora un poco de color, dos manchas rojas en la palidez de las mejillas.

32

—Entonces, Faith —dice Somer, inclinándose un poco hacia delante–, ahora que estamos las dos solas, ¿crees que podrías contarme lo que te ha pasado?

* * *

Ev se gira de golpe y se encuentra cara a cara con una chica de grasiento cabello negro, vestida con tejanos rotos en las rodillas. Es algo más baja que ella; algo más corpulenta, también. Y, sin ni siquiera pensarlo, a su mente acude la frase «No es exactamente una belleza». La propia madre de Everett se refirió a ella en esos mismos términos cuando creía que no la oía. Ev tendría como mucho diez años. Hasta entonces, nunca había pensado en su aspecto, pero ahora el daño ya estaba hecho y no había posible vuelta atrás. A partir de ese momento, empezó a darse cuenta de cómo reaccionaba la gente ante chicas más guapas que ella. Comenzó a preocuparse por la ropa que llevaba, a sentir que ella era menos importante porque tenía peor aspecto. Y allí está ahora, pensando lo mismo de otra persona. Nota que se está poniendo roja, como si hubiera expresado el pensamiento en voz alta. ¿Ha juzgado a Faith siguiendo ese mismo criterio, sin darse siquiera cuenta de ello?

La chica sigue mirándola con expresión hosca.

—Lo siento —se apresura a decir Everett–. Eres Nadine, ¿verdad?

La joven ni siquiera responde.

—¿Te ha dicho Faith que podías entrar aquí? ¿No necesitas una orden de registro o algo así para fisgonear en las cosas de los demás?

—No estaba fisgoneando. He subido buscando el baño y esta puerta estaba abierta y...

—No, no lo estaba. Ella nunca se deja la puerta abierta. Y «nunca» quiere decir «nunca».

Ante eso, no hay respuesta.

Nadine se hace a un lado y Everett pasa junto a ella para salir de la habitación, ahora doblemente avergonzada. Nunca se le ha dado demasiado bien mentir.

* * *

Abajo, en la sala de estar, Somer se ha levantado y ya se está guardando el cuaderno de notas en la chaqueta. Al ver a Ev, niega casi imperceptiblemente con la cabeza. Parece que allí también se han terminado las preguntas.

Diane Appleford rodea con el brazo a su hija mayor.

—La dejo cinco minutos sola con usted y ya le está aplicando el tercer grado.

—No era eso lo que hacía —dice Somer—. De verdad, no estaba...

—Se lo he dejado ya bien claro —continúa la mujer, interrumpiéndola—. Faith ha dicho que nadie la ha agredido. Y es eso lo que le ha contado también a usted, ¿no?

—Sí, pero...

Faith tiene las mejillas encendidas y mira al suelo.

—Pues entonces quiero que se vayan ya. Todos ustedes. Seguro que tienen cosas mucho más urgentes que hacer. Como investigar algún delito de verdad.

Nadine aparece en la puerta.

—Cariño, ¿podrías acompañar a estas policías a la puerta? —dice Diane—. Ya se marchan.

Al pasar junto a Faith, Somer se asegura de que la mire a los ojos.

—Si quieres hablar, sabes dónde estoy.

La joven se muerde el labio y hace un leve gesto de asentimiento.

* * *

Afuera, Fawley espera junto al coche, observando un trozo de papel del tamaño de una fotografía. Al ver que se aproximan, se lo guarda a toda prisa.

—Con esa cara, ya adivino que no hemos avanzado demasiado.

Somer niega con la cabeza.

—Lo siento, señor. Empezaba a sacar algo en limpio cuando la madre volvió con el té y decidió que estaba siendo demasiado «invasiva». No sé cómo iba a interrogarla sin ser al menos una pizca invasiva, pero es lo que hay.

Se encoge de hombros.

—Pero sí que tenemos algo, señor —interviene Everett—. Algo en lo que se ha fijado Somer.

Fawley arquea una ceja y se vuelve hacia Somer.

—¿Y bien?

—Ha sido al irnos —dice Somer—. En el pelo de la chica. Todo su estado era tan malo que no había notado nada, pero al quedarnos solas me di cuenta de que no hacía más que estirárselo. En la parte derecha. No puedo afirmarlo con total seguridad, pero diría que ahí le faltaba un mechón de pelo.

* * *

—Entonces, ¿qué quiere que hagamos? —pregunta Baxter.

Son más de las dos y Everett está informando al resto del equipo sobre el caso Appleford. O más bien sobre el incidente Appleford, pues no pasará de ahí mientras no tengamos bastante más a lo que agarrarnos para seguir avanzando. Y eso es más o menos lo que digo.

—No hay mucho que podamos hacer. Faith asegura que todo ha sido un malentendido. Una broma de los Inocentes de abril que se fue «un poco de las manos».

—Una inocentada bastante desagradable —dice Quinn con aire sombrío, cruzándose de brazos—. ¿O es que arrancarle el pelo a alguien contra su voluntad no cuenta ya como delito de lesiones?

—Ese pelo podría haber sido cortado —dice Somer—. La verdad es que no lo vi bien.

Intervengo:

—De todas formas, Quinn tiene razón: es un delito de lesiones. Pero por ahora todo son elucubraciones. Faith no ha dicho que sea eso lo que ocurrió. Y como también se niega a decir quién de sus amigos fue responsable...

—Unos amigos bastante desagradables también, me parece a mí, para llegar a una cosa así. —De nuevo es Quinn quien habla. Y seguro que no soy el único a quien ese repentino acceso de empatía le pilla con el paso cambiado. Veo a Ev arqueando las cejas, pero por fortuna nadie dice nada. No quisiera que esta prometedora nueva dirección muera nada más nacer.

—Pero tuvo que ser un amigo, ¿no? —sugiere uno de los

otros agentes–. Es decir, una inocentada de abril no te la gasta un perfecto desconocido, ¿no creéis?

–Aunque un desconocido sí puede violarte –apunta Asante con tranquilidad.

Se hace el silencio y luego Baxter repite su pregunta, formulada de modo igualmente imperturbable al principio, en el medio y al final:

–Entonces, ¿qué quiere que hagamos, exactamente?

Tiene el ceño fruncido y, para ser sincero, comparto su posición. Esto podría acabar siendo una pérdida de tiempo descomunal. Por otro lado, si volviera a suceder...

–Si mañana se nos presenta un caso gordo, todo queda anulado, pero mientras tanto creo que valdría la pena husmear un poco. Husmear con discreción. Que quede claro: Faith no ha hecho nada malo y no me gustaría dar la impresión de que estamos investigando a la víctima, pero es posible que se haya cometido un delito y no quiero que nadie salga impune solo porque Faith está demasiado asustada para hablar con nosotros. ¿Entendido? Así que, para empezar, vamos a hablar otra vez con ese taxista... Mullins. ¿Tenemos su declaración formal?

–No, señor –contesta Somer–. Pero tenemos sus datos. Podemos llamarlo.

–Bien. Y comprobad las cámaras de los radares de Marston Ferry Road, a ver si averiguamos de dónde venía Faith y si había alguien con ella antes de que la recogiera Mullins. Y pedid en la gasolinera de la rotonda que os den los vídeos de sus cámaras de seguridad.

–Alguien podría haberla llevado allí en coche –observa Somer–. Mullins dijo que se le había roto uno de los tacones, así que no puede haber caminado hasta tan lejos, ni tan rápido.

Uno de los agentes señala las botas de Somer.

—Hablas por experiencia propia, ¿eh, Somer? —dice sonriendo.

Espero un poco a que se apaguen las risas.

—Y vamos a tener una charla con ese colegio de postsecundaria al que va Faith. A ver si podemos identificar a algunos de sus amigos o saber si ha tenido problemas con alguien.

—Las chicas tan guapas no siempre caen bien —observa Ev.

—Podría haber algún tío mezclado en este asunto —conviene Quinn—. Aunque no tenga novio, quizá el novio de otra estuviera haciéndole demasiado caso. Bueno, si es tan guapa como decís que es.

Se pasa una mano por el pelo, sin darse cuenta, probablemente. Aun así, a nadie le pasa desapercibido el gesto. Quinn siempre ha seguido esa máxima de «buscar la belleza» con demasiada literalidad. Ev abre la boca para decir algo, pero con un esfuerzo auténticamente sobrehumano consigue reprimirse en el último segundo. A Somer, en cambio, la situación la hace sonreír.

Mientras tanto, Baxter sigue con la mente centrada en el trabajo.

—Puedo echar también un vistazo a sus redes sociales. No debería resultar difícil encontrar con quién suele salir.

—Perfecto. Hazlo. Asante, tú puedes hablar con Mullins. Y, Somer, quiero que Quinn y tú os ocupéis del colegio.

Somer parece inquieta.

—Habrá que tener cuidado. Ya se sabe cómo son esos sitios y lo rápido que se extienden los rumores.

—Seguro que se os ocurrirá algo. Seguridad ciudadana, si no encontráis otra excusa. Y Somer: no te cambies para ir allí.

Abre los ojos de par en par.

–De acuerdo. Si cree que eso ayudará...

Sonrío irónicamente.

–Lo que creo es que podemos apostar a que las amigas de Faith también estudian Moda.

Y si eso no funciona, siempre nos quedan los encantos algo menos sutiles del agente Gareth Quinn.

* * *

El colegio de formación postsecundaria le recuerda a Somer la escuela en la que enseñó durante unos meses antes de entrar en la policía. El mismo bloque de hormigón y cristal, el mismo césped maltrecho y los mismos setos como de plástico, los mismos coches viejos y cascados que hacen que el flamante Audi de Quinn parezca un purasangre en una carrera de burros. Cuando todavía eran pareja, para pincharle, Somer le puso a Quinn esa canción de Shania Twain en la que un chico le da un beso de buenas noches a su coche, y no le sorprendió en absoluto que él ni siquiera se diera cuenta de la broma. Ahora, está montando un buen *show* mientras aparca junto a un desvencijado Saab, y luego se demora exageradamente al cerrar el coche. Somer ve las miradas que les echan los estudiantes, dirigidas a partes iguales al coche (los chicos) y al conductor (las chicas sobre todo, pero no solo ellas). Y eso tampoco la sorprende. Quinn es alto, atlético y muy apuesto, y desborda confianza en sí mismo. Incluso ahora, pese a lo cabrón que fue con ella cuando rompieron, Somer es consciente de su poder de atracción. Aunque, para ser justos, debe decirse que al final le ofreció lo que podría considerarse más o menos una disculpa, viniendo de él. Y hace poco ha oído rumores de que tiene una nueva novia.

Quinn acaba por fin de jugar con las llaves y rodea el coche para unirse a ella.

—Y bien: ¿cómo quieres hacer esto?

—Eso estaba pensando. ¿Qué tal si empezamos por la directora para que nos ponga en antecedentes? Y, si le parece bien, luego podemos decirles a los estudiantes que estamos aquí para charlar sobre cómo mantener el orden en las calles, como sugirió Fawley.

Su compañero hace una mueca. Aprecia a Fawley, eso Somer lo sabe, y lo ha defendido más de una vez, pero Quinn tiene la competición metida en la sangre y habría preferido actuar siguiendo una idea propia. Una idea mejor. No hace falta decirlo.

—¿Y si le hacemos unas preguntas? —dice—. Para averiguar si ha ocurrido algo recientemente que pueda justificar la repentina irrupción de la División de Investigación Criminal. Drogas o lo que sea.

Somer tiene que admitirlo: esa idea es sin duda mejor.

Echa un vistazo al lugar, buscando alguna señal que indique dónde están las oficinas, pero Quinn se le anticipa.

—No te preocupes —dice él—. Ya pregunto por dónde se va.

Cinco minutos después, está siguiendo a Quinn y a una estudiante por las escaleras que llevan al despacho de la directora. Suben por las escaleras porque así tardarán más, y resulta que la estudiante a la que ha preguntado Quinn luce una melena rubia muy larga y una falda muy corta, además de mostrar una capacidad en apariencia infinita para quedarse deslumbrada con cualquier cosa que él diga. Quinn ya le ha explicado con pelos y señales dos casos de asesinato en los que Somer sabe que apenas intervino, pero tampoco va ella a aguarle la fiesta. Solo espera que su nueva novia sepa dónde se ha metido.

* * *

*Interrogatorio a Neil Mullins efectuado en la
comisaría de policía de St Aldate, Oxford
1 de abril de 2018, 16:15
Presente: agente A. Asante*

AA: Gracias por venir, señor Mullins. Con un poco de
suerte, no tardaremos mucho.

NM: No pasa nada. De todas formas, me venía de paso para
ir a casa. ¿Cómo está... la chica?

AA: Muy afectada. Todavía estamos tratando de averiguar
qué ocurrió exactamente. Por eso queríamos hablar
de nuevo con usted, para ver si recuerda algo más,
algo que quizá no haya mencionado antes.

NM: Que yo sepa, no hay nada. Todo ha sido como les he
dicho por teléfono: la he visto caminando delante de
mí, por el arcén. Bueno, caminando: tambaleándose,
más bien. Por eso he pensado que estaba borracha.

AA: Entonces, ¿estaba de espaldas a usted?

NM: Así es. Yo iba hacia Marston y ella estaba cerca
del desvío a ese *pub*, el Victoria Arms.

AA: Eso está muy alejado de cualquier vivienda, ¿no es
así? ¿No le ha parecido raro?

NM: Pues sí. Supongo que sí. Por eso he reducido la
marcha. Y entonces me he dado cuenta.

AA: ¿De qué se ha dado cuenta?

NM: Del estado en el que estaba. Llorando, con todo el
maquillaje en manchurrones por la cara, la ropa
destrozada. Al principio, me ha parecido que estaba
sangrando, pero luego he visto que solo era barro.
Han quedado restos por todos lados, en el coche.

41

AA: ¿Cómo iba vestida?

NM: ¿No se quedan ustedes con la ropa de la gente cuando pasan estas cosas? En la tele siempre lo hacen.

AA: Es solo para el expediente, señor Mullins. Ya sabe cómo va esto.

NM: A mí me lo va a decir. Me he pasado media vida con el maldito papeleo. Por eso me cambié al taxi...

AA: ¿Y la ropa, señor Mullins?

NM: Ah, sí. Perdone. Una especie de chaqueta azul. Tejana, creo. Debajo, una camiseta blanca, aunque tampoco la he visto muy bien. Sandalias o algo parecido, como ya he dicho. Y una falda corta, negra.

AA: ¿Llevaba bolso? ¿O algún tipo de bolsa?

NM: No. Bolso seguro que no.

AA: ¿Qué ha pasado cuando se ha detenido usted?

NM: Me he asomado por la ventanilla y le he preguntado si estaba bien, si necesitaba ayuda. Una idiotez de pregunta. Porque, vaya, estaba claro que no estaba bien.

AA: ¿Qué ha contestado?

NM: Más o menos, se ha acercado tambaleándose y me ha preguntado si podía llevarla a casa.

AA: Pero ¿no ha tenido reparos en subirse a su coche? ¿No le tenía miedo?

NM: Supongo que ha sido porque era un taxi y ha debido parecerle normal. Y, la verdad, yo diría que le preocupaba más salir pitando de allí. Ahora, no ha querido de ninguna manera sentarse delante conmigo. Solo detrás. Y se ha pasado todo el camino con la ventanilla abierta, y eso que hacía un frío del carajo.

AA: ¿Para pedir ayuda si la necesitaba?

NM: Puede ser. No se me había ocurrido.

AA: ¿Le ha dicho algo sobre lo que le había pasado?

NM: No. Bueno, yo tampoco quería..., ya sabe, presionarla demasiado. Le he dicho que la llevaría directamente a la poli y le ha entrado el pánico y me ha dicho que ni hablar, que no quería saber nada de la policía. Y yo le he dicho que entonces al John Radcliffe, pero tampoco quería ir al hospital. Así que la he llevado donde ha dicho que quería ir.

AA: ¿A Rydal Way?

NM: Eso es. Luego he pensado que por eso debía caminar en esa dirección, porque intentaba llegar a casa.

AA: ¿Y había alguien cuando han llegado allí? ¿Había alguien en la casa?

NM: No lo sé. La ha rodeado para ir por detrás.

AA: No había mencionado ese detalle antes.

NM: Lo siento. No creí que fuera importante.

AA: Antes ha dicho que no llevaba bolso. ¿Podría haber llevado las llaves en el bolsillo?

NM: Supongo que sí. Tampoco se me había ocurrido.

AA: Pero usted está convencido de que sí ha entrado en la casa.

NM: Sí, sí. Me ha dicho que entraría a por dinero para pagarme si me esperaba, pero yo le he dicho que ya estaba bien así, que no hacía falta que me pagara. Ha salido del coche llorando, la pobrecilla.

* * *

Sasha Blake baja el bolígrafo y cierra su cuaderno de notas. Está sentada en la cama con las piernas cruzadas mientras, al fondo, suena una música a bajo volumen. El bolígrafo tiene una pluma en la parte de arriba y el cuaderno es de color azul pálido, con varias flores blancas en la tapa. Le gusta el brillo de las páginas, el tacto del cuaderno en la mano, pero la verdadera razón por la que lo eligió fue porque era lo bastante pequeño como para llevarlo en el bolso. Sabe bien que no conviene dejarlo por ahí, eso desde luego. Quiere a su madre, la quiere de verdad, y sabe que no cotillearía deliberadamente, pero ninguna madre tiene la fuerza de voluntad que se necesita para no leer un cuadernillo de ese tipo cuando te topas con él. Isabel usa un código para curarse en salud, y Patsie lo mete todo en el teléfono, pero a Sasha le gusta escribir las cosas en papel. Así le resulta más fácil desentrañar sus pensamientos, decidir lo que conviene hacer. Pero eso su madre no lo entendería. Pensaría que todo lo que allí pone es verdad. Y lo es, en cierto sentido. Aunque no del modo en que lo interpretaría su madre.

Ahora se oye algo en el piso de abajo y Sasha se apresura a deslizar el cuaderno en el bolsillo de su bolso rosa, tras lo cual se recuesta en el cabezal de la cama y coge su ejemplar de Keats.

–¿Estás bien, Sash? –pregunta su madre abriendo la puerta, cargada con ropa para planchar.

Sasha levanta la vista.

–Estoy bien. Aquí relajándome con mi colega.

Fiona Blake sonríe.

–No trabajes demasiado. También tienes derecho a disfrutar, ya lo sabes.

Deja la ropa sobre la cómoda y al salir cierra la puerta tras de sí. Sasha abre de nuevo el libro: «Despierto por siempre en una dulce inquietud, / silencioso, silencioso para escuchar su tierno respirar». Suspira. Imagínate cómo sería que alguien te hablara así.

* * *

—Así que ya puede hacerse una idea de por qué estamos preocupados.

Somer se recuesta en la silla. La directora del colegio no ha abierto la boca durante toda la explicación de Somer. Se ha limitado a quedarse sentada, con el ceño fruncido, jugueteando con una gomita y sin dejar de mirar hacia la ventana. Afuera, el cielo se está oscureciendo. Amenaza lluvia y Somer se maldice a sí misma. No lleva abrigo ni paraguas ni calzado adecuado.

La directora sigue sin decir nada. Somer le lanza una mirada a Quinn, quien se limita a encogerse de hombros.

—¿Señora McKenna? —dice, levantando ligeramente la voz—. ¿Hay algo que deberíamos saber? ¿Sabe si Faith ha tenido problemas recientemente con algún otro estudiante?

La mujer vuelve la cara hacia ella.

—No. Al menos que yo sepa. Faith es muy popular en su grupo.

—¿Se le ocurre quién podría haberle gastado esa inocentada de abril? ¿Hay algún nombre que le venga a la cabeza?

De nuevo frunce el ceño, más si cabe esta vez.

—Espero que no esté insinuando que uno de nuestros estudiantes puede ser responsable de esta...

—En absoluto. Pero sabemos que la familia de Faith se mudó aquí el pasado verano, así que tal vez no tenga aún demasiados amigos fuera del círculo del colegio.

McKenna empieza de nuevo a juguetear con la gomita. A Somer le falta un pelo para inclinarse por encima de la mesa y arrancársela de las manos.

–Señora McKenna, es bastante urgente...

La directora se vuelve de repente y se inclina hacia ellos. Parece que alguien hubiera pulsado un interruptor. De pronto se muestra diligente, atenta, enérgica.

–Me temo que no puedo contarle todo lo que ocurre en la vida personal de Faith ni lo que hace más allá de las puertas del colegio. Pero sí puedo decirle que es una alumna muy trabajadora y talentosa, y espero que tenga mucho éxito en su carrera profesional.

–Pero tendrá amigos aquí, ¿no? –pregunta ahora Quinn–. Y usted debe tener cierta idea de quiénes son. –Su tono no llega a ser sarcástico, pero poco le falta.

–¿Desea interrogar a mis estudiantes? –El ceño vuelve a aparecer.

–No, interrogar no –responde de inmediato Somer–. Esperábamos algo mucho más informal. Solo darnos una vuelta entre los estudiantes para ver si detectamos algo raro bajo la superficie, cualquier sentimiento de animosidad...

McKenna arquea las cejas.

–En ese caso, diría que no puedo impedírselo. Pero sí les pediría más discreción de la que suele ser habitual en la policía.

–¿Ha habido últimamente algún incidente que pudiera hacer más plausible nuestra presencia aquí? ¿Problemas con el alcohol, por ejemplo?

–No.

–¿Drogas?

–De ninguna manera.

Somer percibe la reacción de Quinn, pero no se atreve a mirarlo.

–Muy bien –dice con voz neutra–. En ese caso, nos ceñiremos a algo más genérico relacionado con la seguridad personal.

—Buena idea —dice McKenna con sequedad—. Esta semana ya han venido a verme dos alumnas porque creían que alguien las había seguido por Iffley Road. Es triste que las fuerzas del orden consideren estas cuestiones solo una cortina de humo para investigar otros asuntos que, evidentemente, les parecen muuucho más importantes.

—Pero ¿quién coño se cree que es? —murmura Quinn, no demasiado discretamente, cuando cinco minutos después bajan por las escaleras—. Anda que no tiene la piel fina, la tía... Dirige un miserable colegio de postsecundaria y se diría que es la puta rectora del Balliol College.

Que es, de hecho, una mujer. Pero no es algo que Somer vaya a sacar a colación ahora.

* * *

—Deberías cambiártelas —dice Baxter—. No es buena idea quedarse ahí sentada con los pies mojados.

Somer se mira los pies. Si sus botas no están para tirar tras el monzón que les ha caído a ella y a Quinn cuando cruzaban el aparcamiento del colegio, será un pequeño milagro. Lleva los tejanos mojados hasta la rodilla, y el pelo ya ha renunciado a arreglárselo.

—De verdad —prosigue Baxter—. Si estás incubando algún virus de catarro...

—No pasa nada —se apresura a responder—. De verdad. Me interesa más lo que has averiguado.

Baxter le lanza una elocuente mirada que viene a decir: «Avisada estás. Luego no vengas quejándote»; y se vuelve de nuevo hacia su pantalla.

—Muy bien, para empezar, Faith Appleford cuelga entradas en un videoblog de moda cada dos semanas o así. *You gotta have*, lo llama.

Somer sonríe.

–Ingenioso.

Baxter frunce el ceño.

–¿Cómo dices?

–Ya sabes, *You gotta have faith*, la canción de George Michael.

Baxter sigue sin entender.

–Déjalo. Continúa.

–Bien. De acuerdo. Lo inició el pasado otoño, presumiblemente cuando empezó el curso. Y es muy profesional, la verdad. Técnicamente, quiero decir. Mira –dice girando la pantalla hacia ella–. Echa un vistazo.

yougottahave   Seguir

155 publicaciones   **19.500 seguidores**   **324 siguiendo**

FAITH Moda | Belleza | Estilo
            Compartiendo la pasión, aprendiendo a quererme

Publicado a las 18:46 del 6 de febrero de 2018

Primer plano, interior, directamente a cámara

Hola a todo el mundo. Bienvenidos a mi canal de moda, belleza y estilo. Mucha gente me ha preguntado cómo creo mi *look* personal. Básicamente, eso quiere decir cómo elijo las cosas para combinarlas entre sí. No solo ropa, sino bolsos, zapatos y todo lo demás, porque ya sabemos que muchas veces son los detalles los que marcan la diferencia entre tener un buen aspecto o tener un aspecto genial. Así que eso es de lo que voy a hablar hoy.

La gente siempre me dice que no pueden creer que la mayoría de las cosas que llevo sean de tiendas normales, pero yo siempre contesto que no se trata de gastar mucho, sino de ser hábiles a la hora de elegir.

Vista de cuerpo entero junto a perchero

Yo siempre empiezo por lo que llamo «pieza clave». ¿Qué quiero decir con eso? Pues algo muy sencillo: la pieza clave es el elemento alrededor del cual construyes tu *look*. Por ejemplo, unos zapatos fantásticos como estos [levanta unos zapatos].

Primer plano, selección de zapatos al fondo

Estos son mis favoritos para salir por la noche. Los compré en Irregular Choice y son simplemente maravillosos: el color es increíble y tienen estos bonitos detalles plateados que los hacen realmente únicos. Y, sí, se llevaron una parte bastante grande de mi presupuesto, pero van a durar una eternidad y me proporcionan un «*look* distintivo» para el resto del conjunto.

Vista de cuerpo entero con vestido en colgador

Pues bien: a esto me refería. Este vestido es de Zara y me hice con él hará un par de meses por 39,99 libras. Me encanta el corte que tiene y la tela es muy agradable para ser tan barato. En esencia, un vestidito negro de noche clásico, pero con el toque original que le da este plisado que veis aquí, por detrás.

Cuerpo entero, posado con vestido y zapatos

Aquí podéis ver cómo queda puesto. Fijaos: el plisado crea un efecto muy bonito cuando te mueves. Y al añadir los zapatos, ya te das cuenta de que todo empieza a combinar. El plateado de los zapatos realza la parte plateada del escote y le da al conjunto mucha más clase. Y si hay algo que nunca pasa de moda, es la clase.

Cuerpo entero, posado con vestido, zapatos y accesorios

Por último, los accesorios. Me lo habéis oído decir muchas veces, ya lo sé, pero es que esto es importantísimo. A mí me encanta este bolso. Lo compré en ASOS y lo tengo desde hace siglos. Me gustan sobre todo estas borlas, y puedes quitar la bandolera y usarlo como bolso de mano. Los pendientes son de Accessorize y también tienen borlas. Genial, ¿verdad? Y, como probablemente sabéis, en lo referente a las joyas yo defiendo que menos es más, y por eso no llevo collar con este conjunto. Con el detalle plateado del escote, un collar sería excesivo y seguramente daría demasiado el cante.

Primer plano, igual que en secuencia inicial

Bien, pues eso es todo por hoy. Espero que os haya gustado el vídeo. La próxima vez os enseñaré cómo poneros el maquillaje que he llevado hoy. Y, si todavía no lo habéis hecho, podéis suscribiros a mi canal.

Soy Faith y cierro con el mensaje de siempre: cuidad vuestro aspecto, sed buenas y amaos como sois.

—¿Ves a lo que me refería? —dice Baxter mientras pausa el vídeo.

Somer asiente. Y no solo está impresionada por la presentación técnica; la chica demuestra más aplomo que muchas personas que le doblan la edad.

—¿Y qué hay de su contenido más personal? Redes sociales, amigos, novios quizá, amienemigos...

Baxter niega con la cabeza.

—Ningún tío que yo haya podido encontrar. Tiene muchas cosas en Instagram, pero todo son fotos fardonas y cientos de *hashtags*.

Somer sonríe para sí misma al pensar en Baxter mirando cada foto de zapatos de última moda y tintes de cejas. Ni siquiera recuerda la última vez que oyó a alguien usar la palabra «fardón».

Mientras tanto, Baxter sigue hablando:

—Según parece, no está en Twitter, y la cuenta de Facebook apenas se ha utilizado. Se diría que le gusta más emitir que dialogar.

Somer asiente.

—Esa misma impresión nos dio en el colegio. Todo el mundo la conoce, pero nadie la conoce bien. Una de las chicas la describió como «simpática pero muy muy reservada». No me la imagino cabreando a nadie hasta el punto de querer vengarse con una broma, y menos con una tan premeditada y cruel.

Baxter tiene una expresión seria.

—Si es que fue una broma. A mí me parece algo mucho peor.

Somer vuelve a asentir.

—Sí, ya lo sé.

—Pero si de verdad fue una agresión sexual, ¿por qué demonios no quiere denunciarlo?

Somer suspira.

–No sería la primera. Ni mucho menos.

Se quedan sentados un momento, mirando la cara de la chica en la pantalla. Faith ha quedado congelada en una media sonrisa, confiada, feliz, segura de sí misma. Apenas se reconoce a la chica que Somer ha conocido.

–Hay algo que me pareció un poco raro –dice por fin Baxter.

–¿Sí?

–Todas las redes sociales de Faith, tanto Instagram como Facebook, no llegan más atrás del año pasado.

Somer lo mira.

–¿Y no hay nada antes? ¿No es posible que borrara las cuentas antiguas y comenzara de cero?

Baxter niega con la cabeza.

–No lo creo. No encuentro nada.

Somer arruga el entrecejo; no parece normal.

–¿Por qué querría hacer una cosa así?

Su compañero se encoge de hombros.

–Vete tú a saber. Pero ¿qué sé yo de adolescentes?

Somer vuelve a mirar la pantalla. El vídeo debió de grabarse en el dormitorio de Faith. Se ve el tablero del que le habló Ev y, debajo, una mesita de noche blanca con neceseres de maquillaje y artículos de tocador, además de una docena de fotografías enmarcadas.

–¿Puedes ampliar esas fotos? –pregunta de pronto.

Baxter le echa una mirada interrogante, pero no dice nada. Pulsa el teclado y las fotos llenan la pantalla.

–Solo son un puñado de viejas instantáneas familiares –dice recostándose de nuevo en la silla–. Ni siquiera sale Faith.

Pero Somer está en el borde de su asiento, observando, y cuando se vuelve hacia Baxter le brillan los ojos.

–Exacto –dice–. Ella no sale.

* * *

Sasha está tumbada boca arriba en la cama, mirando al techo. Hace años, cuando era pequeña, su madre lo llenó de estrellitas plateadas que brillaban en la oscuridad. Y, siendo su madre como es, no se limitó a pegarlas de cualquier manera, sino que formó auténticas constelaciones, como la Osa Mayor, Casiopea y las Pléyades. La idea se la dio un programa de televisión sobre la estación Grand Central. Algunas de las estrellas se han ido cayendo con los años, y ahora Orión tiene que arreglárselas sin la cabeza, pero a Sasha le sigue gustando. Se ha prometido a sí misma que algún día irá a Nueva York y verá el techo verdadero. Lo tiene en su lista, al final de su cuaderno de notas, junto con...

El teléfono tintinea y Sasha rueda sobre la cama para cogerlo del suelo. Patsie. Un selfi con dos dedos apretados contra los labios, y luego una foto con una cazuela llena de zanahorias cortadas en daditos.

Sasha teclea «asqueroso» y añade una serie de emoticonos verdes que están vomitando.

«Vuelves mañana a clase?», escribe.

La respuesta tintinea casi de inmediato.

«Ni de coña. Prefiero ver la tele».

Debajo aparece una foto de sus pies sobre un cojín, calzados con pantuflas de pelo suave. Al fondo se ve el *show* de Jeremy Kyle en la televisión. Un fornido guardia de seguridad trata de impedir que dos chicas adolescentes se arranquen los ojos a arañazos. El subtítulo dice: «¡Te has acostado con mi novio y lo voy a demostrar!».

«Mira a estas dos burras», escribe Patsie.

Sasha se ríe y contesta: «Flipo en colores!!!».

Sigue una pausa y Sasha piensa que Patsie debe de haberse desconectado, hasta que de pronto aparece otro mensaje:

«El puto Lee está aquí –dice–, en plan chuleta exhibiendo esas tetas podridas suyas otra vez. –Sigue otra línea de emoticonos que vomitan–. Ojalá mi madre abra los ojos y le dé plantón a ese *loser*».

Sasha frunce el ceño: «Estás sola?».

«Mi madre no debería tardar», contesta Patsie.

«No sé qué le ve a ese pervertido –escribe Sasha–. Seguro que estás bien, Pats?».

Hay un emoticón de beso y luego: «Aaah, eres la mejor. Le he dicho que se largara cagando leches. Nos vemos mañana guapa Xxx».

Las estrellas del techo están empezando a brillar y Sasha se levanta para cerrar las cortinas. Hay una furgoneta blanca aparcada al otro lado de la calle. Dentro se ve a un hombre, pero Sasha no distingue su cara.

* * *

–¿Entiendes lo que quiero decir? –pregunta Somer–. Faith no aparece en ninguna de estas fotos, ni tampoco en ninguna de las que vi en la sala de estar de los Appleford.

Baxter arruga el entrecejo.

–¿Y?

–Había un par de la madre y algunas de una niña de pelo oscuro, pero esa seguro que es Nadine, no Faith.

–Aún no veo adónde quieres llegar. Quizá es que no le gustan las fotos de sí misma. Hay gente así. Sobre todo, en las fotos de cuando eres bebé. En las mías, parezco Shrek.

Somer reprime una sonrisa.

—Pero a lo mejor hay una razón para que no tenga ninguna foto. ¿Y si es adoptada?

Baxter se encoge de hombros.

—Aunque lo sea, ¿qué diferencia hay? Nadie va a atacarla por eso.

—¿Puedes entrar en la base de datos del Registro Civil?

Baxter deja escapar un fuerte suspiro, pero ya conoce esa expresión en la cara de Somer. Cuando se pone así, es mejor dejarla hacer.

Teclea alguna cosa y en el ordenador se abre una nueva pantalla. Se vuelve hacia Somer.

—Y bien, ¿qué quieres saber?

—¿Podemos acceder al certificado de nacimiento de Faith? Tiene dieciocho años, así que nació en 1999 o en el 2000.

Baxter lanza la búsqueda y tuerce el gesto.

—¿Qué? ¿Qué pasa?

Su colega señala la pantalla.

—Esto no puede estar bien, ¿verdad?

Pero Somer asiente.

—Yo creo que sí. De hecho, creo que podría explicarlo todo.

* * *

Son más de las once de la noche cuando Everett recibe el correo de Somer diciéndole lo que han averiguado. Pero el teléfono ha sonado solo porque se le olvidó apagarlo antes de derrumbarse en la cama. El bip y el destello la despabilan y hacen que coja el móvil sin ni siquiera ser consciente de ello. Al pie de la cama, el gato se rebulle y vuelve a acomodarse. Everett siente cómo el corazón le golpea en el pecho mientras desbloquea el teléfono y mira la pantalla. No puede ser bueno para la salud que te despierten con un sobresalto como este.

Entonces se vuelve a tumbar, la mirada fija en un techo que no puede ver. Su corazón sigue desbocado y, esta vez, no es porque la hayan despertado en plena noche.

* * *

Adam Fawley
1 de abril de 2018
23:07

Estoy llenando el lavavajillas cuando me suena el teléfono. Somer. Ni siquiera se molesta en disculparse. Y eso, pueden creerme, no es en absoluto propio de ella.

—Le estoy enviando un correo electrónico, señor. ¿Puede llamarme cuando lo reciba?

—¿Qué es?

—Un certificado de nacimiento. De 1999.

La línea se corta. Luego el teléfono tintinea.

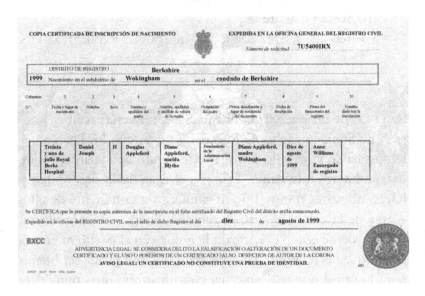

–¿Problemas? –dice Alex, viendo la expresión de mi cara.

–No estoy seguro.

Pero la cosa no me gusta. Y cuando veo lo que Somer me ha enviado, me gusta todavía menos.

–Por favor, dime que esto no es lo que creo que es.

Oigo suspirar a Somer.

–Ojalá pudiera.

–¿Y estás segura? ¿No hay posibilidad de que nos hayamos equivocado?

–Lo hemos verificado dos veces. Los Appleford solo tienen otro hijo: Nadine, nacida el 6 de junio de 2002.

–Entonces Faith no es su hija. Es su hijo.

–Ella no lo veía así, señor. Quiero decir que, sí, es lo que dice el certificado de nacimiento, pero creo que Faith diría que en su interior ella siempre ha sido una chica.

Y, por supuesto, ahora todo se entiende. Por qué no quería que la examinara un médico, por qué no quería hablar con nosotros... Por qué ni siquiera quería denunciar lo que le había ocurrido. Y por eso, también, su madre se muestra tan protectora. Incluso podría explicar por qué los Appleford se mudaron aquí. Era como empezar de cero; una oportunidad para que Daniel dejara atrás su anterior identidad y comenzara una nueva vida. Como chica.

–¿No hay registrado ningún cambio de nombre, ninguna solicitud de un certificado de reconocimiento de género?

–No, señor.

–Así que, desde el punto de vista legal, Faith sigue siendo Daniel.

–Es bastante posible, sí. Lo que significa que, probablemente, tuvo que solicitar su matrícula en el colegio con ese nombre. Diría que por eso la directora mostró tanto hermetismo. Nos dijo que «no podía decirnos nada» de la vida personal de Faith. Dimos por supuesto que eso significaba que no sabía nada, pero ahora creo que eligió las palabras con toda la intención.

Respiro hondo. Alex ha vuelto a la sala de estar.

Oigo el ruido de la televisión y de la lluvia que cae sobre el techo acristalado, encima mi cabeza. Sé lo que tengo que hacer; solo que no es una perspectiva que me atraiga demasiado.

–De acuerdo, Somer. Yo me encargo. Llamaré a Harrison y le diré que queremos pasar a un nivel superior, considerarlo un posible delito de odio.

* * *

Ey, alguien ha visto a Faith hoy? No ha venido a clase y no la he visto en todo el día. Un poco preocupada, pq la policía ha estado aquí.

Yo no la he visto. Pregunta a Jess. Son colegas, ¿no?

Ya lo he hecho. Dice q no. Tú tienes su móvil?

No, lo siento. Y x Insta?

Buena idea. Probaré. Ya me da canguelo que nadie la haya visto.

* * *

Es tarde, pero Somer no puede dormir de ninguna de las maneras. Coge el teléfono y duda, preguntándose si lo despertará. Pero sabe que no se acuesta temprano y, ahora mismo, tiene muchas ganas de oír su voz.

Le coge el teléfono al segundo tono: no estaba dormido.

—Ey, esperaba que me llamaras. ¿Qué tal va?

—¿El caso? Mejor, creo. Puede que hayamos descubierto algo importante.

—¿Vosotros... o tú?

Somer sonríe; él es muy bueno en eso, en obligarla a reconocer sus propios logros. Es algo que a Somer nunca le sale de forma natural, ni siquiera ahora.

—No se te dan nada mal los jueguecitos detectivescos, ¿eh?

Y se ríe; tiene una risa bonita.

—Bueno, a lo mejor tengo información reservada sobre esta sospechosa en particular.

Somer se recuesta en la silla y pone los pies en alto; oye al fondo un débil murmullo de voces.

—¿Estás viendo la tele? —No es que le interese. Solo quiere hablar, de todo y de nada en particular.

—Sí.

No hace falta preguntar qué. Para tener diez años de experiencia como inspector, Giles tiene una adicción enternecedora por la crónica negra. Programas de televisión, libros, pódcast, todo lo que a uno se le ocurra, él se lo traga, como atestigua el montón de grabaciones que se acumulan en el Sky Box de Somer. Y ella lo comprende... hasta cierto punto. Vio con él *The Staircase* y le pareció una serie apasionante, lo que pasa es que Giles lo ve absolutamente todo, desde documentales serios hasta cosas como *Esposas asesinas* o *Había una vez... un homicidio*, que al principio ella había supuesto que serían parodias. Pero a Giles todo le resulta igual de fascinante. «Me ayuda a entender por qué —había dicho al preguntarle ella—, tras diez mil años de evolución humana, nos seguimos haciendo unos a otros bestialidades tan escalofriantes».

–¿Qué tal tu día?

Puede oírlo desperezarse.

–Bien. No precisamente emocionante.

–¿Sabes algo nuevo de lo de las chicas para este verano?

Saumarez tiene dos hijas que viven con su madre en Vancouver. Somer aún no las conoce, pero está previsto que lleguen para las largas vacaciones veraniegas. Ha estado mentalizándose para no dejarse aterrorizar ante esa perspectiva.

–Todavía esperando confirmación de los vuelos.

Intenta pensar en algo que decir, pero la larga jornada le está pasando factura.

–Todo irá bien –dice él, adivinando lo que significa su silencio–. De verdad. Las niñas son estupendas. Solo quieren verme feliz.

«Y tú me haces feliz a mí».

No lo dice, pero quizá él tampoco necesita que lo haga.

–Tengo muchas ganas de conocerlas –dice, y de pronto, con un feliz estremecimiento de asombro, se da cuenta de que lo siente como lo dice.

* * *

Adam Fawley
2 de abril de 2018
9:15

Existen diferentes tipos de silencio en este trabajo. Está el silencio de la ira y la impotencia, cuando sabemos todo lo que ha pasado, pero no tenemos ninguna prueba y no podemos hacer nada para demostrarlo. También el silencio de la compasión, por los horrores que le toca sufrir a la gente, incluso –o sobre todo– a manos de quienes se supone que los quieren. Y, por último, el silencio del fracaso y los remordimientos, cuando hemos hecho todo lo posible pero no ha sido suficiente. Sin embargo, cuando Somer cuelga el certificado de nacimiento de Faith, se produce una clase de silencio del todo diferente. El temor es casi palpable. Por la dirección que puede tomar el asunto, por lo que puede acabar siendo.

—Entonces, ¿cree que podría ser un delito de odio? —pregunta Gislingham volviéndose hacia mí.

Asiento.

—Espero que no. Pero sí, hay que pensar en esa posibilidad.

Everett parece inquieta.

—Pero ella sigue insistiendo en que no la agredieron. ¿Cómo vamos a investigar el asunto como es debido si ni siquiera quiere contarnos lo que sucedió?

—Hemos de tener la esperanza de que cambie de opinión —apunta Baxter, quien parece estar reclamando para sí el antiguo papel de Gis como «Enunciador Supremo de Verdades de Perogrullo».

Se produce otro silencio. Esta vez, un silencio evaluativo. De deliberación.

—Bueno, ¿cómo quiere que juguemos esta partida? —pregunta Quinn.

Respiro hondo.

—Lo primero es volver a interrogar a Faith. Esta vez, oficialmente y como cuestión prioritaria. No necesito recordaros que tiene que hacerse con el máximo cuidado, pero no queda otra: hemos de saber quién más, aparte de su familia, está al tanto de su condición.

—Puedo revisar de nuevo sus redes sociales —interviene Baxter—. Comprobar si hay algo en línea, si entra en foros de jóvenes trans. No encontré nada la primera vez, pero tampoco buscaba en esa dirección.

—Una idea excelente, Baxter —dice Gis, quien sigue claramente las pautas de su reciente cursillo sobre dar *feedback* («Sed positivos», «Usad sus nombres»... Bien lo sé yo, que también tuve que pasar por ese condenado curso).

—Estoy de acuerdo —digo—. Y a ver si podemos encontrar también al padre.

Gis asiente y se lo apunta.

Paseo la vista por el grupo. Hay una persona que todavía no ha dicho nada.

—¿Alguna idea, agente Asante?

Asante reflexiona, y se toma su tiempo. Parece evidente que él, al menos, no le tiene miedo al silencio.

—No —contesta por fin—. Creo que ya lo tenemos todo cubierto.

* * *

Everett y Somer están en el coche, al otro lado de la calle, frente al número 36 de Rydal Way. No hay signos de vida en el interior. El cartero ha llamado hace cinco minutos, pero no ha contestado nadie. Aún pueden verlo hablando unas puertas más allá con una anciana, mientras el chihuahua que esta sostiene en el hueco de su brazo no deja de ladrar furiosamente. Somer hace una mueca; su abuela tenía uno igual cuando ella era niña. Desde entonces ha odiado a ese tipo de perritos con mal genio.

Consulta el reloj.

—Según el colegio, Faith ha llamado diciendo que estaba enferma, así que debería estar ahí. Y la madre ya se habrá ido a trabajar.

—Y se habrá llevado a la encantadora Nadine —añade Ev en tono alicaído. Abre la puerta del coche—. A ver si tenemos más suerte que el cartero. Crucemos los dedos.

Las dos mujeres recorren el camino hasta la puerta principal. La calle está ahora completamente desierta, salvo por dos grajillas que picotean los restos de algún animal inidentificable al que han atropellado. No es el más prometedor de los augurios.

Ev llama y espera. Vuelve a llamar, esta vez durante más tiempo.

—No oigo nada.

—Dale un minuto —dice Somer—. Seguramente, está tratando de ver quién es. Es lo que yo haría, si fuera ella.

Y, en efecto, al final oyen pasos dentro y la puerta se abre. Pero lentamente y no demasiado.

—¿Qué quieren? —Su cara está ahora bien limpia, aunque todavía tiene cercos rojizos alrededor de los ojos. Lleva el mismo jersey viejo y harapiento, que parece envolverla como una camisa de fuerza—. Mamá no está aquí.

—Es contigo con quien queríamos hablar, Faith —dice Somer—. Sola, si te parece bien. Es bastante importante.

—¿No tiene que estar mi madre conmigo?

Ev niega con la cabeza.

—No tiene por qué estar nadie contigo, a no ser que tú quieras. Eres una víctima, no una delincuente. No has hecho nada malo.

Enfatiza esas últimas palabras para tratar de que la chica la mire a los ojos. «Estamos de tu lado; queremos ayudar».

—Podemos hacer esto del modo que te haga sentir más cómoda —dice Somer—. En la comisaría, con tu madre u otra persona en la que confíes, o aquí, solo nosotras. Nos ha parecido que sería más fácil así, pero solo a ti te corresponde esa decisión. Nosotras haremos lo que prefieras.

Faith duda.

–Ya se lo dije. No fue más que una broma de mal gusto. –Pero todavía las mira con recelo, porque ahora percibe algo en sus caras, algo que no estaba allí antes.

Somer se acerca a ella.

–Estamos al tanto, Faith –dice con suavidad–. Sobre ti..., sobre Daniel.

La joven se muerde el labio y los ojos se le llenan de lágrimas.

–Es tan injusto –susurra–. Yo nunca le he hecho daño a nadie...

–Lo siento –dice Somer al tiempo que tiende la mano y le toca con suavidad el brazo–. No lo habría mencionado si no fuera necesario. Pero entenderás por qué estamos preocupadas. Lo que tú hagas con tu vida no le incumbe a nadie y en eso te apoyamos al cien por cien. Pero no queremos que le ocurra lo mismo a alguna otra chica. A alguien en tu misma posición. Algo como esto... no es normal. Aunque no fuera «más que una broma». Y si no lo fue...

Deja la frase sin terminar. Es consciente del poder del silencio. El silencio por una causa noble.

La chica respira hondo y parpadea para despejarse los ojos de lágrimas.

–De acuerdo –dice por fin–. De acuerdo.

* * *

Tony Asante está en un café de Little Clarendon Street. Uno de esos sitios exasperantemente modernos con gran despliegue de *muffins* y bizcochos brillantes y pan de masa madre. El local está abarrotado y la gente de la cola mira de soslayo a un par de estudiantes que acaparan espacio con sus ordenadores portátiles. Y también miran a Asante, aunque él esté demasiado absorto como para notarlo. La taza de café que tiene delante hace mucho que está vacía, pero él sigue allí sentado, con la vista clavada en el teléfono, cambiando de página web más o menos cada minuto. Aunque el apartado de las redes sociales se haya asignado a Baxter, él no va a hacer lo que Asante está haciendo. Ni visitará los mismos sitios que ha visitado Asante.

* * *

Faith conduce a las dos mujeres a la cocina, ubicada al fondo de la casa. Ev se ha estado armando de valor para otra dosis de color malva, pero al final no hay más que armarios de un tono crema neutro y encimeras que parecen de granito, aunque seguramente no lo sean. La nevera está cubierta de notas adhesivas, listas de tareas y pequeños y graciosos imanes. Una oveja muy lanosa, un gato esmaltado, tres patos en formación; un gran corazón rosa en el que se lee: «Las hijas empiezan siendo tus bebés, pero acaban siendo tus amigas»; y otro cuadrado y amarillo con un ramito de narcisos donde dice: «Sé tú mismo. Eso ya es bastante maravilloso».

A Somer se le hace un nudo en la garganta. Quizá Diane Appleford se muestre arisca y a la defensiva con la policía, pero en lo que respecta a sus hijas no se puede negar que es todo corazón. Las apoyará siempre, con independencia de la persona que acaben siendo. Y Somer se pregunta de pronto si su marido no fue capaz de hacer lo mismo y por eso ya no está presente.

—¿Quieres un té? —pregunta acercándose a la tetera—. ¿Café?

Faith niega con la cabeza, pero Everett hace un gesto afirmativo. Lo habría hecho aunque llevara ya cuatro tazas en el cuerpo y tuviera los nervios de punta por la cafeína. Y no por la bebida en sí misma, sino por la sensación de vida hogareña. Por esa cualidad reconfortante que hay en la rutina. En el armario solo se ve café instantáneo, pero su aroma pronto inunda la pequeña habitación. No es la primera vez que Somer se pregunta por qué siempre huele mejor que sabe.

Acerca uno de los taburetes a la barra de desayuno y desliza la taza hacia Ev. Están esperando a ver si Faith habla primero; quieren que tenga la sensación de estar al mando.

—Y bien —comienza Everett tras prolongar el ritual del azúcar y la leche (ninguno de los cuales suele tomar) más allá de lo humanamente posible.

—Hablaré con ustedes —dice Faith por fin—. Pero no quiero que se sepa nada. En público, me refiero. Sobre mí. Sobre quién soy.

Las dos mujeres cruzan la mirada. Son conscientes del peligro que entraña prometer algo así. Sobre todo, si se trata de un delito de odio. Somer respira hondo y toma una decisión.

—Hasta que no averigüemos quién hizo esto, no sabremos el porqué. Si lo hizo por tu condición, entonces tendremos que acusarlo de ese delito y será casi imposible que tu nombre no salga a la luz.

Faith empieza a negar con la cabeza, pero Somer sigue insistiendo.

—Pero si te atacó porque eres una chica guapa, y lo eres, eso ya es otra cosa. En cualquier caso, te prometo que haré todo lo que esté en mi mano para proteger tu intimidad.

Extiende el brazo y la coge de la mano, la obliga a mirarla, a creerla. Sus miradas se encuentran y, poco a poco, la joven se sienta más recta y levanta la barbilla.

—Muy bien. ¿Qué quieren saber? —dice.

—¿Por qué no empiezas por el principio? —propone Somer—. Desayunaste con tu madre y tu hermana, y luego saliste para ir al colegio. ¿Es así? Empecemos por ahí.

Faith toma aire.

—Salí de casa a las 9:00 y caminé hasta la parada de autobús de Cherwell Drive. Fue allí donde pasó.

—¿Alguien se te llevó, te raptó? ¿Es eso lo que quieres decir?

Agacha la cabeza y asiente.

—A esa hora suele haber mucho trajín en la zona, ¿no? —dice Ev. Convierte la frase en una pregunta, esperando que así parezca menos conflictiva, pero no puede obviarse que la zona residencial de Rydal Way sirve de itinerario alternativo a muchos conductores y, sin embargo, esa mañana nadie informó de ningún incidente. La idea de que una joven podría haber sido raptada en plena hora punta y de que nadie vio nada...

Faith levanta la vista.

—Había empezado a llover. Y mucho.

Lo que, más o menos, podría explicarlo. La calle está de pronto inundada, las ventanillas se empañan, los conductores se concentran más en la calzada y menos en lo que tienen alrededor.

—Me había parado a sacar el paraguas —continúa Faith—. Y había apoyado la mochila en la pared para buscarlo. Fue entonces cuando pasó. Alguien me puso una bolsa de plástico en la cabeza y empezó a arrastrarme hacia atrás. Intenté resistirme, pero me clavaron algo en la espalda. Algo puntiagudo. Creí que era un cuchillo.

—¿No le viste la cara? —pregunta Somer, esforzándose por controlar la voz. Porque ese es justamente el terror que la despierta de madrugada: no poder respirar, no ver nada—. ¿Y antes no había pasado nadie por allí? ¿No había nadie cerca?

—Llevaba los auriculares puestos, así que no estaba prestando demasiada atención.

—¿Y qué pasó luego?

—Empezó a arrastrarme hacia atrás, hacia los garajes. No podía ver, pero sabía que era hacia allí porque notaba el suelo de gravilla, diferente de la acera.

—¿Los garajes? —pregunta Ev.

—Sí, ya sabe, al final de la calle.

Y entonces Ev cae en la cuenta de a qué se refiere. Es algo que apenas se ve ya, pero Rydal Way dispone de una zona separada para los garajes, justo antes del cruce con Cherwell Drive. Ahora el relato de Faith empieza a cobrar sentido: si el atacante estaba al acecho en esa parte, no habría resultado visible desde la calle y en pocos segundos podría haber arrastrado a Faith hasta hacerla desaparecer de la vista.

—Y luego me empotró contra una furgoneta y lo oí abrir la puerta.

—¿Tenía una furgoneta?

Faith asiente.

—Sí, sí. Tenía una furgoneta.

—¿Qué pasó luego?

—Me empujó y caí dentro, en la parte de atrás. Entonces me ató las manos.

—¿Por delante o a la espalda?

—Por delante.

—¿Y estás segura de que era una furgoneta y no un SUV u otro coche que pueda abrirse por detrás?

Faith niega con la cabeza.

—No llegué a ver el vehículo, pero era demasiado bajo para un SUV. Y no era tan grande. Cuando tomábamos las curvas me chocaba con el lateral. Había una especie de plástico en el suelo. Notaba cómo se me pegaba al cuerpo.

Somer asiente y toma nota. Por muy traumático que fuera llegar a este punto, una vez tomada la decisión de hablar, Faith se está revelando como una testigo sorprendentemente buena. Precisa, observadora, atenta a los detalles.

Ahora está jugueteando con el collar; el collar que lleva su nombre.

—Antes has dicho «me clavaron» y luego has hablado de «él». ¿Es posible que hubiera más de una persona?

Faith se encoge de hombros.

—No lo creo. Pero no estoy segura.

—Pero nadie te habló, no oíste voces.

Niega con la cabeza.

—Nadie habló en todo el rato. Ni una sola palabra.

* * *

Adam Fawley
2 de abril de 2018
11:24

Estoy a medio camino de casa cuando me llaman. Maldigo entre dientes al ver quién es. Le prometí a Alex que estaría allí para cuando llegara la enfermera a domicilio, pero también esperaba poder volver a la oficina antes de que cualquiera de los del equipo notara que me había largado. Vana esperanza, está claro.

La comunicación se entrecorta, pero oigo más o menos lo que me dicen.

—¿Señor? Soy Tony Asante.

Debería haber adivinado que era él. Lleva con nosotros unos meses y hasta ahora no tengo nada que reprocharle. Diligente, inteligente; sobre el papel, excelente. Hace lo que se le pide y toma la iniciativa cuando debe hacerlo. Y, sin embargo, hay algo en él que no acabo de descifrar, y diría que el resto del equipo tampoco. Cada vez que creo haberlo calado, consigue despistarme otra vez. Parece que estuviera interpretando un papel, actuando en piloto automático. Como si se guardara para sí sus verdaderas intenciones. Alex dice que a lo mejor es solo un tipo muy ambicioso que no sabe ocultarlo demasiado bien, y sospecho que algo de razón tiene. Eso explicaría esa evidente antipatía que le tiene Quinn, quien tampoco es demasiado bueno ocultando ese tipo de cosas, digámoslo claro. En cambio, a diferencia de Quinn, Asante parece llevarse mejor con las mujeres del equipo que con los hombres, algo que tampoco es tan habitual en este trabajo. Quizá sea esa la explicación: que él, como ellas, sabe lo que es estar en minoría.

—¿Qué sucede, Asante?

—Siento molestarle, señor. Creo que he encontrado algo.

Tuerzo un poco el gesto.

—¿Qué...? ¿Se trata de Douglas Appleford? ¿Ha dado con él?

Una breve pausa. ¿Incomodidad o cálculo?

—No, no es eso. La verdad..., sería más fácil explicarlo cara a cara. Si está en otro lugar, puedo ir yo ahí.

Pues claro que estoy «en otro lugar». Si no, para qué me iba a llamar.

Puedo oír el ruido del tráfico al fondo. Debe de estar en la calle.

—No estoy en la oficina. He tenido que irme a casa, solo un momento.

—Es en Risinghurst, ¿verdad? Puedo acercarme.

No sé por qué tendría que molestarme que lo sepa, pero el caso es que lo hace. Tampoco es que la gente de la oficina no haya venido antes a casa. Aunque no a menudo. Y nunca desde que Alex está embarazada.

—Solo estaré fuera una hora, más o menos. ¿No puede esperar hasta que vuelva?

Lo oigo tomar aire.

—Pues, la verdad, señor, yo diría que no.

* * *

—Condujo muy rápido, no demasiado tiempo; solo unos minutos. Luego paramos y me sacó fuera. Primero el suelo era duro y luego de hierba, muy irregular y blando por la lluvia. Noté que se me mojaban los pies. Y entonces me metió en algún sitio y oí una puerta que se cerraba y todo se quedó oscuro.

—Debió de ser aterrador —dice Somer con suavidad.

Faith agacha la cabeza. Le tiemblan los labios.

—Creí que iba a matarme.

Las lágrimas resbalan por sus mejillas y Somer extiende los brazos por encima de la mesa y le coge las manos.

—Estás siendo increíblemente valiente. No tardaremos mucho más, te lo prometo.

Faith respira hondo.

—Me tiró al suelo. De espaldas. Estaba frío. Áspero. Entonces noté que me subía la falda. Yo gritaba y pateaba, pero me agarró de las piernas y las mantuvo contra el suelo mientras me quitaba las bragas.

Ahora no cesa de derramar lágrimas y tiene las mejillas enrojecidas.

Las dos mujeres cruzan la mirada. Es lo que se temían. Y no tienen elección: están obligadas a presionarla.

—Faith —dice Somer en tono amable—. Voy a preguntarte algo muy delicado. Muy íntimo. Siento tener que hacerlo y, por favor, créeme: no lo haría si no fuera absolutamente necesario.

Sigue una pausa. Aprieta la mano de la joven un poco más fuerte.

—¿Puedes decirme si... te has sometido a una operación de reasignación de sexo?

Faith no las mira. Niega con la cabeza.

—Todavía no. Más adelante, quizá.

—¿Crees que la persona que hizo esto...? ¿Crees que podría haberlo sabido?

Faith levanta ahora la cabeza, los ojos abiertos de par en par.

—¿Quieren decir si se quedó sorprendido? ¿De verdad me están preguntando eso?

Somer nota cómo le arden las mejillas de vergüenza.

—Lo siento mucho, Faith. No quería que sonara tan burdo. Pero sabes por qué lo pregunto. El tipo de delito podría ser distinto en un caso u otro, y podría ayudarnos a delimitar los posibles sospechosos.

Faith se seca las lágrimas con el dorso de la mano. Las dos mujeres esperan, dejan que se tome su tiempo. Somer oye ladridos, fuera, en algún lugar. Son agudos. Malhumorados. Probablemente, ese puñetero chihuahua otra vez.

—¿Quién más sabe que eres transgénero, Faith? —pregunta Everett por fin—. Aparte de tu familia.

Se le quiebra un tanto la voz.

—Aquí, nadie. No se lo he contado a nadie.

—¿Ni siquiera a tus amigas? ¿A tu mejor amiga?

Desvía la mirada.

—No quiero que la gente me mire y vea a un chico que se viste de chica, que me examinen buscando cuáles son los signos delatores. Quiero que me vean a mí. A mí.

—¿Y dónde vivías antes? Era Basingstoke, ¿verdad? ¿Has mantenido el contacto con alguien de allí?

Se encoge de hombros.

—Quería empezar de cero. Dejar atrás toda aquella mierda.

No necesita explicar más: las dos mujeres pueden imaginarse cómo debió de ser.

Faith está de nuevo jugueteando con el collar, pasando los dedos por las letras de su nombre.

—Fue una estupenda decisión —dice Somer, señalando con un gesto el collar—. Es un nombre bonito. Poco usual. —Casi se le escapa un «como tú», pero se detiene a tiempo. Lo ha dicho como un cumplido y quizá a ella no se lo habría parecido.

La chica se sonroja un poco.

—Mi madre habría preferido Danielle. O Dannii, como Dannii Minogue. Decía que sería más fácil si el cambio no era tan grande. Pero yo quería que el cambio fuera grande. Quería que todo fuera diferente. —Su expresión es ahora de orgullo. Y de desafío—. Por eso elegí Faith, porque se trataba de ser fiel a quien soy realmente.

—Entonces, ¿nadie en Oxford está al tanto? —pregunta Everett—. ¿No hay nadie que podría haberte atacado por tu pasado?

Faith niega con la cabeza.

—No, nadie.

Las dos mujeres evitan mirarse, pero ambas están pensando lo mismo. ¿El atacante creía, como todo el mundo, que Faith era una chica? ¿O sabía su secreto y la eligió precisamente por eso? En cualquier caso, ¿es Faith consciente de lo poco que le faltó, del peligro extremo al que estuvo expuesta?

Pero la expresión en la cara de la joven habla por sí misma. Es plenamente consciente de ello. Lo ha sido desde el principio: durante media vida ha tenido que lidiar con esa realidad.

—¿Puedes decirnos qué pasó después de lo que acabas de contar? —Incluso Ev, que lleva años haciendo esto y tiene formación especializada para tratar con víctimas de delitos sexuales, quisiera evitar a toda costa las palabras explícitas.

Faith se envuelve con los brazos y el jersey se le ciñe más al cuerpo. Le tiemblan las manos.

—¿Te hizo daño, Faith? —pregunta Somer con voz suave.

Faith niega con la cabeza.

—No..., no de esa manera. Pero creí que iba a hacérmelo. Me di cuenta de que se acercaba, lo oía respirar, y entonces me agarró del pelo y eso sí que me hizo daño, y cuando sentí que me arrancaba algunas extensiones empecé otra vez a patalear y entonces noté... el cuchillo... en la piel..., bajando por el estómago..., y...

De nuevo está llorando.

—No pasa nada. Tómate el tiempo que necesites.

Parpadea para quitarse las lágrimas de los ojos, se los seca y levanta la cabeza. Le tiemblan los labios, pero sostiene la mirada de las mujeres.

—Me meé encima, ¿vale? Pensé que iba a hacerme daño... ahí abajo... y me meé.

Adam Fawley
2 de abril de 2018
12:17

Alex me sirve un vaso de zumo y se recuesta en la encimera. Los restos de su comida siguen en el plato que ha dejado en el escurridor. Ensalada de pollo: arroz integral, proteína magra, verduras de hoja. Está cumpliendo con todos los requisitos, pero queda demasiada comida en el plato y se le ve la cara enflaquecida. Más de lo que me gustaría.

—La enfermera me acaba de enviar un mensaje diciendo que llega tarde, así que, si el misterioso señor Asante aparece a su hora, podríamos salvar la situación.

Ahora me está provocando. Ha tenido curiosidad por Asante desde la primera vez que le hablé de él.

—No es misterioso, Alex. Solo que no resulta fácil saber qué tiene en la cabeza. No es como Gislingham...

La sonrisa de Alex se acentúa; le tiene mucho cariño a Gis.

—Ni como Quinn —añado.

Una mueca, esta vez.

—Gracias a Dios. Esta ciudad no es lo bastante grande para tener más de un Quinn.

Me acerco a la tetera. Últimamente, la bebida favorita de Alex es un té verde de cereza Bakewell. Debemos de estar acabando con las reservas del supermercado.

—Ahora mismo, preferiría que no viniera nadie del trabajo a casa. Todavía no les he contado... lo del bebé.

Alex se mira de reojo la barriga.

—De acuerdo. Procuraré quedarme sentada. —Pone una

expresión compungida–. Esperemos que no sea demasiado buen investigador.

–Lo siento. Ya sé que es un latazo, pero insistió en venir...

Extiende el brazo y me toca con suavidad en la mejilla.

–No pongas esa cara de preocupación. Estaba bromeando.

Cuando suena el timbre, Alex ya está acurrucada en el sofá, con su té. Me sonríe cuando paso por delante y se pone un cojín en el regazo.

En el umbral está Asante. Lleva un ordenador portátil bajo el brazo. Viste un traje impoluto, camisa blanca, corbata de seda tejida de un rojo intenso. Distingo el borde de la etiqueta: Burberry. Se me ocurre entonces que, en buena medida, la antipatía de Quinn podría no ser más que la envidia del presumido.

Retrocedo para dejarlo pasar y él espera, cortésmente, a que cierre la puerta.

–Vayamos a la cocina.

Estoy resuelto a no mirar a Alex al pasar a su lado, pero a mi espalda percibo cómo el paso de Asante se ralentiza apenas, y entonces dice:

–Siento molestarla.

–Gajes del oficio –dice ella, y percibo la risa disimulada en su voz.

En la cocina, Asante rechaza un té, pero acepta un vaso de agua, así que me veo a mí mismo yendo a la nevera a por la botella, en lugar de servírsela simplemente del grifo. Sospecho que Asante causa a menudo ese mismo efecto en la gente.

Coloca el ordenador en la isla y la pantalla se abre con el anodino salvapantallas de fábrica que también uso yo. Gislingham tiene a su hijo pequeño vestido con una camiseta del Chelsea; Ev, a su gato; Quinn se ha puesto una playa tropical a la que quiere hacernos creer que ha ido. Pero Asante ha optado por la discreción y el anonimato. Otro dato para mi archivo mental.

Acerca un taburete y de repente me acuerdo de que me he dejado la ecografía que nos dio la comadrona en la isla, a menos de un metro de donde Asante se sienta ahora. La cojo rápidamente y me la meto en el bolsillo. Si Asante se ha dado cuenta, no lo muestra en absoluto.

Termina de teclear y se vuelve hacia mí. Tardo unos instantes en captar de qué se trata y qué es exactamente lo que estoy leyendo. Pero, cuando lo hago, es como si me hubieran golpeado con una barra de hierro en el cuello.

* * *

El viento sopla otra vez con fuerza cuando están aparcando. Everett se gira y mira a la joven. Está en el asiento de atrás, mirando por la ventanilla. Ha estado de acuerdo en acompañarlas, pero ahora que han llegado no parece tan segura. Al menos, no se ve a casi nadie por allí. Es mediodía y las huertas comunales de Marston Ferry Road están prácticamente desiertas. El único signo de vida que Ev puede ver son dos tipos ya mayores vestidos con gorras y jerséis casi idénticos, quienes están compartiendo termo y cigarrillo electrónico en un banco ubicado junto a los contenedores de basura.

—¿Sigue pareciéndote bien esto, Faith? —pregunta.

—Sí, no pasa nada —se apresura a responder al tiempo que abre la puerta—. Acabemos con esto antes de que llegue mi madre y tenga que explicarle dónde he estado.

Somer, mientras tanto, ya ha salido del coche y está examinando la tierra. Unos metros más allá hay profundas marcas de neumáticos que indican una arrancada repentina. Y son recientes. Levanta la vista hacia las nubes. Tienen suerte de que las marcas sigan allí, y van a necesitar que esa suerte les dure un poco más, para que la brigada científica tenga tiempo de analizarlas antes de que vuelva a llover. Saca el teléfono y se aleja unos pasos para llamar a Alan Challow. A su alrededor, una gruesa capa de un barro arenoso y rojizo cubre la tierra. El mismo barro que salpicaba los zapatos que tienen ahora en el maletero del coche, sellados en una bolsa para pruebas.

Faith observa el lugar. Las carretillas volcadas, los destartalados cobertizos, la tierra pelada, las plantas mustias y raquíticas. Todo aquí parece muerto o marchito.

Siente un escalofrío repentino. Y no es solo por el viento.

—Creo que sé por qué me dejó ir. Ahora me acuerdo: había sirenas..., oí sirenas. Se iban acercando cada vez más. Y entonces él se fue.

Eso lo explicaría, piensa Everett. Aquí afuera, sin nadie que pudiera oír o ayudar, es prácticamente un milagro que el atacante de Faith no terminara lo que había empezado. El conductor del vehículo de emergencias es un héroe accidental.

Somer vuelve despacio hacia ellas, las botas crujiendo al pisar las zonas de gravilla. Un gesto de asentimiento basta para enviarle el mensaje a Everett: el CSI está de camino.

—¿Qué pasó después de que oyeras la sirena? —pregunta Ev.

Faith cruza con ella una breve mirada.

—Oí cómo se abría la puerta del cobertizo y unos minutos después el ruido de un motor. Luego la furgoneta se alejó. Deprisa. Se oía como si las ruedas patinaran.

—¿Y después?

Faith inspira profundamente.

—Comencé a gritar con la esperanza de que alguien viniera. No sabía dónde estaba. No sabía que nadie podía oírme.

Somer no quiere ni imaginárselo: allí tirada, con la bolsa alrededor de la cabeza, sin ropa interior, el pánico mientras luchas por respirar...

—No estaba muy apretada —dice Faith, adivinando sus pensamientos—. La bolsa. —Se muerde el labio—. Después pensé que, en realidad, no debía querer que muriera. Si no, no la hubiera dejado tan floja.

O quizá lo que no quería era acabar demasiado rápido, piensa Ev. Siente cómo se le tensa la mandíbula. Tienen que encontrar a ese hijo de mala madre, y pronto.

—¿Cómo escapaste?

—Empecé a retorcerme contra la tierra y así pude quitarme la bolsa. Entonces vi que estaba en un cobertizo. Había herramientas de jardinería y cosas así. Busqué un poco y encontré unas tijeras de podar. Las apoyé contra el banco e intenté cortar las ligaduras, pero no hacían más que caerse. Me costó una eternidad.

—¿Qué cobertizo era, Faith? ¿Puedes decírnoslo?

—Fue aquel —dice señalando—. Allí, el que tiene la carretilla fuera.

—¿Qué pasó con la bolsa? ¿Sabes dónde fue a parar?

—Es probable que siga allí. Yo no me la llevé. Era de los supermercados Tesco, por si sirve de ayuda.

Somer saca los guantes y se encamina al cobertizo.

—Hemos de mantener intacto el lugar de la agresión —explica Everett—. Podría haber ADN. O huellas dactilares.

—Creo que llevaba guantes —dice Faith con aire lúgubre—. El tacto de las manos era como de plástico.

—¿Te refieres a guantes de goma, como los de cocina?

Niega con la cabeza.

–No, más gruesos. Y más grandes. Quizá guantes de jardinería o parecidos. –Suspira–. No habrá huellas entonces, ¿verdad?

–Habrá metido la pata de una manera u otra, ya verás. Y entonces lo cogeremos.

–Todo el rato esperaba que viniera alguien –dice la joven con voz tenue–. Pero no apareció nadie. Nunca aparece nadie, ¿verdad? Cuando es importante, cuando de verdad hace falta, nadie aparece.

* * *

* * *

Adam Fawley
2 de abril de 2018
14:05

Cuando regreso a la sala de coordinación hay un mapa clavado en el tablero. Diferentes tachuelas muestran dónde vive Faith, dónde la raptaron y dónde la encontraron. Son indicaciones mudas, pero insistentes.

Asante está sentado en su mesa, en silencio. Le pedí que no dijera nada hasta que yo hubiera vuelto, hasta que todo el equipo estuviera allí. Y ahora lo está.

Cruzo la mirada con Asante y entonces se pone de pie.

—Muy bien. Atención, todos, por favor. Tenemos que ver una cosa.

Los demás levantan la cabeza; se dan cuenta de que Asante está conectando su iPad al proyector. Ev siente curiosidad; Baxter, escepticismo; Quinn, un cabreo monumental que apenas se molesta en disimular.

Asante abre la pantalla y navega hasta la página correspondiente. Yo no miro; no necesito hacerlo. Ya lo he visto. Pero noto cómo cambian sus caras al cobrar conciencia de lo que están viendo.

Habéis visto a esa guarrindonga tetuda en TV? Otro coño chuchurrío para el carrusel de chupar pollas

↪ enviado hace 2 días por caballerosupremo89
  17 comentarios compartir – ocultar – denunciar

La unika femoide buena es la femoide muerta bien abierta de piernas sabes q kiero decir

↪ enviado hace 2 días por chupadordepildoranegra
  10 comentarios compartir – ocultar – denunciar

Tenemos que darles un susto a esas perras, ácido en la puta cara
ATERRORIZAR a esas hijas de p*

↰ enviado hace 1 día por tufollangutandelmonton
35 comentarios compartir – ocultar – denunciar

Todo el puto juego está amañado desde el principio, el 20 % de Chads de mierda se llevan el 80 % de polvos

↰ enviado hace 1 día por orgullosodeseryasabesque
24 comentarios compartir – ocultar – denunciar

No tiene q ser asi colega, todas esas zorras y feminazis fantasean con que las violen. Les estarias haciendo un favor

↰ enviado hace 17 horas por omegacabreado
22 comentarios compartir – ocultar – denunciar

Sabes q es peor aun? esas putas shemales, ya t digo q se merecen todo lo q les hagan

↰ enviado hace 16 horas por abajolaginecocracia
35 comentarios compartir – ocultar – denunciar

No es broma: mi colega se agenció una zorrita supercaliente y resultó q tenía picha ☹

↰ enviado hace 9 horas por YeltobDabYob
6 comentarios compartir – ocultar – denunciar

–¿Cómo demonios te has enterado de que esto existe? –pregunta Gislingham. Apenas puede creer lo que ve, y ahora ya puedo decirlo yo también: no es el único.

Asante se encoge de hombros.

–Tuvimos un incidente el año pasado en Brixton. Una mujer de veintitrés años fue atacada por un tío que le había pedido salir y al que ella había dado calabazas. Un tipo solitario, obseso de los videojuegos; ya conocéis el perfil. Resultó que

82

después la había acosado durante semanas, en línea y en la vida real, y cuando examinamos su ordenador vimos que durante todo ese tiempo había accedido a conocidas webs incel. Yo estaba en el caso, así que terminé por saber algo del asunto. Por eso he encontrado esto. Sabía dónde buscar.

Quinn le lanza una mirada con la que parece querer decir: «Sabelotodo de mierda». Y yo le lanzo otra a Quinn que pretende decir: «Mira quién fue a hablar».

Baxter, mientras tanto, tiene el ceño fruncido. Hasta ahora, internet ha sido terreno exclusivo suyo, así que, como poco, esta intrusión lo ha dejado mosqueado.

—¿Y qué significa exactamente eso de «incel»? —pregunta.

—Célibes involuntarios —contesta Asante—. Hombres que no consiguen suficientes relaciones sexuales, o que no consiguen ninguna, y culpan a las mujeres por negárselas. Y también a los machos alfa que consiguen más de lo que sería justo. A eso se refiere el tío de este chat. Los incel llaman «chads» a este tipo de hombres.

Quinn se sonroja un poco al oírlo, pero, si en la cantina empiezan a llamarlo «chad», sospecho que tampoco va a quejarse demasiado.

—Y, claro, su propia incapacidad de machistas patéticos no tienen nada que ver, ¿no? —dice Ev con sarcasmo.

El comentario suscita un par de risas poco entusiastas, pero la cara de Asante muestra una expresión pétrea.

—Esto va bastante más allá del machismo habitual. —Señala hacia la pantalla con un gesto—. Esto no es más que un ejemplo de lo que te encuentras por ahí y, creedme, hay un montón de cosas peores si sabes dónde buscar. Los proveedores de alojamientos web no hacen más que cerrar este tipo de sitios, pero luego aparecen en otra parte.

—¿No es maravilloso esto de internet? —interviene Somer

con acritud–. Ayuda a los psicópatas a encontrar nuevos amigos.

–Peor que eso –apunta Asante, sosteniendo su mirada–. Nuestro atacante de Brixton hacía algo más que despacharse a gusto junto con otros perdedores. Esto es como cualquier otro tipo de radicalización: esta gente se incitan unos a otros. Cada tanda de respuestas se volvía más rabiosa y violenta. Y llegó un día en que el tío le arrojó una garrafa de lejía a la chica, después de que uno de sus colegas de internet le dijera, textualmente: «Quema a ese cubo para corridas: a ver cuántos polvos le echan cuando no tenga cara».

Somer se ha puesto pálida; Everett se tapa la boca con la mano. No dicen nada; no hace falta.

–Entonces, ¿qué te hace pensar que nuestro hombre está metido en esta mierda? –pregunta Quinn–. Es decir, es asqueroso y lo que tú quieras –se apresura a añadir–. Eso nadie lo discute. Pero la escoria que se pasa la vida en estos foros... Bueno, que es todo de boquilla. Esa historia sobre su «colega» no son más que gilipolleces. No quiere decir que hiciera nada de verdad.

–Bueno, no sé –replica Baxter con aire sombrío–. A mí me suena sospechosamente al típico «a un amigo mío le pasó...» cuando quieren decir «a mí me pasó».

Asante se vuelve hacia él.

–Yo he visto al menos a un incel que hablaba de raptar a una mujer y tenerla prisionera para violarla y torturarla. De acuerdo, eso no significa que lo hiciera, pero la línea entre fantasear y pasar a la acción puede ser muy fina aquí.

Quinn pone los ojos en blanco. Está claro que para él también es muy fina la línea que separa a un compañero bien informado de un capullo sabihondo y presuntuoso.

–Entonces, ¿por qué crees que esto es diferente? –pregunta Gislingham.

–Eso digo yo –añade enseguida Quinn–. Aunque ese gilipollas hubiera hecho algo, ¿qué probabilidades hay de que su víctima fuera Faith? Podría haber sido cualquiera. Ni siquiera sabemos de qué sitio son estos pajilleros.

–Fijaos en el último nombre de usuario –dice Somer con calma.

Todos se vuelven hacia ella y luego miran a la pantalla.

–¿Cuál? ¿YeltobDabYob? –pregunta Quinn, sin ver qué tiene de especial.

Baxter se dirige a Somer.

–No es más que un nombre, ¿no? Como el de ese tío de la BBC, ¿cómo se llamaba...?

–Alan Yentob –contesta Everett–. No es igual.

Pero Somer está negando con la cabeza.

–No es un nombre –dice–. Está al revés. DabYob es «*bad boy*». Y Yeltob es Botley.

* * *

En Summertown High acaba de sonar la campana que indica el final de la clase. En el aula de arte de secundaria, los estudiantes están enrollando las hojas de papel de dibujo y apilando pinturas y pinceles en el largo banco que se extiende bajo la ventana. Afuera, las nubes bajas se desplazan rápidamente en un cielo gris.

El profesor se detiene detrás de la silla de Sasha Blake. La chica no parece haber oído la campana. Y si lo ha hecho, no tiene tanta prisa como sus compañeros por llegar a la siguiente clase. Se echa un poco atrás para examinar su acuarela, una naturaleza muerta cuyo modelo está en el centro del aula: un cuenco de porcelana blanca con ciruelas y limones y, al lado, una jarra azul pálido que contiene una ramita de forsitia. En el borde lateral de su boceto, Sasha ha ensayado muestras de diferentes tonos púrpura. Malvas rojizos, índigos azulados; ninguno de ellos acaba de ajustarse al color de la fruta que brilla en el cuenco.

–Te vas acercando, Sasha –le dice el profesor.

Tendrá unos treinta y siete años y sus cabellos rubios empiezan ya a ralear. Viste una camisa a cuadros de grueso algodón, tan gastada que la tela se ha llenado de bolitas. Y no lleva alianza matrimonial.

–Tienes muy buen ojo. Deberías plantearte hacer el preuniversitario. –Finalmente, la chica se gira y lo mira–. Hay un libro que quizá te guste –prosigue él en tono algo vacilante–. *Naturaleza muerta*, de A. S. Byatt. Tiene un pasaje maravilloso sobre cómo describir el color exacto de las ciruelas, cómo captar su sazón. De hecho, esa es la razón de que eligiera esta composición...

Está ya cogiendo confianza cuando una de las dos chicas que esperan en la puerta llama a Sasha.

–¡Por Dios, Sash! Venga, muévete.

Sasha se gira y se levanta rápidamente. Al inclinarse para coger su mochila, la larga y oscura coleta le cae sobre el hombro.

–¡Perdón, perdón, perdón! –contesta a sus amigas mientras ordena a toda prisa sus materiales–. Se me ha ido un poco el santo al cielo.

–Sí, sí –dice la otra chica, sonriendo–. Como si fuera la primera vez...

Sasha sonríe y se pone la mochila en el hombro, lanzando una mirada medio de disculpa, medio de alivio al profesor que aún continúa detrás de su silla. La puerta del aula se cierra tras las chicas, pero el hombre sigue oyendo las voces que se alejan por el pasillo.

—¿Estaba otra vez Graeme Granoso intentando ligar contigo?

—¡Puaj! ¡Qué asco! ¡Imagínatelo dándote un beso de verdad!

—¡Menudo baboso!

El hombre se queda inmóvil, con las mejillas echando fuego y los puños apretados, mientras las risas jóvenes y arrogantes van perdiéndose en la distancia.

* * *

Adam Fawley
2 de abril de 2018
14:35

—Muy bien —dice Quinn—. Ese nombre de usuario quizá signifique que el tío está en Oxford. Pero la verdad es que no lo sabemos. Para empezar, debe de haber más lugares que se llamen Botley, ¿no?

—Dos, que yo haya encontrado —replica Asante de inmediato—. Un pueblo cerca de Chesham, en Buckinghamshire, y otro en Hampshire.

Advierto cierto sobresalto en Somer y entonces recuerdo: su nuevo novio está en la policía de Hampshire.

—De acuerdo —continúa Quinn—. Las probabilidades son, pues, de dos contra uno. Y aunque se tratara del Botley de Oxford, no sabemos cuándo ocurrió. De hecho, ni siquiera sabemos si ocurrió.

Asante se inclina hacia delante y pulsa una tecla. Los comentarios que siguen a la última entrada aparecen ahora en la pantalla.

—Joder —exclama Gislingham entre dientes—. Joder.

* * *

En las huertas comunales, está empezando a llover de nuevo. Nina Mukerjee aparca la furgoneta de la brigada científica al final del aparcamiento y se queda un momento sentada, estudiando el lugar. Los montones de compost, el cartel con pósteres en los que se ofrecen plantas sobrantes y herramientas de segunda mano, los contenedores llenos de trocitos de maceta y pizarra rotos. Lleva tanto tiempo en ese trabajo que todo le parece la escena de un crimen. Huellas dactilares, manchas, restos de piel, bolas de pelusa. Todo ello convierte las comidas en casa ajena en algo penoso: la única cocina que le parece limpia de verdad es la suya.

Abre la puerta y agarra su equipo del asiento del acompañante. Unos metros más allá puede ver a Clive Conway, junto a un cobertizo situado tras la cinta policial azul y blanca que acota la escena del delito. El viento azota la cinta y Clive tiene la mano en la cabeza para que su gorra no salga volando. Nina se pone el traje protector y se acerca a Clive tan deprisa como le permite el incómodo atuendo. No hay rastro de los de la criminal; solo un par de agentes uniformados paseándose de aquí para allá y pateando el suelo para entrar en calor. Se pregunta a quién le habrán asignado el caso, si habrá sido a Tony Asante. Hace un tiempo, descubrieron que tenían un par de amigos en común en Scotland Yard y, desde entonces, él la ha invitado una o dos veces a tomar café. No sabe si solo por educación o porque está interesado de verdad. Y tampoco sabe lo que haría ella si fuera ese el caso. Ha visto el desastre que provocan las relaciones sentimentales en el trabajo y prefiere que esa parte de su vida esté también limpia.

Clive no se molesta en hablar cuando ella llega. Solo le abre la puerta y la deja pasar. Su tío tenía un cobertizo más o menos de este tamaño cuando ella era niña. Se acuerda de las ventanas, llenas de telarañas y pegajosas por la baba de los caracoles; de los caóticos estantes repletos de herramientas oxidadas; del olor a moho y a insectos muertos. Pero este es diferente. Está lo bastante arreglado como para vivir en él..., o casi. Se ven regaderas y macetas de plástico apiladas en hileras en los estantes; palas y horcas colgadas cada una de su gancho; y, en el banco de trabajo, dos bolsas de patatas para siembra y una fila perfecta de semilleros llenos de tierra, con etiquetas blancas de plástico y diminutos brotes verdes que asoman aquí y allá. El suelo está barrido, incluso en los rincones, pero la mancha oscura que se extiende en él revela una historia diferente. Como lo hace el olor.

–Diría que es orina, sin duda. –Se acuclilla y señala–. También he encontrado mechones de pelo. Pero sin raíz, que yo haya visto. De hecho, estoy bastante seguro de que han de ser extensiones.

* * *

Adam Fawley
2 de abril de 2018
14:43

No es broma: mi colega se agenció una zorrita supercaliente y resultó q tenía picha
enviado hace 9 horas por YeltobDabYob
6 comentarios compartir – ocultar – denunciar

En serio? Pasó de verdad?

⬆ enviado hace 9 horas por abajolaginecocracia
compartir – ocultar – denunciar

Ya t digo. Dijo q era imposible adivinarlo. La tía superbuena. Tetas, culo, todo el kit. Hasta q le quitó las putas bragas ☺

⬆ enviado hace 8 horas por YeltobDabYob
compartir – ocultar – denunciar

Hay q joderse, esas nenas con polla son lo peor, estan diciendo follame y no tienen ni agujero pa meterla

⬆ enviado hace 8 horas por bastadegentemierdosa7755
compartir – ocultar – denunciar

Ya puedes decirlo colega. Me dijo q tendría que habérselo olido cuando se le quedó el puto pelo en la mano Eran solo una mierda de EXTENSIONES, q t parece

⬆ enviado hace 8 horas por YeltobDabYob
compartir – ocultar – denunciar

☺☺☺ y las tetitas también falsas?

⬆ enviado hace 7 horas por KHHVpasaalgo88
compartir – ocultar – denunciar

Menudo pedazo de zorra, espero que la obligara a xupársela

⬆ enviado hace 7 horas por caballerosupremo89
compartir – ocultar – denunciar

Ni eso pudo, joder. Además, a quién le apetece q le pinchen la minga con la barba. Pq esas lijapollas son las peores guarras de todas.

⬆ enviado hace 6 horas por YeltobDabYob
compartir – ocultar – denunciar

Al fondo de la habitación, alguien murmura:

—Enfermos de mierda.

Baxter está negando con la cabeza; la expresión de Gislingham se ha endurecido. Han visto prácticamente de todo en su trabajo, pero no por ello resulta más fácil enfrentarse a semejante nivel de abyección.

—En lo de las extensiones, tiene razón —dice Somer rompiendo el silencio—. Nosotras acabamos de enterarnos.

—Pero, si nos paramos a pensarlo bien, esto sigue sin demostrar nada, ¿no? —dice Gislingham—. Como dice Quinn, podría estar inventándoselo todo para impresionar a los otros degenerados. Porque no es difícil suponer una cosa así, quiero decir que debe haber bastantes chicas trans que lleven extensiones.

Aun suponiendo que tenga razón, no deja de ser una coincidencia. Y todo el mundo sabe lo que opino yo de las coincidencias.

Asante mira a su alrededor.

—No es difícil imaginar cómo podría haber sucedido todo: si este tío la rapta en la calle, sin saber lo que ella es realmente...

Somer lo fusila con la mirada.

—¿«Lo que es realmente»? Por favor, dime que no has dicho eso.

Asante parece incómodo. Y eso sí que es novedad.

—Lo siento. Solo me refería a su condición preoperatoria, eso es todo. Si eres un incel, esa es la mayor traición: hacer ostentación de tus atributos sexuales ante alguien para luego negárselos.

—Faith no «hace ostentación» de nada —replica Somer con frialdad—. De hecho, se desvive por no hacerla.

Interrumpo:

—Somer, ¿os ha dicho Faith si recientemente había visto a alguien merodeando por su zona? ¿Alguien que actuara de forma sospechosa?

Me mira y niega con la cabeza.

—Le preguntamos, pero dijo que no. Al menos, que ella se diera cuenta.

Pero solo porque ella no lo viera no significa que no estuviera allí. Podría llevar varios días acechándola y haber elegido ese preciso momento y ese preciso lugar, porque para entonces ya sabría que ella siempre pasaba por allí sobre esa hora. Por otro lado, también es posible que hubiera aparcado en esos garajes a fumarse un pitillo y que casualmente ella hubiera pasado por allí.

Gislingham se dirige a Asante.

—¿Podemos rastrearlo a partir de ese sitio web o es pedir demasiado?

Asante duda durante un instante.

—El proveedor de servicios de internet de ese foro debe tener registrada la dirección IP desde la que se colgaron esas entradas. Esperemos que la empresa esté ubicada en el Reino Unido...

—Muy bien, entonces...

—Pero como ya le he explicado al inspector, la mayoría de estos foros ni siquiera exigen el nombre, y menos aún el correo electrónico. Y es probable que utilice una wifi pública en lugar de usar su propia cuenta. Esa gente suele usar estaciones, bibliotecas, cafeterías...

—Esa «gente», no —interrumpe Everett—. Esos tíos mierda. Tíos mierda de pies a cabeza.

Gislingham arruga el entrecejo.

—Entonces, ¿estás diciendo que no podremos identificarlo aunque consigamos la dirección IP?

Asante hace una mueca.

—Si está en un lugar público, todo dependerá de si hay cámaras de videovigilancia, e incluso si las hubiera...

—De acuerdo —dice Gislingham—. Entonces mejor que movamos el culo y consigamos una orden judicial.

—El agente Asante también ha estado siguiendo el foro —intervengo yo— y YeltobDabYob no se ha conectado desde que publicó esos comentarios.

Asante pasea la mirada entre los presentes.

—Tampoco es que publique a menudo, pero revisaré sus entradas anteriores a ver si por ahí encontramos algo. Algo que nos indique a qué Botley se refiere, para empezar. Pero, hasta ahora, todo es escupir la misma misoginia envenenada.

—¿Y los delincuentes sexuales fichados? —pregunta Baxter—. ¿No deberíamos comprobar todos esos Botley a ver si aparece alguien relacionado?

Niego con la cabeza.

—Ya está hecho. Y no hay nada.

Se produce un silencio.

—No es solo lo que dice de las extensiones —dice Somer con calma, mirando las entradas del foro—. Tal como lo dice, parece que le hubieran interrumpido. Igual que le pasó al que atacó a Faith.

Me vuelvo hacia Baxter.

—¿Hemos averiguado algo del vehículo de emergencias que oyó Faith?

Baxter asiente.

—Un coche patrulla, señor. Se había denunciado un robo en Headington High Street y se quedó atascado por las obras de Marston Ferry Road.

—¿Y los agentes no vieron salir o entrar a nadie de las huertas comunales? ¿Algún tipo de furgoneta?

–Lo siento, señor. He hablado con los dos compañeros y no vieron nada. Pero van a darme las imágenes de la cámara de tráfico de allí y de la gasolinera que hay en la rotonda de Cherwell Drive. Y si se fue en la dirección contraria, tuvo que pasar por Summertown High, así que la cámara de la escuela podría haberlo captado.

–Challow y el equipo del CSI están ahora allí –se apresura a decir Gis–. Y tenemos las bridas con que la ató y la bolsa de plástico. También vamos a interrogar a los vecinos de los barrios más cercanos al lugar donde la raptaron. Nunca se sabe: siempre puede haber alguien que viera alguna cosa.

Y, aun así, ¿ese alguien no se molestó en informar de que habían raptado a una chica en sus mismas narices? Posibilidad más que remota. Pero, en fin, en este oficio hay formalidades que nunca se deben obviar, y esa es una de ellas.

–Y además está el asunto del bolso de Faith –continúa Somer–. Cuando su madre volvía esa tarde, se lo encontró embutido en uno de los cubos de basura que hay junto a los garajes. Sin los objetos de valor, claro. –Suspira–. Los de la científica lo examinarán, por si acaso, pero también es posible que su atacante lo dejara donde había caído y luego alguien que pasara robara el dinero y el móvil. Aunque nadie ha utilizado el teléfono desde entonces.

Así que la geolocalización tampoco va a ayudarnos aquí. Otra vía sin salida.

–¿Y la propia Faith?

Somer hace una mueca.

–Se muestra reacia a dejarse examinar, señor, por razones evidentes. Además, ya se había duchado al menos dos veces antes de que habláramos con ella.

–¿Y qué pasa con su ropa? Podría haber saliva, ADN...

Somer niega con la cabeza.

Lo metió todo en la lavadora. Una reacción de lo más natural, aunque a nosotros nos lo pone diez veces más difícil. Solo tenemos los zapatos. Haremos que los analicen, pero sospecho que poco vamos a sacar.

* * *

Interrogatorio a Jackie Dimond, 35 Rydal Way, Oxford
2 de abril de 2018, 16:15
Presente: agente V. Everett

JD: No sé qué puedo decirle yo. Apenas conozco a los Appleford.

VE: Estamos hablando con todos los vecinos, señora Dimond. A veces la gente ha visto más de lo que cree.

JD: Hablamos del lunes por la mañana, ¿verdad? Entonces ni siquiera estaba en casa.

VE: Sí, ya nos lo dijo. Me interesaba más saber si había visto algo inusual en las últimas semanas.

JD: Inusual... ¿Por ejemplo?

VE: Algún extraño que estuviera merodeando por ahí, alguien que preguntara por los Appleford o se interesara por dónde viven. O quizá alguien que estuviera en una furgoneta aparcada.

JD: Lo siento, cariño. Se lo habría dicho a Diane si alguien hubiera estado fisgoneando.

VE: ¿No había dicho que apenas conoce a la familia?

JD: Así es. Pero ella está sola, ¿no? Como yo. No tiene el apoyo de un hombre. Así que, por supuesto, la habría avisado de haber visto a un pervertido merodeando por los alrededores.

VE: ¿Conoce a las chicas, a Faith y a Nadine?

JD: No mucho. Mi hija es un poco más joven y no es que les interesen las mismas cosas, ya me entiende. Faith es siempre muy agradable. Sonríe y saluda. Y siempre va muy guapa. Ojalá a mi Elaine le diera por arreglarse un poco más, pero ya sabe cómo son las adolescentes.

VE: ¿Y Nadine?

JD: No puedo decir que haya tenido demasiado contacto con ella, la verdad. Siempre va con la cabeza gacha. Encorvada. No se saca mucho partido, ya me entiende. Pero, claro, debe de ser duro, muy duro, ¿verdad? Faith tan atractiva y ella...

VE: Pues a mí me da la impresión de que están muy unidas...

JD: Quiero decir que..., bueno, la chica no es nada del otro mundo, ¿no?

* * *

A las 16:30, Andrew Baxter ya lleva más de una hora mirando imágenes de las cámaras de videovigilancia. Ante él, en la pantalla, los automóviles entran por un extremo de la gasolinera y salen por el otro. Hasta ahora, han aparecido seis furgonetas, además de un remolque para caballos, una Harley-Davidson antigua que le ha hecho rebobinar un par de veces solo por el placer de admirarla, dos camiones de un circo itinerante y varios SUV con mamás de bandera en la hora punta de entrada al colegio. Las posibilidades de que su hombre esté allí son cuando menos remotas, por lo que Baxter va viendo; y, de todos modos, si apareciera, ¿cómo demonios se supone que iban a reconocerlo? No es más que una puñetera pérdida de tiempo, eso es lo que es.

Echa la silla atrás y se levanta, sintiendo la amenaza de un dolor de cabeza en la zona de la nuca. Debe ser que le falta azúcar en la sangre, piensa. Mejor prevenir. Suerte que la máquina de *snacks* está a solo unos metros, en el pasillo.

* * *

Adam Fawley
2 de abril de 2018
17:25

—Acerca una silla... si es que encuentras alguna.

Estoy en el despacho de Bryan Gow. O, para ser más exactos, en su despacho provisional, ya que están remodelando su edificio y el Departamento de Psicología ha tenido que instalarse en algunas habitaciones vacías del de Botánica. Es un sólido edificio de la década de 1950 ubicado en South Parks Road, con muebles y equipamiento a juego: paredes con paneles de madera, suelos de parqué y raros especímenes botánicos en contenedores de cristal. Aunque la mayoría de los ejemplares plantados en los tiestos parecen necesitar una buena dosis de agua y los cuidados y el cariño de una buena jardinería tradicional.

A juzgar por el caótico montón de libros apilados en el único asiento libre, el actual compañero de despacho de Gow es un experto en psicolingüística, sea lo que sea eso. La última vez que estuve aquí, Gow se pasó todo el tiempo diciendo que sería solo por unos meses y que no le importaba compartir espacio, pero a mí no me engaña. Según parece, no hay nada que sea más instintivamente humano que el deseo de tener un espacio propio. Ni siquiera los psicólogos pueden convencerse de lo contrario.

—Quería que me dieras tu opinión sobre algo —digo—. El lunes por la mañana, una chica de dieciocho años fue raptada cerca de Cherwell Drive. Me gustaría saber a quién deberíamos buscar.

Arquea las cejas, se recuesta en el asiento y junta la punta de los dedos de ambas manos.

—De acuerdo. Tú dirás.

Me lleva unos cinco minutos largos contárselo todo, pero ya está arrugando el ceño mucho antes de que acabe. Y aún lo arruga más cuando le paso la copia impresa del foro incel.

—Y nada hace pensar —dice por fin— que sea alguien a quien la chica conoce, ¿no?

Niego con la cabeza.

—Ya me gustaría que fuera así, pero...

—¿Ni nadie que sepa que está efectuando la transición?

—Lo mismo: estamos investigando, pero hasta ahora no hemos encontrado a nadie fuera de la familia que esté al tanto.

Tamborilea sobre la hoja impresa.

—Entonces, lo que quieres saber es si este podría ser tu hombre.

—Y, si no es él, quién entonces.

Se levanta, rodea su escritorio y se acerca a unas cajas de cartón que hay apiladas en una mesa, bajo la ventana. Debe de haberlas empaquetado infinitamente mejor de lo que yo lo haría jamás, porque apenas tarda unos instantes en encontrar lo que busca.

—Bastante básico, pero apropiado para el profano —dice lanzando un libro sobre el escritorio, delante de mí.

Definir el perfil de los delincuentes sexuales: teoría, estudios y práctica de psicología investigativa. El autor es norteamericano, si podemos fiarnos del apellido.

—¿Y qué va a decirme esto?

Vuelve a sentarse.

—Muchas cosas que ya sabes. En este tipo de delito, el poder es el elemento fundamental. El poder y el miedo. Este hombre quiere dominar y aterrorizar. La agresión sexual es un medio para conseguir ese fin.

—Pero todos estos foros incel van sobre sexo...

—Van de ausencia de sexo —puntualiza, sosteniendo mi mirada—. Y de aquello de lo que les priva esa ausencia: estatus, autoestima, autonomía.

La agresión sexual como modo de recuperar el control. Dios mío.

—Entonces, ¿qué tipo de perfil deberíamos buscar?

—Aburridamente predecible, diría yo. Casi con toda seguridad, un hombre blanco y de clase media-baja. Inteligencia normal, quizá algo por encima de la media. —Coge la hoja impresa—. A veces abrevia con «q» o «pq» o «t», pero pone todos los acentos, y correctamente. Y le gusta jugar con las palabras, como en «lijapollas» o la posible inversión de «YeltobDabYob». Ese grado de habilidad lingüística sugiere que podría estar en la parte superior de la horquilla, en lo que se refiere al nivel educativo típico entre este tipo de delincuentes.

Vuelve a dejar el papel en la mesa.

—Mi hipótesis es que es capaz de conservar su trabajo, aunque probablemente considere que no está «a su altura». Entra dentro de lo posible que tenga una jefa, una mujer que le niega un ascenso o no lo «valora». Seguramente vive solo, y es casi seguro que trate de conseguir algún tipo de relación seria y duradera con las mujeres.

El típico inadaptado solitario. Joder, lo que me faltaba.

Gow me está observando ahora.

—Ese posible «*bad boy*» del nombre es muy revelador. A primera vista, parece aludir al típico hombre de «vida peligrosa» o a veces algo macarra, pero sospecho que podría derivar de un profundo y no reconocido autodesprecio.

—¿Y la edad?

—A pesar del «*boy*», yo lo situaría más bien en la treintena o la cuarentena. —Señala el libro—. Léelo. Estoy seguro de que te parecerá fascinante.

—Y el hecho de que se frustrase la agresión, ¿cambia en algo las cosas?

Gow arquea una ceja.

—¿Por «frustrar» entiendes «interrumpir» o «desbaratar»?

Me encojo de hombros.

—Cualquiera de las dos cosas. O las dos.

Suspira. Su rostro se ensombrece.

—Por desgracia, eso puede agravar las cosas. Me refiero al hecho de haber estado tan cerca de obtener lo que quería y de que le robasen esa posibilidad en el último momento. Ahora la urgencia será mayor. Y estará mucho más rabioso.

Me pongo de pie. Ya sabía que lo teníamos crudo, pero ahora siento un frío y una desazón en las tripas que no tenía antes.

Al llegar a la puerta, Gow me llama de nuevo:

—Solo una cosa más, como diría Colombo. Yo le encargaría al siempre fiable Baxter que buscara el mismo *modus operandi* de tu hombre. No me sorprendería en absoluto que ya hubiera hecho algo similar antes.

* * *

Graeme Scott apaga las luces del aula de arte y empieza a revolver en el bolsillo en busca de las llaves. Entonces recuerda que se ha olvidado de apagar el dichoso ordenador y tiene que volver a entrar. Cuando cinco minutos después cierra la puerta, el tubo de neón del pasillo sigue parpadeando encima de su cabeza. Lleva así por lo menos un mes y el conserje ni se ha molestado en venir a echarle un vistazo. Scott no necesita que le recuerden que, en el orden jerárquico, Arte está muy por detrás de Informática o Ciencias de la Información, pero a nadie le gusta que le arrojen a la cara su inferioridad de manera tan descarada.

Vuelve a meterse las llaves en el bolsillo y se encamina al aparcamiento. La mayoría de los estudiantes ya se han ido. Solo quedan algunos, esperando junto a la puerta a que los recojan en coche. Un par de jóvenes fibrosos merodean en torno a un grupo de chicas entre las que, ahora que Scott se da cuenta, hay algunas amigas de Sasha Blake.

Nota que se está sonrojando y da gracias de que estén lo bastante lejos como para darse cuenta. Llega al coche, abre el maletero y mete sus cosas lo más aprisa posible. Ahora oye risas, una súbita ráfaga de carcajadas. Quizá no tenga nada que ver con él y sea pura casualidad, pero la paranoia se ha convertido ya en hábito. El cachondeo sobre su atuendo y su coche, ese apodo hiriente y cruel... Mala suerte para él que «Graeme» y «granoso» tengan esa graciosa aliteración, pero la mayoría de esos mocosos de mierda acribillados de granos harían bien en mirarse al espejo antes de llamarle así. Y en lo que respecta al coche, si su inteligencia no les llega para ver que es un clásico, en fin, el problema es de ellos, no suyo. Aunque, claro, tampoco eso es del todo cierto, porque ya empiezan otra vez con lo mismo. Por el rabillo del ojo está viendo a dos muchachos: uno de ellos simula que gira una manivela de arranque mientras el otro emite sonidos de pedorreta. Las chicas se ríen como histéricas, Leah Waddell con sus tacones altos e Isabel Parker con ese ridículo tinte de pelo que se ha puesto. A Scott le sorprende que la directora le permita llevarlo. En cuanto a Patsie Webb, con esa imbecilidad total de cambiar la manera de escribir el nombre... Demasiado inteligente, esa bruja asquerosa y vengativa, tanto que se acabará volviendo en su contra. No le gusta que Sasha se junte con gente como ella. Sasha merece algo mejor... Tiene verdadero talento, tiene potencial...

Aparta un bote de pintura para hacer sitio a los rollos de cartulina, cierra de un portazo, da la vuelta hasta la puerta del conductor y entra en el coche. Se queda sentado un momento, agarrando con fuerza las llaves, deseando que el maldito cacharro arranque a la primera.

* * *

—Mi nombre es Jed Miller. Llamo de Achernat Internet Services. ¿Puedo hablar con el agente Anthony Asante?

Asante se endereza en su silla. Ahí está: lo que estaban esperando.

—Mi jefe me dijo que querían algunos metadatos, ¿verdad? De ayer.

—Así es.

—Tengo lo que quieren aquí mismo, aunque no sé si les ayudará demasiado...

—Usted envíelos, señor Miller. Del resto ya nos ocupamos nosotros.

* * *

Adam Fawley
2 de abril de 2018
19:10

Son más de las 19:00 cuando Gislingham asoma la cabeza en mi despacho.

—Acaba de informarme el equipo de las huertas comunales, jefe. Básicamente, nada de nada.

Quinn decía eso mucho cuando era subinspector; espero que Gislingham pase esa fase antes de que tenga que estamparle la cabeza contra una pared de ladrillo.

—Por lo que dicen, lo único que parecen haber conseguido es cabrear a un buen número de viejales que hace mucho que no tienen excusa para librarse de fregar los platos. —Sonríe—. Creo que deberíamos prepararnos para algunas iracundas reclamaciones de indemnización por los nabos pisoteados en cumplimiento del deber.

—¿Qué hay del cobertizo al que llevaron a Faith? ¿De quién es?

Gis saca rápidamente su cuadernillo.

—Una mujer llamada Cheng Zhen Li. —Se trastabilla al pronunciarlo y acaba deletreándome el nombre—. No hace falta ser un lince para adivinarlo: es china. Por lo visto, lleva unos treinta años en Marston y ha tenido la huerta durante al menos diez. Una de las fijas allí, según parece. Solía presentarse puntual como un reloj, mañana y tarde, con su pequeño capazo para trasplantar las plántulas, enmacetar...

Empiezo a preguntarme si no estará Gis buscando una huerta para él; desde luego, se maneja bien con la jerga. Aunque, por lo que sé de su esposa, no me la imagino muy entusiasmada con la idea.

—¿Qué quieres decir con lo de «solía presentarse»?

Hace una mueca.

—Eso mismo. Ha estado en el hospital. Cadera rota. Ya ha vuelto a casa, pero no ha ido a la huerta desde hace dos semanas.

—Y el cobertizo, ¿estaba cerrado?

Niega con la cabeza.

—No, según parece. Solo tenía un pestillo. La mujer no guarda nada de valor allí. Y, además, dijo que los dueños de las huertas comparten herramientas. Por lo visto, es norma no escrita, en esos círculos.

Así que por ahí tampoco vamos a llegar a ningún lado. Fantástico. El no va más, vaya.

—¿Y sobre el foro incel?

—Ah, buenas y malas noticias. Parece que ese Yeltob estaba usando una wifi pública, como Asante había dicho. Se ha conectado desde el mismo sitio cada vez que ha publicado algo durante estas últimas semanas.

—¿Eso son las buenas noticias o las malas?

Hace una mueca.

—Perdón, jefe. Era un Starbucks situado a las afueras de Southampton.

Así que no es nuestro hombre.

Inspiro profundamente.

—¿Hemos informado del caso a la policía de Hampshire?

Porque esta mierda de asunto tiene que desentrañarse, aunque no seamos nosotros quienes lo hagamos.

Asiente.

—Somer va a llamar a ese novio suyo. Él sabrá a quién enviárselo. Si el Starbucks tiene videovigilancia, existen bastantes probabilidades de que den con el tipo.

* * *

Alex Fawley echa otro vistazo rápido a la calle; luego vuelve a cerrar la cortina. Ni rastro aún de Adam. Se dirige al sofá y se sienta con cuidado mientras nota cómo el niño se mueve y después se calma. Intenta no preocuparse, proseguir su vida con la máxima normalidad posible, aunque hay días en que la tentación de meterse bajo el edredón y quedarse allí es casi irresistible. Ha negociado trabajar desde casa durante los últimos meses, pero ahora incluso su propio hogar le parece un campo de minas, una pista de entrenamiento militar con objetos inanimados que pueden hacerle daño. Alfombras que pueden provocar resbalones, escalones que pueden hacerla tropezar. Siempre está diciéndole a Adam que está bien, bromeando con ese intercambio de agudezas que han desarrollado a lo largo de los años. Pero apenas él sale de casa, el miedo hace su aparición y se pasa el día demasiado aterrorizada como para moverse.

Se levanta y vuelve a la ventana. Pero fuera la calle sigue desierta.

* * *

Cuando Erica Somer llega a casa, se pasa un buen rato bajo la ducha. Hay algo en este caso que la reconcome por dentro, aunque no sabe bien qué es. Ha conocido a víctimas que lo han pasado peor, que merecen tanta o más compasión. Pero nunca ha tenido que lidiar con un delito cometido contra una persona trans. Creía que estaba bien informada, sensibilizada, concienciada con respecto a estos temas... Pues claro que lo creía. Cualquier persona inteligente probablemente lo cree. Pero ahora sabe que todo es bastante más complicado, que existen muchos más matices de los que nunca había imaginado. Incluso Fawley, a quien aprecia y admira y que se ha desvivido para facilitarle un ascenso y darle ánimos, parece tener problemas para afrontar este asunto. ¿Y Giles? Se dice a sí misma que no es un misógino, ni siquiera un «macho explicador», pero ¿cómo va a estar segura, si todavía lo conoce tan poco?

Al volver a su habitación tiene un mensaje de él en el móvil. Le dice que la llame. Sabe que seguramente será por el asunto del Starbucks, pero aun así el corazón le da un brinco... y luego otro más, al caer en la cuenta de cuán instintiva ha sido esa oleada de felicidad. Tal vez su subconsciente esté tratando de decirle algo. Quizá todo sea tan sencillo como parece.

* * *

Adam Fawley
3 de abril de 2018
8:15

Son las 8:15 de la mañana. La temperatura ha bajado de cero grados durante la noche, pero, según el sistema de calefacción central de la comisaría, abril es oficialmente «primavera», y por eso los radiadores se han apagado. Quinn tiene la bufanda enrollada alrededor del cuello, con esa especie de nudo de bucle que parece de rigor en nuestros días. Otros llevan abrigo. Y resulta bastante evidente que el tiempo ha cambiado tanto en el interior como en el exterior. Se respira un ambiente más duro, más frío. En la frente de Everett se marca un profundo surco y Baxter muestra ese rostro adusto y de mandíbula apretada que le he visto demasiadas veces a lo largo de estos años.

Termino de contarles mi encuentro con Gow y me vuelvo hacia Asante; esto es algo que debo hacer en público.

—Buen trabajo, lo del foro incel, agente Asante. Aunque no fuera nuestro hombre.

Sonríe. No demasiado, porque entonces parecería engreído; ni demasiado poco, pues es consciente de que ha hecho un trabajo condenadamente bueno y no va a permitir que lo infravaloren. Pero quizá esté yo interpretando en exceso, porque lo cierto es que siempre sonríe igual.

—De todas formas, siga atento a esos foros, ¿de acuerdo? Por si aparece algo.

Somer levanta la vista.

—Por cierto, la policía de Hampshire ha conseguido identificar a YeltobDabYob. El Starbucks tenía cámaras, así que vieron a un tipo que estaba usando el teléfono exactamente a las mismas horas en que se publicaron las entradas. Y pagó con tarjeta, de modo que están seguros de que era él. Están abordando el asunto como posible delito de odio.

Los ánimos mejoran un poco: algo hemos conseguido, al menos.

Me dirijo a Gislingham:

—Y bien, ¿cómo vamos con lo que la científica encontró en las huertas?

—Eeeh, sí, había dos huellas aprovechables en la bolsa del Tesco —responde mientras trata de encontrar las notas correspondientes—. También un par de huellas parciales y algunas manchas. Pero no hubo coincidencias en la base de datos, así que no son de nadie a quien ya conozcamos.

—¿Y ADN?

—Varios perfiles diferentes. También sin coincidencias en la base de datos. Podría ser cualquiera: dependientes de tiendas, reponedores de supermercado, repartidores de paquetes...

—Aun así, ¿alguno de ellos podría ser nuestro hombre?

Gis se encoge de hombros.

–Claro. Puede ser. Pero yo no veo nada lógico que alguien se tome tantas molestias y luego se olvide de ponerse guantes al coger esa bolsa.

Ni yo, la verdad. Pero la estupidez patológica de las clases criminales ya nos ha salvado antes, y bien podría hacerlo otra vez.

–Interrogamos también puerta a puerta en la zona de los garajes –continúa–, pero no hubo suerte.

Baxter levanta la cabeza.

–Las cámaras de tráfico de Marston Ferry Road tampoco mostraron nada, así que probé en el colegio por si había pasado por allí, pero sin resultado: sus cámaras no permiten ver la calle.

–¿Y las de la gasolinera?

Asiente.

–También comprobadas. Más de una docena de furgonetas pusieron gasolina o pasaron por allí a la hora adecuada...

–¿Y?

Tuerce el gesto.

–El problema es que las matrículas solo se distinguen si el vehículo entra en la gasolinera. La mayoría de las que pasaban sin detenerse eran furgonetas blancas normales, sin nada en el lateral que pudiera identificarlas. O bien pasaba un puñetero autobús y las tapaba.

–¿Comprobaste la matrícula de las que sí pudiste ver?

Me lanza una mirada que lo dice todo: «Pero ¿por quién me tomas?».

Abre un cuaderno. A diferencia de Quinn y Asante, él sigue usándolos.

–Entre las que tenían algún elemento identificativo o números de matrícula, tenemos a un fontanero, tres empresas de construcción, dos furgonetas alquiladas sin chófer, un cerrajero, una empresa de control de plagas, un limpiador de alfombras y una de esas empresas que alquilan bicicletas.

—Malditos trastos —gruñe Quinn—. Están por todas partes en Jericho. La gente las deja tiradas en la acera y se larga. Te amargan la existencia.

Intento no hacerle caso. Sigo mirando a Baxter.

—¿Y?

—El tío de control de plagas tenía un servicio a domicilio —explica—, y el fontanero también. Dos de las furgonetas de trabajos de construcción pueden justificar sus desplazamientos de esa mañana y los he podido comprobar con las cámaras del reconocimiento automático de matrículas. Y lo mismo ocurre con el tipo de las bicicletas. —Cierra el cuaderno—. Eso es todo lo que tengo, que viene a ser nada, cero patatero.

Al pasear la vista entre los presentes, noto como si los demás se contagiaran de su desánimo. Y no puedo permitir que eso ocurra.

—Centrémonos en las furgonetas sin chófer —digo con firmeza—. Nuestro hombre podría estar utilizando un vehículo alquilado para pasar desapercibido.

Baxter reflexiona.

—De acuerdo. Supongo que es una posibilidad. Me pondré con ello.

—No —digo mirando a Quinn, quien ahora está enredando con su iPad—. El agente Quinn puede encargarse.

Quinn se me queda mirando casi con la boca abierta.

—Venga ya, seguro que Asante puede ocuparse de eso...

—Hazlo, por favor.

Si parezco nervioso, hay razones para ello. Un correo electrónico acaba de entrar en mi teléfono. Es de Alan Challow y está marcado como URGENTE. Hay mucha gente en este trabajo que se da aires marcándolo todo como si fuera de máxima prioridad, pero Alan Challow no es uno de ellos.

Nos conocemos desde hace tiempo, él y yo. Entró en la policía de Thames Valley apenas dieciocho meses antes que yo. Hemos trabajado en los mismos casos, hemos cometido los mismos errores y hemos conocido a la misma gente. Le he cubierto las espaldas más de una vez y él ha hecho otro tanto por mí. Con todo, tampoco diría que somos amigos, dejando aparte el hecho de que le encanta ponerme de los nervios.

En cualquier caso, no es eso lo que está haciendo ahora. Leo el correo y, durante un segundo –solo un segundo–, se me encoge el corazón. Pero estoy siendo ridículo. Es solo una coincidencia, un azar del destino...

Quinn me está observando, el ceño un poco fruncido. Ha oído mi teléfono y me ha visto mirarlo, como todos los demás.

–Genial –dice por fin–. Genial.

Gislingham le echa una mirada a Baxter y luego a mí.

–También me preguntaba, señor –comienza despacio–, si podríamos plantearnos el hacer un llamamiento.

Levanto la cabeza.

–¿Qué clase de llamamiento?

Gis duda.

–Mire, solo es cuestión de tiempo que esto se sepa, y entonces se montará la de Dios; será el linchamiento total en Twitter. Así que ¿por qué no adelantarnos y lanzar un llamamiento para encontrar testigos? Podríamos pedirle a Harrison...

–Pedirle qué, exactamente.

–Ya sabe, si cree que un llamamiento por televisión podría ser útil...

Respiro hondo.

–Si anunciamos que cualquier chica joven puede ser raptada en las calles y agredida vamos a desatar el pánico, y entonces nuestra última preocupación será recibir algún comentario sarcástico en Twitter. No soy partidario de provocar una histeria colectiva de primera categoría, a menos que primero hayamos descartado del todo la posibilidad de que esto sea un delito de odio, perpetrado por alguien a quien Faith conocía.

Los miro a todos para remachar el argumento.

—Así que ¿tenemos algo con los amigos? ¿Sus compañeras de clase, su círculo más amplio?

Somer levanta la cabeza.

—No puede decirse que tenga ninguno, señor. Es muy reservada. No parece que tenga muchos amigos.

—Debe de haber alguien, alguna persona a la que haya cabreado, alguien que tenga un problema con la cuestión transgénero...

Somer parece desolada.

—Lo hemos investigado, señor, de verdad. Pero es una persona que se lo guarda todo para sí misma. El retrato que se va dibujando es el de alguien que se desvive por permanecer en el anonimato, alguien prudente hasta la paranoia en lo que respecta a no molestar a nadie.

—Entonces, ¿habéis llegado a hablar con alguien o no?

Ahora le toca a ella sonrojarse.

—Con sus profesores, sobre todo. Hemos procurado no decir demasiado a los otros estudiantes, porque a ella le preocupa mucho mantener su condición en secreto.

—Sabéis tan bien como yo que su condición podría ser la razón por la que la atacaron. Por Dios santo, ¿cómo demonios vamos a descartar esa posibilidad si ni siquiera nos atrevemos a mencionarla?

Somer mira fugazmente a Everett. Estoy empezando a perder la paciencia.

—Mirad, yo no voy a sacar a nadie del armario porque sí, pero aquí no se trata de eso...

—Se lo prometí, señor —me interrumpe Somer, ahora con la cara encendida pero sosteniendo mi mirada, manteniéndose en sus trece—. Le prometí que respetaríamos su intimidad.

Intento contar hasta diez, pero solo llego a cinco.

—Y si vuelve a pasar, ¿qué? ¿Qué hacemos entonces? ¿Qué pasa si atacan a otra pobre chica? ¿Y si la próxima vez no interrumpen a ese hijo de perra? ¿Cómo se lo explicamos a la familia? ¿Cómo creéis que reaccionarán cuando les digáis que sabíamos que estaban atacando a jóvenes trans pero no hicimos nada porque teníamos demasiado miedo de molestar a alguien? Pero, claro, no seréis vosotros los que se lo digáis, ¿verdad? No. Seré yo. Como siempre, joder. En fin, Somer, lo siento, pero en el futuro tendrás que pensarlo mejor antes de prometer nada.

Me obligo a parar. Me estoy pasando de la raya, soy consciente. Estoy presionando en exceso porque siento que he perdido pie, porque quiero que el odio sea la causa, porque, por horrible que sea eso, siempre es mejor que...

—Podría indagar en grupos antitrans, señor —dice Asante en tono tranquilo—. Ver si hay algo en esta zona, algo en las redes sociales.

—Eso ya lo he hecho yo —apunta Baxter de inmediato, lanzándole una mirada con la que viene a decir: «¡No te metas en mi terreno!»—. No había nada.

Lo fusilo con la mirada.

—Entonces busca mejor.

Me vuelvo hacia Everett y Somer.

—Y vosotras hablad con sus amigas. No es una petición. Es una orden.

* * *

Enviado: miércoles, 3 de abril de 2018, 8:35
Importancia: Alta
De: AlanChallowCSI@policia.ThamesValley.uk
Para: IAdamFawley@policia.ThamesValley.uk

Asunto: URGENTE

No especifico en este correo ningún número de expediente por razones que resultarán obvias. Me acaba de llegar el dato del laboratorio: han encontrado sulfato de calcio en los zapatos de Faith Appleford, procedente presuntamente de la parte de atrás de la furgoneta. No había demasiado, pero había.

Llámame en cuanto recibas esto.

* * *

–¿Qué coño ha pasado ahí dentro? –pregunta Quinn procurando no levantar la voz.

Acaba de unirse a Everett y a Gislingham en la máquina de café. A Somer no se la ve por ningún lado. Asante está unos metros más allá, aparentemente leyendo algo en el tablón de anuncios.

–¿Se le ha ido la pinza a Fawley o qué?

Gis se encoge de hombros.

–A mí que me registren. Nunca lo había visto así, eso seguro.

–¿Por qué sigue emperrado en el delito de odio cuando sabe perfectamente que no hemos encontrado una mierda para poder demostrarlo?

Ev hace una mueca; tampoco ella había visto así a Fawley, y, desde luego, nunca con Somer. Siempre ha puesto especial empeño en animarla y en respetar su criterio. Tanto es así que en algún momento todos creyeron que...

—¿Puede ser que tenga más problemas con su esposa? —inquiere Quinn, ahora con voz algo más fuerte—. Hace solo unos meses, todos pensábamos que ella lo había dejado. ¿Qué os parece? ¿Estará la cosa otra vez podrida por ese lado?

Gis le lanza una mirada de advertencia y con gesto elocuente vuelve la cabeza hacia Asante, quien está lo bastante cerca para oírlos. Pero Asante parece seguir absorto en los cambios propuestos para el plan de jubilación de la policía.

Ev niega con la cabeza.

—No creo que sea eso. Esta vez no. Los vi la semana pasada en el mercado agrícola de Summertown. Ella estaba de espaldas, pero me pareció que actuaba como una tortolita.

—Entonces, ¿qué? ¿Le habrá caído una bronca de Harrison? Gis reflexiona.

—Bueno, siempre le cae. Pero, sea lo que sea, mejor que cada uno vaya discretamente a lo suyo y que evitemos cabrearle, ¿de acuerdo? —Coge un vasito de plástico y pulsa el botón del capuchino—. Y en tu caso, Quinn, eso significa investigar esas furgonetas alquiladas. Y volando.

Quinn le dedica una mirada sardónica que Gis finge no ver y los tres vuelven a sus mesas. Unos instantes después, Somer sale del servicio de señoras. Tiene el pelo bien peinado y la expresión tranquila, pero hay una ligera rojez bajo los ojos que solo los más observadores detectarían. Al acercarse a Asante, este aparta la vista del tablón de anuncios.

—¿Todo bien?

Su tono es bastante agradable, pero hay algo en él que siempre la descoloca.

—Por supuesto —contesta, y aprieta el paso—. ¿Por qué no habría de estarlo?

* * *

Adam Fawley
3 de abril de 2018
9:15

Nadie tiene que decirme que no he manejado la situación demasiado bien. Es solo que esto me ha pillado un poco con el pie cambiado. Han sido años, años de hacer lo que no está escrito para liquidar el asunto, y ahora, como de la nada...

Me suena el teléfono. Es Challow. Ni siquiera ha esperado a que lo llamara yo. Ni tampoco se anda con formalidades innecesarias.

–¿Has recibido el correo?

–¿Estás absolutamente seguro... de que no podría ser otra cosa?

–A diferencia de los seres humanos, la química no miente. Es una de las razones por las que me gusta este trabajo.

–Mierda.

–Sí –repite en tono lúgubre–. Sospecho que esa es, probablemente, la respuesta más adecuada. Dadas las circunstancias.

Se produce un silencio. Entonces pregunta:

–¿Qué vas a hacer?

–No lo sé.

Lo oigo inhalar aire.

–Tienes que decírselo a tu equipo. No sería justo dejarlos en la ignorancia.

–Ya lo sé. Solo necesito algo de tiempo para reflexionar sobre esto.

Casi puedo oír cómo se encoge de hombros.

–Bueno, la decisión es tuya, aunque la mía sería otra. En cualquier caso, tienes que hablar con Harrison. Y no quisiera parecer un cabrón, pero si no lo haces tú, lo haré yo.

* * *

Everett y Somer han decidido dejarse caer por la cantina del colegio de Faith para dar apariencia de normalidad, pero incluso sin el uniforme destacan como abuelitas con botas Dr. Martens. Los estudiantes piden cafés y *brioches* con pasas y se reúnen para charlar en las mesas contiguas, pero no pasa un instante sin que se perciba la tensión o las miradas que dirigen a las agentes. El ambiente no es exactamente de incomodidad, sino de desasosiego, una sensación de que algo se está cociendo.

–Bueno, ¿qué hacemos? –pregunta Everett en voz baja–. ¿Agenciarnos un buen tentempié y entrarle a saco a la gente?

Somer señala con el gesto hacia una chica que acaba de ponerse en la cola del café. A sus pies ha dejado una gran carpeta de dibujo; lleva un corte de pelo *pixie* y tiene grandes ojos castaños.

–Aquella puede ser tan buena como cualquier otra para empezar.

–Muy bien –dice Everett–. Yo buscaré por el otro lado.

–Estudias Arte, ¿verdad? –pregunta Somer mientras se coloca en la cola, tras la chica de la carpeta grande.

La joven se gira y sonríe.

–Moda y Diseño, en realidad. Pero los cuadernos de dibujo son igual de grandes.

–Hemos hablado con algunos de tus compañeros, pero creo que a ti no te recuerdo.

La joven pide y luego se vuelve de nuevo hacia Somer.

–Sí, ya me he enterado. Sois de la policía, ¿no?

Somer esboza un gesto compungido.

—Me has pillado.

Pero la chica no se inmuta.

—El fin de semana tuve un virus y por eso no estaba aquí el lunes. Soy Jess, Jess Beardsley. ¿Preguntabais por Faith?

—¿La conoces?

La joven hace una mueca.

—Conocer, no diría yo, pero es que no creo que aquí la conozca nadie.

Somer compra una botella de agua y sigue a la chica a una mesa vacía.

—Entonces, ¿las dos estáis en la misma clase? —pregunta mientras se sientan.

Jess asiente.

—Pero ella juega en otra liga. La tía se sale en todo, en serio. No hay nadie que le haga sombra.

—¿Y la gente no le tiene envidia? Nadie traga a los empollones, ¿no?

La joven se ríe.

—Faith no es de esas. No le importa ayudarte. Ya sabes, darte ideas o cosas así. No se lo tiene creído.

—¿Tiene novio?

Jess niega con la cabeza.

—Si lo tiene, no es nadie de aquí. Y no porque algunos no lo hayan intentado. Pero no parece interesada. Aunque, la verdad, la entiendo perfectamente.

Echa una ojeada a los chicos de la mesa de al lado; algo les ha hecho reír y están pegándose codazos unos a otros en las costillas.

—Una panda de niños creciditos, la mayoría.

Somer le devuelve la mirada irónica.

—¿Y chicas?

Jess coge la cucharilla y empieza a remover. Una leve sonrisa le asoma en la comisura de los labios.

—¿Te refieres a chicas amigas o a chicas novias?

Somer mantiene un tono neutro.

—Las dos cosas.

—Pues ni una cosa ni otra. —Lame la cucharilla y la deja en la mesa—. Y, de nuevo, no será porque no lo hayan intentado.

* * *

Adam Fawley
3 de abril de 2018
10:46

Harrison debe de haber llegado a algún tipo de acuerdo con el Servicio de Equipamiento, porque en su despacho se está caliente de verdad. Ni siquiera lleva la chaqueta, que permanece colgada en el perchero que hay al fondo de la habitación. Un auténtico perchero, con acolchado satinado. Sospecho que, además, en su cajón debe haber un cepillo para la ropa, aunque nunca lo he visto.

Me mira y me señala la silla con un gesto.

—Su asistente me ha dicho que quería tener una charla rápida, señor. Sobre la agresión del caso Appleford.

Vuelve a sentarse.

—Sí, en concreto, sobre el enfoque como delito de odio. El comandante de área quiere que le pongan al día.

—La investigación aún ha de seguir su curso, señor. Hasta el momento, no hemos dado con nada concluyente.

—Lo cual me recuerda —dice, reavivándose un tanto— que la nueva adquisición de su equipo se ha distinguido especialmente en este asunto.

Siento que se me ponen los nervios de punta; no es algo que debiera saber.

—Ha sido un buen trabajo policial, señor. Como el que espero de todo mi equipo.

Me observa y luego desvía la mirada. Por alguna razón, quiere que Asante lo haga bien. Y no solo porque fuera él quien lo reclutó.

—Y bien —dice—. ¿Algún avance para encontrar al perpetrador?

Su lenguaje se acerca cada día más al de las series norteamericanas. Si empieza a referirse a los sospechosos como «SuDes», tendré que asesinarlo.

—Hemos identificado varias furgonetas que estaban en Cherwell Drive y en Marston Ferry Road a la hora adecuada, señor. Ahora tratamos de determinar si los conductores tienen coartadas válidas, pero aparte de eso no tenemos demasiado para seguir avanzando.

Harrison arruga el entrecejo, coge el bolígrafo y empieza a darle golpecitos. Intento que eso no me altere.

—¿Y qué tal un llamamiento, una petición de ayuda a los ciudadanos?

Así que de eso se trataba. Durante un fugaz instante, me pregunto si ha estado hablando con Gis, si por eso Gis propuso la idea. Pero no, no es posible... Gis no actuaría a mis espaldas...

—No sé si es una buena idea, señor. Podría provocar una alarma considerable y por completo innecesaria.

Arruga aún más el entrecejo.

—Bueno, puesto todo en la balanza, quizá en este caso las ventajas inmediatas pesen más que los potenciales inconvenientes.

Dios. Y ahora me hablará de si la información puede caernos como fruta madura o servida en bandeja de plata.

—Desde luego, es una opción que podemos considerar, señor.

—Entonces, ¿pondrá usted en antecedentes al gabinete de prensa, para que lo tengan todo aparejado, por si acaso?

Me levanto, contento de tener una excusa para salir de allí y poner fin a esta conversación. Y no me estoy refiriendo a esa jerga ampulosa que utiliza. Parafraseando las inmortales palabras: tengo derecho a guardar silencio, pero la cosa cambia cuando te preguntan como si te plantaran una pistola en los riñones.

—Desde luego, señor. Lo hablaré con ellos de inmediato.

* * *

* * *

Llego tarde al médico: Alex ya está en la consulta cuando aparezco y la amable recepcionista me hace pasar apresuradamente en cuanto me ve.

—Acaban de empezar —dice en voz baja—. La doctora Robbins ha tenido una mañana muy movida.

Alex levanta la vista cuando se abre la puerta y leo en su rostro un profundo alivio. No hacía más que repetir que la visita de hoy era mera rutina, que yo no tenía por qué ir si estaba ocupado, pero sé que me quería allí, a su lado. Como también sé lo preocupada que está y hasta qué punto la ansiedad se la está comiendo a medida que se acerca la fecha de término. Y lo mucho que se esfuerza por ocultármelo.

—Ah, señor Fawley —dice la doctora mirándome a través de sus gafas.

Solo lleva un par de años en el puesto. Con eso quiero decir que no llegó a conocer a Jake. Sabe de su existencia, por supuesto. Está en el expediente, eso para empezar. Pero es que, aunque no lo estuviera, aquí todo el mundo lo sabe. Por eso la recepcionista es tan amable conmigo, y por eso Alex pasa revisiones cada tres semanas: eres objeto de una compasión especial si eres padre de un niño muerto. Un niño que murió por su propia mano.

—Siento llegar tarde. El tráfico. —Nadie cuestiona esa excusa. Al menos en esta ciudad.

—Me alegro de que haya venido. —La doctora me sonríe brevemente y luego vuelve a consultar sus notas—. La enfermera a domicilio le pidió a Alexandra que viniera hoy porque le preocupaba su presión arterial. Y a mí también. Es bastante más alta de lo que nos gustaría. –Se dirige a Alex–. ¿Tiene estrés últimamente por alguna razón?

Alex abre la boca y la vuelve a cerrar.

–No –acaba diciendo–. No especialmente. Trato de tomarme las cosas con calma. Incluso he venido en taxi, para no tener que conducir.

–Pero sigue trabajando, ¿verdad?

Alex asiente.

–Solo desde casa. Bueno, casi siempre. No voy a la oficina a menos que sea necesario. Ya sabe, para las reuniones. A veces los clientes insisten. Si el caso es importante.

La cara de la doctora es de desaprobación.

–Así descrito, parece bastante estresante.

–Tengo una ayudante. Se está encargando de casi todo lo esencial...

Pero la doctora no parece escucharla. Se quita las gafas, como si con ello quisiera subrayar sus palabras.

–Me gustaría que se tomara por lo menos una semana libre, libre del todo, y después volveremos a comprobar la tensión y decidiremos.

Miro a Alex y luego de nuevo a la doctora.

–Pero no hay nada que esté realmente mal, ¿no? No hay ningún peligro para Alex...

–No, no –dice la doctora enérgicamente–. Solo estoy siendo prudente. Quizá en exceso, pero prefiero pecar de prudente. Dadas las circunstancias.

Alex me coge del brazo mientras la acompaño al coche. Quizá yo también me estoy volviendo paranoico, pero me parece que se apoya con más fuerza de lo habitual.

–¿Seguro que te encuentras bien? ¿No estás mareada ni nada por el estilo?

Me sonríe y me aprieta el brazo.

—No, nada por el estilo. Deja de preocuparte.

—Cómo no voy a preocuparme. La doctora acaba de ordenar reposo en cama.

—No, solo ha dicho que no vaya a trabajar.

—Bueno, yo por eso entiendo reposo en cama. Y es exactamente lo que vas a hacer.

Se ríe.

—De acuerdo. Tú ganas. Siempre que eso signifique tomar té, chocolate y una cantidad ilimitada de tostadas de frutas.

—Si quieres, hasta te añado una bolsa de agua caliente.

Bueno, no para tomar, claro.

Ya hemos llegado al coche y me detengo y la giro hacia mí.

Parece tan frágil como una muñeca de porcelana.

* * *

Interrogatorio a Kenneth Ashwin efectuado en la comisaría de policía de St Aldate, Oxford
3 de abril de 2018, 13:25
Presente: agente G. Quinn

GQ: Siéntese, por favor, señor Ashwin. Como le he dicho, esto es simple rutina.

KA: Veo la tele. Sé lo que eso significa.

GQ: [*Le pasa una foto.*] El pasado lunes 1 de abril de 2018, las cámaras de la estación situada en la rotonda de Cherwell Drive captaron esta miniván. Es un vehículo de alquiler y, cuando preguntamos a la empresa, nos dijo que ese día el conductor era usted.

KA: Pues sí, así es. Mi hermano se mudaba, así que le estaba echando una mano.

GQ: Entonces, ¿qué estaba haciendo allí esa mañana?

KA: ¿Cuándo ha dicho que fue, exactamente?

GQ: [*Impacientándose.*] El lunes pasado. Hace dos días. Como acabo de decirle.

KA: Ah, no. Entonces no era yo.

GQ: La matrícula es la misma de la furgoneta que usted alquiló.

KA: De eso no tengo yo la culpa.

GQ: [*Consulta unos impresos.*] Usted vive en Barton, ¿no es así?

KA: [*Con desconfianza.*] Sí, ¿y?

GQ: Entonces, es posible que viniera al centro, ¿no?

KA: Supongo. De hecho, esa mañana recogí algunos trastos...

GQ: Así que, después de todo, sí que podría haber sido usted. ¿Es eso lo que me está diciendo?

KA: Es posible, sí. Pero no me acuerdo.

GQ: Muy bien, señor Ashwin, creo que eso será todo por ahora.

* * *

Adam Fawley
3 de abril de 2018
13:39

—¿Jefe? Aquí Quinn.

Se ha puesto a llover y el tráfico avanza a paso de tortuga. A mi lado, Alex mira afuera, con la cabeza apoyada en la ventanilla empañada.

124

Cojo el móvil del soporte manos libres. Normalmente, Alex me echaría la bronca por hacerlo mientras conduzco, pero ni siquiera parece haberse dado cuenta. Apenas ha abierto la boca desde que salimos de la consulta.

—Jefe..., ¿está ahí?

—Sí, ¿qué pasa?

—Siento molestarlo, pero nadie sabía dónde estaba.

—He tenido que ir a casa un momento, eso es todo. ¿Qué quieres?

—He pensado que le gustaría saber esto. He dado con las personas que alquilaron las furgonetas sin chófer. Una de ellas era una mujer de sesenta años que llevaba algunos trastos a su iglesia, lo cual fue confirmado por el pastor.

Dios como coartada. No está mal.

—¿Y la otra?

—Un tío de cincuenta y nueve años, pero me da que es imposible que sea él.

—¿Porque tenía una buena razón para estar allí?

—No; porque, uno, pesa más de cien kilos y hemos necesitado un cabrestante para moverlo de la silla, y dos, el tío es un soplapollas de cuidado. Perdone, pero es que era cazurro hasta decir basta. Joder, me hubiera mordido las uñas hasta arrancármelas...

—Eso no quiere decir que no sea culpable, Quinn. Sabes tan bien como yo...

—En serio, jefe. Tendría que ser el puto Benedict Cumberbatch para fingir así de bien.

Tomo aire; Quinn es un zángano, pero tiene buen instinto. A pesar suyo, en ocasiones.

—De acuerdo, pero no lo pierdas de vista. La estupidez no exime de nada. Ni tampoco el hecho de ser un plasta.

Alex me mira y yo le sonrío. Es solo rutina. No tiene por qué preocuparse. Pero ¿no es eso lo que ella misma me dice a mí?

Vuelvo con Quinn.

–¿Y hay algo...? Bueno, ya sabes..., en la Red.

De golpe Quinn se da cuenta de que no estoy solo, de que no puedo especificar más.

–Ah, ya. Pues no. Baxter ha estado buscando en esos foros antitrans, pero de momento no hay nada. Aunque no creería usted la mierda que vomitan esos enfermos. Yo solo eché una ojeada y... ¡joder! Baxter dice que en su vida ha tenido más ganas de darse una ducha caliente.

Una vez, tuve una jornada de formación con el Centro contra la Explotación Sexual Infantil y de Protección en Línea. Me quito el sombrero ante la gente que hace ese trabajo, pero yo me sentí contaminado durante días. No podía ni mirar fotos de mi propio hijo sin que a su cara y a su cuerpo se superpusieran los de otros niños.

Pero no quiero detenerme en esos pensamientos. Y menos ahora. Incluso permitir que entren en mi cabeza parece una traición, como echarle mal de ojo al niño que ha de venir.

Dejo el teléfono y me vuelvo a Alex, que se recuesta de nuevo en el asiento y me coge la mano.

–Todo va bien –le digo con voz suave–. Vamos a casa.

* * *

*Llamada telefónica a Julia Davidson, directora del Wellington College, Carlisle Road, Basingstoke
3 de abril de 2018, 14:05
Efectúa la llamada la agente V. Everett*

VE: Solo quería charlar un poco con usted sobre alguien que estudió en su centro, señora Davidson. Para recabar algunos datos básicos. Su apellido es Appleford.

JD: Ah, ¿cómo es eso? ¿Ha habido algún problema?

VE: No exactamente...

JD: Porque me sorprendería que Daniel o Nadine tuvieran líos con la policía.

VE: [*Pausa.*] No se trata de eso, señora Davidson. Y no es sobre Nadine, sino sobre Daniel. Según tengo entendido, los dos estudiaron en su centro.

JD: Así es. La señora Appleford quería mudarse a Oxford, pero lo lógico era esperar a que Daniel pasara los exámenes de secundaria.

VE: ¿Cómo diría usted que era Daniel?

JD: Ojalá tuviéramos más como él, para serle sincera. Trabajador, educado, con buenos modales. Un orgullo para el colegio.

VE: ¿Y cómo se llevaba con los demás estudiantes? ¿Tenía algún problema con alguien?

JD: No, no, en absoluto. Era muy popular. Mucho más que Nadine, que, dicho sea entre nosotras, podía mostrarse bastante susceptible. Aunque era la más brillante de los dos, con solo que hubiera hincado un poco más los codos. Pero ya sabe cómo son los chicos a esas edades: cualquier talento académico parece que sea una maldición. Con el deporte ya es diferente, claro.

VE: ¿Daniel era bueno en los deportes?

JD: No. De hecho, por lo que yo sé, hacía todo lo posible por evitar la Educación Física en cualquier modalidad. Aunque tampoco es que fuera una excepción.

Los vestuarios, las duchas, la pubertad... Todo eso puede ser una combinación estresante para cualquier adolescente. Pero no, el deporte no era ni mucho menos lo suyo, aunque sí tenía un talento inmenso en otras áreas.

VE: ¿Se refiere al diseño?

JD: Sí. A partir de sexto curso demostró tener aptitudes artísticas excepcionales. Mi colega del Departamento de Artes Plásticas decía que Danny era el estudiante con más talento que había visto en más de diez años.

VE: Así que estudiar Moda era lo más natural...

JD: [Risas.] Sin duda. Ya tenía la decisión tomada antes de elegir itinerario para los exámenes de secundaria. Se reirá usted, pero yo estaba convencida de que teníamos entre nosotros al próximo Alexander McQueen.

* * *

Adam Fawley
3 de abril de 2018
14:55

Le prometí a Challow que hablaría con Harrison. Y lo haré. Pero aún no. Antes tengo que ver a otra persona.

Aparco fuera de una sólida casa de ladrillo y pedernal situada a unos pocos kilómetros de Abingdon. Campo abierto, un seto alto y una hilera de árboles lejanos que delimitan el río. Durante todo el tiempo que trabajé a su lado, el sueño de Alistair Osbourne siempre fue retirarse al campo y, la última vez que vine aquí, el proyecto de terrenito con cercado de madera estaba muy avanzado. Rosas trepadoras, parterres de hierbas... El lote completo. El lugar parece bastante menos cuidado ahora, pero, claro, también es difícil que algo tenga un aspecto tan primoroso en una tarde gris de abril, por mucho tiempo libre que puedas tener.

Lo he llamado antes para que supiera que venía. Aun así, se presenta hecho un trapo cuando abre la puerta. Tiene una taza de té en una mano y un paño de cocina sobre el hombro.

—Adam —dice con aire distraído, como si me esperara y, al mismo tiempo, lo hubiera pillado de sorpresa—. Me alegro de verte.

—¿Seguro que no es un mal momento?

Algo asoma fugazmente en su expresión, algo que no acierto a adivinar en ese instante.

—No, no, que va —contesta—. Es solo que, bueno... Un mal día. —Se hace atrás para dejarme pasar—. Viv está en el invernadero. Le gusta estar donde pueda mirar el jardín.

Solo por esa frase, ya tendría que haber supuesto algo, pero me siento tan alterado por lo que tengo que decir que ni la oigo. Y por eso no estoy en absoluto preparado para lo que veo cuando lo sigo a la parte de atrás. Vivian Osbourne, caminante entusiasta de páramos y colinas, antigua directora de banco y sensata jefa de chicas *scout*, está junto a la ventana. Una manta le cubre las rodillas y tiene un gran gato negro ovillado en el regazo, pero ella está sentada en una silla de ruedas. Titubeo durante un segundo y luego intento por todos los medios que no se note.

—Esclerosis múltiple —dice con voz algo vacilante en la que, pese a todo, se reconoce a la Viv de siempre—. La muy hija de puta.

—Lo siento... No lo sabía.

Hace una mueca.

—Bueno, tampoco es que lo hayamos anunciado en el

Oxford Mail. Ha sido todo una mierda, la verdad, pero ahí vamos. Buscando la forma de seguir adelante.

Osbourne deja la taza que lleva en la mano en la mesa que ella tiene al lado.

—¿Estarás bien aquí durante un rato si me llevo a Adam a la cocina?

Hace gesto de ahuyentarlo con la mano mientras sonríe burlonamente.

—Largaos los dos y hablad de lo vuestro. No estoy impedida del todo, o todavía no, vaya.

Cuando llegamos a la cocina, Osbourne enciende el hervidor y se vuelve hacia mí.

—¿Desde cuándo dura esto?

—Desde el diagnóstico, más o menos. Lo sabíamos ya antes de que me jubilara. Por eso me fui seis meses antes.

Yo me pregunté entonces la razón; todos lo hicimos. Todo el mundo notó un cambio en él, hacia el final; cierta fatiga, como si las cosas ya no le importaran demasiado. Pero creímos que era por el propio trabajo, que al final había podido con él.

—No lo llevábamos mal hasta que empezó a necesitar la silla de ruedas. Eso fue el otoño pasado. Desde entonces, no ha sido tan fácil.

Recuerdo ahora el estado del jardín e intento disimular ante lo que veo: una cocina a la que no le vendría mal una limpieza a fondo y el cubo de basura atiborrado y maloliente junto a la puerta trasera.

—Lo siento. Si lo hubiera sabido, no te habría molestado.

Niega con la cabeza.

—No digas tonterías. La vida quizá sea ahora más dura, pero sigue adelante. Y Viv es la última que desea ser tratada como una inválida. Eso ya deberías saberlo.

Se gira y busca unas bolsitas de té en el armario.

—Y bien: ¿de qué querías hablarme?

Ahí estamos ya, pues: no hay vuelta atrás.

—Gavin Parrie.

Vierte el agua hirviendo, remueve el líquido de ambas tazas, vuelve a dejar el hervidor en su sitio y, solo entonces, se vuelve hacia mí.

* * *

Daily Mail
21 de diciembre de 1999

EL «VIOLADOR DEL ARCÉN» CONDENADO A CADENA PERPETUA
El juez tacha a Gavin Parrie de «perverso, impenitente y depravado»

John Smithson

El depredador sexual apodado «el Violador del Arcén» fue condenado ayer a cadena perpetua, tras el juicio que durante nueve meses se ha desarrollado en los tribunales del Old Bailey. El juez Peter Healey definió a Parrie como «perverso, impenitente y depravado» y recomendó una pena mínima de 15 años. El anuncio de la sentencia provocó un alboroto en la sala, en la que se oyeron insultos contra el juez y los miembros del jurado proferidos por algunos de los familiares de Parrie presentes entre el público.

Parrie siempre ha sostenido que es inocente de las violaciones y los intentos de violación de siete chicas ocurridos en el área de Oxford entre enero y diciembre de 1998. Una de sus víctimas, la joven de diecinueve años Emma Goddard, se suicidó algunos meses después de vivir la traumática experiencia. Parrie afirma que la policía de Thames Valley le preparó una encerrona y, mientras se lo llevaban, se le oyó pronunciar amenazas de muerte contra el agente que resultó decisivo en su detención, en concreto, dijo que ya lo «pillaría» y que él y su familia «pasarían el resto de sus vidas mirando a su espalda». El agente en cuestión, el subinspector Adam Fawley, ha sido elogiado por el jefe superior de la policía por su labor en este caso.

En declaraciones realizadas tras el veredicto, el comisario principal de la policía de Thames Valley, Michael Oswald, aseguró estar convencido de que se había condenado al hombre correcto y confirmó que ningún otro sospechoso factible había sido identificado durante una investigación que llegó a abarcar todo el condado: «Estoy orgulloso del trabajo efectuado por mi equipo. Hicieron lo imposible por dar con el autor de estos horrendos delitos y llevarlo ante la justicia, y resulta del todo inaceptable que hayan de sufrir amenazas o intimidación. Los agentes de policía arriesgan sus vidas cada día por proteger a los ciudadanos, y no les quepa duda de que adoptaremos todas las medidas necesarias para garantizar la seguridad de nuestros agentes y de sus familias».

La madre de Emma Goddard, Jennifer, habló con los periodistas fuera de la sala una vez conocido el veredicto. Dijo que nada iba a devolverle a su hija, pero que esperaba que ahora pudiera descansar en paz, sabiendo que el hombre que había destruido su vida iba a pagar por lo que había hecho.

* * *

—Lo encontró Alan Challow. Estaba en los zapatos de la chica.

Osbourne sonríe.

—¿Cómo está ese mamón testarudo?

—Bien. Algo más gordo, algo más calvo, pero por lo demás casi igual.

Se ríe brevemente al recordarlo. Solo brevemente.

—Y del resultado de los test, ¿no hay duda?

Niego con la cabeza.

Saca las bolsitas de té y me pasa una de las tazas. Hay trocitos de algo flotando en la superficie, como si se hubiera cortado la leche.

—Pero tampoco es tan grave, ¿no?

Siento cómo se me tensa la mandíbula.

—Podría serlo. Ya sabe que la cuestión del polvo de yeso siempre fue controvertida. Nunca lo encontramos en aquella furgoneta que tenía. Ni en el almacén.

—Pero el hermano era albañil, ¿verdad? Parrie podría haberle cogido la furgoneta si la suya no estaba operativa.

Y eso es precisamente lo que dijimos en el juicio y a lo que el jurado decidió dar crédito, aunque el hermano lo negó categóricamente. Parrie siempre dijo que el polvo de yeso demostraba que no era culpable, y ahora hay alguien por ahí suelto que ataca a mujeres jóvenes y que deja exactamente la misma sustancia en sus víctimas...

Inspiro profundamente.

—No es solo eso. Faith dijo que le arrancó el pelo. Aunque no está claro si fue un accidente o algo deliberado.

La expresión de Osbourne se endurece.

—A ver, Adam, ¿no estarás insinuando seriamente que el auténtico violador sigue suelto? ¿Que puede haber alguien que, no lo olvidemos, cesó lo que estaba haciendo en cuanto detuvimos a Parrie y que ahora, porque sí, empieza otra vez después de todos estos años?

—Podría haber estado en la cárcel. O en el extranjero.

Quizá ha estado haciendo lo mismo en otro lado durante todo este tiempo y no nos hemos enterado.

–No me lo creo, ni en sueños. Alguien, en alguna parte, habría establecido ya la conexión.

–No necesariamente...

–No es él –dice con firmeza–. Sabes que no lo es.

–Ah, ¿sí?

Sostiene mi mirada.

–Cogimos a Parrie, Adam. Tú lo cogiste. Ahora está en Wandsworth. Y allí ha estado durante los últimos dieciocho años.

Deja la taza en la mesa y avanza un paso hacia mí.

–Cogimos al hombre que lo hizo. Lo creí entonces y lo sigo creyendo ahora.

Y yo sé por qué. Porque hay algo que el jurado nunca supo; algo que la ley de entonces no nos habría permitido utilizar. Después de arrestar a Parrie, descubrimos que había sido interrogado por un ataque similar a una chica de dieciséis años en Manchester, dos años antes, pero, cuando por fin consiguieron meterlo en una rueda de reconocimiento, la pobre chica estaba tan aterrorizada que se negó a identificarlo. En la época en que empezó a actuar en nuestra zona, ya se había vuelto mucho más astuto. Y mucho más brutal.

Giro la cabeza hacia la ventana y miro afuera, al jardín. En el horizonte, puedo distinguir las colinas de Wittenham Clumps.

–También creíamos tener al hombre correcto en el caso de Hannah Gardiner.

Hannah Gardiner, quien desapareció en esas colinas en 2015. Hannah Gardiner, raptada supuestamente por un hombre llamado Reginald Shore. Osbourne estaba convencido de ello; todos lo estábamos. Pero resultó que no era así.

Se produce un silencio y cuando vuelvo a mirarlo tiene las mejillas encendidas.

—Sabes lo mucho que lamento aquello, Adam. Y ahora más que nunca.

Respiro hondo.

—Lo único que quería decir es que a veces nos equivocamos. A pesar de nuestro instinto y nuestro entrenamiento y todas esas gilipolleces, aunque estemos convencidos al cien por cien de que tenemos al hombre correcto, aun así, podemos estar absolutamente equivocados.

Silencio de nuevo. Puedo oír a Viv, que está hablando con el gato en la habitación de al lado, y el matraqueo que hace el plástico corrugado del cobertizo cuando lo agita el viento.

—Lo siento, señor —empiezo a decir, pero él rechaza mis palabras con un gesto de la mano.

—No es necesaria ninguna disculpa. Ni el «señor». Si estaba a la defensiva, hay un motivo, por desgracia.

Se acerca al cúmulo de cartas que hay apiladas junto a la panera y saca un sobre de la mitad inferior del montón. Lo ha encontrado tan deprisa que da la impresión de haberlo puesto allí deliberadamente, para que no estuviera a la vista. Porque, sea lo que sea, no quiere que Viv lo vea.

Me lo tiende. Un sobre marrón normal y corriente, con la etiqueta «confidencial» y dirigido al comisario A. G. Osbourne, Policía de Thames Valley (jubilado), con matasellos de hace dos semanas y el escudo de armas del Gobierno: Administración Penitenciaria de Su Majestad.

Lo miro con expresión interrogativa y él asiente.

—Es un informe psiquiátrico de Gavin Parrie. Va a solicitar la libertad condicional.

INFORME PSIQUIÁTRICO

Nombre: **Gavin Francis Parrie**
Fecha de nacimiento: **28 de mayo de 1962**
Domicilio actual: **Centro Penitenciario**
                           de Wandsworth
Fecha del informe: **12 de marzo de 2018**

Resumen y comentarios

El presente informe se incluye en el proceso de evaluación del señor Parrie para la concesión de una posible libertad condicional. He pasado un total de seis horas con él en la penitenciaría de Wandsworth, en tres ocasiones separadas. He tenido acceso a los expedientes policiales y penitenciarios y he consultado con el doctor Adrian Bigelow, psiquiatra forense del centro penitenciario de Wandsworth y responsable de la supervisión del señor Parrie desde que asumiera el cargo en 2014. Asimismo, poseo una experiencia considerable en la evaluación de delincuentes condenados por delitos sexuales (se adjunta *curriculum vitae* completo).

Los funcionarios de la prisión consultados confirmaron que el señor Parrie ha sido un preso modelo en todos los aspectos. Se ha implicado en diferentes trabajos dentro del entorno de la prisión, los cuales ha desempeñado siempre con diligencia y escrupulosidad. No ha estado involucrado en ningún incidente disciplinario o violento, y ha completado con éxito diversos cursos de formación que le serán útiles en la búsqueda de empleo, en caso de que fuera liberado. El informe de terapia ocupacional que se adjunta indica que es totalmente capaz de desempeñar actividades diarias normales y de gestionar su rutina cotidiana de forma productiva. Se le considera una influencia positiva para los otros internos, en especial para los más jóvenes. Se ha esforzado al máximo por mantener contacto por carta con sus hijos, que lo visitan una o dos veces al año (en la actualidad, residen con la exesposa del señor Parrie en Aberdeen, por lo que no resulta viable aumentar la frecuencia de las visitas). Por todos los aspectos ya mencionados, estimo que es un candidato apto para someterse a la consideración de la Comisión Evaluadora.

No obstante, queda pendiente una cuestión de relevancia: el señor Parrie sigue sosteniendo que no es culpable de los delitos por los que fue encarcelado. Esta negativa a asumir la responsabilidad de una conducta delictiva y expresar el conveniente arrepentimiento (especialmente, en delitos de esta gravedad) suele considerarse una traba importante para la liberación anticipada. En cualquier caso, a pesar de que Parrie sigue manteniendo que es inocente, su actitud a este respecto parece haber mejorado considerablemente durante los últimos meses. Anteriormente, insistía en que la policía lo había «entrampado», mientras que ahora se muestra dispuesto a admitir que, pese a que pudieron existir errores en la investigación de la policía de Thames Valley, no hubo un intento deliberado de incriminarlo por un delito que no cometió. La atenuación de esta paranoia es un claro signo positivo. Cabe tener presente, además, que ha cumplido ya dieciocho años en prisión y que, de haberse declarado culpable de inicio, podría haber sido ya liberado antes de este momento.

La Comisión de Libertad Condicional tiene el deber de evaluar si un determinado delincuente representa un peligro para la ciudadanía, y ningún individuo podrá optar a la libertad condicional a menos que la Comisión esté enteramente satisfecha al respecto de esa cuestión. Sin embargo, como es bien sabido, para alguien en la posición específica del señor Parrie resulta particularmente difícil demostrar que el riesgo de reincidencia es bajo, ya que los delincuentes sexuales que rechazan la admisión de culpabilidad no son aptos para su inclusión en el Programa de Tratamiento de Delincuentes Sexuales (PTDS) ni para la Evaluación Estructurada de Riesgos y Necesidades (EERN) que tiene lugar a la conclusión del mencionado programa, de obligada consulta para la Comisión a la hora de evaluar a estos delincuentes.

Al mismo tiempo, resulta crucial que aquellos que mantienen su inocencia, con independencia de la naturaleza de su(s) delito(s), no sufran discriminación, en especial cuando entran en juego más factores, a fin de ayudar a la evaluación de riesgos. En este sentido, destacaría que la contrastada buena conducta del señor Parrie, mantenida durante un largo periodo, constituye un factor a su favor. A ello debe añadirse que, en mis conversaciones con él, manifestó una empatía considerable hacia las víctimas de los delitos (aunque sin dejar de sostener que él no era culpable), lo que también debe considerarse como un signo positivo.

En mi opinión, el señor Parrie no sufre ni enfermedad mental ni problema psiquiátrico alguno, como pueda ser un trastorno esquizoafectivo, en el sentido que se recoge en la Ley de Salud Mental de 1983 (enmendada en 2007).

Dr. Simeon Ware
Licenciado en Medicina y Cirugía
Miembro del Real Colegio de Psiquiatras
Psiquiatra forense

—No me creo ni una puñetera palabra. Y una mierda, preso modelo. No es más que teatro, joder.

Osbourne me quita el informe de las manos y lo mete de nuevo en el sobre; se la está jugando al enseñármelo.

—Y sigue diciendo a todo el que quiera oírlo que es inocente. Incluso ahora, tantos años después. Tendría que habérmelo esperado, sabiendo lo que sé, pero no por ello deja de enfurecerme.

Osbourne escruta mi rostro.

—Al menos, parece que ha dado marcha atrás en lo de que le tendieron una trampa.

—Pero no es solo eso, ¿verdad? Este nuevo ataque... es demasiado parecido... Todo va a empezar otra vez.

—Precisamente, Adam. Es «parecido». No es igual. Por lo que me has contado, el ataque a esa chica, Appleford, tiene más pinta de ser un delito de odio. Y, aunque no lo sea, hay tropecientas mil maneras de explicar cualquier paralelismo superficial. Podría tratarse de un imitador, para empezar. Alguien que hubiera leído sobre el caso Parrie en los periódicos. No sería la primera vez, ¿no?

Quiero creer lo que dice. En parte, he venido aquí para oírselo decir. Pero el desasosiego sigue ahí, retorciéndose en mis entrañas.

—¿Estás investigando esa posibilidad?

Niego con la cabeza.

—Aún no. No de manera oficial.

Sabe a lo que me refiero: buscar a un imitador supondría hacer el asunto público. Al menos, internamente.

—En cualquier caso, quizá valdría la pena comprobar las visitas que ha recibido Parrie —dice en tono prudente.

Asiento. Eso al menos puedo hacerlo sin agitar demasiado las aguas.

—Solo digo que estaría bien descartarlo —continúa—. Pero estoy seguro de que no tienes por qué preocuparte.

Dejo la taza en la mesa y consigo esbozar una leve sonrisa.

—Gracias por el té. Y por tranquilizarme.

Su sonrisa resulta mucho más convincente que la mía.

—Cuando quieras. Pero ten en cuenta que, tarde o temprano, la prensa seguro que retoma el caso Parrie, así que mejor estar preparados, ¿eh?

Capto el mensaje.

—Lo primero que haré será ver a Harrison.

—Estupendo. ¿Y Alex? ¿Cómo lleva todo esto?

—Está bien —me apresuro a decir—. Ocupada con el trabajo, ya sabes.

Algo debe percibir, porque frunce ligeramente el ceño. Pero no insiste, así que saco con ademán aparatoso las llaves del coche, me acompaña a decirle adiós a Viv y, ya en la puerta, nos estrechamos la mano mientras trato por todos los medios de no mirarlo a los ojos.

Porque no estoy seguro de qué es peor; la mentira por omisión o la que acabo de contar.

* * *

—Entonces, ¿qué? ¿Seguimos con el plan de la *pizza*?

Patsie se sienta detrás de Sasha en el piso superior del autobús que va a Summertown, con la mochila encajada entre los pies. Lleva su chaqueta roja de cuero, como siempre. Isabel está al lado de Sasha, escuchando música en su teléfono y manoseándose el pelo. Se ha tintado las puntas de rosa. Sasha casi desearía tener el valor de hacer algo así, pero solo «casi». No solo porque su madre se pondría como loca (una objeción a la que Iz respondió encogiéndose de hombros y diciéndole que el pelo acabaría por crecer, así que a qué venía tanto cague), sino porque Sasha siempre ha estado bastante orgullosa de su pelo, y su madre siempre le repite que «si te lo tintas ya no recuperará nunca su color natural».

Patsie se inclina hacia delante y le da a Isabel un codazo en las costillas.

—Tierra llamando a Parker. Dónde. Vamos. A. Cenar.

Iz se da la vuelta y finge darle un bofetón.

—Te he oído a la primera, imbécil. Deja de berrear. No me importa dónde vayamos, mientras no tenga que comerme mi peso en *pizza*. ¡Me estoy poniendo como una vaca!

Sasha la mira de reojo.

—Ah, sí, claro. Si usas una treinta y cuatro, por favor.

Iz le sopla un beso y Patsie hace como si estuviera vomitando y todas estallan en risas. Al otro lado del pasillo, Leah busca en su bolso, saca una botella con una pajita y se la pasa a las otras. La etiqueta dice «Coca-Cola Diet», pero también contiene un buen chorro del *whisky* de su padre. No del de malta, eso su padre lo notaría, sino del que reserva para cuando los vecinos van a casa. Sasha toma el sorbo más pequeño que puede permitirse ante las demás y vuelve a pasar la botella, sintiendo cómo el alcohol le quema la garganta. Ha aprendido a evitar las arcadas, pero, la verdad, el *whisky* no puede ser más asqueroso. Y esos chupitos de un verde brillante..., en fin, son como beber enjuague bucal.

—Y bien, ¿vas a contárnoslo o no?

Sasha levanta la vista. Sus tres amigas tienen los ojos clavados en ella y tratan de disimular una sonrisa ladina. Sasha intenta hacerse la inocente y sorprendida, pero no le debe salir demasiado bien, porque Leah le dedica una de sus típicas caras de «ya, ya, a mí no me engañas».

—Ni se te ocurra escaquearte. Sabemos que tienes a un chorbo nuevo, ¿eh, Pats? ¿Quién es?

Sasha nota que se está sonrojando.

—No sé de qué me estáis hablando.

Las chicas le dirigen miradas de teatral incredulidad.

—Tía, llevas días con ese aire megasecreto —dice Isabel—. ¿Qué pasa? ¿Está casado o qué?

Ahora tiene la cabeza ladeada y escruta a Sasha en busca de alguna reacción, lo que hace que esta última se sonroje todavía más.

—Ja, ya quisierais vosotras que os lo dijera —dice, tratando de adoptar un aire de broma y provocación, como si escondiera el más jugoso de los secretos. Y lo esconde, se dice a sí misma. O más o menos, vaya.

Iz mira pícaramente a Patsie y de nuevo le pasa la botella a Sasha.

—No te preocupes. Un poco más de esto y se lo sonsacamos todo. Tenemos toda la noche.

Patsie le clava el dedo a Iz entre los omóplatos.

—Isabel Rebecca Parker: siempre habla quien más tiene que callar. La semana pasada te tomaste solo dos *cactus jack* y se te fue la pinza por completo.

Le sonríe a Sasha, quien a su vez le devuelve una sonrisa de agradecimiento. Puede contar con el apoyo de Patsie. Siempre ha sido así, desde la guardería. El grupo que formaban ellas dos solo pasó a ser de cuatro en el instituto, donde las graciositas de la clase empezaron a llamarlas las *LIPS girls* (las «labios») por sus iniciales: Leah, Isabel, Patsie, Sasha. A las otras les encantó, incluso empezaron a usarlo para su grupo de WhatsApp, pero Sasha ve la ironía que hay en ello. Sobre todo, cuando piensa en el tiempo que pasan sus amigas delante del espejo de maquillaje, poniendo morritos.

En cualquier caso, el nombre perduró. Y están muy unidas, las cuatro. Todas las demás chicas quieren entrar en el grupo, pero como Pats dijo una vez, bromeando, estos «labios» están sellados. Con todo, incluso ahora, hay entre Sasha y Patsie algo especial que Leah e Iz no comparten, por más que, durante las últimas semanas, Sasha se haya dado cuenta de que ciertas cosas prefiere no contárselas a nadie, ni siquiera a Patsie. Como lo de Liam. Especialmente, lo de Liam...

Estalla una súbita carcajada procedente del grupo de chicos sentados en la parte delantera del autobús, y un hombre que está más hacia el fondo levanta la cabeza y tuerce el gesto. Ha subido justo después de Sasha y sus amigas, pero, a diferencia de los muchachos, a ellas les ha pasado por completo desapercibido. No es el tipo de hombre en el que repara la gente, y menos unas adolescentes. Murmura entre dientes algo sobre el ruido y vuelve la cabeza hacia la ventanilla. Los chicos, mientras tanto, han empezado a echar miraditas a las cuatro amigas, aunque Iz ya ha decretado que son «del tipo gorrino total», así que hablar con ellos queda fuera de toda posibilidad.

—¿Qué le has dicho a tu madre? —pregunta Leah—. De esta noche.

Sasha se encoge de hombros.

—Solo que salíamos a tomar una *pizza* y que a lo mejor dormía en casa de Pats. Así se queda tranquila.

Pero se sonroja un poco al pensar en ello. Al recordar cómo sonreía su madre al decirle que lo pasara bien, el abrazo que le ha dado cuando se iba y ese «te quiero» que todavía le pesa en el corazón. Odia mentir a su madre; siempre lo ha odiado, incluso cuando era niña, y desearía no tener que hacerlo ahora. Pero sabe que ella no lo entendería. Le haría daño y se enfadaría y, ahora mismo, resulta mucho más fácil y amable hacerla creer que pasará la noche con Pats. Algún día, pronto, se lo explicará todo. Se ha prometido a sí misma que lo hará y mantendrá su promesa. Solo que aún no es el momento.

—Ojalá mi madre se pareciera más a la tuya —dice Isabel haciendo una mueca—. No me deja en paz ni muerta. Vaya, que si fuera por mí me casaba ya, dentro de cuatro meses...

Ahora es Sasha la que hace una mueca de desagrado.

—Dios mío. Imagínate: encadenada a los dieciséis. Hay tantas cosas que me gustaría hacer antes de tragar con todas esas chorradas.

Iz sonríe.

—Claro, claro. Ya sabemos todas lo que vas a hacer este verano. A no ser que estés recorriendo el camino inca o haciendo *puenting* en el Gran Cañón o nadando con los delfines en las Galápagos...

—Eso fue en Australia. No creo ni que haya delfines en las Galápa...

Se interrumpe y se ríe al ver sus caras.

—Vale, vale. Puede que os dé un poco la tabarra...

Todas abren la boca, en una mueca de fingido espanto.

—Nooo, pero ¿qué dices?

—En fin —dice Patsie metiéndose una chuchería en la boca y masticando ruidosamente—. Mejor sería que no hubiera nadie que se quisiera casar contigo. Como ese bicho raro de Scott.

Isabel suelta una carcajada.

—¿Quién va a cepillarse a ese tío? ¿Te imaginas? ¡Restregándote esa cara de *pizza* por todas las tetas!

Ahora están ya aullando de risa, revolcándose en los asientos y agarrándose el estómago. Los muchachos se han girado a mirar, preguntándose qué pasa y visiblemente preocupados por si se burlan de ellos, lo que hace que las chicas redoblen las carcajadas.

* * *

Adam Fawley
3 de abril de 2018
19:25

—Lo siento. Tendría que haberte dicho algo antes. Pero no quería preocuparte.

Alex se vuelve hacia la tabla de cortar y coge otro tomate. Trata de aparentar que no pasa nada, pero agarra el cuchillo con tanta fuerza que tiene los nudillos blancos.

—Osbourne cree que no hay nada de lo que preocuparse. Pero podría salir alguna cosa en la prensa...

—Y saldrá, ¿verdad? —Le tiembla la voz un poco y me doy cuenta de que trata de dominarse—. Cuando pasó, estaba en todos los periódicos, bien lo sabes. Era como..., como... el Destripador de Yorkshire.

A Parrie lo llamaban el Violador del Arcén mucho antes de que se supiera su verdadero nombre. Arrastraba a sus víctimas fuera de la carretera y las agredía entre matorrales o en callejuelas oscuras o aparcamientos desiertos que apestaban a meados. Pero eso fue solo el principio; nunca se nos ocurrió que acabaríamos considerando afortunadas a las primeras mujeres. Por entonces, aún no sabíamos de lo que era capaz.

Alex deja el cuchillo y se apoya en la encimera.

—Alex, deja eso un momento, por favor. No tienes que fingir... Conmigo no.

145

Se vuelve hacia mí y se me encoge el corazón al ver lo pálida que está. Le acerco una silla y se deja caer en ella pesadamente.

—Todos sabíamos que lo iban a soltar en algún momento. Ha cumplido dieciocho años.

—No son suficientes —replica de inmediato, la voz tan ronca que parecen estar arrancándole dolorosamente cada palabra—. Después de lo que hizo. Las amenazas...

La cojo de la mano.

—Bueno, esperemos que la comisión de la condicional esté de acuerdo contigo.

Se separa de mí y se aparta el pelo de la cara. Ahora tiene las mejillas encendidas y distingo el pulso que late en su garganta.

—Trata de no obsesionarte. No es bueno para ti... ni para el bebé.

Me mira a los ojos y sonríe débilmente.

—Eso se dice pronto...

—Ya lo sé, pero aun así tenía que decirlo.

—¿Te dijo Osbourne para cuándo podría ser? Si lo dejan salir, ¿cuándo sería?

—Él cree que la vista podría celebrarse ya el mes que viene.

Alex ahoga una exclamación.

—¿Antes del bebé? ¿Podría salir antes de que llegue el bebé?

—Mira, aunque eso sucediera..., de ningún modo le permitirán volver a Oxford. Y eso si lo sueltan, porque yo no lo veo nada claro.

Hablo con más confianza de la que en realidad tengo, pero ella me conoce demasiado bien.

—Pasa alguna cosa, ¿verdad? —dice lanzándome una mirada escrutadora—. Hay algo que no me estás contando.

A Osbourne puedo mentirle; incluso a mí mismo puedo mentirme. Pero a mi esposa nunca le he podido colar una mentira.

—Este caso en el que he estado trabajando... Hay... similitudes.

—¿Qué quieres decir con «similitudes»?

—Esa chica a la que raptaron, esa de la que te hablé. Faith Appleford. El tipo que lo hizo le arrancó mechones de pelo. Aunque tampoco es inusual —digo, en una especie de huida hacia delante—. Ya he visto cosas así antes.

Una vez o dos, quizá, en veinte años. Pero, en fin, es solo una mentira por omisión. Eso me lo puedo perdonar.

—Has dicho «similitudes», en plural.

Son varias las razones por las que mi mujer es una abogada excepcional. La atención a los detalles es una de ellas.

—Utilizó bridas. —Hago una pausa—. Y le puso una bolsa de plástico en la cabeza.

—Igual que la última vez —susurra.

Vuelvo a cogerle la mano y sus dedos se aferran a los míos.

—Sí, pero eso no prueba nada. Ya lo sabes.

Pero Alex no hace caso, y ¿quién podría culparla? La bolsa de plástico y las bridas constituyeron elementos clave de la acusación.

Aunque ninguno de ellos fue el más importante.

Yo debería saberlo.

* * *

Enviado: miércoles, 3 de abril de 2018, 20:35
Importancia: Alta

De: Sean.Cameron@hmps.gsi.gov.uk
Para: IAdamFawley@policia.ThamesValley.uk

Asunto: Preso ZX05566 Parrie, G

Estimado inspector Fawley:
Nos preguntaba usted por las visitas al interno indicado más arriba. Durante los últimos seis meses, Parrie ha recibido visitas de las siguientes personas:

Geraldine Hughes (pareja)
Ivy Parrie (madre)
Hazel Cousins (hermana)
David Chandler (abogado)

La lista de teléfonos autorizados de Parrie incluye a todas las personas de esta lista, además de a Jeffrey Parrie (hermano) y Sandra Parrie (exesposa y madre de sus tres hijos).
Si desea más detalles sobre fechas y horas de visita, no dude en hacérmelo saber.

S. Cameron
Jefe de módulo, Centro Penitenciario de Wandsworth

* * *

Adam Fawley
4 de abril de 2018
7:50

Harrison está ya saliendo de su despacho cuando llego. Parece distraído.

—Voy algo justo de tiempo —dice—. Tengo una reunión con Martin Dempster.

El jefe superior de la policía. Qué suerte la mía.

—¿Podríamos entrar en su despacho un momento, señor? Se me queda mirando. He captado su atención.

Cuando la puerta se cierra, se vuelve hacia mí.

—Se trata de Gavin Parrie, ¿he acertado?

A veces, solo a veces, subestimo a Harrison.

* * *

Al empezar las noticias de las 8:00, Fiona Blake enciende el hervidor y coge dos tazas del armario. Consulta su reloj por quinta vez en cinco minutos. No es propio de Sasha volver tan tarde. Cuando se queda a dormir con Patsie, siempre llega pronto a casa para cambiarse de ropa antes de ir al instituto. Fiona coge la leche de la nevera y pone muesli en un cuenco. En cualquier momento, piensa, oirá la llave en la cerradura. En cualquier momento, Sasha entrará como un torbellino, sorberá el té, engullirá el desayuno demasiado rápido y se habrá ido otra vez antes de que Fiona pueda siquiera tomar aliento.

Se está preocupando por nada. Sash va a volver.

En cualquier momento.

* * *

Es la hora de la reunión matinal. Gislingham se recuesta en el único radiador que funciona (privilegios de ser subinspector), mientras que Fawley se ha colocado al frente, delante de los demás. Como hace siempre, literal y metafóricamente. Como ha hecho desde que comenzó esta maldita investigación. Y no es que Gislingham vaya a quejarse, pero se supone que este es uno de sus cometidos, y, la verdad, resulta un poco humillante, en especial delante de Asante. Tampoco es que crea que Fawley no confía en él, pero, por alguna razón, en este caso no quiere soltar la cuerda. Quinn sigue creyendo que está en plena bronca conyugal, y no se recata en pregonarlo ante cualquiera que quiera escuchar, pero Gis tiene buenas razones para descartar esa posibilidad. Su mujer vio a Alex Fawley en la *boutique* prenatal de Summertown hace un par de fines de semana y está convencida de que tenía barriga de embarazada. Lo cual, dado el historial de los Fawley, justificaría sobradamente que el inspector buscara una actividad para desplazar la ansiedad. Por no mencionar que ha dejado de fumar y se atiborra de pastillitas de menta. Solo en la última media hora ya lleva tres.

—¿Le preguntaste al tal Kenneth Ashwin si estaría dispuesto a dejar sus huellas dactilares? —pregunta Fawley.

—Tarea inútil —contesta Quinn—. Empezó a ponerse borde y a decir que no estaba arrestado y que eso infringía su derecho a la intimidad, así que tuve que recular.

—¿Y qué hay de las otras furgonetas?

—Hasta ahora, he conseguido descartar al limpiador de alfombras y al cerrajero. Los dos tienen coartadas sólidas.

Fawley se dirige a Everett. Empieza a parecer irascible.

—¿Algo del colegio de Faith?

Everett niega con la cabeza.

—Hasta donde yo sé, aparte de la directora, nadie más sabe que Faith es trans. Y, para ser sincera, tampoco creo que fuera relevante si alguien lo supiera. Uno de los profesores con los que hablamos llevaba los labios pintados de azul y un vestido.

—Doy por supuesto que era un tío —dice Quinn.

—Sí, era un tío —confirma ella entre las risas de los otros—. Pero a eso voy. A él se la sudaba ir así y no vi tampoco que nadie pestañeara. Esta generación... no entiende a qué viene tanto lío con esto. Y en cuanto a lo que le pasó a Faith, la verdad es que no me imagino a nadie que ella conozca haciéndole algo así. Es una chica realmente maja y que solo trata de seguir con su vida.

—¿Y por el lado de Basingstoke? —pregunta Fawley, quien no se está riendo.

—Hablé con su antigua directora —dice Ev— y estaba claro que no tenía ni idea de que Daniel ya no era Daniel.

—Un poco raro, ¿no? ¿No tienen los trans que vivir durante cierto tiempo como personas del otro sexo antes de poder optar a un tratamiento?

Ev se encoge de hombros.

—A lo mejor no quiso hacerlo hasta poder empezar por completo de cero. En cualquier caso, creo que lo de Basingstoke es un callejón sin salida.

Baxter murmura algo así como que «callejón sin salida» es quizá lo mejor que alguien ha dicho nunca de Basingstoke, lo que provoca más risas.

Mientras tanto, Fawley trata de establecer contacto visual con Somer, pero, tras el encontronazo del día anterior entre ambos, ella evita mirarlo. Gis le echa una ojeada a Ev, pero esta se encoge levemente de hombros. Está claro lo que piensa: el inspector se ha buscado esta situación él solito.

—Mirad —dice Fawley—. Puedo admitir todo eso de que a esta generación no le importa de qué sexo sea la gente o incluso si tienen o no sexo, pero la cosa es que, desde luego, a Faith sí le importa. Hace lo imposible para que su vida privada siga siendo privada, y eso podría darle a alguien un motivo, ya sea para hacer pública su condición o...

—Perdone, señor —dice Somer interrumpiéndole. Un rubor le colorea las mejillas—. Pero no creo que esto nos lleve a ninguna parte. Ya sé que Faith demuestra una cautela absoluta para no revelar que es trans. ¿Y qué? No todos exhiben su vida personal en Facebook para que la vea el mundo entero. La gente mantiene toda clase de cosas en secreto por todo tipo de razones perfectamente admisibles, no solo su sexualidad, sino de dónde son, si tienen pareja o son religiosos o esperan un niño...

Se produce una pausa incómoda. Como si todos contuvieran la respiración. A Gis le invade súbitamente el pánico: nadie más está al tanto, ¿no? Y sabe que a él, desde luego, no se le ha escapado la noticia. Pero, de todos ellos, a quien ahora está mirando Fawley es a Asante.

—Bien —dice Fawley en tono gélido—. ¿Qué sugieres que hagamos, entonces?

Somer vuelve a sonrojarse.

—No estoy diciendo que descartemos una posible conexión, claro que no. No podemos hacerlo. —Lo mira ahora a los ojos y levanta la barbilla—. Pero, si me pide mi opinión, le diré que deberíamos revisar de nuevo los casos antiguos, porque yo apostaría a que ese tipo ya ha hecho antes algo parecido.

Gis le echa una fugaz mirada a Fawley y, por una fracción de segundo, percibe algo en su rostro que nunca ha visto en él. No es cólera, sino otra cosa. Algo que, si se tratara de otro hombre, podríamos definir como miedo.

También los otros deben de haberlo notado, porque en la habitación se hace de repente un silencio absoluto.

Fawley respira hondo.

—Hay algo que tengo que deciros. Sobre el caso Appleford.

* * *

—¿Denise? Soy Fiona. Solo quería asegurarme... Sasha ha pasado ahí la noche con Patsie, ¿no?

Agarra el teléfono con tanta fuerza que incluso siente su pulso en el plástico. «Si me responde enseguida, todo va bien... Si me responde enseguida...».

Sigue un silencio, una espera con la respiración contenida. «Por favor, por favor...».

—Lo siento, Fiona, pero no la he visto. Patsie volvió sobre las 22:15, pero Sasha no estaba con ella.

Fiona se lo nota en la voz. Esa envenenada combinación de comprensión y alivio. Por no ser su hija la que no está donde debería estar, ni su mundo el que se precipita al desastre.

—¿Quieres hablar con Patsie?

Fiona se aferra al ofrecimiento como una mujer a punto de ahogarse.

—Sí, sí... ¿Puedo? ¿Está ahí?

—Estaba a punto de llevarla en coche...

—¿Podría hablar con ella solo un momento?

—Perdona. Claro que sí. Espera un segundo.

El teléfono enmudece y Fiona se imagina a la mujer acercándose al pie de las escaleras y llamando hacia arriba. Se imagina a Patsie bajando despacio, confusa, preguntándose por qué Fiona la llama tan temprano... o por qué la llama, a secas...

El sonido regresa.

—¿Sí? —La chica jadea un poco.

—Hola, Patsie —le dice, obligándose a sonar despreocupada—. Seguro que no es nada, pero Sasha no está en casa. Creo que dijo que iba a pasar la noche contigo, ¿puede ser?

—Es lo que iba a hacer, pero luego cambió de opinión.

Fiona respira de forma tan acelerada que tiene que sentarse. No puede desmoronarse, eso no. Debe pensar con claridad...

—Entonces, ¿cuándo la viste por última vez?

—En el autobús. Y allí se quedó cuando yo me bajé.

—¿Qué hora sería?

—No sé... ¿Las 22:00?

Aprieta el puño un poco más. «Solo se tardan diez minutos andando desde la parada de autobús. Debería haber llegado a casa a las 22:15 o 22:30 como mucho...».

—¿Ha probado a llamarla al móvil?

«Pues claro que la he llamado al puñetero móvil. He estado llamando y enviando mensajes cada cinco minutos. Debo llevar ya una docena de mensajes... o dos docenas...».

—Me salta el buzón de voz.

—Lo siento, señora Blake. De verdad que me gustaría ayudar, pero es que no tengo ni idea.

Fiona siente que las lágrimas se le agolpan en los ojos. Patsie siempre le ha gustado, desde que era solo una niña con trenzas y arañazos en las rodillas. Y últimamente casi pasa más tiempo aquí con Sasha que en su propia casa.

—Ya me avisas, ¿eh?, si tienes noticias de Sash. Dile que me llame, que estoy muy preocupada.

De pronto, nota un cambio en la respiración de la joven, oye ese grito ahogado que provoca el auténtico miedo.

—Pero ella está bien, ¿no?

—Seguro que sí —contesta con firmeza Fiona—. Lo más probable es que solo sea un malentendido tonto. Apuesto a que ya está en el instituto y que luego me echará un buen rapapolvo por avergonzarla de esta manera.

Pero, cuando cuelga el teléfono, siente que un puño de hielo se cierra en torno a sus pulmones.

* * *

Adam Fawley
4 de abril de 2018
8:55

Abro la carpeta que tengo ante mí y saco dos hojas. Un par de personas intercambian miradas subrepticias, preguntándose de qué demonios va todo esto.

—Ayer hablé con Alan Challow. Tiene los resultados de los zapatos de Faith.

Me doy la vuelta y pego las hojas en la pizarra blanca, mientras oigo cierto revuelo a mi espalda.

Me tomo mi tiempo, pero al final tengo que girarme de nuevo, cara a cara con ellos.

—Además de la tierra de las huertas comunales y de trozos de gravilla y de toda la mierda de costumbre, encontró algo más. Algo que no esperábamos: restos de sulfato de calcio.

Nadie entiende qué tiene eso de especial. Cómo van a entenderlo. Ninguno de ellos estaba allí en aquella época, ni siquiera Baxter. Quinn me mira y se encoge de hombros.

—¿Y?

—Es polvo de yeso.

—Entonces, crees que nuestro hombre es... ¿qué? ¿Albañil? ¿Decorador?

Las miradas ahora ya no son subrepticias; algunos arrugan el entrecejo, visiblemente desconcertados. Otros se preguntan por qué me he guardado el dato, por qué no lo mencioné enseguida... y por qué, dicho sea de paso, hemos estado perdiendo el tiempo con malditos limpiadores de alfombras y cerrajeros. Pero todos saben que no conviene expresar esas opiniones en voz alta. Todos menos Asante, según parece.

—¿Cuándo exactamente habló con Challow sobre esto, señor? —pregunta mientras el ruido sube de tono en la habitación—. Yo hablé con él ayer a las seis y ni me lo mencionó.

Siento que se me encienden las mejillas.

—Le pedí que no lo hiciera.

Asante arruga el ceño y abre la boca para decir algo, pero me adelanto:

—Hubo otro caso en esta zona. Hace veinte años. Al tipo lo llamaban el Violador del Arcén.

Alguno de los presentes pone cara de recordarlo, pero la mayoría no. Somer me está fusilando con la mirada. Lógico.

—Violó a seis mujeres jóvenes e intentó violar a una séptima —prosigo—. Las atacó brutalmente. Una de las víctimas perdió un ojo. Otra se suicidó pocos meses después de sufrir la agresión.

—Pero lo condenaron, ¿no? —dice Ev—. Al tío que lo hizo, ahora no me acuerdo del nombre... ¿Gareth no sé qué?

—Gavin Parrie. Está cumpliendo cadena perpetua en Wandsworth.

Parece desorientada.

—Entonces, ¿por qué...?

—Parrie les arrancaba el pelo a las víctimas. Era uno de sus sellos personales.

Gislingham ve por dónde van los tiros de inmediato, pero sigue sin dar su opinión.

—Eso no demuestra nada. No necesariamente.

Paseo la vista entre los presentes. Lentamente.

—Parrie atrapaba a sus víctimas en la calle, les ponía bolsas de plástico en la cabeza y les ataba las muñecas con bridas.

—Aun así, señor... —comienza Ev. Pero detecto que un atisbo de duda empieza a asomar en sus ojos.

—A las dos últimas mujeres que atacó, las metió en una furgoneta y se las llevó. En ambas se encontró sulfato de calcio.

—Pero ese tío, Parrie, ¿era yesero? —pregunta Ev.

Niego con la cabeza.

—No, solo hacía chapuzas aquí y allá, vaciar casas de trastos y muebles y cosas así. Pero su hermano era albañil. Nuestra teoría fue que Parrie le cogió la furgoneta a su hermano para cometer esas dos agresiones, aunque nunca pudimos demostrarlo, y los peritos de la científica no encontraron nada ni en su furgoneta ni en la de su hermano cuando las incautamos.

Quinn suelta un silbido por lo bajo.

—La hostia bendita.

—Pero Parrie nunca lo admitió, ¿verdad? —dice Asante despacio—. Porque, de haberlo hecho, ahora estaría fuera.

Asante es perspicaz, de eso no hay duda.

—No, agente Asante, nunca lo admitió. Siempre ha sostenido que le tendimos una trampa, que es completamente inocente y que otra persona atacó a esas mujeres. Y, dado que los delincuentes sexuales tienen que reconocer su culpabilidad para optar a rehabilitación, eso le ha perjudicado ante la Comisión de Libertad Condicional. Al menos, hasta ahora.

Somer tuerce el gesto.

—Ha dicho «le tendimos una trampa». ¿Era un caso suyo?

Asiento.

—Por entonces era subinspector. Alastair Osbourne era el oficial al mando. Pero Parrie me culpa a mí. Cree que fui yo quien le tendió una trampa.

Todos evitan mirarme ahora, y sé por qué. Es la pesadilla de cualquier poli. Un caso como este, volviendo de entre los muertos.

Paseo la vista entre los presentes, intentando que me miren a los ojos.

—Estoy absolutamente convencido de que cogimos al hombre correcto. Lo estaba entonces y lo estoy ahora. Pero si la prensa saca este asunto... En fin, ya sabemos lo que puede ocurrir. Nos va a caer mierda por todos lados. Además, si el abogado de Parrie es mínimamente competente, aprovechará los paralelismos con el caso Appleford para arrojar cincuenta sombras de dudas razonables sobre la condena de su defendido.

Todos se rebullen ahora, como si se estuvieran adaptando, recalibrando la situación. Este no es el caso que habían pensado. Tampoco es el que yo creía. Y, sí, seguramente he pasado demasiado tiempo negándome a aceptar lo que tenía en las narices. Solo por eso, ya sería normal que estuvieran cabreados conmigo. Es lo que espero, y también que haya algunos que lo demuestren. Entre ellos, Quinn, eso seguro; incluso Ev, quizá. Pero a quien está mirando Ev es a Gis, y no es la única. Una mirada que viene a decir: «Se supone que eres el subinspector. Di algo». Y de inmediato comprendo que la reacción de Gis marcará la pauta al resto. Y, al cobrar conciencia de ese hecho, me doy cuenta de algo más: Gis se ha convertido en un subinspector rematadamente bueno.

Gislingham se vuelve hacia mí. Su rostro muestra una expresión de absoluta tranquilidad.

—Estamos con usted, señor. Sé que no hace falta que lo diga, pero lo digo de todos modos. Estamos con usted.

* * *

158

Tras la gran revelación, Fawley solo se queda durante diez minutos más. Gis decide tomarse ese hecho como un cumplido. Después de tanto tiempo notando el aliento del jefe en la nuca, de pronto tras él no tiene más que una bocanada de aire fresco. Pero al menos ahora comprende cuál era el problema. No le sorprende que el pobre diablo se sintiera contra las cuerdas. Y quién no, con algo así cerniéndose sobre tu cabeza. Debía de estar cagado de miedo. Y, como bien sabe Gis, los casos antiguos que regresan para atormentarte son como los muertos vivientes: resulta casi imposible volver a matarlos.

Cuando la puerta de la sala de coordinación se cierra tras el inspector, Gis se gira para dirigirse a su equipo.

—Muy bien. Fawley no lo ha dicho, pero voy a hacerlo yo. Si alguien tiene algún tipo de recelo sobre el caso Parrie, que hable ahora o que se lo lleve a la tumba, ¿estamos? Todos conocemos al jefe. No solo es un poli puñeteramente bueno, sino que es honrado hasta la médula. Es imposible, imposible, que le tendiera una trampa a nadie. Y si alguien alberga alguna duda al respecto, entonces lo siento, pero no tiene cabida en este equipo. ¿Me he explicado bien?

Está claro que sí. El nivel de energía de la sala sube un punto. Todos levantan la cabeza, se sientan más rectos.

—De acuerdo. Entonces vamos a meternos en faena de una maldita vez, ¿vale? Porque la forma más rápida de sacar a Fawley de este montón de mierda, y al mismo tiempo de hacernos un favor a nosotros mismos, es encontrar al hijo de perra que atacó a Faith y así liquidar esta jodienda del asunto Parrie de una vez por todas.

Murmullos de «Sí, subinspector», «Muy bien, subinspector».

—Vale, pues. Agente Quinn, ¿pueden usted y Everett ponerse con esas empresas de construcción con las que no hemos hablado aún, las de las cámaras de la gasolinera?

Baxter levanta la vista.

—Y hay dos o tres furgonetas más que pasan por la carretera con pinta de ser de empresas de construcción.

—De acuerdo —dice Quinn—. Pásame lo que tengas y trataremos de dar con ellos.

Gis se dirige a Somer.

—Necesito que hables con Faith, para averiguar si lo del yeso le dice algo. Es posible que conozca a alguien de ese gremio. No me parece demasiado probable, pero tenemos que comprobarlo.

—Por supuesto, subinspector. De todas formas, iba a acercarme, a ver cómo seguía.

—Y cuando hayas terminado, ayuda a Quinn y a Ev con lo de las empresas de construcción.

El equipo se está dispersando ya y Gislingham aprovecha el momento de distracción para llevarse discretamente a Baxter aparte.

—No sé qué piensas tú, pero todo eso de Parrie... parece que ha tocado un punto sensible. No digo que el jefe se equivocara entonces, pero las similitudes son..., en fin, ya sabes.

La cara de Baxter es toda una lección de silencio elocuente.

—Bueno, ¿qué opinas? ¿Un imitador?

Baxter reflexiona.

—Es una posibilidad. Aunque tendría que saber un huevo sobre el *modus operandi* para hacerlo bien. Quiero decir que, bueno, lo del polvo de yeso no sería difícil de conseguir, pero para eso primero tienes que saberlo.

—Así es —conviene Gis con aire pensativo—. Es justamente lo que estaba pensando. Echa un vistazo en la Red. Mira a ver lo que averiguas por ahí.

Baxter asiente.

—También podría desenterrar las transcripciones del juicio.

—Buena idea. Mejor saber exactamente a qué nos enfrentamos.

Se da la vuelta para irse, pero entonces se detiene y le toca ligeramente en el brazo a Baxter.

—Pero, de momento, que todo esto quede entre nosotros, ¿de acuerdo?

* * *

A las 11:15, Ev aparca su Mini en una estrecha callejuela cercana a Osney Lane, ante las oficinas de una de las empresas de construcción de la lista de Baxter. Tienen carteles por todo el norte y el centro de Oxford, frente a grandes casonas victorianas asfixiadas de andamios o colegios envueltos en plástico que emergen como las mariposas de sus crisálidas, con el gris convertido en oro y la piedra de nuevo lustrosa. El edificio es un almacén reconvertido, una moderna remodelación a base de ladrillo, cristal y madera que, con discreción pero sin ambigüedad, transmite su propio mensaje sobre qué tipo de empresa es esta. El mismo mensaje que el del logo y el eslogan estudiados al detalle, con su elegante tipo de letra y ese oscuro tono verdeazulado que aparece casi en cada elemento susceptible de ser pintado: «No te quepa la menor duda: nuestro trabajo es de primera clase».

Dado que Quinn no parece haber llegado, Ev empieza a deambular de aquí para allá. No conoce demasiado bien ese barrio, así que es una buena ocasión para curiosear. En el pasado era una zona industrial, pero ahora parece tan pulcra como un plató de cine. Cafetería de «grano artesanal» en la esquina, bloque de pisos elegante y supermoderno justo enfrente... El tipo de barrio en el que se imaginaría viviendo a Fawley, de no haber sabido que tenía un adosado inesperadamente vulgar en el barrio residencial de Risinghurst, un poco más al este de la ronda de circunvalación.

—¿Estás bien?

La voz que suena a su espalda la coge por sorpresa: es Quinn.

—He tenido que dar tres vueltas a la manzana para encontrar un puto sitio donde aparcar —dice malhumorado, observando (de forma nada sutil) dónde ha dejado ella su Mini.

Por un momento, Ev duda si aclararle que ha encontrado aparcamiento porque lleva allí más de media hora, pero decide que no vale la pena.

—Muy bien —dice Quinn sacando la lista del abrigo y levantando la vista hacia el edificio—. Esta gente se llaman Mark Rose & Co. Empresa fundada por el susodicho Rose hace diez años y bastante boyante, según he podido averiguar. Se dedican a construcciones comerciales y residenciales y a algunos proyectos especializados para la universidad. Cuarenta y dos empleados a tiempo completo y casi el mismo número de contratistas.

Se vuelve a meter las hojas en el bolsillo y los dos se acercan a la puerta principal.

Los están esperando. Hay una cafetera y un plato de galletas de envoltorio dorado preparados en una sala de reuniones de la planta baja, y un elegante y eficiente recepcionista (un hombre, sí) les asegura que el señor Rose está de camino. Ev percibe que Quinn se esfuerza al máximo por no parecer impresionado, pero se le nota que lo está. Coge de la mesa uno de los folletos de papel satinado y empieza a estudiarlo con algo más que un leve interés, o eso le parece a Ev.

Rose aparece apenas dos minutos después de que se haya ido el recepcionista. Tiene la tez bronceada y viste unos chinos crema pálido y una camisa rosa de cuello abotonado; y lleva un iPad. El mismo modelo que el de Quinn. Ev reprime una sonrisa: los chicos y sus juguetes. Rose les sonríe a ambos, manteniendo con firmeza el contacto visual.

—Buenos días, agentes. Espero que los estén atendiendo bien.

Ev coge su café. La taza es azul. El mismo azul que el de las furgonetas y el logo y la corbata del recepcionista. Diane Appleford daría su mano derecha por conseguir una coordinación cromática de esa categoría. Y el café es, predeciblemente, muy bueno. Everett, además, no le quita ojo a las galletas. No la pillarán comiéndose una en público, pero quizá pueda birlar un par antes de irse. Siempre viene bien tener algo en reserva para cuando necesitas un favor de Baxter.

—Mi asistente me dijo que era algo relacionado con nuestras furgonetas —comienza Rose—. Pero he hecho una rápida comprobación y todo está al día: impuesto de circulación, ITV...

—No se trata de eso —se apresura a aclarar Quinn—. Tiene que ver con el ataque a una joven que se produjo el pasado lunes en Rydal Way.

—No le sigo.

—La metieron a la fuerza en una furgoneta y se la llevaron a las huertas comunales de Marston Ferry Road.

Rose parpadea. Una arruga le asoma en el entrecejo.

—Pero hay centenares de furgonetas en Oxford...

Quinn asiente.

—Sin duda. Pero tenemos motivos para creer que una de las suyas estaba en la zona en ese momento.

Rose parece algo pálido bajo la tez bronceada.

—Entiendo.

—Repostando en la gasolinera BP de la rotonda, para ser exactos.

Rose coge el iPad y lo enciende.

—Si tienen un poco de paciencia, comprobaré dónde estaban exactamente nuestras cuadrillas el lunes pasado.

—¿De verdad? —dice Quinn, incapaz de evitar el tono de sorpresa—. ¿Puede hacerlo?

Rose se encoge de hombros; cuando se tienen tantas cartas en la mano como él, uno puede permitirse ser cortés.

—Las furgonetas tienen seguimiento por GPS. Y todo queda registrado y archivado. Somos una empresa de precios elevados, agente. No puedo permitir que haya quejas, así que necesito saber dónde está mi gente. ¿Qué hora es la que les interesa?

—Primera hora de la mañana —contesta Everett, observando el rubor que se extiende por el rostro de Quinn—. Antes de las 11:00.

Rose pulsa la pantalla durante unos instantes y luego deja el iPad en la mesa y lo empuja hacia ellos.

—Como pueden ver, una de nuestras furgonetas estuvo en esa carretera esa mañana, pero iba de camino a un trabajo en Wallingford. Aparte de poner gasolina, no hizo ninguna otra parada entre la central y el destino de trabajo. Tengo, además, el recibo de la gasolina que pagó con la tarjeta de la empresa. ¿Quieren que se lo imprima?

* * *

PRESIDE:

SU SEÑORÍA EL JUEZ HEALEY

EL ESTADO

CONTRA

GAVIN FRANCIS PARRIE

El SR. R. BARNES y la SRTA. S. GREY
comparecen en nombre de la acusación.

La SRA. B. JENKINS y el SR. T. CUTHBERT
comparecen en nombre de la defensa.

Transcripción de las notas taquigráficas de
Champman Davison Ltd.,
Taquígrafos oficiales del tribunal

Lunes 25 de octubre de 1999

[Día 7]

ALISON DONNELLY, llamada de nuevo al estrado
Interroga el SR. BARNES

P. Señorita Donnelly, quisiera volver a los
acontecimientos de los que hablamos ayer. En
concreto, a la agresión que tuvo lugar el 29 de
noviembre del pasado año. Me doy cuenta de que es
un asunto doloroso, pero es importante que este
tribunal tenga una idea exacta de lo ocurrido.

Y no hace falta que le recuerde que sigue bajo juramento. Dijo usted que el incidente tuvo lugar aproximadamente a las 17:40 de ese día. ¿Es así?

R. Sí. Volvía a casa desde el trabajo. Cogí el autobús de las 17:15.

P. ¿Y es ese el autobús que solía coger?

R. Así es.

P. Durante los días previos, ¿tuvo en algún momento la sensación de que la seguían?

R. Una de mis compañeras de piso dijo que había visto una furgoneta aparcada en la calle, varias veces, pero no le dimos importancia.

P. ¿De qué color era la furgoneta?

R. Una furgoneta blanca normal y corriente.

P. ¿Vio su compañera si había alguien en el interior?

R. No, estaba demasiado lejos.

P. La noche de la agresión, ¿vio usted alguna furgoneta?

R. No. Bueno, tampoco significa que no estuviera allí, sino simplemente que no la vi.

P. Entonces, bajó usted del autobús y empezó a caminar hacia su casa. ¿Qué ocurrió después?

R. Había estado lloviendo y un camión grande pasó demasiado cerca de mí y me mojó de arriba abajo. Llevaba mi abrigo nuevo, así que me enfadé mucho. Supongo que me paré un momento. Y fue entonces cuando ocurrió.

P. ¿Notó que había alguien detrás de usted?

R. Sí. Primero me cogió y luego me puso una bolsa en la cabeza y empezó a arrastrarme a la fuerza.

P. ¿Sabe adónde la llevó?

R. Me metió en la parte trasera de una furgoneta. Me había atado las manos con algo que se me estaba clavando en las muñecas y sentía que me faltaba el aire.

P. ¿Recuerda algún detalle más de la furgoneta?

R. Había plástico o algo parecido en el suelo. Estaba recubierto de algún tipo de material.

P. ¿Y qué ocurrió después?

R. Me llevó a un aparcamiento cerca de la ronda de circunvalación. Entonces eso no lo sabía. Pero es ahí donde me llevó.

P. ¿Y qué hizo luego?

R. Oí que salía de la furgoneta y venía a la parte de atrás. Me sacó y me empujó para que caminara unos pasos. Yo no podía ver nada por la bolsa. Después me tiró al suelo. Y entonces me quitó las bragas y me violó.

P. Un examen médico posterior reveló que usted sufrió también heridas internas causadas por algún objeto romo. ¿Es así?

R. Sí.

JUEZ HEALEY: Me doy cuenta de que esto resulta extremadamente difícil para usted, señorita

Donnelly, pero debo pedirle que hable un poco más alto para que los miembros del jurado puedan oír lo que dice. ¿Se siente capaz de continuar?

R. Sí, señor.

SR. BARNES: Gracias, señoría. Señorita Donnelly, ¿fue esa violación que ha descrito la única agresión que sufrió?

R. No.

P. ¿Qué más sucedió?

R. Me golpeó.

P. Lo siento, pero debo pedirle que concrete un poco más.

R. Lo hizo para que me callara. Yo intentaba gritar, así que me cogió la cabeza y la golpeó contra el suelo.

P. ¿Fue así como sufrió esas heridas que tiene ahora, las heridas que puede ver este tribunal?

R. Sí.

P. ¿Sufrió una fractura de cráneo?

R. Sí.

P. ¿Y pérdida de visión en un ojo?

R. Eso fue por una patada. Cuando ya había terminado.

P. ¿Y le quitó las joyas y le arrancó un mechón de pelo?

R. Los pendientes. Sí, me los arrancó de un tirón.

P. Y al hacerlo le desgarró uno de los lóbulos de la oreja, según creo.

R. Sí. Y también me arrancó mechones de pelo.

P. ¿De qué parte?

R. Aquí, detrás de la oreja.

P. Después de que la dejara, ¿cuánto tiempo pasó hasta que la socorrieron?

R. Por lo que me dijeron luego, había pasado alrededor de una hora. Creo que debí desmayarme, porque a mí no me pareció tanto. Pero de pronto había allí una ambulancia y estaba también la policía.

P. ¿Cuánto tiempo pasó usted en el hospital, señorita Donnelly?

R. Cinco semanas.

P. ¿Ha podido usted volver a trabajar desde la agresión?

R. No.

SR. BARNES: No tengo más preguntas.

JUEZ HEALEY: Este parece un buen momento para hacer un receso hasta después de comer. Miembros del jurado, la sesión se reanudará a las 14:15.

* * *

—¿A estos también les preguntaremos si tienen seguimiento GPS?

Ev mira de reojo a Quinn. Sabe que seguramente esa pulla ya sobra, pero no puede resistirse. Es tan fácil picarle...

Él ahora tiene el ceño arrugado, consciente de que Everett se está cachondeando. Porque, sí, Mark Rose & Co. ofrece un servicio de gama alta, pero la siguiente empresa de la lista podría considerarse el Ryanair del sector de la construcción. A juzgar por el logo de su web, de un amateurismo entrañable, está claro que no han invertido en un diseñador gráfico los ingresos ganados con el sudor de su frente. Y las oficinas no son tales, sino solo un *bungalow* de los ochenta ubicado al final de un callejón sin salida, con el suelo pavimentado en uno de los lados del edificio y un garaje doble en el otro. Ev ha tenido que comprobar la dirección un par de veces para asegurarse de que, efectivamente, estaban en el lugar correcto.

Les abre la puerta una mujer de mediana edad vestida con suéter y pantalones de chándal holgados. Del interior emana un fuerte olor a humo de cigarrillo.

—¿En qué puedo ayudarles?

—Somos de la policía de Thames Valley. ¿Son estas las oficinas de Renovaciones Ramsgate Ltd.?

—Así es.

En honor a la mujer, debe decirse que no parece especialmente inquieta, al contrario de lo que suele pasar ante una visita inesperada de la policía.

—¿Podríamos hablar con el señor Ramsgate?

—Lo siento, pero Keith está en una obra. Pueden hablar conmigo, si lo desean. Soy Pauline. Su mujer. Y la directora.

Los hace pasar a una extensión anexa a la cocina, equipada con muebles de oficina baratos pero funcionales: un archivador, un par de mesas de despacho y un gran tablón de anuncios con gráficos de sus diferentes trabajos. Hay también un ordenador, pero parece claro que a Pauline le va más el papel. Se ven pilas de expedientes y facturas que atiborran casi cada espacio disponible. En la parte de atrás, hay dos furgonetas blancas aparcadas en el jardín hormigonado. Una de ellas tiene las puertas traseras abiertas y un par de jóvenes están cargando material.

—¿Tienen permiso para gestionar el negocio desde aquí? —pregunta Quinn señalando hacia las dos furgonetas.

La mujer se encoge de hombros.

—No tenemos gente alrededor, así que ¿por qué iba a parecerle mal a nadie? Pero si insiste en que le responda, sí, tenemos permiso.

Si Quinn había pensado que esa era una buena forma de poner en aprietos a la mujer, parece que no la ha calado bien. Ahora se están mirando el uno al otro y Ev sospecha que Pauline no será la primera en parpadear.

Decide intentar el papel de policía bueno y ver si así la cosa funciona mejor.

—Señora Ramsgate, esperábamos que pudiera sernos de ayuda. Hubo un incidente con una furgoneta el lunes 1 de abril, así que estamos hablando con todos los dueños de furgonetas, solo para descartarlos de la investigación.

—¿Qué tipo de «incidente»?

—Es algo rutinario, señora Ramsgate.

—Pues a mí no me lo parece. ¿Y cómo es que vienen precisamente aquí? Debe de haber cientos de furgonetas en esta ciudad.

Pauline, resulta obvio, no nació ayer.

Everett saca dos folios y deja uno en la mesa.

—La imagen es de las cámaras de la gasolinera de Cherwell Drive, tomada esa mañana. Creemos que este vehículo podría ser uno de los suyos.

La calidad de la foto no es buena y, además, hay un camión que bloquea casi toda la imagen, pero aún puede verse el frontal de una furgoneta blanca con una escalera sujeta en la baca y un inicio de palabra en el lateral: «RA...».

Pauline arruga los ojos.

—Aquí solo veo dos letras. Eso no demuestra que sea una de las nuestras.

Everett asiente y mira la segunda hoja.

—Tiene razón. De hecho, hay tres empresas de construcción con nombres que empiezan igual en un radio de quince kilómetros desde aquí. Ustedes, Razniak Ltd. y Rathbone e Hijos. Simplemente, los estamos visitando por orden alfabético.

Pauline suspira ruidosamente y una vaharada de nicotina aguijonea la nariz de Everett.

—Entonces, lo que quieren saber es dónde estaban nuestras furgonetas, ¿no?

—Si no le importa.

Pauline se cruza de brazos.

—Sé exactamente dónde estaban, porque todo el mundo había ido a la misma obra.

—¿Y dónde era eso?

—En Bicester. La remodelación completa de un hotel. Estaremos con eso durante semanas.

—¿Y a qué hora suele empezar a trabajar su personal?

Se encrespa un poco.

—A las siete y media clavadas. Aquí no estamos de veraneo.

—Entonces, nos está diciendo que puede responder por todos sus muchachos esa mañana, ¿no es así? —dice Quinn—. Nadie pinchó una rueda, a nadie se le puso enfermo el gato ni nadie tuvo que ir de urgencia al dentista.

Pauline le dirige una mirada asesina.

—Todo el mundo estaba allí, excepto Ashley Brotherton. Ese día tenía el entierro de su abuela. Lo crio ella después de que su madre se largara.

—¿Y qué hace exactamente? —pregunta Ev—. ¿Cuál es su trabajo?

Pauline le lanza una mirada torva.

—Es yesero.

—¿Y dónde está hoy? En Bicester, supongo —pregunta Ev, esperando que no la delate su voz... y que Pauline no se dé cuenta de que tiene a Quinn gesticulando a su espalda—. ¿Podríamos charlar un momento con él y así descartarlo de la investigación?

Pauline levanta la barbilla.

—No le toca empezar hasta más tarde, así que supongo que estará en casa.

Everett esboza una sonrisa radiante.

—Muy bien, si pudiera darnos su dirección, por favor... Y el número de matrícula de su furgoneta, si no le importa.

* * *

—No se ha metido en ningún lío. Solo quiero saber dónde está. Perdona que te llame al móvil, pero le he enviado un mensaje a todas las personas que se me ha ocurrido y he hablado con el instituto y sé que no está allí. Así que me estoy volviendo loca... Por favor, Isabel.

Fiona detesta la súplica que transmite su voz, el tono desesperado. Es como un mal olor.

—Pero es que no sé dónde está. —La voz de Isabel se eleva hasta convertirse en gemido—. Ya se lo he dicho: se bajó del autobús y después ya no la vi más.

—¿Hay alguien más con quien podría estar? —Puede sentir la tensión en su mandíbula, el peso detrás de los ojos—. Me dijo que no tenía novio, ¿pero hay alguien que le guste? ¿Algún chico que podría haber parado el coche y ofrecerse a llevarla?

—No, la verdad...

—Alguien en quien podría haber confiado, alguien que a lo mejor conoce del instituto...

—Ya se lo he dicho... ¿Por qué no me cree?

Se oyen voces de fondo, ruidos de patio de colegio; deben estar en la pausa de la mañana. Fiona respira hondo.

—Entonces, ¿de verdad no sabes dónde podría estar?

—Lo siento. De verdad que no.

Ahora suena una campana y, un momento después, la línea se corta.

* * *

Cada vez que Everett va al barrio de Blackbird Leys, se obliga a encontrarle algo positivo. Un bonito jardín o un árbol en flor o incluso algún gato que se muestre especialmente descarado. Odia caer en los estereotipos, pero, por mucho que se esfuerce, este lugar parece siempre empeñado en ganarle la partida. Mientras conducen por Barraclough Road, ven a dos hombres tirados en un banco rodeados de latas de cerveza, y hay un cubo de basura volcado, con comida podrida y otros restos desparramados por la calzada. Everett da un volantazo y Quinn suelta una palabrota. Aborrece ir en el asiento del acompañante, pero de ningún modo traería aquí su coche. Y, por decidida que Everett esté a no prejuzgar el lugar, la verdad es que no puede culparlo. Al pasar junto a los hombres, uno de ellos ondea su lata hacia ella y grita: «¡Que te follen!». Y eso que ni siquiera van en un coche patrulla.

—Está unos diez números más adelante —dice Quinn, forzando la vista para distinguir los números—. Noventa y seis, ¿no?

La casa está en la esquina, al final de la hilera de adosados. Estas viviendas quizá se consideraran en su día como una gran tendencia de futuro, pero la arquitectura de los setenta no ha envejecido bien. Las ventanas son demasiado pequeñas y los garajes que sobresalen de la fachada acaparan todo el espacio de la planta baja. Para colmo, hoy no sirven más que para almacenar trastos; los coches modernos son demasiado grandes para caber por la puerta. A diferencia de las casas vecinas, el número 96 aún tiene un descuidado césped en la parte delantera, en lugar de un espacio hormigonado para aparcar. Pero, al igual que el resto, el tejado está hundido como si se hubiera cansado de resistir.

Ev aparca y ambos salen del coche. Se oye música procedente del piso de arriba: hay alguien en casa.

—Daré la vuelta por el otro lado —dice Quinn—. A ver si está la furgoneta.

Ev asiente, toma aire y llama al timbre.

La música se detiene, pero no hay ningún otro signo de vida. Vuelve a llamar. Y una tercera vez. Quinn aparece por la esquina.

—¿Has visto la furgoneta?

Asiente. No está sonriendo.

—He visto algunas bridas en la parte de atrás. Del mismo tipo, diría yo.

—Eso no prueba nada. Apenas se distinguen unas de otras.

—Yo solo lo digo.

Ahora se oye ruido dentro, cadenas que se quitan y un cerrojo que se descorre. La puerta se abre lentamente. Aparece un hombre mayor, jadeando por el esfuerzo. Viste un cárdigan deshilachado y unos pantalones marrones demasiado holgados para sus escuálidas caderas. Tiene la cara y las manos salpicadas de manchas de vejez.

—¿Señor Brotherton? —dice Ev, sosteniendo frente a él su

placa identificativa–. Agente Verity Everett. ¿Podríamos pasar un momento?

El hombre los mira con desconfianza.

–¿De qué se trata?

–Es por su nieto. Ashley se llama, ¿no?

–¿Qué pasa con él? No ha hecho nada. Es buen chico...

–Nadie dice que no lo sea –replica enseguida Everett–. Solo quisiéramos hacerle un par de preguntas de rutina. Serán cinco minutos. ¿Está él en casa? –Everett sonríe. Se da cuenta de que el anciano quiere negarlo, pero ambos saben que entre sus preferencias musicales no es probable que figure el *hiphop*.

Suspira con fuerza.

–Al fondo.

Ashley Brotherton está recostado sobre la barra de desayuno de la diminuta cocina, bebiendo zumo de naranja directamente del brik. La habitación está ordenada, pero no especialmente limpia; Ev nota cómo el linóleo se le pega a la suela de los zapatos.

–¿Quiénes son ustedes? –dice, limpiándose el zumo de la boca.

No es alto, pero sí fornido. Pelo muy corto, ojos de un azul muy pálido. Guapo, de una manera un tanto desafiante. Le acerca una silla a su abuelo, quien se sienta despacio, con evidente dolor.

–División de Investigación Criminal de Thames Valley –dice Quinn–. Solo queríamos comprobar sus movimientos en la mañana del 1 de abril.

Ashley y su abuelo cruzan la mirada.

–Ese fue el día que enterramos a la abuela –dice el joven–. Además, ¿qué interés tienen ustedes en eso?

–¿Dónde fue el funeral? –pregunta Ev, sacando el cuaderno de notas de su bolso.

—En el crematorio —contesta el anciano—. El que hay en Headington.

—Todavía no han respondido a mi pregunta —insiste Ashley.

—Una joven fue atacada esa mañana —dice Quinn en tono desenvuelto—. Creemos que el autor de la agresión trabaja en lo mismo que usted.

Ashley se acerca al cubo de basura que hay en el rincón y tira el brik. Luego se gira para encararse con Quinn.

—Como le he dicho, estaba en el entierro de mi abuela. Los coches llegaron aquí a las 8:30. La ceremonia fue a las 9:00. La recepción en el Red Lion a las 10:30. Pueden comprobarlo. Sea quien sea la persona que buscan, no soy yo.

Quinn le dedica su sonrisa más desagradable.

—Entonces no le importará que echemos un vistazo a su furgoneta, ¿verdad? Solo para asegurarnos.

El anciano levanta la vista.

—¿Tienen una orden?

—No —contesta Everett rápidamente—. Solo ha sido una petición informal, señor Brotherton...

—En ese caso, la respuesta es no. Como he dicho, Ashley es un buen chico. Tiene un buen trabajo y la cualificación necesaria. No tienen derecho a obligarlo a nada sin razón justificada. Solo porque vivamos en un barrio obrero ya se creen que somos basura...

Ev se muerde el labio. Tanto buscar algo decente en este lugar y resulta que no es capaz de verlo aunque lo tenga en las narices.

—Le pido disculpas, señor Brotherton. No pretendíamos ofenderlos.

El anciano le hace un gesto a su nieto.

—Acompáñalos a la puerta, ¿quieres, Ashley? Tengo cosas que hacer.

En la puerta, Ev se para un momento y se gira.

—Ashley, ¿puedo al menos preguntarle...? ¿Cree que es posible que alguien utilizara su furgoneta ese día? ¿Hay alguien más que tenga llaves?

Casi espera que la mande al carajo, y no podría culparlo si lo hiciera, pero no es eso lo que ocurre. Se limita a mirarla a los ojos.

—No —contesta—. Solo las tengo yo y la oficina.

De nuevo en el coche, Quinn se abrocha el cinturón de seguridad.

—¿Qué opinas?

Everett mete la llave en el contacto y se recuesta en el asiento.

—Lo que opino es que podemos comprobar lo que ha dicho con los del crematorio, pero estoy segura de que van a confirmarlo. No creo que fuera él quien atacara a Faith. Sobre todo, porque no me parece tan buen mentiroso.

Se oye arrancar un motor y al levantar la vista ven una furgoneta de Renovaciones Ramsgate que sale hacia la derecha de la calle. Pasa apenas a un metro de su coche, pero Ashley Brotherton mantiene la vista al frente, negándose a mirarlos.

Lo observan mientras se aleja por la calle hasta perderse de vista.

—Si fue él quien atacó a Faith, tendrá esa furgoneta limpia como una patena en menos de una hora —dice Quinn.

Ev se encoge de hombros.

—¿Cómo podemos saber que no la ha limpiado ya? Y, aunque no lo haya hecho, el hombre mayor tenía razón: no tenemos la más mínima posibilidad de conseguir una orden. —Consulta su reloj—. Bueno, mejor que nos pongamos en marcha si queremos llegar a tiempo para la reunión.

Quinn tuerce el gesto.

—No sé para qué coño nos reunimos. Ahora mismo no tenemos absolutamente nada que aportar.

* * *

Adam Fawley
4 de abril de 2018
12:32

—Comprobamos lo del crematorio de camino aquí —dice Ev, paseando la mirada entre los presentes—. Ashley Brotherton estaba sin ninguna duda donde dijo que estaba a la hora en que atacaron a Faith. Era uno de los que llevaban el féretro. Lo vieron al menos cincuenta personas.

Por suerte, he dejado que Gis dirija la reunión, porque apenas soy capaz de mantener la calma. Si fuera cualquier otro caso, ¿de verdad esperaría haber descubierto ya algo definitivo? A lo mejor solo tengo que ser más realista. Más paciente. El problema es que seguramente no conozco a nadie que usaría ese adjetivo para describirme. Y la que menos mi mujer.

Gis se dirige a Somer.

—¿Le preguntaste a Faith por el yeso?

Somer levanta la mirada.

—Sí, subinspector, pero no recordaba nada.

—¿Y qué hay de las otras empresas de construcción? ¿Hemos averiguado algo por ese lado?

Somer consulta sus notas.

—He hablado con las dos, con Razniak y con Rathbone e Hijos. Las furgonetas de Rathbone son verdes, no blancas, y las de Razniak son todas Transit, así que la que se ve en las imágenes no es suya. Pero estamos dejándonos guiar por esa escalera de la baca, y a lo mejor no es ninguna empresa de construcción. También podría tratarse de decoradores, limpiadores de ventanas o incluso instaladores de antenas parabólicas...

–Pero entonces no tendríamos el polvo de yeso, ¿no? –replica impasible Baxter.

–Aun así podría seguir siendo una empresa de construcción –observa Asante–; alguna que estuviera más alejada de la ciudad...

La puerta se abre, de improviso y con brusquedad. Es el agente de recepción, con los ojos como platos y sin aliento.

–¿Inspector Fawley? Acabamos de recibir una llamada que nos han pasado desde emergencias. Una mujer llamada Fiona Blake. Se trata de su hija. Tiene quince años. Ha desaparecido.

* * *

TRIBUNAL PENAL CENTRAL

Old Bailey

Londres EC4M 7EH

PRESIDE:

SU SEÑORÍA EL JUEZ HEALEY

EL ESTADO

CONTRA

GAVIN FRANCIS PARRIE

El SR. R. BARNES y la SRTA. S. GREY comparecen en nombre de la acusación.

La SRA. B. JENKINS y el SR. T. CUTHBERT
comparecen en nombre de la defensa.

Viernes 29 de octubre de 1999

[Día 11]

GERRY BUTLER, declara bajo juramento
Interroga el SR. BARNES

P. ¿Es su nombre completo Gerald Terence Butler?
R. Sí.

P. Señor Butler, me gustaría hacerle algunas preguntas sobre los hechos ocurridos el 4 de septiembre de 1998. ¿Podría contarle a este tribunal, con sus propias palabras, lo que vio ese día?
R. Volvía andando a casa después de trabajar, por Latimer Road. En el camino, hay un tramo con arbustos y matorrales. Se estaba haciendo de noche, así que no me di cuenta de lo que pasaba hasta que estuve bastante cerca.

P. ¿Y qué pasaba?
R. Había una chica, joven... Yo oía ruidos, como si ella tratara de gritar. Entonces me di cuenta de que había también un hombre. Estaba encima de ella.

P. Encima de ella, ¿cómo exactamente?
R. Ella estaba con la cara en tierra, ya sabe, boca abajo, y él montado encima. La chica tenía una bolsa en la cabeza y él le estaba atando las manos.

P. ¿Cómo se las ataba?

R. En aquel momento no pude verlo, pero luego me di cuenta de que usaba bridas.

P. ¿Qué pasó luego?

R. Empecé a gritar y él se dio cuenta de que estaba allí y se piró.

P. ¿Le vio usted la cara?

R. La verdad es que no. Levantó la cabeza y me vio, pero llevaba un pasamontañas puesto, así que no pude ver qué cara tenía. Y después se metió por los arbustos y salió corriendo por el otro lado.

P. ¿Cuál es su profesión, señor Butler?

R. Soy guardia de seguridad. Estuve en el ejército, pero desde que salí estoy en seguridad.

P. En concreto, trabaja usted de portero en uno de los clubs nocturnos de Oxford, el Kubla, en High Street. ¿Es así?

R. Sí, cuatro años llevo allí. A veces también me pongo en la barra, cuando van cortos de personal, pero sobre todo estoy en la puerta.

P. ¿Podría usted decirle su estatura y peso a la sala?

R. Uno ochenta y ocho, cien kilos.

P. ¿Y está usted en buena forma?

R. Hago deporte; me mantengo en forma, sí. Tengo que hacerlo, en este trabajo.

P. Y el hombre al que vio, ¿cuánto diría usted que medía y pesaba, aproximadamente?

R. Sobre uno setenta, puede que algo más, y bastante flacucho. Pesaría a lo mejor setenta kilos, por ahí.

P. Entonces, en su opinión, ¿diría usted que debió de resultarle bastante intimidante?

R. Supongo, sí.

P. ¿Qué ocurrió después?

R. Me acerqué a la chica y le pregunté si estaba bien. Su aspecto era bastante malo, con toda la cara arañada, y el tío le había arrancado mechones de pelo. Pero no la había..., bueno, ya sabe.

P. ¿No la había...?

R. Violado. Abusado sexualmente de ella.

P. Porque usted apareció justo a tiempo.

SRA. JENKINS: Perdón, señoría, pero el señor Butler no podía saber las intenciones del agresor.

JUEZ HEALEY: Señor Barnes, quizá quiera reformular la pregunta.

SR. BARNES: ¿Vio usted algo, señor Butler, que le hiciera pensar que se había producido una agresión sexual?

R. Le había subido la falda... y le había medio bajado las bragas. Así que yo diría que sí.

P. ¿Y entonces llamó usted al 999?

R.   Sí. Y me quedé con ella hasta que llegó la policía. Ella estaba llorando y se encontraba muy mal.

P.   ¿Y se trataba de la joven que ha sido identificada en esta sala como la señorita Sheldon?

R.   Sí, es ella.

SR. BARNES: No tengo más preguntas. Gracias.

* * *

Gis saca la hoja de la fotocopiadora y la cuelga en el tablón. A su espalda, la habitación está en silencio. Es una fotografía de Sasha Blake. Piel pálida, ojos azules, una oscilante coleta de cabello oscuro.

Se parece muchísimo a Faith.

* * *

Adam Fawley
4 de abril de 2018
13:45

Windermere Avenue no estará ni a un kilómetro de distancia del hogar de los Appleford y, cuando Somer y yo aparcamos fuera, la similitud entre ambos lugares parece todavía mayor. Incluso las cortinas de tul son iguales.

La puerta se abre mucho antes de que lleguemos a la cancela. Nos espera una mujer negra, alta, con un laborioso peinado de trenzas.

—Soy Yasmin —dice acercándose a mí con la mano tendida—. La vecina de Fiona. Ella está dentro.

Hay otras dos mujeres en la pequeña sala de estar, una a cada lado de Fiona Blake, quien se está meciendo ligeramente, con el rostro tenso por la angustia.

—¿Señora Blake? Soy el inspector Adam Fawley y ella es la agente Erica Somer.

Las otras dos mujeres se ponen de pie. Tienen esa expresión que tan a menudo vemos en este oficio: a medias de preocupación genuina, a medias de inmenso alivio por que esta pesadilla no les haya tocado a ellas. No ven el momento de salir de allí.

—Vamos a dejarte un poco de espacio ahora, Fiona —dice una de ellas, retirándose hasta la puerta—. Luego volvemos a pasar, por si necesitaras cualquier cosa.

Cuando se han ido, nos sentamos; yo, en el sofá; Somer, en la única silla. A juzgar por su aspecto, hasta por su olor, yo diría que Fiona Blake ni siquiera se ha molestado en ducharse esta mañana. Uno de los agentes de uniforme debe de haberle pedido una foto reciente de su hija, porque hay un montón de instantáneas en la mesa de centro que tenemos delante. Sasha de bebé, con el pelo en dos garbosas coletas; con uniforme escolar y una sonrisa de oreja a oreja; con leotardos, flaca como un palillo y levantando una medalla. Y también de más mayor, imágenes más actuales en playas, en el jardín trasero, rodeando con el brazo a su madre. Sonriente. Relajada. Feliz.

—¿Puede contarnos lo que ha pasado? —le pregunta Somer con voz suave—. ¿Cuándo vio a Sasha por última vez?

La mujer toma aire, un gesto que acaba convertido en sollozo.

—Ayer por la tarde. Cuando volvió del instituto. Le preparé una taza de té y me fui a trabajar.

—Pero esperaba que pasara la noche aquí en casa, ¿no?

Se limpia los ojos y niega con la cabeza.

—No. Iba a salir con tres de sus amigas. Solo durante una hora o así. Tenía clase al día siguiente. Y es una chica muy sensata. No es de las que vuelve tarde.

Somer saca su cuaderno de notas.

—¿Podría decirme los nombres de las amigas?

—Patsie Webb, Isabel Parker y Leah Waddell. Patsie está aquí, en la cocina. Le pedí que viniera después de llamarles a ustedes. Sabía que querrían hablar con ella.

—¿A qué hora llegó usted a casa anoche?

—Un poco después de las doce. Trabajo en un restaurante de la ciudad. Tuvimos mucho jaleo. Había un grupo grande. Norteamericanos. Uno de esos recorridos en autocar.

Somer toma nota.

—Y cuando volvió, ¿comprobó si Sasha estaba en su cuarto?

Fiona se lleva la mano a la boca; tiene un pañuelo de papel en la mano, pero está empezando a romperse y algunos trozos húmedos le han caído sobre la ropa.

—Sí, fui a su cuarto. Pero me había dicho que a lo mejor se quedaba en casa de Patsie, así que no me preocupé. Lleva años haciéndolo. Pero luego siempre viene enseguida a casa, antes de nada. Ya saben, para cambiarse o lo que sea, antes de ir a clase.

—Entonces, hasta esta mañana no se ha dado cuenta de que algo iba mal, ¿no es así?

Asiente.

—He intentado llamarla, pero tenía el teléfono desconectado. Entonces he llamado a Patsie y a Isabel, pero me han dicho que no la habían visto desde ayer por la noche. —Comienza a mecerse de nuevo—. Tenía que haber llamado a Sash anoche para asegurarme. No debería haber supuesto que...

Somer extiende el brazo y le coge con suavidad la mano.

–Era más de medianoche. Aunque la hubiera llamado, lo más seguro es que tuviera el teléfono desconectado. No debe culparse.

Me levanto y camino hasta el fondo de la casa. En la cocina, Yasmin rodea con los brazos a una adolescente, estrechándola con fuerza. Los sollozos sacuden los estrechos hombros de la chica.

–¿Patsie?

La joven se gira y me mira, apartándose el pelo de la cara. Tiene los ojos enrojecidos.

–Este es el inspector Fawley –dice Yasmin, tocándola cariñosamente en el hombro–. Es el policía que está buscando a Sasha.

Los ojos de la chica se agrandan y Yasmin le da un apretón de ánimos.

–Solo quiere preguntarte algunas cosas, cariño. No hay por qué tener miedo.

Acerco una silla y me siento. Para hacerme pequeño, menos intimidante.

–Estoy seguro de que lo entiendes, Patsie. Necesitamos toda la información que podamos reunir, y enseguida.

Patsie levanta la vista hacia Yasmin, quien asiente para tranquilizarla.

–Muy bien –dice, sorbiendo los mocos y limpiándose la nariz.

–Prepararé un poco de té –dice Yasmin.

* * *

Somer se sienta un poco más al borde de la silla.

–¿Había últimamente alguna cosa que preocupara a Sasha, señora Blake? ¿Se le ocurre algo que le pareciera inusual?

Lo que quiere preguntar es si han visto a alguien merodeando por los alrededores, por ejemplo, si Sasha creía que alguien la seguía, pero la mujer ya está lo suficientemente espantada para, encima, tener que oír algo así.

–Estaba bien –responde Fiona con rapidez–. Feliz. Ocupada. Todo era absolutamente normal. Y si hubiera habido algo que la preocupara, me lo habría dicho. Me lo cuenta todo. Solo somos ella y yo, en casa. Estamos muy unidas.

Somer se pregunta si hay alguna adolescente que se lo cuente todo a su madre. Aunque a lo mejor es su propia experiencia la que le hace verlo así. Además, las fotos desparramadas en la mesa parecen hablar por sí mismas.

–¿No se le ocurre nadie a quien pueda haber ido a ver? ¿A los abuelos, quizá?

Fiona niega con la cabeza.

–Mis padres están en Portugal y la madre de Jonathan vive en Huddersfield. No me imagino a Sasha yendo allí. Ni siquiera le cae bien.

Somer duda.

–¿Y algún novio?

Fiona niega con la cabeza.

–No. Es decir, hay chicos que le gustan, claro. En el instituto. Pero solo tiene quince años. Ya sabe cómo son las chicas a esa edad. Muchas risitas, pero de ahí no pasa.

–Entiendo. ¿Y está segura de que se lo habría dicho? Si hubiera alguien, quiero decir.

Fiona le lanza una mirada penetrante.

–Se lo acabo de decir. No tiene secretos para mí. No es esa clase de chica.

* * *

—Sí, claro que ha tenido novios —dice Patsie. Hay una taza de té frente a ella, en la mesa, pero apenas la ha tocado. Tiene las manos en el regazo y debe de estar jugueteando con algo, porque noto cierto movimiento.

—¿Y está viendo a alguien ahora?

—Creo que sí. Pero no sé su nombre. Iz y yo... creemos que puede ser alguien más mayor.

—¿Por qué lo creéis?

Sigue con la vista fija en el regazo.

—Por cómo se comportaba, así como con mucho secreto.

—¿Y sabes dónde vive ese chico? ¿O qué aspecto tiene?

Niega con la cabeza. Esto cuesta más que arrancar una muela. Yasmin capta mi mirada y se encoge silenciosamente de hombros, como diciendo: «Adolescentes... ¿Qué esperaba?».

—Pero seguro que sí ha tenido novios antes, ¿no?

Patsie levanta la vista.

—Pero no se lo decía a su madre, porque creía que ella se enfadaría. Ya sabe..., lo de que había tenido sexo. Ella piensa que Sash sigue siendo... —Se pone un poco colorada y evita mirarme—. Bueno, eso, virgen.

—Muy bien. Vamos a dejar eso por ahora. Volvamos a ayer por la noche. Has dicho que fuisteis a Summertown a tomar una *pizza* y que Leah se fue a casa andando por Banbury Road y el resto cogisteis juntas el autobús hacia Headington, ¿no?

Asiente.

–¿Y a qué hora fue eso?

–¿A las diez menos cuarto o así? No me acuerdo de la hora exacta.

–Y tú te bajaste primero, y Sasha e Isabel se quedaron en el autobús.

Otra vez asiente.

–¿Esto sería a las diez, más o menos?

–Por ahí, sí.

–Y Sasha tendría que haberse bajado en Cherwell Drive.

–Sí.

–Pero tú no sabías dónde tenía pensado ir al bajar del autobús, ¿verdad?

Se encoge de hombros.

–¿A su casa? Digo yo. ¿Dónde si no iba a ir?

Pues por eso justamente lo pregunto, para saberlo. Pero nada se ganaría perdiendo los nervios con esta chica.

–¿Tiene Sasha otros amigos que vivan cerca de esa parada de autobús, Patsie? ¿Alguien a quien podría haber ido a ver al bajar del autobús?

Niega lentamente con la cabeza.

–No lo creo. Al menos, nadie que nos guste.

–Entonces, ¿no se te ocurre dónde podría haber ido, aparte de directa a casa?

Y otra vez niega con la cabeza. Levanta brevemente la vista hacia mí, casi con timidez, y luego vuelve a mirar hacia abajo. De repente se me ocurre, y ya debería haberlo pensado antes, que durante todo este rato se ha estado mensajeando con alguien en el teléfono.

Toca probar en otra dirección.

–¿Sabes algo del padre de Sasha?

Esta vez levanta la cabeza y me mira de verdad.

—¿Por qué?

—Solo quiero hacerme una idea general de todo. ¿Sabes si sigue viéndolo?

Patsie duda y se muerde el labio.

* * *

—Hace trece años que no ha visto a su padre. Desde que el muy cabrón nos dejó a las dos.

El tono de Fiona Blake se ha endurecido y, sinceramente, Somer no puede culparla. Abandonar a una niña pequeña no encaja exactamente con su idea de hacer lo correcto.

—¿Sabe dónde vive ahora?

Fiona se encoge de hombros.

—Lo último que supe es que se había arrejuntado con alguien, por el norte. Pero de eso hace por lo menos dos años.

—¿Y nunca ha intentado ponerse en contacto con Sasha?

Niega con la cabeza.

—No. Ni una vez.

—De modo que, si se le acercara en la calle, no es probable que se fuera con él, ¿no?

Fiona se la queda mirando; Somer percibe en sus ojos una llama de esperanza que se apaga de inmediato. Niega con gesto abatido.

—Tenía tres años cuando se fue. Hasta dudo que lo reconociera.

* * *

191

–La encontró en Facebook –dice Patsie–. Se mensajearon durante un tiempo y luego, hará un mes, se saltó las clases para encontrarse con él. Pero no se lo diga a su madre. Se pondría como loca.

–¿Y cómo fue ese encuentro?

Patsie se encoge de hombros.

–Bien. La verdad es que no lo sé. Ella dijo que era un tío legal. Fueron a Nando's.

Como si eso importara. Como si cambiara en algo las cosas.

–Le dijo que ahora estaba viviendo en Leeds –dice de pronto–. Que podía ir alguna vez a verlo.

–¿Y ella va a hacerlo?

Patsie niega con la cabeza.

–Dijo que su madre nunca la dejaría.

Contengo la respiración, procurando no parecer demasiado ansioso.

–Pero si él hubiera aparecido, anoche, por ejemplo, como una sorpresa, ¿se habría ido con él?

Patsie se me queda mirando, como si no se le hubiera ocurrido esa posibilidad hasta ahora.

–Supongo –contesta por fin–. Es decir, ella nunca se subiría a un coche con un tío raro ni nada de eso. Pero con su padre, eso sería diferente.

* * *

–¿Podría ver su habitación? –pregunta Somer–. Si le parece bien a usted.

Fiona le echa una mirada relampagueante.

–¿No debería estar por ahí fuera buscándola? Si la ha raptado algún pedófilo, ¿de qué va a servir mirar en su cuarto? Es una completa pérdida de tiempo...

–No sabemos si se trata de un pedófilo –replica Somer en tono amable–. Podría estar con alguien a quien conoce. Por eso hemos de averiguar todo lo que podamos sobre ella.

Fiona la mira y luego aparta la vista; el relámpago de ira se evapora tan rápidamente como ha aparecido. Empieza a llorar de nuevo.

Somer le pone la mano en el hombro.

–Y, por favor, créame que estamos haciendo todo lo posible para encontrarla. Ya tenemos a un equipo buscando por toda esta zona.

Fiona asiente y Somer le aprieta el hombro con más firmeza. Y, cuando la mujer levanta la cabeza, vuelve a hacerle la pregunta, esta vez sin palabras.

–De acuerdo –dice por fin Fiona–. Es arriba, a la izquierda.

Es como verse a sí misma de adolescente. Los grupos musicales de chicos quizá sean otros, pero, aparte de eso, casi todo lo que hay en el cuarto de Sasha Blake se parece insólitamente a lo que Somer dejó atrás en Guilford hace más de una década. Cuando el año pasado ayudó a sus padres a mudarse, todo seguía allí, como en una cápsula del tiempo, ordenado y sin una mota de polvo, tal como ella lo había dejado. Y ahora es como si hubiera vuelto a su habitación. El espejo decorado con una guirnalda de luces rosa, el atrapasueños encima de la cama, la caja que sobresale por debajo atiborrada de zapatos y pañuelos de cuello y bisutería, la hilera de libros de bolsillo en la estantería, junto a la ventana. *Orgullo y prejuicio*, *Las alas de la paloma*, *Recordando con ira*, los poemas de John Keats. Hay un ordenador portátil en el escritorio y, al lado, una pila de revistas de *National Geographic* y un libro titulado *Mil cosas que hacer antes de morir*, con las páginas ribeteadas de pósits amarillos.

Siente ganas de coger el libro y esconderlo en algún lado. No quiere que Fiona Blake se tope con él cada vez que entre allí, porque..., porque...

Cinco minutos después, oye un ruido a su espalda y al darse la vuelta se encuentra a Fawley en la puerta. Está observándolo todo, tal como ha hecho ella.

—Parece una chica inteligente —dice por fin—. Henry James no es una lectura habitual a los quince años, ¿no?

Somer niega con la cabeza y levanta una hoja de papel.

—Acabo de encontrar esta carta en su escritorio. Es de *Vogue*. Le han ofrecido unas prácticas para este verano. No puedo ni imaginarme la competencia que habría para algo así.

La leve inquietud que Somer ha sentido durante toda la mañana ha tomado la forma de un auténtico presentimiento. No debería afectar en nada que Sasha sea inteligente y le guste la poesía y esté interesada en el mundo, pero sí lo hace. Sí cambia las cosas.

—¿Estos son suyos también? —pregunta Fawley acercándose a un tablero de corcho que hay colgado junto a la ventana. Está lleno de fotos, pero muy diferentes de las que su madre tiene en el piso de abajo: Sasha con sus amigas, riendo, sacando todas la lengua, poniéndose unas a otras orejas de conejo con los dedos. Y, además de las instantáneas y los selfis, una variedad de bocetos: lo que parece una vista de Port Meadow, un cuenco de naranjas y peras, unos zapatos rosa de tacón de aguja, uno de ellos tumbado.

Y de pronto Somer ve adónde quiere llegar Fawley.

—Ah, ¿lo dice por los zapatos?

Fawley se encoge de hombros.

–Y por lo de *Vogue*, y por el hecho de que Faith viva a kilómetro y medio de aquí.

Somer se acerca también y ambos observan en silencio el dibujo.

–Un interés por la moda no es gran cosa para establecer un vínculo –dice por fin Somer–. Al menos, en chicas adolescentes. Y Faith es tres años mayor, y cursa estudios superiores...

–Mírala bien –dice Fawley–. A Sasha, quiero decir.

Y Somer sabe lo que está pensando. No es solo el pelo ni el parecido en los rasgos de la cara. Se trata solo de una corazonada, de una intuición, pero algo le dice que Sasha es la chica que Faith siempre ha querido ser. Hermosa de un modo feliz, no forzado, fácil. Segura de quién es, a gusto en su piel y apenas capaz de imaginar cómo sería no sentirse así. A pesar de que la angustia por Sasha se agudiza cada vez más, Somer no puede evitar que también se le encoja el corazón al pensar en Faith.

–Llamaré a Faith y le preguntaré si se llegaron a conocer –dice por fin–. Viviendo tan cerca, supongo que es posible.

–Y consígueme una lista de todos los hombres de menos de treinta años que trabajen en esas empresas de construcción que estamos investigando. Puede que alguno de ellos sea ese novio más mayor del que, por lo visto, la madre de Sasha no sabía nada.

Somer tampoco sabía nada, hasta este momento. Pero así es el Fawley que ella conoce..., el Fawley que todos conocen. El mismo que encuentra conexiones que nadie ve, el mismo que llega antes que los demás.

Le lanza una rápida mirada.

–¿Cree que podría haber una conexión con lo que le pasó a Faith?

–Sí –dice con rotundidad–. Me temo que sí.

Pero no es capaz de descifrar su expresión. ¿De resignación? ¿De temor?

–Informa al subinspector Gislingham, por favor –le dice–. Y luego peina esta habitación centímetro a centímetro. Busca cualquier cosa del padre, algún diario, algo que nos pueda dar nombres..., nombres de hombre. Y llévate el portátil para que Baxter le eche un vistazo, pero asegúrate primero de obtener el permiso de la señora Blake.

–¿Adónde va usted, señor?

–A Headington, a ver a Isabel Parker. El instituto la ha enviado a casa. Esperemos que recuerde algo más que Patsie.

Se detiene en el umbral.

–Y dile a Gislingham que quiero a todo el mundo en la central a las 6:00. Si no ha ocurrido nada nuevo.

No necesita repetirlo.

* * *

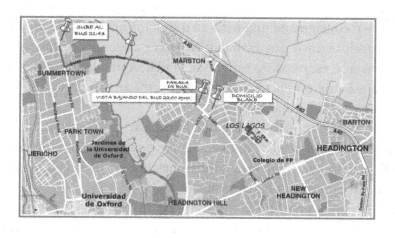

* * *

196

En la sala de coordinación, el ambiente está cargado de nerviosismo. Conocen las estadísticas, lo rápido que corre el reloj para las víctimas de un rapto, las pocas posibilidades de encontrarlas vivas después de veinticuatro horas. Gislingham está frente a los otros, ordenando el material de Sasha en una pizarra blanca. Es otra pizarra, colocada junto a la de Faith, lo bastante cerca para que puedan trazarse líneas entre ambas si es necesario, pero sin tocarse, al menos todavía, porque Gislingham es supersticioso, y no es el único. Nadie desea que estos dos casos estén relacionados. Nadie.

—No hay rastro de Sasha en la cámara de tráfico de Cherwell Drive durante la pasada noche —dice Quinn, levantando la vista y captando su mirada—. Voy a llamar a la empresa de autobuses, a ver si tienen cámara en el vehículo.

Baxter se dirige a él.

—Buena suerte —dice con aire lúgubre.

Gis se da la vuelta y busca con la mirada a Everett.

—¿Tenemos algo en su móvil?

—He pedido la lista de llamadas —contesta—. Pero el teléfono está sin duda desconectado.

—¿De cuándo es la última señal?

—De anoche, a las 21:35, en Summertown. Debió de ser justo antes de que subieran al autobús.

—Parece un momento bastante raro para apagarlo, ¿no? —apunta Gis.

Ev se encoge de hombros.

—A lo mejor tenía poca batería.

—He rastreado en sus redes sociales —tercia Baxter— y Patsie tiene razón. Todo indica que el padre de Sasha la encontró a través de Facebook. En su lista de amigos figura un Jonathan Blake que vive en Leeds, pero después debió de ponerse en contacto con ella de forma privada, porque no hay ninguna entrada suya en la página de Sasha.

—Y de novios qué. ¿Algún chaval de su edad? ¿Algo que llame la atención?

Baxter niega con la cabeza.

—La mayor parte del muro de Sasha va sobre ellas cuatro, las chicas, me refiero. Se llaman a sí mismas las LIPS. Todo lleno de emoticonos de besos y cosas por el estilo. Por lo que yo he visto, son poco menos que inseparables. Los chicos casi ni asoman la nariz por ahí.

Ev lo mira.

—Solo porque no aparezca en la Red no significa que no hubiera algún chico. Los jóvenes saben que sus padres controlan sus contenidos en línea. Ese tipo de cosas las pondrían en WhatsApp o Snapchat, o en otra aplicación similar... y privada.

Gis suspira.

—Ya me puedo ir preparando, ¿no?

—Bueno, no sé —le dice Ev con una sonrisa—. Tu Billy solo tiene dos años, así que aún te quedan por lo menos diez años.

Gis se acerca y se coloca tras la silla de Baxter, para ver su pantalla. Se inclina hacia delante, como si quisiera verla más de cerca.

—¿Y qué hay del asunto de Parrie? —pregunta en voz baja.

Baxter levanta la cabeza hacia él.

—Para empezar, tenemos la Wikipedia, aunque no pone apenas nada del *modus operandi*. De todas formas, eso se encuentra en cuanto escarbas un poco, en esas webs y blogs sobre crímenes reales que se creen más listos que nosotros. Y, por supuesto, hay también una buena pandilla de capullos conspiranoicos. Parrie es muy popular entre ellos.

Gislingham tuerce el gesto.

—Qué sorpresa, ¿verdad? En fin, ¿y las transcripciones del juicio?

—Acaban de llegar. Aunque por ahora no he encontrado casi nada. He tenido que dejarlas de momento, con todo este asunto de Sasha Blake.

—Lógico, pero sigue con ellas, ¿de acuerdo? Tengo un mal presentimiento con todo esto, y lo último que ahora necesitamos es que lo de Gavin Parrie regrese para tocarnos las pelotas.

* * *

En Windermere Avenue, Somer continúa su laboriosa búsqueda en el cuarto de Sasha. Está tratando de dejarlo todo como estaba para que, si Sasha vuelve, no tenga la sensación de que han violado su espacio. Algo más justificado si cabe —y este pensamiento le hiela la sangre— si al final resulta que ha sufrido un tipo de violación mucho peor. En cualquier caso, por muy cuidadosa que sea, no deja de estar fisgoneando, invadiendo, traicionando a una chica que ya ha empezado a gustarle. La ropa del armario es del mismo tipo que ella llevaba en su día, prendas que Faith Appleford podría perfectamente ponerse o de las que podría hablar en uno de sus blogs: líneas puras, preferencia por lo liso frente a los estampados, una o dos piezas retro seleccionadas con buen ojo en tiendas de ropa usada, otras más caras elegidas cuidadosamente para que puedan servir en la máxima variedad de situaciones posibles. Cada objeto de la habitación dice algo sobre esta joven: una postal de sus abuelos en el Algarve, una fotografía de un niño con cubo y pala metida en uno de los libros de bolsillo, con una nota manuscrita en el dorso, tan descolorida que se ha vuelto de un tono sepia: «Weston-Super-Mare 1976». También se ven anotaciones en los libros: «Al otoño» de Keats es «increíble» y «glorioso», pero el *Endimión* solo merece un «soso», subrayado dos veces. Y hay seis jubilosos signos de exclamación junto a un pasaje que cuenta cómo un frenólogo le examinó la cabeza a Thomas Hardy y declaró que el escritor «no llegaría a nada». Todo esto provoca una sonrisa, pero no es lo que Somer está buscando. No hay ni cuaderno de notas ni diario ni escondrijo secreto con lencería sexi; ni en las fotografías del tablero aparece nadie que pudiera ser su novio, de modo que, tras una hora de búsqueda, Somer empieza ya a preguntarse si dicho novio existe realmente. Aun así, sabe bien que la ausencia de pruebas no es prueba de ausencia. No tienen el teléfono de Sasha y todavía no han podido mirar en su portátil. Y esos sí son lugares estupendos y privados en los que esconder un amor que no osa tuitear su nombre.

Echa otra ojeada bajo la cama y, cuando va a levantarse, la pulsera se le engancha en la alfombra y tiene que agacharse de nuevo para desengancharla. Y entonces se da cuenta de que, después de todo, sí que hay algo debajo de la cama: lo que parece ser un pintalabios, que ha rodado hasta el rincón del fondo. No hay razón para recuperarlo: ¿qué importancia podría tener? Pero algo la empuja a tumbarse de espaldas en el suelo y extender el brazo.

Y entonces lo ve.

* * *

La casa de Isabel Parker es del todo inesperada. Una de esas casas de piedra de inaudita belleza ubicadas en Old Headington, un enclave de suplemento dominical que ha conseguido sobrevivir en condiciones increíblemente perfectas, rodeado por el ruido y la urbe descontrolada que es hoy Headington. Pero, por inesperada que pueda ser la casa, al parecer yo no lo soy tanto. O, si no yo específicamente, entonces alguien como yo. La mujer que me abre la puerta debe de tener la misma edad de la madre de Sasha, pero el bótox y una peluquería cara consiguen disimularla con bastante éxito. Lleva una camiseta gris jaspeada, *leggings* negros y chanclas color plata, y tiene los dedos de los pies pintados de un rojo vivo. Se presenta a sí misma («Victoria, pero todos me llaman Tory; créame, no tiene explicación») y me conduce por la enorme entrada con enlosado de pizarra hasta una cocina casi tan grande como toda la planta baja de los Blake.

La joven sentada ante una larga mesa de madera está enfrascada en un iPad. Afuera, en el jardín, un hombre con el pelo recogido en una larga coleta y un sombrero de Cocodrilo Dundee está arrancando las malas hierbas de los parterres.

—Este es el inspector Fawley, Isabel —dice la mujer—. Quiere preguntarte por Sasha. Así que apaga ese chisme y presta atención.

Hace gesto de ahuyentar el iPad, como si fuera a plegarse él solo y salir volando cual cuervo electrónico de rígidas alas.

Isabel pone los ojos en blanco en cuanto su madre le da la espalda, y yo capto su mirada para intentar transmitirle complicidad, aunque lo más probable es que solo le esté poniendo los pelos de punta.

La señora Parker se acerca a la encimera y a la flamante cafetera Nespresso. No me ha preguntado si quiero tomar algo.

–He hablado con Patsie, Isabel –empiezo–. Y, claro, también quería hablar contigo. ¿Crees que podrías contarme lo que pasó anoche?

La joven se encoge de hombros.

–Ya se lo he contado al otro tío. Al gordo.

–Sí, ya lo sé. Pero nos ayudaría mucho que me lo contaras también a mí.

–Fuimos a tomar una *pizza* a Summertown, a ese sitio que hay en South Parade.

–Patsie ha dicho que subisteis al autobús alrededor de las 21:45. ¿A qué hora salisteis del restaurante?

Otra vez se encoge de hombros.

–¿A las nueve? O un poco después, a lo mejor. Nos quedamos por ahí un rato al salir.

Como suelen hacer los adolescentes. Como hacía yo mismo.

–Entonces, ¿Patsie se bajó del autobús en Marston y Sasha en Cherwell Drive?

–Sí. Y yo seguí hasta Headington.

–Y llegaste a casa, ¿a qué hora?

–No sé. Diez y media, quizá.

Me vuelvo hacia la señora Parker.

–Nosotros salimos anoche –me dice, ruborizándose ligeramente como si la acusara de desatención infantil crónica–. Pero volvimos hacia las 23:00. Isabel ya estaba aquí, saqueando la nevera.

La chica está de nuevo mirando su iPad.

—Patsie ha dicho que en el autobús había mucha gente, y un grupo de estudiantes extranjeros de intercambio, o eso le pareció.

Isabel levanta la cabeza.

—Sí, ¿y?

—¿Te fijaste adónde fue Sasha al bajar del autobús? —Vuelve a mirar la pantalla y yo inclino la cabeza hacia delante, tratando de captar su atención.

—¡Isabel! —grita su madre con aspereza—. Esto es importante... Tu amiga ha desaparecido.

La joven la mira a ella y luego a mí. Ya he visto antes ese tipo de mirada. Y en mentirosos más expertos que esta chica.

—Muy bien, Isabel —continúo—. Sea lo que sea, tienes que decírmelo. Y enseguida.

Parece angustiada.

—Pero prometí...

—Me da igual. Tengo que saberlo.

Suspira ruidosamente.

—Mire, creo que Sash iba a encontrarse con su novio, ¿vale? Le había dicho a su madre que dormiría en casa de Patsie, pero en la pizzería cambió de opinión. Supongo que había quedado con él. No es que lo dijera, pero es lo que pensamos Pats y yo. Nos hizo prometer que no se lo diríamos a su madre.

No puedo decir que me sorprenda nada de lo que ha dicho. Pero tampoco hace que esté menos inquieto.

—¿Recibió una llamada o un mensaje o algo parecido... justo antes de que cambiara de opinión?

Se encoge de hombros.

—Puede ser. Sí, la verdad es que creo que sí.

—¿Y cómo se llama él?

—Se lo repito: no nos lo dijo. Ni siquiera admitía que tuviera novio. Pero desde luego pasaba algo. Llevaba con secretitos desde..., bueno, muchos días.

El rubor aparece en sus mejillas. Su madre sonríe.

—No te preocupes, cariño. Lo estás haciendo muy bien, ¿verdad, inspector?

—¿Te dice algo el nombre de Ashley Brotherton, Isabel?

Abre los ojos de par en par.

—No. ¿Debería?

—¿Y Faith Appleford?

—No.

Me inclino un poco hacia delante.

—Vamos a ver. Esto es muy importante. Ya sé que has dicho que no viste lo que hizo Sasha al bajar del autobús. ¿Puedes pensarlo un poco más y decirme si ahora recuerdas alguna cosa?

Sostengo su mirada. Sabe que estoy diciendo: «Puedo apostar a que has mentido la primera vez, pero ahora te doy otra oportunidad».

El rubor de su rostro se acentúa y asiente.

—A lo mejor sí que había alguien allí, aparcado. Esperándola, quiero decir. Estuvimos preguntándole todo el rato dónde iba y ella solo sonreía y decía que pronto lo sabríamos.

—Pero ¿viste a alguien cuando se bajó del autobús?

Niega con la cabeza.

—Solo vi que corría por la calle, buscando, como..., como si estuviera superfeliz. —Se le llenan los ojos de lágrimas—. Sash estará bien, ¿no? Sé que debería haber dicho algo, pero es que le prometí...

Su madre se le acerca enseguida, la rodea con los brazos y le acaricia el pelo.

—No pasa nada, cariño. Tú no podías saberlo.

Espero durante un instante, luego todavía un poco más y, cuando por fin veo que Isabel parece más tranquila, le pregunto si conserva el billete de autobús.

Sorbe un poco por la nariz.

—Creo que lo tiré.

Su madre le toca con suavidad el hombro.

—¿Por qué no subes a ver si puedes encontrarlo? A lo mejor aún lo tienes en el bolso.

—Pero si ya le he dicho qué hora era...

—No es por eso —le digo—. El billete puede darnos más datos, además de la hora. Quién era el conductor, por ejemplo. Cosas así.

Se aparta de los ojos el flequillo con las puntas teñidas de rosa.

—De acuerdo —dice por fin—. Voy a mirar.

Cuando vuelve a bajar cinco minutos después, me tiende un trozo de papel.

—Es todo lo que he podido encontrar.

Está arrugado y la tinta se ha corrido, pero todavía resulta legible.

—Estupendo, Isabel. Es exactamente lo que necesitamos.

* * *

Cuando el semáforo cambia, Gislingham pone el intermitente a la izquierda y luego se detiene tras el coche patrulla aparcado al final de Windermere Avenue. Está de camino para encontrarse con Ev en Summertown High, pero ha pensado que debería pasarse para ver cómo va la investigación puerta a puerta. Tampoco es que espere demasiado, o no espera nada, por decirlo claramente, porque si hubiera sur-

gido algo nuevo sobre Sasha lo habrían llamado, así que...
En cualquier caso, no quiere que parezca que la División de
Investigación Criminal delega los trabajos más ingratos en
los agentes de uniforme.

Distingue al sargento al mando unos metros más allá,
hablando con una agente. Gis lo conoce bastante bien. Es
un tipo competente.

–¿Algo nuevo, Barnetson? –pregunta al llegar a su altura.

El hombre levanta la cabeza y niega.

–Ya casi hemos acabado aquí. Hemos hablado con todos los que viven entre la casa de los Blake y la parada de
autobús. Un par de personas han reconocido a Sasha en la
foto, pero porque ya la habían visto antes por la zona. Nadie recuerda haberla visto anoche ni tampoco que hubiera
nadie sospechoso. –Señala un saco de plástico transparen-
te que tiene a sus pies–. Hemos rastreado las alcantarillas
y los arcenes, pero solo hemos encontrado la porquería de
costumbre. Se lo enviaré a los de la científica, pero no me
emocionaría demasiado.

Gis mira el saco. Envoltorios de comida rápida, latas de
cerveza y bolsas de cagadas de perro.

–Alan Challow estará encantado contigo.

Barneston esboza una sonrisa irónica.

–Ah, bueno, no sé. A lo mejor prefiere esto a los cadáve-
res medio podridos.

–Y bien: ¿ahora qué?

–Ya hay un equipo buscando en los campos, a ambos
lados de Marston Ferry Road. Me dejaré caer por allí después, pero las últimas noticias eran que tampoco habían
encontrado nada.

Gislingham levanta la vista al cielo. Se ha levantado viento y hay mucha humedad en el aire.

–Espero que se hayan acordado de llevar las botas de agua –dice.

* * *

Jayne Ayre @NoesaJaneEyre   15:07
Gente de #Oxford, alguien sabe si ha pasado algo en Cherwell Drive? Hay un montón de coches de policía aparcados allí.

Alicia Monroe @Monroe51098   15:09
En respuesta a @NoesaJaneEyre
Yo vivo en Thirlmere Road, acabo de ver a dos agentes hablando con la gente en la puerta de su casa, en Windermere Avenue #Oxford

Mariza Fernandes @Brazilia2012   15:11
En respuesta a @ NoesaJaneEyre @Monroe51098
Aquí también han venido, están preguntando por una chica. Creo que ha desaparecido #Oxford

Alicia Monroe @Monroe51098   15:19
En respuesta a @ NoesaJaneEyre @Brazilia2012
Puf, otra vez no, por favor. Pobres padres
☹#desaparecida #Oxford

Jayne Ayre @NoesaJaneEyre   15:22
En respuesta a @Brazilia2012 @Monroe51098
Acabo de mirar en @OxfordNoticiasOnline y @BBCMidlandsUltimaHora. Nada todavía

Noticias de Oxford @OxfordNoticiasOnline 15:26
En respuesta a @ NoesaJaneEyre @Brazilia2012
@Monroe51098
Sabéis el nombre de la chica y la edad?

Mariza Fernandes @Brazilia2012 15:32
En respuesta a @OxfordNoticiasOnline @ NoesaJaneEyre
@Monroe51098
Sacha creo. No la he reconocido. Por la foto, parece de
unos 15 años

Noticias de Oxford @OxfordNoticiasOnline 15:39
En respuesta a @ NoesaJaneEyre @Brazilia2012
@Monroe51098
ÚLTIMA HORA Posible desaparición de una adolescente
por la zona de Marston de #Oxford, los residentes
de la zona creen que podría tratarse de una joven de
15 años. Seguiremos informando

* * *

Adam Fawley
4 de abril de 2018
15:45

Estoy ya en el coche cuando me suena el teléfono.

Harrison. Quiere que le ponga al día.

—Acabo de hablar con Isabel Parker, señor. Cree que Sasha Blake podría haber quedado con un novio anoche. Lo malo es que no parece saber nada sobre él, ni nombre ni domicilio... Nada.

Lo oigo suspirar, enfadado. Y no le culpo.

—¿Y el padre de la chica Blake? ¿Sabemos algo?

—Nos hemos puesto en contacto con la policía de West Yorkshire. Están en ello. Aún tenemos la esperanza de que la chica se haya ido allí.

—Pues vaya padre de mierda, hacer una cosa así sin decirle nada a la madre.

—Ya lo sé, señor. Pero está claro que los padres no se pueden ni ver...

—Eso no es excusa —replica con sequedad.

Si hemos de creer los rumores que circulan por comisaría, el divorcio del propio Harrison fue bastante desagradable. Quizá eso explique su reacción.

—Ahora mismo son todo suposiciones, señor. Es posible que Sasha le dijera al padre que tenía permiso de su madre. Parece una chica sensata, pero sabemos que puede decir verdades a medias cuando le conviene.

Un resoplido demuestra que identifica la situación. Harrison tiene hijos adolescentes; ya conoce el percal.

—Bien, sea como sea, ruego a Dios que, efectivamente, esté allí. Y no solo por su bien.

También por el mío: eso es lo que quiere decir.

—Bien, Adam, ¿cuál es el siguiente paso?

—Si no tenemos suerte en Leeds, prepararé un llamamiento por televisión con la señora Blake.

—Bien. Y asegúrate de que salga a tiempo para las noticias de la noche.

* * *

Graeme Scott está en la cola para tomarse un café cuando la directora aparece en la atestada sala de profesores acompañada de un hombre y una mujer.

—¿Quién demonios son? —pregunta la profesora que tiene delante en voz baja. Ha entrado ese trimestre: es su primer trabajo después de las prácticas. Ciencias Domésticas, o como sea que lo llamen ahora. Scott intentó hablar con ella una vez, cuando llegó, solo por mostrarse amistoso, pero ella se lo quitó de encima—. No serán de inspección, ¿no?

Scott niega con la cabeza.

—No. Nos habrían avisado. Y, además, esos dos no me parecen inspectores de educación.

En cualquier caso, se trata de algo serio. Eso resulta evidente, incluso antes de que la directora dé unas palmadas y pida silencio.

—Siento molestaros, pero, por desgracia, tengo que daros una noticia preocupante. Sasha Blake, de cuarto curso, no ha venido hoy al instituto y ahora se ha sabido que nadie la ha visto desde anoche y que no contesta al teléfono. Estos son el subinspector Gislingham y la agente Everett. Quieren hablar con los amigos y profesores de Sasha, así que os pido que hagáis todo lo posible por ayudarlos y deis todo vuestro apoyo a los compañeros de Sasha en estos difíciles momentos. No hace falta decir que no queremos en absoluto que cunda el pánico, así que es importante que todo el mundo mantenga la calma y siga normalmente con sus actividades.

Graeme Scott reprime una mueca de desagrado. ¿Es posible meter más clichés en cuatro frases?

La directora se vuelve hacia el hombre que está junto a ella.

—¿Desea usted decir alguna cosa, subinspector?

Fortachón, de altura inferior a la media, con calva incipiente; un poco «graciosillo», sospecha Scott. Ya ha visto tipos así, con el típico síndrome del hombre bajito. En cuanto a la mujer, ni pizca de estilo, eso salta a la vista. Zapato plano, pelo enmarañado... No hay excusas para eso, hoy en día y a esa edad.

—Solo quiero insistir en lo que ha dicho la directora —dice el hombre, paseando la vista entre los presentes—. No deseamos provocar una alarma innecesaria, pero es importante que recabemos toda la información posible. Y si cualquiera de las estudiantes prefiere charlar con una mujer, la agente Everett está a su disposición. Es todo.

Resuena el timbre del inicio de clase, un estrépito metálico que parece una sirena de ataque aéreo, y el personal empieza a recoger sus cosas. Parece reinar la típica sensación de que hay mucho que hacer y poco tiempo para hacerlo. Pero ahora también hay inquietud, desasosiego, y eso no es en absoluto típico.

«Y ni siquiera he podido tomarme un maldito café», piensa Scott mientras se echa la mochila al hombro. Los dos policías están junto a la puerta, con aire aparentemente informal. Scott tiene buen cuidado de no mirarlos a los ojos.

* * *

Interrogatorio telefónico a Charlie Higgins,
chófer de la Compañía de Autobuses de Oxford
4 de abril de 2018, 16:15
Presente: agente A. Baxter

AB: Gracias por devolvernos la llamada, señor Higgins. Doy por supuesto que recibió nuestro mensaje.
CH: Es sobre ayer por la noche, ¿verdad?
AB: En concreto, nos interesa el autobús que salió de Summertown aproximadamente a las 21:45. Creo que no tienen cámaras de videovigilancia en el vehículo, ¿verdad?

CH: No, por desgracia no. ¿Qué están buscando?

AB: Voy a enviarle unas fotos. ¿Puede decirme si reconoce a alguien en ellas?

[Sonidos amortiguados al fondo y luego Higgins vuelve al aparato.]

CH: Desde luego, recuerdo a un grupo grande de chavales. Algunos extranjeros. Y muchos iban mamados, aunque la mitad tendría unos quince años o poco más, diría yo. Pero los chicos de hoy...

AB: Así que había algo de desmadre. ¿Es eso lo que quiere decir?

CH: Bueno, no exactamente desmadre. La mayoría eran chicas. Pero jaleo sí. Mucho jaleo.

AB: ¿Está seguro de que no reconoce a ninguna de las chicas de la fotografía?

CH: A la que lleva esas cosas rosas en el pelo, a esa sí, seguro. Fue la que me preguntó la hora. Justo cuando llegábamos a Headington.

AB: ¿Recuerda la hora exacta?

CH: ¿Las diez y cinco? Sí, eso es. Y fijo que era ella.

AB: ¿Y no reconoce a ninguna de las otras?

CH: No, lo siento. Estas chicas... es que todas son iguales, ¿no?

AB: Nos ha sido de mucha ayuda, señor Higgins. Y, por favor, si recuerda alguna cosa más, no dude en ponerse en contacto con nosotros enseguida.

CH: No me ha dicho... por qué me pregunta todo esto.

AB: Una de las chicas ha desaparecido. Y la última vez que la vieron fue en su autobús.

CH: ¡Me cago en la leche! Le da a uno que pensar, ¿verdad?

AB: Sí, señor Higgings, desde luego que sí.

* * *

Apenas entro en la sala de coordinación, me doy cuenta de que tienen algo. Por la forma en que Somer y Baxter se vuelven para mirarme. Por la expresión de su cara.

—¿Sabemos algo de Leeds?

—Todavía no, señor —dice Somer—. Pero he encontrado algo en la casa de los Blake.

Está sobre la mesa, delante de ella. En una bolsa de recolección de pruebas.

Un paquete de condones.

Medio paquete más bien: faltan la mitad.

—Estaba pegado con cinta adhesiva bajo la cama de Sasha —dice Somer—. Sus amigas tenían razón: estaba viendo a alguien. Y no me extraña que no quisiera que su madre se enterara.

—Muy bien. Ahora ya sabemos qué estaba haciendo. Pero ¿estamos más cerca de saber con quién lo estaba haciendo?

Somer niega con la cabeza.

—Si llevaba algún tipo de diario, en su cuarto yo no lo encontré. Pero había montones de bolígrafos y lápices en un tarro, así que sospecho que podría estar escribiendo algo similar, y que debía llevarlo encima.

—¿Y en las libretas de apuntes? ¿En los cuadernos de ejercicios o algo así? Me acuerdo de que las chicas de mi instituto siempre estaban garabateando corazones con nombres de chicos. ¿Ya no lo hacen?

Somer sonríe, casi a su pesar.

–Bueno, yo lo hacía. Pero no he encontrado nada parecido, por desgracia.

–En las redes sociales no había nada –tercia Baxter–. Eso seguro.

–¿Os dio permiso la señora Blake para mirar en el portátil?

Somer asiente.

–Pero no tiene ni idea de cuál podría ser la contraseña.

Baxter suspira profundamente y coge el dispositivo.

–Muy bien, cabroncete. Alégrame el día.

* * *

La sargento Karen Bonnett se alisa el uniforme y llama al timbre. Esto no era exactamente lo que tenía previsto para hoy, pero es mejor que los hurtos en tiendas. O que actuar de enlace con el colegio. O que ocuparse del tráfico. Todo el mundo aborrece tráfico. Oye a su espalda al agente Mansour, raspando el hormigón con los zapatos al cambiar el peso de un pie a otro. Acaba de terminar su formación y ella apostaría a que no ha hecho nada como esto antes.

–¡Para ya! –sisea enfadada–. Vamos a parecer aficionados.

El ruido cesa de inmediato. Pero ahora se oyen otros ruidos al otro lado de la puerta, y más fuertes. Un bebé que llora. A pleno pulmón.

La puerta se abre lentamente y una mujer con pantalón de chándal y camiseta negra los observa por la abertura. Un bebé con la cara enrojecida descansa sobre su hombro y la mujer le frota la espalda con ese gesto automático de desesperación típico de las madres primerizas. Bien lo sabe Bonnett, que ha tenido cuatro ya. A esta joven se la ve guapa, con una belleza derrengada y necesitada de sueño, aunque no tendrá más de veinticinco años. Al menos veinticinco años menos que Jonathan Blake, el presumible padre de la criatura. Otro más que quiere una segunda oportunidad, piensa Bonnett. Otro tío de mediana edad que planta a su mujer cuando se le pasa la fecha de caducidad para cambiarla por una veinteañera de mejores prestaciones y una flamante nueva familia a juego.

—¿Qué desean?

—¿Señorita Barrow? ¿Rachel Barrow? Soy la sargento Karen Bonnett. ¿Podríamos entrar un momento?

La mujer abre los ojos de par en par.

—¿Qué ha pasado? ¿Es Jon? ¿Ha tenido... un accidente?

—No, no es nada de eso. No tiene por qué preocuparse. Solo queremos hablar brevemente con usted.

La mujer avanza un paso y echa una ojeada a uno y otro lado de la calle. En la acera de enfrente, un par de peatones se han detenido y observan con mal disimulado interés.

—Muy bien —se apresura a decir—. Pero solo un minuto. Tengo que darle el pecho a las cuatro.

En el salón reina ese caos a duras penas remediado de quien tiene un bebé, algo que Bonnett ya ha visto muchas veces. Los sofás de color galleta no aguantarán el tirón, eso seguro. Y los satinados cojines de color crema ya tienen que abrirse camino entre una bolsa de pañales, un paquete de toallitas para bebé y un bodi amarillo y negro que hay por allí tirado. Pero reconozcámosle el mérito a la chica: al menos lo está intentando.

Mansour se sienta sin que le hayan invitado a hacerlo y Bonnett le lanza una mirada asesina que él no ve, debido sobre todo a que está demasiado ocupado estudiando el televisor de plasma. Bonnett suspira. Pero cuando trata de granjearse la complicidad de Rachel con una sonrisa, no obtiene respuesta.

—¿Puede decirme de qué se trata?

—Es sobre Sasha —responde Bonnett—. La hija de su pareja.

Rachel frunce el ceño.

—¿Qué pasa con ella?

A Bonnett la llaman «Cawood» en comisaría, por el personaje de Sarah Lancashire en *Happy Valley*. Y el parecido es innegable. No solo por el pelo, aunque desde luego influye que sea rubia, sino por todo lo demás: la resistencia, la astucia o esa actitud de plantarse firme y hablar sin tapujos.

—¿Está ella aquí, señorita Barrow?

—¿Cómo que si está aquí? —pregunta Rachel—. Pues claro que no está aquí. Si yo nunca la he visto...

Bonnett pasea la vista por la habitación.

—Pero el señor Blake sí, ¿no? Hace poco, quiero decir.

—No entiendo cómo usted...

—Las fotos, señorita Barrow. Esa de allí, para empezar, la del marco plateado. Es Sasha, ¿verdad? Incluso desde esta distancia, se ve que ya no es una cría.

La mujer se sube el bebé un poco más arriba.

—¿Y por qué no habría de tener fotos suyas? No es ningún secreto. Ya lo hablamos entre nosotros. Jon quería verla. Dijo que habían estado separados durante demasiado tiempo.

—¿Y por qué ahora? ¿Así, de repente, después de tantos años?

—Por el bebé. Jon pensó que deberíamos intentar ser una auténtica familia, que no era justo que Sasha ni siquiera supiera que tenía un hermano. Sobre todo, ahora que ya es lo bastante mayor para decidir por sí misma.

—¿Dónde está ahora el señor Blake, señorita Barrow?

Se sonroja un poco.

—En el sur. En Berkshire. Es jefe de ventas en una empresa farmacéutica. Pero aún no me ha dicho usted de qué va todo esto.

—Sasha Blake ha desaparecido. Y, como hace poco ha estado en contacto con su padre, la policía de Thames Valley nos ha pedido que comprobemos el edificio, a ver si estaba aquí.

La mujer abre unos ojos como platos y sujeta con más fuerza al bebé, que empieza a llorar de nuevo.

—Y bien: ¿podemos hacerlo, señorita Barrow? ¿Podemos mirar en la casa? ¿Solo para confirmar que todo está en orden?

La mujer vacila durante un instante y luego asiente.

Bonnett le lanza a Mansour una mirada elocuente y este se levanta apresuradamente y sale al pasillo. Un momento después, oyen sus pasos en la escalera.

—No encontrará nada —dice Rachel con firmeza—. Ya le he dicho que no está aquí. Ni siquiera nos ha visitado nunca. Jon quedó con ella en Oxford.

—Acaba usted de decir que el señor Blake estaba en Berkshire. No queda lejos de Oxford. ¿Tenía intención de ponerse en contacto con Sasha? ¿Intentar verla, quizá?

Rachel se sonroja de nuevo.

—Pues algo mencionó, sí, pero no sé si la cosa llegaría a concretarse. Tendrá que preguntarle a él.

—Ya lo hemos intentado —replica Bonnett con ironía—. Pero el número que nos ha facilitado su empresa parece que está desconectado.

Rachel se inclina y coge un móvil que hay en la mesa de centro.

—El mío lo tenía silenciado —dice, mirando la pantalla—. Estaba tratando de dormir al bebé. —Levanta la vista—. No hay nada de Jon, pero tengo cuatro llamadas perdidas de su madre. ¿También han hablado con ella?

–Hemos tenido que hacerlo. Necesitábamos la dirección del señor Blake.

Rachel suspira.

–Y ahora la tendré toda la tarde dándome la lata.

–¿Ha tenido hoy algún tipo de contacto con el señor Blake?

Rachel niega con la cabeza.

–Me dijo que estaría toda la mañana en una reunión y que le dejara un correo si necesitaba algo. Puedo volver a llamarlo, si quiere.

–No, no –dice de inmediato Bonnett–. Preferiría que no lo hiciera. Ya nos pondremos nosotros en contacto. No sabrá con qué empresa se reunía, ¿no?

–Dexter Masterson. Son un grupo privado del sector hospitalario, de Reading. Puedo buscar su número. Así nos conocimos Jon y yo... Hicimos un trabajo juntos.

Apuesto a que sí, piensa Bonnett.

–Ya está bien así, señorita Barrow –contesta con una sonrisa–. No se preocupe. Ya nos encargamos nosotros.

* * *

–¿Cómo lo llevas?

Gis está en la puerta de la secretaría de Summertown High, donde Everett se ha instalado provisionalmente. Durante todo el día, ha habido allí un trajín de chicas esperando su turno para hablar con ella, de manera que aquello parece casi un confesionario. Y no es que nadie tenga algo que confesar. Seguramente, la información que Everett ha reunido no va a ayudarles demasiado. En lo que respecta a sus compañeras, Sasha Blake es «supersimpática» y «lista pero guay, ¿sabe lo que quiero decir?». Es «muy guapa» y «todas quieren parecerse a ella», y también es «muy popular, sobre todo entre los chicos», aunque nadie ha podido dar el nombre de ningún novio, al menos que sea del instituto. Lo cual no sorprende en absoluto, teniendo en cuenta que tampoco Isabel o Patsie sabían su nombre. En resumen, que a todo el mundo parece gustarle Sasha, pero nadie tiene idea de dónde podría estar.

Everett levanta la vista hacia Gis y suspira.

—He cubierto muchos apartados, pero no tengo nada que poner en ellos. ¿Cómo te ha ido a ti?

Gis se encoge de hombros.

—No mucho mejor. Ninguno de los profesores cree que tuviera novio, y he hablado con todos menos con uno, que se ha ido a casa con migraña, aunque podemos hacernos con él mañana.

—¿Mañana?

—Pues sí. Acaba de llamar Baxter. Ahora nos vamos a Reading. A ver a Jonathan Blake.

* * *

—Acaba de llamarme la puñetera madre de Jonathan para preguntarme qué le había pasado a Sasha, como si todo fuera culpa mía. ¿Por qué coño no me ha dicho nadie que iba usted a llamarla?

Somer se muerde el labio.

—Lo siento mucho, Fiona —le dice, pegándose el teléfono un poco más a la oreja—. La verdad es que no hemos sido nosotros quienes hemos hablado con su suegra, sino la policía de West Yorkshire.

Pero eso no es excusa; deberían haber previsto que ocurriría. Y, ahora mismo, lo que Fiona Blake necesita es confiar en la policía, no pensar que están causándole problemas a sus espaldas. Baxter cruza una mirada con Somer y esta le hace una mueca: «Parece que hemos metido la pata».

—Creo que la policía de West Yorkshire ha tenido que llamar a su madre para conseguir la dirección del señor Blake, porque... parece ser que actualmente no tiene ninguna propiedad a su nombre.

—Supongo que porque ha estado viviendo a costa de esa... mujer, quienquiera que sea. Apuesto a que es más joven que él. He acertado, ¿verdad?

—Me temo que no puedo...

—Lo mataré... Si se ha llevado a Sasha después de todos estos años haciendo como si no existiera, juro que lo mato...

Somer respira hondo. Está intentando no revelar que Sasha ya ha visto a su padre, porque es lo último que Fiona Blake necesita oír ahora mismo. O quizá lo penúltimo.

—No está allí, señora Blake.

—¿Cómo?

—Que Sasha no está allí. La policía de West Yorkshire ha registrado la casa. Y el señor Blake tampoco estaba.

—¿Y dónde coño está, entonces? La tiene él, ¿verdad? La ha secuestrado...

—Nada en absoluto indica que sea así. El señor Blake estaba en una reunión de negocios esta mañana. Hemos confirmado con la empresa que, en efecto, ha acudido a esa reunión, y ya tenemos a dos agentes de camino para hablar con él.

Puede oír la respiración entrecortada de la mujer, imaginar la opresión que debe sentir en el pecho, la aspereza en la garganta.

–Señora Blake, Fiona, sé que es fácil decirlo en mi posición, pero, por favor, trate de mantener la calma. Cuando Sasha vuelva va a necesitarla. Necesitará que sea usted fuerte.

Fiona toma aire.

–Muy bien. Pero ustedes me llaman, ¿de acuerdo? En cuanto hayan hablado con Jonathan, me llaman.

–Por supuesto. Claro que sí.

* * *

Aunque el vestíbulo de Dexter Masterson está atestado, Gislingham y Everett no necesitan preguntarle a la recepcionista quién es Jonathan Blake. Se les ha plantado delante antes de que la puerta giratoria se haya cerrado tras ellos.

–Llevo tres horas aquí sentado. ¿Qué demonios pasa, si puede saberse?

Gis echa un vistazo a su alrededor y se lleva a Blake a un sofá vacío que ve al fondo. El hombre viste un traje gris entallado, una camisa blanca y una corbata clara de seda, y luce una barbita apenas incipiente. Un poco demasiado sobreactuado tú, ¿no, colega?, piensa Gislingham, quien, como Karen Bonnett, ya conoce este tipo de espécimen.

–Sentémonos, por favor, señor Blake. ¿Quiere un vaso de agua?

–No necesito un puto vaso de agua. Solo quiero saber qué está pasando. ¿Se hace usted idea del bochorno, cuando el propio cliente te dice que tienes que quedarte en su edificio porque la policía quiere hablar contigo?

–Lo siento mucho, señor Blake –contesta Gislingham, quien no parece sentirlo en absoluto–. Puedo hablar con ellos, si quiere.

–No, gracias. Ya ha causado suficiente daño.

Gis respira hondo.

–Es sobre su hija, señor Blake. Lamento decirle que ha desaparecido.

Blake lo mira boquiabierto.

–¿Cómo? ¿Que Sasha ha desaparecido? ¿Y cuándo ha sido eso?

–La pasada noche, sobre las diez. La vieron por última vez bajando de un autobús, al principio de Windermere Avenue.

–¿Y por qué coño nadie me ha avisado antes?

–No han denunciado la desaparición hasta esta mañana –contesta Everett–. Y hasta ahora no habíamos podido dar con usted.

Blake se ha puesto blanco. Tiene la mirada fija en el suelo. Los dos agentes cruzan la mirada y Everett arquea una ceja.

–Según parece, anoche Sasha tenía que quedarse a dormir en casa de su amiga –continúa Gislingham–. Pero cambió de opinión. Sus amigas no saben por qué. ¿Lo sabe usted, señor Blake?

Levanta la cabeza para mirarlos brevemente y luego vuelve a bajarla.

–Sí. –Traga saliva–. Íbamos a vernos.

* * *

En Marston Ferry Road, el equipo de búsqueda ha parado a descansar en el aparcamiento de las huertas comunales. Alguien pasa un termo de té entre los presentes y un par de personas mastican barras de chocolate, aunque no dan muestras de estar disfrutándolas. La labor del día ha sido ardua, la mitad del tiempo hundidos en barro hasta los tobillos. Hasta el propio terreno parece estar en su contra, con esa arcilla húmeda que les engulle los pies y mina su energía. El Cherwell se ha desbordado en varios puntos y la mitad del equipo lleva botas altas de pescador. Se ha mencionado la posibilidad de llamar a los buzos. El sargento Barnetson mira al cielo; la llovizna empieza a arreciar. Pero quizá podrían continuar otra hora más, si se dan prisa.

—Muy bien —anuncia, elevando la voz sobre el ruido del viento—, vamos a darle otro empujón a esto antes de quedarnos sin luz. Esta noche hará todavía más frío, así que, si Sasha está herida en algún lugar, tenemos que encontrarla cuanto antes.

* * *

—Entonces, ¿está diciendo que llamó a Sasha sobre las 20:30 para decirle que había terminado pronto su cena de trabajo?

—Así es —contesta Blake—. Ella sabía que yo estaba en Reading y le había prometido que haría lo posible por verla, de modo que le envié un mensaje por si acaso andaba por ahí.

—Entiendo —dice Gislingham—. Sus amigas nos dijeron que fue tras recibir ese mensaje cuando cambió de opinión sobre lo de quedarse en casa de Patsie.

Ahora parece aturullado.

—Sí, bueno...

—¿«Sí, bueno» qué, señor Blake?

—Pues que le dije que, si su madre creía que se quedaba con Patsie, podía venir y pasar la noche en mi hotel. Le dije que la recogería en la parada de autobús a las 22:00.

Su mirada va y viene de Gislingham a Everett.

—Miren, no era nada..., ya saben..., sucio. Es mi hija, por Dios.

223

—A la que casi no ha visto desde que empezó a andar.

—¿Y qué tiene eso que ver? Sigo siendo su padre..., y me ofende ese tonillo suyo. No soy ningún pedófilo.

—¿Y dónde iba a dormir Sasha? En el hotel, me refiero —pregunta Gislingham con voz neutra—. ¿Iba a reservar otra habitación para ella?

Blake se sonroja.

—No. Habría costado un dineral.

—Entonces es que había otra cama en su habitación...

—No —contesta en tono sarcástico—. Pero, por increíble que parezca, había un sillón. Y ahí es donde yo iba a dormir.

Everett se recuesta en el asiento y se cruza de brazos.

—¿Qué sucedió, entonces? No llegó a ir a ese hotel, ¿no?

Blake inspira profundamente.

—No. Como seguro que les confirmará el personal.

Siguen allí sentados, mirándolo, esperando. «Venga, hombre —piensa Gislingham—. Suéltalo ya».

—Miren —dice por fin—. Me surgió algo, ¿de acuerdo? Una de las personas con las que cené me llamó y me propuso tomar una última copa. Era un cliente importante... No podía negarme.

Y diría que tampoco se esforzó mucho en hacerlo, piensa Gislingham, quien acaba de hacer una fuerte apuesta consigo mismo sobre el sexo de ese cliente tan importante.

—Y decidió enviarle a Sasha otro mensaje y pasar de ella —dice Everett—. Porque tenía una oferta mejor.

Blake no se digna responder al comentario.

—Podemos comprobarlo con su compañía telefónica —prosigue Ev—. A ellos no les costará nada confirmar si lo hizo.

—Entonces les sugiero que lo hagan —replica con sequedad Blake, fusilándola con la mirada—. Y también les sugiero que me dejen en paz.

—¿Cómo se llama ese cliente suyo? –pregunta Gis al tiempo que saca su cuaderno de notas–. Solo para hacerlo constar.

Blake duda.

—Amanda Forman. Pero preferiría que no la molestaran con este asunto, si es posible.

«Sí, claro –piensa Gis–, porque ahora eres varios miles de libras imaginarias más rico».

—¿Y a qué hora le envió el mensaje a Sasha?

Blake se encoge de hombros.

—Amanda me llamó sobre las 21:45, así que debió de ser justo después.

Pero, como bien sabe Gis, para entonces el teléfono de Sasha ya estaba desconectado, por lo que no llegaría a recibir el mensaje. ¿Se bajó de aquel autobús en Cherwell Drive, en la oscuridad, sola, para esperar a un padre que no iba a aparecer?

Se produce un silencio. Blake parece alterado e incómodo, pero Gislingham no duda que esté diciendo la verdad. Solo que tiene terror a que su media naranja descubra lo que estaba haciendo realmente. Por eso está tan histérico. No por su hija desaparecida hace diecinueve horas.

—Lamentablemente, creo que tendremos que hablar con Amanda –continúa Gis, pronunciando el nombre con el máximo desprecio que le permite la situación–. Necesitaremos que corrobore lo que acaba de decir. Tal vez podría darle sus datos a la agente Everett.

Ahora sí que te has cagado en los pantalones, ¿eh?, piensa al ver la cara de Blake mientras este anota el número de teléfono. Le tiembla la mano. Entonces Gislingham se pone de pie y Everett hace otro tanto.

—Pero no se preocupe, señor. No se lo diremos a la parienta. A menos, claro, que no tengamos alternativa.

* * *

—¿En qué punto estamos, entonces, subinspector?

Son las 17:30, en la sala de coordinación. Twitter hierve de rumores sobre una chica desaparecida y voy a ponerme frente a una cámara de televisión dentro de media hora, así que me gustaría tener algo significativo que decir.

Gis levanta la cabeza. Tiene una lista, lo que es un buen síntoma. Pero frunce el ceño, y eso no lo es.

—No hemos tenido suerte en lo de encontrar al novio de Sasha.

Le echa una ojeada a Baxter.

—No tenemos el móvil de Sasha, claro, y eso nos lo pone mucho más difícil. Y tampoco hemos conseguido dar con la contraseña del portátil, aunque solo hace un par de horas que lo tenemos...

—En las redes sociales, ¿nada todavía?

—No —contesta Baxter—. Cero.

Me dirijo a Everett.

—¿Y qué pasa con Ashley Brotherton?

Ev niega con la cabeza.

—Lo hemos comprobado y nada. Según parece, ayer se hizo un corte muy feo en el trabajo y estuvo en urgencias del John Radcliffe hasta las diez de la noche, para que lo cosieran.

Arrugo el gesto; a mí me sigue pareciendo un buen candidato.

—¿Tenemos ya la confirmación del hospital?

—Todavía no, señor, pero les hemos pedido las imágenes de videovigilancia de su aparcamiento. Según parece, el encargado de la obra tuvo que llevarlo, pero fueron en la furgoneta de Brotherton, de modo que deberíamos verla en las imágenes si está diciendo la verdad. Y lo está haciendo, en mi opinión.

Everett tiene una de esas expresiones de «ya te lo había dicho» que me está poniendo de los nervios. Aunque quizá son solo imaginaciones mías.

—¿Y Jonathan Blake?

—Nada —responde Gis—. Hablamos con la «clienta» con la que se tomó unas copas y nos confirmó que estaba con ella. Aunque estaba bastante cabreada por verse metida en todo esto, así que no creo que Blake haga ningún trato de negocios con ella en un futuro cercano.

—Que no es lo mismo que «tener trato» con ella —dice Quinn con una sonrisita burlona—. Algo que diría que ya ha conseguido.

—Y no hay nada en absoluto que lo relacione con la agresión a Faith —prosigue Gislingham, haciendo caso omiso de Quinn—. Tiene una coartada sólida para esa mañana. Un cliente había solicitado sus servicios, en Swindon.

Me acerco a las pizarras y me quedo allí, observando con atención: las fotografías de las dos chicas y el espacio vacío entre ambas, donde todavía no hemos sido capaces de poner nada.

—¿Y sabemos con total seguridad que no se conocían? —pregunto sin darme la vuelta.

—Sí, señor —contesta Somer—. Se lo pregunté a Faith.

Cojo el rotulador y trazo lentamente un círculo alrededor de la foto de Faith. Y luego otro alrededor de la de Sasha. Y en el centro, donde los círculos se superponen, dibujo un signo de interrogación. Entonces doy un paso atrás y vuelvo a encajar el capuchón del rotulador.

–Usted no cree que Sasha esté con su novio, ¿verdad? –dice Somer en tono sombrío.

–Ojalá lo esté. Ojalá estén entregándose a un sexo salvaje e irresponsable de adolescentes y ni siquiera hayan salido a tomar aire fresco. Pero hemos de ponernos en lo peor. Siempre hemos de ponernos en lo peor. Hasta que no se demuestre lo contrario.

* * *

TRIBUNAL PENAL CENTRAL

Old Bailey

Londres EC4M 7EH

PRESIDE:

SU SEÑORÍA EL JUEZ HEALEY

EL ESTADO

CONTRA

GAVIN FRANCIS PARRIE

El SR. R. BARNES y la SRTA. S. GREY
comparecen en nombre de la acusación.

La SRA. B. JENKINS y el SR. T. CUTHBERT
comparecen en nombre de la defensa.

Martes 9 de noviembre de 1999

[Día 18]

ADAM FAWLEY, declara bajo juramento
Interroga el SR. BARNES

P. Su nombre y graduación, por favor.

R. Subinspector 0877 Fawley, de la policía de Thames
Valley.

P. Tengo entendido que usted fue el agente que interrogó
a la señorita Sheldon tras el intento de agresión
sexual que sufrió el 4 de septiembre de 1998. ¿Es
así?

R. En efecto.

P. En ese momento, ¿estaba ya trabajando en el caso
del Violador del Arcén?

SRA. JENKINS: Señoría...

SR. BARNES: Voy a anticiparme a la protesta de la
defensa, señoría. Subinspector Fawley, ¿trabajaba
ya para atrapar al depredador sexual a quien ya por
entonces los medios denominaban «el Violador del
Arcén»?

R. Sí. El ataque a la señorita Sheldon era el tercero
de ese tipo de delitos.

P. Y usted no tenía ninguna duda de que este ataque
era obra del mismo hombre. ¿No es cierto?

R. Ninguna en absoluto. El *modus operandi* era el mismo:
la bolsa de plástico, las bridas... Todo era igual.

P. Pero no se descubrió ADN, ¿no?

R. No. Creemos que el autor era muy cuidadoso en lo que respecta a no dejar ningún rastro biológico.

P. ¿Y cómo conseguía hacer tal cosa?

R. Poniéndose guantes, por ejemplo, y usando condón. También pensamos que forró el suelo de la furgoneta de su hermano con un recubrimiento de plástico cuando secuestró a dos de sus víctimas, para evitar dejar ADN de las víctimas en el vehículo.

P. Porque no se identificó ADN de ninguna de las mujeres en dicha furgoneta, ¿verdad?

R. Así es. Solo del mismo señor Parrie, de su hermano y de dos colegas que habían trabajado con este último en anteriores proyectos laborales. Los tres quedaron incontestablemente descartados como potenciales sospechosos.

P. Volviendo a la señorita Sheldon, ¿fue capaz de identificar al señor Parrie?

R. Visualmente no. Nunca le vio la cara a su atacante.

P. ¿Y la furgoneta? ¿Pudo identificarla?

R. Lo mismo. No pudo verla. El agresor la abordó por detrás y le puso la bolsa de plástico en la cabeza.

P. Pero sí fue capaz de identificarlo de otras maneras, una identificación que condujo a su arresto, ¿no es así?

R. Sí. Así es.

* * *

Adam Fawley
4 de abril de 2018
18:27

Fiona Blake se maneja admirablemente durante el llamamiento por televisión. He hecho ese tipo de cosas más veces de lo aconsejable para cualquier policía, pero no recuerdo a nadie que lidiara con ello con tanta entereza. Somer me había advertido, mientras conducíamos hacia Windermere Avenue, de que el mero hecho de pedirle algo así a Fiona podría llevarla al límite de sus fuerzas, y yo sabía a qué se refería: en ese momento es cuando a algunas personas se les viene encima todo el peso de la verdad, cuando cobran verdadera conciencia de que su hijo o su amigo o su padre no están solo perdidos o desorientados o ilocalizables, sino que se han ido y quizá nunca vayan a volver. Sin embargo, no es eso lo que ha ocurrido con Fiona Blake. Decir que lo ha abordado con serenidad sería no hacerle justicia; lo ha abordado como lo que era: una oportunidad para pedirle al mundo que le devolvieran a su hija. Y esta tarde, durante una hora, nos hemos sentado allí, los dos, para revisar lo que ella debería decir y lo que yo iba a decir y cómo enfrentarse a la prensa, y ella ha escuchado y ha hecho preguntas, con el rostro gris, pero sin lágrimas.

Y lo mismo ocurre ahora, en el centro de prensa de Kidlington, frente a los focos y las cámaras y la multitud apiñada. Ha hablado con claridad y ha mirado a la gente a los ojos. Nada de gestos evasivos, ni de desviar la mirada ni ninguno de los signos involuntarios con los que el cuerpo nos delata. Recuerdo la última vez que me senté aquí para hacer un llamamiento por un niño desaparecido, la instintiva desazón que sentía con cada movimiento de la familia

Mason. Pero no es el caso ahora. Y cuando diviso a Bryan Gow en mitad de la sala, me doy cuenta de que no hace más que asentir: «Esta mujer está diciendo la verdad». Como si yo no lo supiera ya.

Y ahora llega mi turno.

—Si alguien posee cualquier información sobre Sasha o sobre dónde podría estar, le rogamos que se ponga en contacto con nosotros de manera urgente, ya sea llamando a la comisaría de policía de St Aldate, al número de teléfono que hemos dado anteriormente, o a través de las redes sociales de la policía de Thames Valley. También pueden contactarnos de forma anónima a través de la organización antidelincuencia Crimestoppers.

Hago una pausa y me vuelvo hacia la foto de Sasha que tengo a mi espalda, en la pantalla; una imagen que eligió su madre y en la que están las dos juntas, riendo bajo el sol.

—Y repito una vez más que Sasha solo tiene quince años. Es una joven muy querida y su madre está desesperada por tenerla de vuelta en casa.

Paseo la vista de nuevo por la sala y apoyo el cuerpo en el respaldo de la silla.

Un hombre, más o menos a media sala, levanta la mano.

—Paddy Neville, del *Reading Chronicle*. ¿Hay algo que indique que podría tratarse de un secuestro?

—En esta fase de la investigación no podemos descartar nada, pero ahora mismo no disponemos de pruebas concretas que sugieran tal posibilidad.

—¿Ha habido recientemente algún otro incidente similar, subinspector?

Otro periodista. Barba, gafas, una de esas corbatas tricotadas. No lo reconozco. Y no da su nombre.

—No.

—¿Quiere decir que no lo ha habido en Thames Valley ni tampoco en un área más amplia?

Lo miro fijamente.

—Ningún incidente del que yo tenga noticia.

Arquea las cejas.

—¿De verdad? ¿Y el que tuvo lugar el 1 de abril?

Los otros gacetilleros empiezan a girar la cabeza en su dirección. Se produce cierto revuelo; la sensación ahora es que en este asunto podría haber algo más de lo que parece a primera vista, más de lo que les estamos contando. Y no hay nada que guste más a los periodistas que un encubrimiento policial. Empiezo a oír ya los murmullos: «¿Qué incidente?», «¿Sabéis de qué está hablando?». Y, a juzgar por sus caras, un par de los reporteros locales están bastante cabreados al ver que un forastero se les ha adelantado, entre ellos el tío de la BBC Oxford. Al extremo de la mesa, Harrison ha comenzado a mover nerviosamente la pierna arriba y abajo; lo noto en las tablas del suelo. Gracias a Dios, los periodistas no pueden verlo tras la gruesa tela y el gran cartel con el eslogan «POLICÍA DE THAMES VALLEY: CONTRA LA DELINCUENCIA, EL DESORDEN Y EL MIEDO». Algo me dice que no lo estoy haciendo demasiado bien en este último apartado.

—¿Inspector Fawley? —prosigue el hombre mientras el ruido va subiendo de tono en la sala—. ¿Hubo o no hubo otro incidente relacionado con una mujer joven el pasado lunes 1 de abril?

—Hubo un incidente, sí. Pero la joven no sufrió ningún daño significativo.

—Un momento —interviene ahora una mujer de la primera fila—. «Ningún daño significativo», dice usted. ¿Qué clase de jerigonza estúpida es esa?

Y tiene razón. Algunos nacen ya hablando esa mierda; al resto simplemente nos es impuesta.

—No hay pruebas que indiquen vínculo alguno entre...

Corbata Tricotada se recoloca las gafas más arriba de la nariz.

—¿Se refiere a que no hay pruebas «todavía»?

El movimiento de pierna de Harrison se intensifica.

Corbata Tricotada revisa sus notas, pero no es más que teatro de cara a la galería: él lo sabe y yo también.

—Según mis fuentes, la víctima del ataque del 1 de abril vive a poco más de un kilómetro de Sasha Blake. —Levanta la cabeza y me mira—. Por supuesto, no soy más que un simple aficionado en lo que se refiere a investigación policial, pero yo diría que eso se parece sospechosamente a un «vínculo».

Se oyen algunas risas. Risas mordaces, irónicas. El ambiente de la sala ha cambiado y puedo sentir los ojos de Fiona Blake clavados en mí. Se está preguntando por qué no le hemos contado lo de la otra chica, por qué no hemos hecho nada para que no volviera a suceder...

Corbata Tricotada sigue mirándome. En la sala se va haciendo el silencio.

—Aunque quizá lo he entendido mal —continúa—. Dígamelo usted, inspector... Después de todo, es su terreno, no el mío.

Ahora sostiene mi mirada, espera mi reacción. Y con el último comentario me ha enviado un mensaje apenas disimulado, inequívoco más bien. Este tipo es la prensa británica en estado puro.

—Como he dicho, no hay motivo para creer que exista un vínculo entre ambos incidentes. Si esa circunstancia cambiara, se lo haremos saber a su debido tiempo, no les quepa duda.

Ahora hay manos levantadas por toda la sala, pero Corbata Tricotada no va a soltar su presa tan fácilmente.

—Ese primer incidente... ¿Es cierto que la víctima fue raptada en una furgoneta?

Una pausa: son apenas dos segundos, pero aún sobra uno para que no se haga demasiado larga.

—Sí —contesto—. Creemos que hubo una furgoneta.

Casi puede oírse cómo se ha cortado la respiración de los presentes. La mujer de la primera fila me está atravesando con la mirada. Todos los demás están tomando nota como locos. Todos menos Corbata Tricotada. Más claro no puede estar: lo único que he hecho es confirmar algo que él ya sabía.

Las preguntas llegan ahora como en una ráfaga de metralleta. Nadie se molesta en aguardar su turno.

—¿Qué tipo de furgoneta?

—¿Quién era esa otra chica?

—¿Por qué no se nos informó de ello en su momento?

Levanto la mano.

—Como ya he dicho, no hay motivo...

—... para creer que exista un vínculo —completa Corbata Tricotada, quien sigue de pie—. Sí, ya lo sé. Lo oí la primera vez. Pero, sin duda, cualquier persona razonable juzgaría que vale la pena comprobarlo, como mínimo...

—Y lo estamos haciendo —digo con rapidez, con demasiada rapidez. No debería mostrar hasta qué punto estoy encrespado—. Pero, como seguro que sabrá, no estoy autorizado a divulgar información que pueda comprometer una investigación en curso.

Asiente, mientras una sonrisa maligna se va dibujando en su cara.

—Pero entonces podemos dar por sentado que esa «comprobación» que están llevando a cabo es extensiva a otros incidentes con un *modus operandi* similar. ¿Es así?

Giro la cabeza para tenerlo cara a cara. Sigo viendo a Harrison por el rabillo del ojo, mirándome fijamente. Porque estoy pisando terreno peligroso, y tanto él como yo lo sabemos. No puedo mentir, pero ni de coña voy a darle a este cretino prepotente más información de la cuenta.

—Por supuesto.

Asiente despacio.

—Y eso incluye otros casos del pasado, supongo. Incluso los que, en teoría, están clasificados oficialmente como cerrados...

Se detiene; arquea una ceja. Me provoca.

—El inspector Fawley ya le ha contestado —interviene Harrison de inmediato—. Creo que es un buen momento para dar por concluido este llamamiento. Y permítanme que les recuerde, a todos ustedes, que nuestra única prioridad, mi única prioridad, es encontrar a Sasha Blake sana y salva, y llevarla de vuelta con su familia. Mientras tanto, les ruego que respeten la intimidad de la señora Blake en estos momentos tan angustiosos.

La sala tarda cinco minutos en desalojarse. Y, durante todo ese tiempo, siento los ojos del periodista clavados en mí.

Lo sabe. Ya lo creo que lo sabe. Lo que pasa es que no tiene suficientes datos para avanzar más. Por ahora.

De vuelta en la recepción, lo veo acercarse a una mujer que lo ha estado esperando, de eso no hay duda. Los dos hablan durante un momento y luego se encaminan a la puerta, con las cabezas juntas. La mujer tiene el cabello castaño claro recogido por detrás con una horquilla. Un atuendo impecable, anónimo, que produce una extraña combinación con sus botas de gruesa suela de crepé. Su aspecto me resulta vagamente familiar.

Y no en el sentido positivo.

* * *

—¿Por qué no se me informó? —Fiona Blake está tan enfadada que casi no puede hablar. La furia chisporrotea en torno a su figura como electricidad estática.

Somer abre la boca y vuelve a cerrarla. Entiende su cólera, solo que no ve que eso vaya a ayudar en nada. Mira nerviosa a su alrededor para comprobar si alguien puede oírlas: siempre hay uno o dos periodistas que se quedan rezagados porque piensan que podrían cazar alguna exclusiva si aguzan el oído. Coge a Fiona del brazo y se la lleva por el pasillo hasta la sala de testigos. Tan pronto como la puerta se cierra, Fiona se suelta con brusquedad de su brazo y se encara con ella.

—Me han hecho sentarme ahí, delante de todos esos... buitres, responder a sus preguntas, permitirles que metan la nariz en mi vida, ¿y ni siquiera me cuentan que había otra chica?

—Sé lo que debe parecerle, pero...

—Pero ¿qué? ¿Qué?

Somer duda.

—El otro incidente. Nuestra hipótesis era que se trataba de un delito de odio. Por eso nos parecía más prudente no decir nada a la prensa.

Fiona se la queda mirando.

—Un delito de odio... ¿A qué se refiere con un «delito de odio»?

Somer acerca una silla, esperando que Fiona la imite. No lo hace.

—La chica que sufrió el ataque... está en proceso de transición.

Fiona abre la boca para hablar, se detiene y toma aire.

—¿Proceso de transición? Entonces, ¿es un chico? ¿Es eso lo que quiere decir?

Somer asiente; no es tan sencillo, pero esta mujer ya tiene preocupaciones más que de sobra.

—Es una chica trans, sí. Pensamos que esa era la razón por la que fue atacada. Al menos, al principio. Ahora ya no estamos tan seguros.

Fiona se desploma en una silla; toda su belicosidad se ha evaporado.

—Pero ¿qué fue lo que pasó?

—Se la llevaron en una furgoneta. A las huertas comunales que hay en Marston Ferry Road. El atacante, quienquiera que fuese, le ató las manos y le puso una bolsa en la cabeza.

Ve cómo Fiona se estremece.

—Le arrancó la ropa interior, pero entonces pasó un coche de policía con la sirena puesta y creemos que se asustó.

Fiona levanta la cabeza y la mira con ojos espantados.

—Entonces, ¿la dejó allí? ¿Así, en aquel estado?

Somer asiente.

—Al final la chica consiguió soltarse y luego un taxista que pasaba la recogió.

Fiona inspira profundamente.

—Pobre chica... Debía de estar absolutamente aterrorizada.

—Así es. Está siendo muy valiente. Hemos intentado preservar su intimidad. Lo máximo posible.

Fiona asiente.

—Por supuesto —se apresura a decir—. Deberían habérmelo dicho. Lo habría entendido. Si hubiera sido Sasha...

Se interrumpe: el nombre de su hija es más de lo que puede soportar. Se muerde el labio, pero las lágrimas se le escapan de los ojos.

–¿Cree que podría ser el mismo hombre?

Somer respira hondo.

–Ahora mismo, no podemos descartar nada.

–Y ese sitio al que se la llevó, ¿podría estar Sash allí?

Somer niega con la cabeza.

–Lo siento. Ya lo comprobamos. Fue uno de los primeros lugares a los que enviamos un equipo. –Coge la mano de la mujer–. Pero no vamos a rendirnos. Los agentes volverán a salir al amanecer. La encontraremos, Fiona. La encontraremos.

* * *

Abby Michelson @Rayuela22098   19:07

Alguien sabe algo sobre ese ataque a una joven en #Oxford? No la pobre #SashaBlake, algo que pasó antes. He visto a un tío de la @PoliciaThamesValley hablando de ello en la TV

Jimmy Post @JJP098456   19:09

En respuesta a @Rayuela22098

Yo también lo he visto. Algo de una chica raptada en una furgoneta? No recuerdo haber oído nada en las noticias

Rona Mitchell @Corona1966765   19:11

En respuesta a @JJP098456 @Rayuela22098

☺ Etiqueto @EvitaPeligrosenOxford para ver si saben algo #Oxford

Evita Peligros en Oxford

@ EvitaPeligrosenOxford   19:15

En respuesta a @Corona1966765 @JJP098456 @Rayuela22098

No sabemos más que lo que hemos visto aquí.
Comprobaremos el noticiario en línea. Sabe alguien
cuándo y dónde se supone que pasó?

Micky F @BladeGamer   19:16

He visto una foto de esa #SashaBlake en línea, no me
extraña que la cogiera un pervertido, está pidiéndolo a
gritos, así vestida

Scott Sullivan @SnappyWarrior   19:17

En respuesta a @BladeGamer

👍 Esa titi estúpida parecía un putón verbenero

Rona Mitchell @Corona1966765   19:17

En respuesta a @BladeGamer @SnappyWarrior

Asqueroso que digáis eso, debería daros vergüenza.
Nadie merece que lo agredan o secuestren, lleve la ropa
que lleve. Y, además, lo que llevaba en esa foto no tenía
nada de malo #SashaBlake

Scott Sullivan @SnappyWarrior   19:17

En respuesta a @Corona1966765 @BladeGamer

Ya estamos otra vez, las rojillas tortilleras siempre
metiendo las narices

Micky F @BladeGamer   19:17

En respuesta a @Corona1966765 @BladeGamer

Esas zorras no tienen ni puta idea y luego nos culpan
a los tíos cuando ellas van por ahí marcando tetas y
pidiendo guerra

Janine Wheeler @MuddyBarvellous   19:18
En respuesta a @EvitaPeligrosenOxford @Corona1966765
@JJP098456 @Rayuela22098
Mi pareja es poli. Parece que a la otra chica la ataron
y le pusieron una bolsa en la cabeza. De psicópata
profundo

Susan Hardy @LivingmyBestlife5761   19.19
En respuesta a @MuddyBarvellous @Corona1966765
@JJP098456 @Rayuela22098
Mierda, igual que aquel Violador del Arcén? Os
acordáis, en el 98 o 99? Nosotros no vivíamos en
Oxford por entonces, pero me acuerdo de verlo
en las noticias.

Rona Mitchell @Corona1966765   19:19
En respuesta a @LivingmyBestlife5761 @MuddyBarvellous
@JJP098456 @Rayuela22098
Dios, tienes razón, acabo de verlo online. Es igual igual
#SashaBlake #VioladordelArcen

Evita Peligros en Oxford
@ EvitaPeligrosenOxford   19:22
Informaciones hablan de un grave incidente de
#agresiónsexual ocurrido esta semana en #Oxford,
ANTES de la desaparición (secuestro?) de
#SashaBlake. Estamos contactando ya con la @
PoliciaThamesValley y compartiremos cualquier
novedad aquí o en nuestra página de FB. Mientras
tanto, sed cautos y #evitadpeligros

* * *

—¿Está segura de que estará bien? —pregunta Somer, poniendo el freno de mano y girando la cabeza hacia Fiona Blake.

Hay un agente uniformado en la puerta del número 87 de Windermere Avenue, y dos unidades móviles aparcadas enfrente, si bien la prensa parece estar manteniendo una respetuosa distancia. De momento.

—Para cualquier cosa que necesite, llámeme. A cualquier hora, ¿de acuerdo? Aunque solo sea para que le haga compañía.

Fiona asiente.

—Gracias, pero creo que estaré bien. Yasmin ha sido un amor y Patsie va a quedarse a dormir en casa. Será agradable tenerla por aquí y no quedarme sentada en silencio, dándole vueltas a la cabeza.

Somer asiente.

—Parece una buena chica.

—Lo es. Todas lo son.

—Le prometo que la llamaré —dice Somer mientras Fiona sale del coche— si hay novedades.

* * *

Interrogatorio telefónico a Charlotte Collyer
5 de abril de 2018, 8:15
Interroga la agente E. Somer

ES: Soy la agente Erica Somer. Desde centralita nos han dicho que tiene alguna información que darnos.

CC: Vi lo de la tele anoche, lo de Sasha Blake. Paso por allí mucho con el coche, por Marston Ferry Road, quiero decir. Porque con el colegio y el trabajo y el gimnasio...

ES: ¿Vio usted algo? ¿Vio a Sasha?

CC: No, lo siento. Nunca la había visto antes. No... Es por lo que la gente está diciendo en Twitter... sobre esa otra chica. Esa que dicen que se llevaron en una furgoneta el 1 de abril. He estado pensando y estoy segura de que fue el mismo día.

ES: ¿Qué fue el mismo día?

CC: Llegaba un poco tarde a pilates. Normalmente ya habría pasado por allí por lo menos quince minutos antes. Por eso me acuerdo de la hora. Estaba todo el rato mirando el reloj y poniéndome nerviosa. Ya sabe cómo es eso. Perdone, hablo como una cotorra. Bueno, lo que quiero decir es que creo que vi una furgoneta esa mañana, es decir, el lunes pasado. Recuerdo que había un coche de policía un poco más adelante con la sirena puesta y todo el mundo estaba frenando, y entonces oí un chirrido de frenos y vi pasar una furgoneta en la dirección contraria, muy deprisa.

ES: ¿Vio de dónde venía?

CC: No, lo siento.

ES: ¿Es posible que saliera de las huertas comunales?

CC: Ay, Dios. ¿Es ahí donde pasó? Bueno, pues sí, podría ser. Yo estaba un poco demasiado atrás para verlo.

ES: ¿Y vio al conductor?

CC: Casi nada. Aunque creo que llevaba algún tipo de gorra.

ES: ¿Una gorra de béisbol?

CC: Sí..., algo así. Le tapaba mucho la cara.

ES: ¿Era blanco, negro?

CC: Sin duda, blanco, pero poco más le puedo decir. Todo
    pasó muy rápido.
ES: ¿Y la furgoneta? ¿Qué recuerda de la furgoneta?

* * *

–¿Y ya está? ¿No hay nada más?

Somer se encoge de hombros.

–Lo siento.

–De acuerdo –dice Baxter suspirando con fuerza–. ¿Me lo repites?

–Era una furgoneta blanca, con un logo en el lateral en forma de concha.

–Pero sin nombre de empresa...

Somer niega con la cabeza.

–Al menos, que ella viera. Todo pasó demasiado deprisa. Supongo que aún tenemos suerte de que viera algo.

–¿Y era una concha como la de las gasolineras Shell?

–No, más como las de caracol, dijo la mujer.

Baxter arruga el ceño.

–No aparece nada así en los vídeos del garaje, pero supongo que eso no demuestra nada. –Suspira de nuevo–. Muy bien, déjamelo a mí. Aún estoy atascado con la contraseña del portátil de Sasha, así que, qué demonios, ¿por qué no aliviar el tedio con otra tarea hercúlea e imposible?

Somer sonríe.

–Te traeré un té.

–Tres terrones –le dice cuando ella ya se ha dado la vuelta y se aleja–. Y un Twix.

* * *

Fiona está poniendo cereales en los cuencos cuando, al levantar la cabeza, ve a Patsie en la puerta de la cocina. Todavía lleva puesto el pijama y tiene el teléfono en la mano. Pero eso no es nada raro. Siempre lo tiene en la mano. Como hacía Sasha... «No, "hacía" no –se dice a sí misma–. Como "hace", como hace Sasha».

–¿Qué tomas con esto, Pats? ¿Leche o yogur?

La joven se encoge de hombros. Tiene cercos oscuros bajo los ojos y Fiona reprime las ganas de preguntarle si está durmiendo suficiente. Ella no es su madre. Aunque a veces, durante estos últimos meses, podría haberlo sido, dada la cantidad de tiempo que Patsie pasa allí. Sasha había insinuado más de una vez que podría haber algún tipo de problema con el nuevo novio de Denise, y Fiona dudaba si preguntárselo a Patsie, pero no quería que Denise pensara que se estaba entrometiendo. Y ahora... En fin, ahora es ella misma quien ya tiene suficientes problemas.

Lleva los cuencos a la mesa y se sienta. No tiene hambre –no ha tenido apetito desde que ocurrió–, pero no va a ayudar en nada a Sasha si no come. Es otra de las cosas que no deja de repetirse. Eso y que va a reducir la cantidad de vino tinto cuando Sash haya vuelto. Para entonces será fácil, pero hoy, ahora mismo, es lo único que la ayuda a sobrellevar la situación. Patsie se acerca lentamente, se sienta en una silla y coge el brik de leche del centro de la mesa. La quietud de Fiona debe haberse hecho evidente, porque la joven levanta la vista y le sonríe; una sonrisa débil, valiente, triste. Fiona siente el escozor de las lágrimas en los ojos y se apresura a agarrar con fuerza la mano de Patsie. «Gracias a Dios que te tengo», piensa. «Gracias a Dios que estás aquí. Porque, si no estuvieras, nada ni nadie me impedirían abalanzarme ahora mismo hacia ese armario para abrir otra maldita botella».

* * *

Everett está sola en el lavabo de señoras de la primera planta, mirando su imagen en el espejo. Nota en medio del ojo izquierdo una extraña distorsión que no ha hecho sino empeorar desde que salió de su piso. No es visión borrosa ni doble; se trata de algo más impreciso. Casi parece que no fuera nada, aunque eso sea absurdo y apenas sirva para dar idea a nadie de lo que le sucede. Sea como sea, ahí está. Nunca ha tenido migraña, pero se imagina que debe de ser así. Tampoco es que sea exactamente un dolor de cabeza, o no del tipo que te hace arrojarte sobre el Nurofen. Ni tampoco ve destellos de luz. Tiene tan solo una vaga pero fastidiosa sensación de incomodidad. Se oye un ruido en la puerta y Somer entra. Sonríe al ver a Ev, pero algo en la cara de su amiga hace que se detenga.

—¿Estás bien?

Everett hace un esfuerzo por sonreír.

—Sí, solo que no estoy muy fina hoy. Debe de ser por el curri de anoche.

Somer arruga un poco el ceño; no recuerda que Everett haya comido nunca curri.

—¿Seguro?

Ev asiente.

—Claro que sí. ¿Y tú? ¿Todo bien?

Somer esboza una sonrisa burlona.

—Acabo de endosarle otro trabajito de mierda al pobre Baxter. Como recompensa exige golosinas por vía intravenosa.

Everett consigue sonreír.

—¿Qué es esta vez?

—Otro testigo que vio una furgoneta blanca en Marston Ferry Road la mañana en que se llevaron a Faith. Se acuerda de que tenía un logo, pero no es una pista demasiado buena para que Baxter pueda hacer algo. Me refiero a que «una forma como de concha» podría significar casi cualquier cosa.

Everett deja de mirarse al espejo y se gira.

—¿Qué tipo de concha?

—De caracol, según parece. Lo único que me viene todo el rato a la cabeza es Brian, el caracol de esa película, *El tiovivo mágico*. —Se interrumpe, a media sonrisa—. ¿Qué pasa?

Ev saca el teléfono del bolsillo, navega hasta una web y le muestra la pantalla.

—¿Podría ser esto?

Somer mira con ojos como platos.

—Dios mío. Mierda... Pues claro.

Ev toma aire.

—Envíale esto por correo a tu testigo y pregúntaselo. Y tenemos que encontrar a Fawley.

* * *

Adam Fawley
5 de abril de 2018
9:19

Estoy todavía en la ducha cuando suena el timbre de la puerta. Cuando bajo, diez minutos más tarde, Somer y Everett están de pie en la cocina un poco incómodas, mientras Alex se aturulla con la tetera. No es propio de ella enredarse así con los cacharros, pero la causa está bastante clara: no esperaba visitas, de modo que lleva uno de sus jerséis favoritos, una prenda que ahora le queda ya demasiado ajustada y hace evidente su embarazo. Cuando Somer cruza la mirada

247

conmigo vuelve de inmediato la cabeza, ruborizada; debe de acordarse de lo que dijo hace un par de días. Sobre las razones por las que la gente podría no contar toda la verdad.

—Ah, Adam. Ya estás aquí —dice Alex con alivio manifiesto—. Os dejo solos.

—Señor —dice Somer en cuanto se cierra la puerta de la cocina—, el otro día no era mi intención...

—Olvídalo. No es nada. ¿De qué se trata?

—Quizá tengamos algo —dice Everett—. ¿Se acuerda de Ashley Brotherton?

Arrugo el gesto.

—Creía que lo habíamos descartado.

—Y así es.

—Entonces, ¿qué ha cambiado? —Miro a Somer y luego de nuevo a Everett—. Tenía coartada, ¿no? Su furgoneta tenía coartada.

—Hoy a primera hora ha llamado una mujer —dice Somer—. Ha dicho que vio una furgoneta en Marston Ferry Road la mañana en que atacaron a Faith. No recordaba casi nada, aparte de que era blanca y tenía un logo parecido a una concha en el lateral. Baxter ha intentado buscarla, pero parecía misión imposible. Y entonces...

—Y entonces Erica me lo contó —dice Everett.

Sostiene en alto su móvil. En él se ve la imagen de una furgoneta y, aunque el logo del lateral no es una concha, entiendo por qué alguien podría pensar que lo es al intentar recordar, sobre todo si solo la ha visto muy fugazmente. Es la cabeza de un carnero con un gran cuerno que se enrosca. De perfil. Y, debajo, una verja de cinco barrotes rodeada de narcisos que parece sacada de un libro de Enid Blyton.

Renovaciones Ramsgate. La empresa para la que trabaja Ashley Brotherton.

—Se la he enviado a la testigo —dice Somer—, y está bastante segura de que es lo que vio. No al cien por cien, pero está bastante convencida.

—Y la única furgoneta de Ramsgate que podría haber estado en Marston Ferry Road esa mañana es la que conduce Ashley Brotherton —me recuerda Everett—. El resto pueden justificar sus movimientos.

—Pero, aunque fuera su vehículo —dice Somer—, no puede haber sido él. Cincuenta personas lo sitúan en el crematorio de Headington esa mañana.

—Así que o sabe cómo estar en dos sitios al mismo tiempo, o le dejó la furgoneta a otra persona.

—Esa parece la explicación más evidente —dice Ev—. Aunque él me aseguró rotundamente que nadie más podría haberla conducido ese día.

—En ese caso, será alguien que le importa, alguien por quien está dispuesto a mentir. ¿Un pariente? ¿Un compañero? ¿Un compañero que podría ser ese misterioso novio de Sasha al que todavía no hemos identificado? Quizá sea esa la conexión entre las dos chicas.

—Ni siquiera tendría por qué ser un novio —dice Somer—. Podría ser alguien a quien la chica hubiera visto una o dos veces, alguien a cuya furgoneta no le pareciera peligroso subirse.

—O podría simplemente haberla atacado por la espalda y haberla arrastrado por la calle —añade Ev en tono lúgubre—. Como hizo con Faith. No tenía por qué conocer a ninguna de las chicas. Solo habrían tenido la mala suerte de estar en el lugar equivocado en el momento equivocado.

Pero no estoy tan seguro.

—Sasha, sí, desde luego. Eso tuvo que ser al azar. Nadie podía saber que iba a estar en ese lugar concreto esa noche. Pero lo de Faith fue diferente: yo creo que fue premeditado y que la persona que la atacó lo planeó todo con meticulosidad, y eso puede incluir el hecho de no utilizar un vehículo propio.

Everett asiente.

—Si quería ocultar su rastro..., sí, por qué no.

—Lo cual nos deja dos posibilidades —tercia Somer—. O Brotherton sabe exactamente quién cogió su furgoneta ese día y lo está protegiendo, o bien no sabe nada del asunto ni nunca lo ha sabido. Pasó la mayor parte del día en el funeral, así que no es imposible.

La tetera ha empezado a hervir, pero no es el té lo que ahora me interesa.

—Muy bien. Vamos a hacerlo ir a comisaría. Lo que ha dicho la testigo es justificación más que suficiente.

—Pero no debemos olvidar que Brotherton no tiene antecedentes —añade Ev, sonrojándose ligeramente—. Ni siquiera multas de tráfico. Por lo que yo he visto, lo único que hace es cuidar de su abuelo y trabajar...

—Pues mejor. Así tiene más que perder.

* * *

La búsqueda de Sasha Blake se ha reanudado a primera hora del día. Las pocas horas transcurridas desde entonces han sido penosas e ingratas, sin resultado digno de mención. El sargento Barnetson está dirigiendo ahora el grupo que rastrea a lo largo del río; otros dos equipos cubren los campos situados hacia el norte. Al menos, ya no tienen a la prensa encima. Alguien del *Oxford Mail* trató de sonsacarle un comentario sobre el Violador del Arcén, pero Barnetson no es estúpido. No se va a dejar embaucar, no dirá nada que luego acabe en las noticias de la noche.

Su móvil vibra contra el muslo y de pronto empieza a sonar con estrépito. Se quita el guante y saca el teléfono de debajo de la ropa impermeable.

–¿Barnetson? Soy Gislingham. Solo quería ver cómo va, saber si tienes algo.

–Lo único que tengo son los pies mojados y el culo frío. Pero gracias por preguntar.

–¿Qué tal la prensa?

–Un par de plumíferos en el aparcamiento y uno o dos tipos con cámara, pero los mantenemos a raya, detrás de la cinta. Y, ahora mismo, no los veo presentándose voluntarios para ponerse de barro hasta las pelotas. Al menos parece que el tiempo está de nuestra parte, aunque ya sabes lo rápido que eso puede cambiar.

No necesita dar más explicaciones: una búsqueda que acaba con el lugar atestado de periodistas solo podría significar una cosa.

* * *

Adam Fawley
5 de abril de 2018
11:48

Le ofrecemos un té, pero lo rechaza.

–Mi abuelo dice que sacarían una prueba forense de la taza, huellas y cosas así. Dice que mejor andarse con cuidado.

–También nosotros tenemos que andar con cuidado –digo yo, sentándome frente a él–. Y uno de los aspectos en que ponemos más cuidado es en la comprobación de los hechos.

Parece desconcertado.

—No lo entiendo.

Abro mi carpeta. Le echa una ojeada subrepticia y luego vuelve a mirarme. Algo asoma fugazmente en sus ojos.

—Le dijo a mi colega, la agente Everett, que se encontraba usted en el funeral de su abuela en la mañana del 1 de abril.

—Sí. Como dije...

—También dijo que nadie más podría haber tenido acceso a su furgoneta mientras usted estaba en Headington, en la ceremonia.

Tuerce el gesto.

—Sí. ¿Y?

Levanto la cabeza y lo miro.

—Pues que entonces tenemos aquí un enigma. Verá, un testigo asegura que vio su furgoneta en Marston Ferry Road esa mañana. Pero quizá usted pueda ayudarme a explicarlo.

Brotherton abre la boca y enseguida la vuelve a cerrar.

—¿Necesito un abogado o qué?

—Puede llamar a uno si lo desea —contesto—. Si piensa que lo necesita.

Lo miro con fijeza y él hace otro tanto. Él parpadea primero.

—Sí —dice—. Creo que sería una buena idea.

* * *

Interrogatorio a Ashley Brotherton efectuado
en la comisaría de policía de St Aldate, Oxford
5 de abril de 2018, 12:42
Presentes: inspector A. Fawley, agente E. Somer,
J. Hoskins (abogado)

AF: Bien, señor Brotherton, como decía antes de que llegara su abogado, usted le dijo a la agente Everett que nadie más podría haber conducido su furgoneta en la mañana del 1 de abril, y, sin embargo, hay un testigo que afirma haberla visto en Marston Ferry Road. Quizá pueda explicarnos cómo pudo suceder eso.

AB: Debe de haberse equivocado.

AF: ¿Quiere decir usted que el testigo se equivocó?

AB: Eso debe ser, sí.

AF: Pero tenía que ser su furgoneta.

AB: Ramsgate tiene montones de furgonetas. Podría haber sido cualquiera de ellas.

ES: Según los datos de Ramsgate, todas pueden justificar sus movimientos. Todas tienen registrada su llegada a la obra de Bicester a las ocho de esa mañana.

AB: Bueno, he estado pensando y creo que Martyn estaba de vacaciones. Podría haber sido él.

ES: ¿Martyn?

AB: Martyn Ramsgate.

ES: ¿El hijo de su jefe?

AB: Sí.

ES: Volveremos a comprobarlo, pero según Pauline Ramsgate todas las furgonetas estaban en la obra.

AB: Sí, bueno, ella seguro que está dispuesta a mentir por su hijo, ¿no?

AF: Y usted, ¿por quién está dispuesto a mentir, señor Brotherton?

AB: ¿Y eso qué coño quiere decir?

ES: ¿Nunca le ha prestado su furgoneta a nadie?

AB: No.

AF: ¿Y nadie más tiene acceso a las llaves?

AB: No. Como le dije la primera vez... a la otra tía.

AF: Muy bien, señor Brotherton. Vamos a dejarlo aquí por el momento. El agente lo conducirá ahora a una sala de espera donde estará un poco más cómodo.

* * *

Adam Fawley
5 de abril de 2018
12:58

El agente uniformado hace salir a Brotherton y a su abogado y, cuando la puerta se cierra, Somer se vuelve hacia mí.

–¿Qué opina?

–¿Que qué opino? Lo que opino es que miente descaradamente.

Somer asiente.

–Ya lo sé, yo también lo creo. Solo que no se me ocurre por qué. Tiene una coartada sólida como una roca para ambos ataques, y lo sabe. Por ahí no podemos tocarlo, así que ¿por qué correr ese riesgo tan enorme para proteger a otra persona?

Nos quedamos sentados en silencio durante un rato. Un sonido amortiguado de voces llega desde la sala de interrogatorios contigua. Quienquiera que esté allí, resulta evidente que la cosa se está calentando.

–Quizá la testigo se equivocara con lo de la furgoneta –dice por fin Somer–. De hecho, dijo que no estaba totalmente segura de que ese fuera el logo.

Y los testigos oculares son tristemente famosos por su escasa fiabilidad. Todos los sabemos.

–Bien, pongámonos en marcha para comprobar dónde estaba Martyn Ramsgate esa mañana. Me apuesto la hipoteca a que no tiene nada que ver con el asunto, pero aun así hemos de comprobarlo.

Somer asiente y toma nota.

—Y empieza a hacer averiguaciones: veamos si alguno de los amigos de Brotherton tiene antecedentes. Y consigue permiso de Ramsgate para llevar a cabo un análisis forense completo de esa furgoneta.

* * *

Cuando Ev sale en busca de un sándwich, el anciano está sentado en recepción, encorvado en una dura silla de plástico, expuesto a la fría corriente que entra por la puerta principal.

—¿Señor Brotherton? —dice—. Soy Verity Everett. ¿Se acuerda de mí?

Le lanza una mirada iracunda.

—Pues claro que me acuerdo. No estoy senil.

Tiene un periódico abierto sobre las rodillas y Everett puede ver que las manos le tiemblan ligeramente.

—Debe de llevar horas aquí. ¿Puedo traerle alguna cosa? ¿Un té?

Arruga el entrecejo.

—Ya me he tomado tres tazas. ¿Cuánto tiempo más va a tardar Ash?

—No estoy segura. No me encargo yo del interrogatorio.

El señor Brotherton consulta su reloj. Es un modelo pasado de moda, con correa de piel de serpiente y esfera blanca que amarillea de puro vieja.

—Tengo cita en el hospital dentro de media hora y ya vamos justos. Ash me había dicho que me llevaría.

—Ah —dice Everett—. No lo sabía. Déjeme que lo consulte.

Se acerca al teléfono de la recepción y llama a Somer, pero cuando vuelve muestra un gesto apenado.

–Siento decirle que todavía están interrogando a su nieto. Y se van a llevar su furgoneta para analizarla.

El anciano arruga el gesto.

–Entonces, ¿cómo voy a ir al hospital? Solo llegar a la puñetera parada de autobús ya me costará media hora.

Pero eso, al menos, sí que puede solucionarlo ella.

–Deme un minuto, a ver si lo arreglamos para que lo lleven.

* * *

Interrogatorio a Ashley Brotherton efectuado en la comisaría de policía de St Aldate, Oxford 5 de abril de 2018, 13:50 Presentes: inspector A. Fawley, agente E. Somer, J. Hoskins (abogado)

AF: Señor Brotherton, hemos vuelto a hablar con Ramsgate y nos han confirmado, sin ninguna duda, que todas sus furgonetas se hallaban en Bicester la mañana del 1 de abril. Martyn Ramsgate se había ido, efectivamente, de vacaciones, pero eso fue la semana anterior, y tanto él como su furgoneta tienen registrada su entrada en la obra del hotel a las 8:00 de ese día. Así que voy a preguntárselo de nuevo: ¿quién más podría haber tenido acceso a su furgoneta?

AB: Sin comentarios. [*A su abogado.*] Puedo decir eso, ¿no?

AF: Existe una gran diferencia entre poder decirlo y que eso sea una buena idea.

JH: Inspector...

AF: No entiendo su renuncia, de verdad que no. Sabemos que esa mañana estuvo en el funeral de su abuela, y disponemos de imágenes de videovigilancia en las que aparece usted en el hospital John Radcliffe a la hora en que Sasha Blake desapareció. Tendrá que echarme una mano con esto, porque la verdad es que no lo entiendo.

AB: Ya, bueno, eso es asunto mío, ¿no?

AF: Bien, si es así como quiere llevar esto, es decisión suya. Pero debe saber que hemos pedido permiso a Renovaciones Ramsgate para registrar su furgoneta.

AB: No pueden hacer eso. ¡Joder! ¡La furgoneta es mía!

ES: Siento decirle que sí podemos, señor Brotherton. La empresa es la propietaria oficial del vehículo, no usted.

AB: Pero tengo cosas personales ahí...

ES: Eso no cambia nada. Lo siento.

AF: También me gustaría reiterar nuestra petición de huellas dactilares y muestras de ADN. Como dijimos antes, se trata de algo totalmente voluntario, solo para que podamos descartarlo de la investigación. Es libre de hablarlo con el señor Hoskins.

AB: [Consulta con el abogado.] Bien, de acuerdo. [Pausa.] Pero solo si dan marcha atrás con lo otro, ¿vale? Les daré las huellas y lo demás, pero solo si dejan en paz la furgoneta.

ES: Por desgracia la cosa no funciona así, señor Brotherton.

AB: Ah, pues entonces que les jodan...

JH: [Conteniendo a su cliente.] Accedemos al ADN y a las huellas dactilares. Confío en que mi cliente será después libre de irse.

257

AF: A su debido tiempo. La furgoneta, sin embargo, quedará
a cargo de la brigada científica para su análisis.
Así que su cliente tendrá que tomar el autobús.

* * *

Adam Fawley
5 de abril de 2018
14:09

—¿Aún cree que miente? —me pregunta Somer cuando subimos de nuevo por las escaleras.
—No. Esta vez nos ha dicho la verdad. Pero más por omisión que por un deseo expreso de ayudarnos.
Somer asiente; sabe a qué me refiero.
—Hay algo en la furgoneta, ¿verdad? Algo incriminatorio. De ahí ese empeño en mantenernos alejados de ella.
—Bueno, más nos vale que sea así. Y crucemos los dedos para que cualquier ADN que podamos encontrar esté en la base de datos. Porque, si no, tampoco vamos a llegar muy lejos. Una vez más.

* * *

—El agente Atkins lo llevará al hospital y volverá a traerlo, señor Brotherton. Enseguida acerca un coche a la puerta.
Everett le tiende la mano al anciano para ayudarlo a levantarse, pero él la rechaza.
—Gracias, jovencita, pero si empiezo a dejar que me ayuden, pronto no podré hacer nada solo.
Everett sonríe; le recuerda a su abuelo. También era un cabronazo protestón.

Ha dejado de llover, pero afuera hace frío y el abrigo del anciano no parece lo bastante grueso.

—Estoy segura de que enseguida llegará el coche —dice Everett, sintiendo la necesidad de romper el silencio.

Él se vuelve a mirarla.

—Gracias. No tenía por qué tomarse tantas molestias, pero lo ha hecho. Y se agradece. Y dígale a Ash —prosigue el anciano— que volveré a la comisaría cuando acabe en el hospital. Alguien tiene que ocuparse de él.

—Ya tiene a un abogado, señor Brotherton.

El anciano entorna los ojos.

—Esa clase de apoyo cuesta doscientas libras la hora. Yo me refiero a alguien que no se la traiga floja. Y el único disponible en ese apartado soy yo.

* * *

Adam Fawley
5 de abril de 2018
16:16

—¿Y estáis seguros?

Estoy hablando con Challow por teléfono y tengo al resto del equipo alrededor de mi escritorio. Por el tono de mi voz, adivinan que no son buenas noticias.

Acabo de hablar y levanto la cabeza hacia ellos.

—Hasta ahora, lo único que han encontrado en la furgoneta de Ashley Brotherton es un condón usado y cierta cantidad de algo que parece ser semen, en una manta escocesa. Está claro que nuestro señor Brotherton sabe cómo hacerle pasar un buen rato a una chica.

Las facciones de Quinn de súbito parecen hundidas.

—¿Y ya está?

—Había también una bolsita de plástico con la desorbitante cantidad de quince gramos de marihuana, por la cual la Fiscalía ni se molestará en salir de la cama por la mañana.

—Pero sí podría explicar por qué estaba tan cagado por el registro de la furgoneta —dice Somer con resignación—. Quizá todo esto no tenga nada ver con Faith. Ni con Sasha. Quizá solo estaba preocupado por si encontrábamos las drogas.

—Y por si perdía el trabajo, de paso —susurra Ev.

Está claro que Ev es miembro ferviente del club de fans de Ashley Brotherton, aunque sus motivos sean para mí un misterio insondable. Por otro lado, empiezo a pensar que Somer tiene algo de razón. De hecho, casi estoy llegando a la misma conclusión que ella.

—Las muestras de ADN ya están en marcha, pero los resultados tardarán como mínimo un día.

—¿Qué pasa con las huellas dactilares? —pregunta Gislingham, el eterno optimista.

—No sirven. Algunas parciales, pero nada válido aparte de las del propio Brotherton. Cotejarán su ADN con los perfiles de la bolsa de Tesco que encontraron en las huertas, pero tampoco es algo que me tenga en ascuas. Así que, si alguien tiene alguna idea, soy todo oídos.

Quinn parece irritado.

—Entonces, ¿vamos a enviar a casa a ese chulito de mierda?

Me encojo de hombros.

—No tenemos alternativa.

—¿Y qué pasa con el polvo de yeso? —pregunta Somer—. Seguro que había un montón en la furgoneta.

—Buena pregunta. Y, en efecto, había mucho. Pero tardarán un tiempo en determinar la formulación química exacta.

Y Challow ya me ha advertido que las empresas de construcción suelen abastecerse de solo un puñado de grandes proveedores, de modo que el material de Ramsgate no será ni mucho menos único. Con lo cual, aunque lo que haya en la furgoneta coincida con lo que encontramos en Faith, no bastará para justificar un arresto. Al menos, por sí solo.

–Y Brotherton seguirá insistiendo en que nadie más podría haber cogido la furgoneta –dice Gis con un suspiro.

Baxter tiene el ceño arrugado.

–Bueno, tiene razón, ¿no? Es decir, las llaves de la furgoneta las tenía él o estaban en la casa. ¿Cómo iba a cogerlas otra persona sin que él lo supiera?

Ev se encoge de hombros.

–A lo mejor guardan una copia de la llave debajo de alguna maceta, ¿no? Mi abuela lo hacía.

–¿En un barrio como Blackbird Leys? –dice Quinn, con manifiesta incredulidad–. Debes de estar de coña. En menos de una semana le habrían limpiado la casa.

–No es verdad –replica Everett–. En esa comunidad cuidan de los suyos. Y el señor Brotherton es uno de ellos.

Me pongo de pie.

–Bien, al menos a esa pregunta deberíamos ser capaces de responder. Así que averigüemos lo de la llave, ¿de acuerdo?

* * *

Llueve a cántaros y, en la zona de búsqueda, Barnetson está metido hasta las rodillas en el agua sucia del río, con peligro de perder el equilibrio a cada paso. Avanza con cautela, sintiendo cómo el barro resbala bajo sus botas altas de pescador mientras trata de equilibrarse con una vara. El Cherwell se ha desbordado en algunos puntos de la orilla y arroja un fango marrón sobre los campos de cada margen, donde las vacas humean afligidas bajo el chaparrón. Con el nivel del agua tan alto, toda la basura y las hojas muertas y los desechos de las embarcaciones de recreo bajan en remolinos y se enganchan en los árboles que se inclinan sobre el río. Unos metros más adelante, Barnetson distingue un cuadro de bicicleta, un carrito de supermercado y varias bolsas de la compra atrapadas en las ramas bajas y bordeadas de burbujas blancas, una de ellas desgarrada contra la corteza, otra hinchada por...

No, piensa.

Por favor.

No.

∗ ∗ ∗

Adam Fawley
5 de abril de 2018
17:22

No soy el primero en llegar; diviso el coche de Colin Boddie, y la furgoneta del CSI ya está allí aparcada. Pero sus dos técnicos siguen sentados dentro. Saben que querré ver la escena antes de que nadie toque nada. Antes de que la alteren.

Me subo el cuello antes de salir, con la esperanza de que una lluvia tan torrencial me ofrezca cierto anonimato, pero los periodistas ya se han olido que algo pasa. Somos ya demasiados polis: por mucho que tratemos de aparentar normalidad, solo es cuestión de tiempo.

El agente que custodia la zona precintada me indica la dirección sin (gracias a Dios) cometer la estupidez de señalar con la mano, y bien pronto estoy con las botas hundidas en barro y purines, tratando de no caerme. Ya tenemos suficiente mierda encima, la verdad, sin necesidad de dar literalidad a la expresión. Algo más arriba veo una tienda de campaña blanca, a varios miembros del equipo de búsqueda y a Ian Barnetson, inmóvil, observándome mientras me acerco. Tiene una expresión desolada.

–¿Estamos seguros de que es ella? –pregunto al llegar a su altura.

Asiente.

–Tan seguros como es posible estarlo ahora, señor, si nos guiamos por la ropa que llevaba.

–¿Hemos encontrado algo más?

–Ningún arma en las inmediaciones, pero no sabemos exactamente por dónde entró en el agua, así que podría haber una en cualquier lado. Y no hay bolso ni teléfono móvil. –Sostiene mi mirada–. Ni tampoco ropa interior. El estado del cuerpo... Creo que hay pocas dudas de lo que el tipo hizo con ella.

Trago saliva con dificultad. Me fuerzo a ponerme el caparazón profesional. Y entonces pienso en la madre de Sasha, que no dispondrá de ese lujo. En su padre, que apenas acaba de reencontrarse con ella. Me pregunto qué haría yo, cómo me sentiría... si tuviera una hija. Y luego se me ocurre, casi con asombro, que quizá ya la tenga.

En la penumbra de la tienda del CSI, lo único que veo al principio es a Colin Boddie, acuclillado, con su mono desechable que brilla ligeramente en la ya débil claridad de la tarde. Pronuncio su nombre y se levanta, se vuelve hacia mí y señala lo que han encontrado.

No hay sangre, porque el río ya se ha encargado de que no la haya, pero sí heridas. Heridas crueles, implacables y encarnizadas que debieron necesitar tiempo y una total deliberación para ser infligidas. Docenas de cortes y contusiones en las piernas desnudas, además de las manchas desteñidas en la ropa causadas por una violencia similar. La carne de las muñecas cuarteada e hinchada por los intentos de liberarse de las bridas. Y peor aún, peor que todo lo demás: la bolsa de plástico, anudada fuertemente en la nuca, adherida al revoltijo medio visible de sesos y hueso y pelo.

Una bolsa de plástico. Bridas. No puedo fingir que no me lo esperaba. Pero no por ello deja de ser como una patada en las entrañas.

—Se llevó una paliza terrorífica —dice Boddie con tranquilidad—. Pero eso no hace falta que te lo diga un patólogo.

—Por favor, dime al menos que algunas de esas heridas son *post mortem*.

Hace una mueca.

—Algunas sí. Pero, por la forma en que está atada esa bolsa, es posible que se desmayara por falta de oxígeno. Esperemos que así fuera. Al menos, antes de que empezara con su cara.

* * *

Mensaje de voz

Agente Terry Atkins

Móvil

Transcripción

«¿Agente Everett? Soy el agente Atkins. He dejado al viejo sano y salvo en casa. También he echado un vistazo, como me pidió, bajo pretexto de velar por su seguridad, y sin duda tienen una copia de la llave. Está junto a la puerta de atrás, bajo una baldosa suelta. Espero que sea de ayuda».

Altavoz   **Llamar**   **Eliminar**

* * *

—Debe de ser el que la ha encontrado —observa Nina Mukerjee al ver pasar a un alto agente uniformado junto a la furgoneta del CSI mientras ella y Clive Conway descargan el equipo de la parte trasera.

Conway echa un vistazo. El hombre está cubierto de barro hasta la cintura.

—Es Barnetson. Pobre diablo. No podría tocarle una mierda peor.

Hay un grupo de agentes de la División de Investigación Criminal unos metros más allá y Nina mira cómo Barnetson se les une.

—Fawley tampoco parece muy contento —dice.

—Bueno, ¿te sorprende? —replica Clive, sin molestarse en mirar—. Ahora mismo, no quisiera estar en esos zapatos Hugo Boss por nada del mundo.

—No es culpa suya si los periodistas son unos cabrones. Ni que la gente tenga expectativas absurdas con respecto al tiempo que se tarda en resolver un crimen, por culpa de esa basura que ven en la tele.

—Es algo más que eso —dice Conway, levantando la vista—. Se dice que hay otro caso, alguien a quien Fawley encerró hace años. Parece que las similitudes ya habían empezado a resultar embarazosas. Y ahora esto, para colmo.

Le lanza a Nina una elocuente mirada. Después se gira para sacar el último maletín y cierra de un portazo la furgoneta.

—No creerás en serio que Fawley falsearía pruebas...

Nina no diría que conoce bien al inspector, al menos no personalmente. Pero jamás ha albergado la más mínima duda sobre su profesionalidad. Ni sobre su integridad.

Conway se encoge de hombros.

—Tampoco tendría por qué haber sido nada conspiratorio. Podría tratarse tan solo de la típica cagada de toda la vida.

Al fondo del aparcamiento, tres agentes resisten el asedio de la prensa, a la que tratan de mantener tras el precinto policial. Sin embargo, eso no impedirá que haya imágenes de Fawley en las noticias de la noche. Y nuestras también, sin duda, piensa Nina. Los trajes blancos siempre venden bien. Hasta que llegan los de las pompas fúnebres, por supuesto.

Se obliga a volver a la tarea.

—Y bien: ¿cuál es el plan?

—Uno de los equipos de búsqueda ha encontrado lo que parecen ser marcas de arrastre en la orilla. Podría ser ahí por donde la metieron en el agua.

Nina entorna los ojos mirando al cielo. Si no lloviera, buscarían pisadas, sangre, ADN... Pero ¿así?

Clive tuerce el gesto, leyéndole el pensamiento.

—Sí, ya sé. Pero si hubiéramos querido tener una vida cómoda no nos habríamos metido en este maldito curro, eso para empezar, ¿no crees?

* * *

Entro en el coche y llamo a Somer. Debe de estar esperando algo así, hasta cierto punto todos lo hacemos, pero entre temer que ocurra y saber que ha ocurrido hay todo un mundo, y nadie va a experimentar esa diferencia con mayor intensidad que ella.

—¿Somer? Estoy en Marston Ferry Road. La hemos encontrado.

Una inhalación. Y luego la espiración. Si Sasha estuviera viva, ya se lo habría dicho.

—Mira, lo siento, pero voy a tener que endilgarte la tarea de decírselo a Fiona.

Esta vez, incluso yo sé que no tengo alternativa: estoy obligado a decírselo al comisario, y sin demora. Porque el tiempo que tardan en salir a la luz estas noticias se mide en minutos, no en horas, y, cuando esta se publique, se abrirá la veda en lo que respecta al caso del Violador del Arcén. Ya se ocuparán de ello los abogados de Parrie.

—Yo tengo que informar a Harrison, y he de hacerlo ya, así que ¿podrías ir tú a Windermere Avenue? Aquí tenemos a la prensa encima y me preocupa que Fiona se entere antes de que yo pueda volver. Si puedes, llévate a Ev contigo.

—¿Qué quiere que le cuente?

Su voz suena seca, medio estrangulada.

—Dile que todavía no tenemos identificación oficial, pero, dada la edad de la víctima y el lugar en el que se ha encontrado, es poco probable que sea otra persona.

—De acuerdo. Entiendo. Me aseguraré de que esté preparada. Pero está seguro, ¿no, señor? No cree que pueda haber alguna duda... Es Sasha, seguro.

—Lo siento, pero no me parece que haya dudas. Está claro que es Sasha.

—De acuerdo, señor. Yo me encargo. —Su tono es más firme ahora. La policía que lleva dentro se está imponiendo. Al menos, de momento—. ¿Quiere que lleve a Fiona para la identificación?

—Pues de hecho creo que...

De nuevo la oigo tomar aire; sabe lo que quiero decir.

—Digamos que la ficha dental podría ser la mejor opción. Por el bien de todos.

* * *

BBC Noticias en línea
5 de abril de 2018 | Última actualización a las 18:24

ÚLTIMA HORA: Encontrado un cuerpo durante la búsqueda de la joven de 15 años desaparecida en Oxford

Residentes del área de Marston de Oxford han informado de que Sasha Blake, la adolescente local desaparecida, podría haber sido hallada en un descampado cercano al lugar donde fue vista por última vez. Durante la última hora, varias personas han tuiteado imágenes de una tienda policial blanca instalada en la orilla del río Cherwell. Asimismo, una furgoneta de pompas fúnebres ha sido vista en un aparcamiento cercano, por lo que las especulaciones sobre el hallazgo de un cuerpo cobran mayor fuerza.

Por el momento, la policía de Thames Valley no ha emitido ningún comunicado al respecto.

Seguiremos informando.

25 comentarios

Sylvia_Meredith_245
Es realmente espantoso, perder de forma tan trágica una vida joven antes incluso de que comience. Mi corazón está con su familia

Shani_benet_151
Mi hija va al mismo instituto que Sasha; sus compañeros de clase están absolutamente desconsolados. Era muy popular y tenía mucho talento. Incluso había conseguido una especie de prácticas con *Vogue* para el próximo verano. Tenían cientos de solicitudes pero la cogieron a ella

   Amber_Saffron_Rose
   Celebrarán una misa en el funeral, ¿no?

Johnjoe_84_Wantage
Ha salido la madre sola en las noticias. Dónde está el puto padre, me gustaría saber a mí. Algo tendrá que ver con el asunto. Esperad y veréis...

   Shani_benet_151
   No sé cómo puedes decir algo así. ¿No crees que su familia y sus amigos ya tienen bastante sin que tú te metas? Y si leen esto, ¿qué? ¿Se te ha ocurrido pensarlo? No tienes NI IDEA de lo que estás diciendo, así que mejor cerrar la boca, ¿no?

Johnjoe_84_Wantage
Solo porque no te guste lo que digo no significa que no sea verdad. Ya verás como tengo razón

* * *

Nada más entrar en Windermere Avenue, Everett y Somer se dan cuenta de que llegan tarde. La prensa ya está aparcada en triple fila frente a la casa y tienen las cámaras apuntando a la puerta, preparadas por si llega la policía, los familiares, una entrega a domicilio del supermercado... No les importa quien llegue, siempre que haga salir a Fiona Blake al umbral. Otras cámaras se centran en cualquier cosa que pudiera ser de Sasha: una bicicleta apenas visible en el pasillo lateral, un adhesivo en la ventana de su dormitorio... No hay signos de vida en el interior: tanto en el piso de arriba como en el de abajo, las cortinas están cerradas, pero de todos modos la gente se apiña en la acera, tras los policías, y, en el piso superior de las casas contiguas, los vecinos estiran el cuello tratando de ver algo.

—Buitres de mierda —dice Somer, parando el motor—. ¿No se dan cuenta del daño que hacen?

—Les da igual —dice Ev, observando por la ventanilla—. ¿Por qué mostrar delicadeza cuando eso puede interferir en una buena historia?

El reportero de Sky está ahora informando en directo, gesticulando hacia la casa que tiene a su espalda con un estudiado cuarto de giro del cuerpo.

«La policía de Thames Valley aún no ha emitido ningún comunicado, pero cobran fuerza las especulaciones de que podría haberse encontrado el cuerpo de la adolescente Sasha a menos de tres kilómetros de su casa, en la que vive con su madre, Fiona Blake, de cuarenta y tres años».

Ev le dirige una mirada a Somer, que agarra el volante quizá con más fuerza de la necesaria.

—Escucha, Erica, sé que para mí es fácil decirlo, pero intenta no tomártelo de forma demasiado personal. Casos como este... te romperán el corazón si no los metes en vereda. Y no es eso lo que Fiona necesita. Lo que necesita es que encontremos a ese malnacido. Nada más. Encontrarlo, meterlo entre rejas y hacer todo lo posible por perder la llave.

Somer asiente.

—Ya lo sé. Lo siento. No pretendía...

—No pasa nada. No tienes por qué disculparte. O no conmigo, en todo caso. —Se suelta el cinturón de seguridad y coge la manilla de la puerta—. Muy bien. Y ahora es cuando voy y les canto las cuarenta a esos pedazos de mierda.

* * *

–No tengo más opción, Adam. Tienes que entenderlo.

Asiento, aunque una parte de mí no lo entiende en absoluto. La parte enfadada, la que está a la defensiva y ahora mismo piensa que debe de estar de coña.

–Entonces, ¿qué propone usted, señor?

Harrison entorna los ojos. Ha captado mi tonillo y no le ha gustado. Pero me trae sin cuidado: si parezco cabreado es porque lo estoy.

–Le he pedido a la oficina de prensa que prepare un comunicado confirmando que va a revisarse de modo oficioso el caso del Violador del Arcén. Y que, como medida precautoria, estimamos adecuado reevaluar las pruebas a la luz de los recientes acontecimientos, para garantizar la continuidad de la confianza pública en la policía. Y si resultara evidente que conviene hacer referencia formal a la Comisión de Revisión de Casos Penales...

–Venga ya, por el amor de Dios...

–Vamos, vamos, Adam. Sabes tan bien como yo que en un caso como este lo mejor es adelantarse. Twitter ya está lleno de comentarios.

–No puedes creer de verdad que Gavin Parrie sea inocente, que desde el principio fuera otra persona..., alguien que escapó por completo a nuestras investigaciones y que ahora ha vuelto a empezar, después de todos estos años...

–No es lo que yo piense lo que importa, Adam. La imagen que tenemos que dar es la de que hacemos lo correcto. Y más aún si...

–¿Si? ¿Si qué? ¿Si me equivoqué, si la cagué? Es eso, ¿no?

Ahora Harrison juguetea nerviosamente con algún objeto de su escritorio. Lo que sea con tal de evitar mirarme a los ojos.

—Con esa actitud no ganamos nada. Es perfectamente razonable que el jefe superior de la policía nos pida dejar claro que se han considerado todas las teorías alternativas de este crimen.

Si no estuviera tan furioso, soltaría una carcajada. De hecho, casi estoy lo bastante furioso como para reírme. Con lo cual me hundiría en la mierda hasta las cejas.

Se produce un silencio. Un silencio hirviente de cólera, de rabia.

Harrison se recuesta de nuevo en el respaldo.

—Mientras tanto, tendré, por supuesto, que traer a otra persona para hacerse cargo.

—¿«Otra persona»?

—No es posible que sigas ocupándote tú, Adam. Hay un conflicto de intereses manifiesto. Seguro que te das cuenta.

—¿A quién? ¿A quién vas a traer?

—A Ruth Gallagher, de la Unidad de Delitos Graves. Retomará la investigación Appleford-Blake y actuará de enlace con quien el jefe designe para revisar el caso Parrie.

Podría ser peor. Mucho peor, de hecho. Solo he visto a Gallagher en algún acto social del cuerpo, pero sé cómo es. Astuta e inflexible, pero también buena profesional. Y justa. Llamará a las cosas por su nombre.

—Y, desde luego, tendré que informar a los abogados de Parrie.

No contesto. No estoy seguro de poder decir algo educado. De todas formas, el teléfono suena y me salva de mí mismo.

Harrison descuelga.

—He dicho que no me molestaran —ruge. Entonces se detiene, me observa brevemente y luego desvía la mirada—. Dígale que en este preciso momento no tenemos nada que declarar, pero que lo haremos a su debido tiempo.

Cuelga el auricular y me lanza una mirada torva.

—Esa —me dice— era Jocelyn Naismith.

* * *

Afuera la lluvia no tiene visos de amainar, pero no hay ventana en la morgue para ver qué tiempo hace. Aquí, como siempre, la luz es un poco demasiado fuerte y se oyen los tubos de neón vibrando por debajo del murmullo de voces y el entrechocar del instrumental metálico. En la sala hay dos miembros del CSI y un agente de documentos probatorios, pero del equipo de investigación criminal solo está Gislingham. A los otros les ha dicho que le tocaba a él y que estaban demasiado ocupados para ir todos allí en masa (lo cual es cierto), pero la verdadera razón es que no quería que las mujeres vieran esto. Y, sí, sabe que lo habrían tildado de machista retrógrado si les hubiera dicho tal cosa, pero bajo su punto de vista se trata solo de «mostrar consideración».

—Ah, ¿solo usted, subinspector? —pregunta Colin Boddie desde el otro lado de la habitación. Tiene detrás a su ayudante, anudándole la bata.

—Sí, tenemos mucha tela que cortar en comisaría.

Boddie le dedica una mirada irónica.

—Lo mismo digo. Así que, si le parece, vamos ya con ello.

* * *

La habitación está en silencio.

Lo ha estado desde que Somer se quedó sin palabras.

Fiona Blake no ha preguntado nada, no ha dicho nada.

No se ha puesto histérica, no ha sufrido una crisis nerviosa. Solo se ha quedado sentada, en esa habitación fría y con las cortinas echadas, la cara surcada de unas lágrimas que ni se molesta en enjugar. Somer nunca ha visto a nadie tan en silencio, tan inmóvil. Nunca ha visto a nadie sufriendo tanto.

Y mientras ambas están allí sentadas, en la creciente oscuridad, de fuera les llega el repiqueteo de la lluvia en la acera y el runrún de los periodistas; y, de la cocina, la voz de Everett tratando de consolar lo mejor que puede a la sollozante e inconsolable amiga de Sasha.

* * *

Adam Fawley
5 de abril de 2018
19:05

—No me suena el nombre. ¿Quién es esa mujer?

Estoy en el coche, hablando por teléfono. Me he calado hasta los huesos de solo correr cincuenta metros escasos por el aparcamiento, pero necesitaba hablar con Alex y mi deseo de privacidad era mayor que el de permanecer seco.

La mujer que vi en la conferencia de prensa; la mujer que creí reconocer.

—Jocelyn Naismith trabaja para *Toda la verdad*.

Con cualquier otra persona, tendría que explicarme. Al menos, con cualquier persona ajena al sistema jurídico penal. Pero mi mujer es abogada. Sabe todo lo que hay que saber sobre *Toda la verdad*: sus campañas en defensa de los condenados con pruebas inexactas, su infatigable tenacidad para conseguir que se reviertan los errores judiciales. Alex ha seguido y aplaudido su labor durante casi una década. Pero esto es diferente: esta vez le toca de cerca.

—¿Van a volcarse con el caso Parrie? ¿En serio?

Su voz suena una nota o dos más aguda de lo normal. El tono de la ansiedad. Y además está respirando demasiado rápido. Esto no puede ser bueno.

—Según parece, los abogados de Parrie ya los habían abordado antes, pero siempre se habían negado.

—Hasta ahora —dice con amargura—. Y eso significa que lo revisarán todo de nuevo, que van a desenterrarlo todo y a examinarlo con lupa. Y luego empezarán a fijarse en estos nuevos casos, en todas esas similitudes de las que no paras de hablar.

Esto último no es que sea muy justo, pero no puedo culparla.

—No tienen acceso a esa información, Alex. Son investigaciones en curso.

Lo cual es verdad..., de momento.

—Y todavía no disponemos de los resultados *post mortem* de Sasha Blake —prosigo rápidamente, antes de que pueda responder—. Con un poco de suerte, conseguiremos algo que acabará con estas chorradas sobre Parrie de una vez por todas.

Y que parará en seco la revisión del caso antes de que pueda siquiera iniciarse. Pero ¿qué sucederá si la autopsia tan solo demuestra que estoy equivocado? Equivocado no ahora, en lo que respecta a estos últimos ataques, sino antes. Equivocado desde el principio, cuando todo esto empezó.

¿Qué pasará entonces?

Boddie corta la bolsa de la compra y se la pasa a uno de los técnicos del CSI para que la etiquete como prueba. La mujer lleva mascarilla, pero Gislingham puede ver hasta qué punto está afectada. En cuanto a él mismo, ha oído miles de veces que alguien ha quedado «hecho papilla» e incluso ha utilizado esa misma expresión sin pensar siquiera en ella. Pero nunca ha visto un ejemplo real. Como este, desde luego, nunca. Vista desde un lado, Sasha parece casi normal, pero desde el otro...

Traga saliva; se alegra, una vez más, de que Somer y Everett no tengan que ver esto. Media cara de Sasha ha quedado hundida por la violencia de los golpes; la cuenca del ojo está hecha pedazos y astillas de hueso sobresalen de la carne hinchada y sucia por el agua del río. La Sasha que ha visto en las fotos de su madre, la que todos estaban buscando, esa nunca volverá. La habilidad del equipo de Boddie para dejar a los muertos presentables ante los vivos es poco menos que legendaria, pero esto..., esto ni siquiera su pericia podrá salvarlo.

—Eso no puede haber sido solo con los puños, ¿no? —pregunta Gislingham con calma.

—No —contesta Boddie, acercando la luz e inclinándose para ver mejor—. Los cortes están hechos con un cuchillo, pero las contusiones fueron causadas con otra cosa. Doy por supuesto que no se ha encontrado ninguna clase de arma en la escena del crimen, ¿no?

Gislingham niega con la cabeza.

—Todavía no.

—Entonces buscaría algo que tenga bordes, algo afilado pero irregular. Un trozo de hormigón, una roca... Seguro que sabe lo que quiero decir.

Gis suspira para sí mismo. Un objeto de ese tipo... podría haber estado tirado en cualquier punto de la orilla. Y, si fue lo que usó, ¿qué probabilidades tienen ahora de encontrarlo?

–Supongo que no hay esperanza de conseguir ADN –dice reprimiendo una arcada que amenaza con manifestarse–. Del asesino, quiero decir.

Boddie niega con la cabeza.

–Siento decir que no. El agua se ha ocupado de eso. Y no solo ADN. Tampoco fibras ni piel. Ni polvo de yeso. –Arquea una ceja–. Solo por poner un ejemplo, claro.

* * *

–¿Puede decirme... si él...? Ya sabe.

Somer sabe lo que le está preguntando. Fiona la está mirando fijamente con ojos hundidos, atormentados, suplicando para oír que su hija de quince años no fue violada.

–Hay comentarios en internet... La gente está diciendo que podría ser el Violador del Arcén..., que ha vuelto. Por favor, dígame la verdad... ¿Él la...? Tengo que saberlo.

Somer se muerde el labio. Fiona cree que quiere saber la verdad, pero esa verdad no será una liberación. Es un brutal callejón sin salida que solo lleva al sufrimiento.

–Nadie me ha dicho nada –contesta, aunque sabe perfectamente el estado en que Sasha fue encontrada–. Puede pasar un tiempo hasta que estemos seguros. Pero, créame, nada indica que exista relación con el Violador del Arcén. El inspector Fawley está totalmente convencido de que ese hombre está en la cárcel. Donde debe estar.

Fiona asiente; las lágrimas brotan de nuevo.

–Es solo que no estoy segura de poder soportarlo, si..., si su única vez fue así..., si esa fue la única...

Somer extiende el brazo y aprieta las manos frías y secas de la mujer.

—Por favor, no se torture con si pasó esto o lo otro. Ya va a ser todo bastante malo, y bastante pronto, sin necesidad de eso.

—No puedo —dice con voz quebrada—. No puedo dejar de pensar en ello..., en las manos de ese hombre tocándola..., manoseándola, en su asquerosa..., su asquerosa...

Se desmorona y Somer se acerca enseguida y la abraza mientras Fiona solloza.

—Pase lo que pase —susurra—, yo estoy aquí. Estoy aquí.

* * *

Son casi las ocho cuando suena el teléfono en la sala de coordinación. Es el agente del mostrador de entrada. Ha aparecido alguien con información, dice. Sobre el caso de Sasha Blake.

Quinn emite un ruidoso suspiro y mira por la sala, pero no hay nadie lo suficientemente novato como para endosárselo. Agarra la chaqueta del respaldo de la silla y se encamina a las escaleras.

* * *

—Ah, subinspector. Qué amable por su parte volver con nosotros.

Gislingham cierra la puerta.

—Era el jefe. Tenía que coger la llamada. No sabía que sería tan larga.

El cuerpo yace ahora boca abajo, con una sábana que lo cubre desde la nuca hasta los pies. La parte de atrás de la cabeza es una maraña de pelo húmedo y de pegajoso tejido cerebral, y, cerca de la coronilla, se ve una zona más pálida en carne viva de la que cuelga el cuero cabelludo.

—Ya lo pensé en el río —dice Boddie, viendo que Gislingham mira esa parte de la cabeza—, y tenía razón: le arrancaron bastante pelo. Y antes de que estuviese muerta.

Se desplaza a lo largo de la mesa y levanta la sábana, e incluso Gislingham, que no es ningún novato y ya ha hecho esto muchas veces, tiene que girar la cabeza.

—No había ropa interior, como sabe —prosigue Boddie—. He tomado muestras vaginales, pero dudo que nos sean útiles.

—¿Porque estaba en el agua? —pregunta Gislingham sin apartar la vista de Boddie—. ¿O porque el hombre usó condón?

Boddie se encoge de hombros.

—Lo primero, desde luego; lo segundo, bastante posible.

—Pero no hay duda de que la violaron, ¿no?

Boddie tuerce el gesto.

—Todos los indicios circunstanciales indican que sí: la ausencia de ropa interior, los arañazos en los muslos... Pero sin ADN no podremos demostrarlo al cien por cien.

Baja la vista hacia el cuerpo y luego mira a Gislingham. Después, con suavidad, vuelve a colocar la sábana como estaba.

* * *

Al final ha valido la pena mover el culo hasta allí. El «informante» de recepción tiene unos veinticinco años, lleva el pelo recogido en una reluciente coleta castaña y viste una falda de cuero que por muy poco no puede calificarse de «mini». Quinn opta por ignorar la sonrisita cómplice del agente de recepción y se acerca a la mujer, que está sentada mirando absorta su móvil.

–¿Señorita...?

La joven levanta la vista y sonríe.

–Nicole. Nicole Bowen.

–Creo que tiene alguna información que darnos. Sobre Sasha Blake. ¿Es así?

–Sí –contesta la joven, que lo sigue mirando sin la más mínima vacilación–. Creo que podría haberla visto.

Quinn se sienta a su lado, saca el iPad y empieza a entrar en el sistema.

Ella observa con atención, tratando de ver lo que escribe.

–Creía que los policías seguían usando cuadernos de notas y esos bolis asquerosos con el capuchón mordisqueado.

–Algunos lo hacen –contesta burlón–. Pero yo no.

–Acabas de hacer pedazos todas mis ilusiones. Las series policíacas nunca volverán a ser lo mismo.

La chica sonríe de nuevo. Tiene las piernas cruzadas y los dedos entrelazados sobre una de las rodillas.

–¿Y qué es lo que vio, señorita Bowen?

–Ya te he dicho que Nicole –dice haciendo hincapié en el nombre... e inclinándose hacia delante.

Quinn percibe el olor de su pelo.

–Muy bien, «Nicole». ¿Cuándo vio a Sasha?

–Creo que hace unas dos semanas. Estaba con otras dos chicas.

Quinn levanta la cabeza y se recuesta en el asiento.

–Eso fue diez días antes de que desapareciera. ¿Qué le ha hecho pensar que podría ser relevante?

La joven se sonroja.

—Bueno, pues se me ocurrió...

Quinn entorna los ojos. ¿A qué está jugando esta mujer? ¿O es, más bien, que está jugando con él?

—Usted no la vio, ¿verdad?

Ella levanta la barbilla.

—Sí, estoy segura de que la vi...

—¿Quién es usted, señorita Bowen? Suponiendo, claro está, que ese sea su verdadero nombre.

—No sé qué quieres decir.

Quinn se pone de pie.

—Es usted periodista, ¿no?

Ella niega con la cabeza.

—No..., no lo soy..., o no del modo que crees.

Ahora Quinn está enfadado de verdad.

—¿Sabe que lo que acaba de hacer demuestra una falta de ética absoluta? Por no mencionar que está haciendo perder el tiempo a la policía, algo por lo que podría ficharla si me diera la puta gana. Pero lo que haré será denunciarla a su puto editor, que es... ¿Para quién trabaja usted?

La mujer se levanta y tira de un cordel que sobresale de su bolsillo. La gruesa tarjeta de plástico muestra su cara y su nombre. Y en la parte de abajo se lee: «AYUDANTE DE PRODUCCIÓN, POLYMUS STUDIOS».

Quinn se para en seco al ver la tarjeta.

—¿Trabaja usted en el cine?

La joven niega con la cabeza.

—Televisión, sobre todo.

—No le sigo. ¿Qué tiene eso que ver con Sasha Blake?

Vuelve a guardar su identificación.

—Nos han encargado una serie sobre la labor que hacen los de *Toda la verdad*.

Quinn hace una mueca.

–Venga ya, ¿esa banda de ineptos que van de hermanitas de la caridad?

–Pues, mira por dónde, han logrado que se rectifiquen algunos errores judiciales espantosos...

–Y de paso han arruinado la carrera profesional de algunos policías la hostia de buenos. Vosotros... no tenéis ni puta idea de qué va esto...

Empieza a alejarse, pero ella lo agarra del brazo.

–Escúchame, por favor. Cinco minutos. Te invito si quieres a una cerveza.

Quinn duda. Se le ocurre que quizá sea útil saber lo que están planeando estos idiotas. Nunca se sabe. A lo mejor, hasta Fawley acaba felicitándolo por esto.

–Por favor...

* * *

Mientras tanto, Baxter está enterrado en papeleo. No ha podido ponerse en todo el día con las transcripciones del Violador del Arcén, pero aún dispone más o menos de una hora antes de volver a casa. Su mujer tiene clase de esa cosa que hace, el *body balance*, así que no se dará cuenta si llega tarde. Además, el plato de ensalada de quinoa y aguacate que le espera en la nevera no resulta demasiado tentador.

Abre el expediente y comienza a leer. A juzgar por lo que lleva visto, la teoría de Gis se sostiene bastante bien: hay detalles más que suficientes para que un potencial imitador pueda copiar el *modus operandi* de Parrie. Baxter empieza a tomar notas, pero el largo día le está pasando factura y pronto tiene que reprimir un bostezo. Y eso le hace sentir mal, porque tampoco es que esté leyendo nada aburrido; en realidad, todo resulta absolutamente horripilante. Se endereza en el asiento y comienza de nuevo. Y entonces lo ve. Parpadea, pone toda su atención y vuelve a leerlo. Se acerca al ordenador y efectúa una rápida búsqueda en la base de datos. Coteja con la transcripción, se recuesta en el asiento y deja escapar un largo y lento suspiro.

La verdad es que preferiría no haber acertado con esto. Pero lo ha hecho.

* * *

Técnicamente, está fuera de servicio, así que tomar una cerveza es, técnicamente, correcto. Aun así, Quinn opta por un *pub* donde no existe riesgo de encontrarse con nadie conocido. De hecho, si hubiera buscado en TripAdvisor el bar más sórdido en un radio de diez kilómetros no habría encontrado ninguno mejor: la tragaperras que tintinea en un rincón, los paquetes de cortezas de cerdo colgados junto a la barra, el techo aún amarillo por el humo de los cigarrillos más de diez años después de la prohibición de fumar... Y si esta tal Bowen echa un vistazo al lugar y concluye que él le está enviando algún tipo de mensaje, pues mejor que mejor.

Aunque, en honor suyo, debe decirse que no parece haberse alterado demasiado. Ni siquiera se ha amilanado ante el trío de culos de albañil aposentados en sendos taburetes cuando ha ido a pedir a la barra. Todavía siguen comiéndosela con los ojos cuando regresa a la mesa con las bebidas.

—Bueno —empieza Quinn cogiendo su vaso—. Dispara. Y esta vez quiero la verdad.

—El caso del Violador del Arcén —dice la joven—. Va a ser el punto central. Para la serie. Estás al tanto, ¿verdad?

Quinn le dedica una mirada de pocos amigos. No va a morder el anzuelo. ¿Acaso cree que ha nacido ayer?

283

Bowen sigue hablando:

—La idea es hacer un documental de observación que siga la investigación de *Toda la verdad*, incluyendo reconstrucciones completas y la intervención de varios expertos de prestigio, exjueces, policías científicos, psicólogos... Ya sabes por dónde va la cosa. Jocelyn se ha comprometido al cien por cien, e incluso podríamos conseguir que participara el mismo Gavin Parrie; el año pasado, a la BBC ya se le permitió grabar una llamada telefónica desde la cárcel para algo similar...

Quinn la interrumpe:

—El caso Parrie tiene veinte años. ¿Por qué ahora?

Si ella piensa que se está mostrando obtuso deliberadamente, su expresión no lo revela. Tiene las mejillas coloreadas: el rubor de la pasión profesional.

—Bueno, obviamente, estos últimos casos le dan una perspectiva completamente nueva, ¿no? Y el momento no podía ser más oportuno, ahora que Gavin Parrie va a tener otra vista para la libertad condicional. Y, por supuesto, está el hecho de que siempre haya insistido en su inocencia. Nunca ha flaqueado en eso. Así que todo junto nos ofrece una perspectiva interesantísima.

—Ya te darás cuenta de que todos afirman ser inocentes —dice Quinn en tono lúgubre.

Nicole Bowen arquea una ceja.

—Puede que todos lo afirmen, pero eso no impide que a veces sea verdad.

—Sí, claro —contesta Quinn.

La cerveza se le ha subido a la cabeza. No ha comido nada y está bebiendo bastante más deprisa de lo que debería.

Quizá ella lo ha percibido, porque de pronto se inclina un poco más hacia delante en el asiento.

—Esa revisión de la investigación sobre el Violador del Arcén... ¿cómo va a funcionar?

Quinn frunce el ceño; es la primera noticia que tiene del asunto.

—¿Quién te ha contado eso?

Se encoge de hombros.

—Bueno, ya sabes: un pajarito. —Se le acerca todavía más—. ¿Cuándo va a ser? ¿Lo sabes? Porque si pudiéramos incluirlo también en la serie sería fan-tás-tico. —Sonríe—. ¿Has hecho alguna vez algo para la televisión? Porque te lo digo ya: la cámara se enamoraría de ti...

—Ese tipo de investigaciones... son confidenciales. No son ningún *show*.

Ella niega con la cabeza.

—Y esto no va a serlo. Pero ¿no tiene derecho la gente a saber lo que se está haciendo en su nombre? ¿Y con sus impuestos? Y ahora hay nuevas pruebas...

—Eso no lo sabes. Ni siquiera nosotros lo sabemos.

Bowen se recuesta de nuevo en el asiento y se queda mirándolo, esta vez con mayor frialdad.

—Y luego tenemos lo de Adam Fawley.

Quinn entorna los ojos.

—¿Qué pasa con Adam Fawley?

—Bueno, estaba en el caso, ¿no?

Quinn trata de hacerse el sueco y le sale bastante mejor de lo que seguramente pretendía.

—A ver, cuéntame eso.

A Bowen le asoma una astuta sonrisa por la comisura de los labios.

—Como estoy segura de que sabes, Fawley era el subinspector encargado del caso. El mismo rango que tienes tú. O, más bien, tenías.

Coge su vaso de agua con gas. Quinn la fusila con la mirada. Esta mujer no debería estar al tanto de eso. Por Dios santo, ¿hasta qué punto está enterada? Si ha averiguado que lo degradaron por acostarse con una sospechosa...

Resulta evidente que Bowen disfruta con su turbación. Sus labios se curvan en una sonrisa pícara.

—Estoy segura de que a los ciudadanos les gustaría saber por qué la investigación de Sasha Blake se le asignó a Adam Fawley, dado que existe un clarísimo conflicto de intereses.

Quinn tuerce el gesto.

—No sé adónde quieres llegar.

Lo mira con incredulidad.

—Venga, hombre. ¿Me estás diciendo que de verdad no lo sabías, lo de Fawley?

Pero al parecer sí se lo está diciendo. Bowen le lanza una mirada elocuente.

—Pues te sugiero que repases bien las transcripciones del juicio. —Se inclina de nuevo hacia delante y deja una tarjeta profesional en la mesa—. Y cuando lo hayas hecho, me llamas.

* * *

TRIBUNAL PENAL CENTRAL

Old Bailey

Londres EC4M 7EH

PRESIDE:

SU SEÑORÍA EL JUEZ HEALEY

EL ESTADO

CONTRA

GAVIN FRANCIS PARRIE

El SR. R. BARNES y la SRTA. S. GREY
comparecen en nombre de la acusación.

La SRA. B. JENKINS y el SR. T. CUTHBERT
comparecen en nombre de la defensa.

———————————————

Miércoles 10 de noviembre de 1999

[Día 19]

ADAM FAWLEY, llamado de nuevo al estrado
Interroga la SRA. JENKINS

P. Subinspector Fawley, me gustaría volver al incidente
que le estaba describiendo al señor Barnes ayer.
En concreto, a la secuencia de acontecimientos que
condujeron al arresto y la detención de mi cliente. Nos
contó usted que recibió una llamada telefónica de la
señorita Sheldon a las 11:45 del 3 de enero de este año.
R. Así es.

P. Y creo que lo llamó a su móvil. ¿Es eso correcto?
R. Sí.

P. Podría pensarse que, en esas circunstancias, cualquier
persona habría llamado al 999 de emergencias.
R. No sabría decirle.

P. Normalmente, es lo que haría alguien en la situación
de la señorita, ¿no cree?
R. Fui el agente que la interrogó tras el intento de
agresión. Supongo que por eso me llamó a mí, pero
eso tendrá que preguntárselo a ella.

P. Y la razón de la llamada era que creía haber identificado al hombre que la atacó.

R. En efecto.

P. Pero ¿cómo podía ser eso posible, si, como usted ya nos ha dicho, ella nunca le vio la cara?

R. Había reconocido su olor. Ella hacía cola para pagar en una gasolinera de la circunvalación y percibió un olor característico, dulce, como de fruta demasiado madura.

P. ¿Procedente del hombre que tenía detrás?

R. Sí.

P. Entonces, ¿fue eso lo que reconoció?

R. En efecto. Dijo que, mientras estaba en la cola, se puso de pronto muy nerviosa, pero que tardó un poco en darse cuenta del porqué.

P. ¿Habían mencionado algún tipo de olor las otras víctimas?

R. No. Pero tenían una bolsa de plástico fuertemente atada alrededor de la cabeza. En el caso de la señorita Sheldon, el atacante huyó del lugar antes de poder ponerle bien la bolsa. Dedujimos que eso podía ser suficiente justificación. Además, comprobamos que el señor Parrie sufría de diabetes tipo 1. Si esa enfermedad no se trata adecuadamente, a veces puede hacer que el aliento tenga un olor característico. Un olor muy similar al descrito por la señorita Sheldon.

P. ¿Qué hizo la señorita Sheldon a continuación?

R. Salió tras el individuo y, cuando él subió a su furgoneta, lo siguió con su propio coche.

P. Corrió un riesgo bastante grande al hacerlo, ¿no?

R. Sí. Fue muy valiente.

P. ¿Qué pasó después?

R. Vio al señor Parrie detenerse en un garaje cercano a Botley Road y después abrir la puerta y entrar. Y en ese momento me llamó desde su propio coche.

P. ¿Y se le envió ayuda?

R. Sí. También le aconsejé que fuera a un lugar público, donde hubiera más gente, y que se quedara allí hasta que llegara la ayuda.

P. ¿Y fue eso lo que ocurrió?

R. Sí. Se metió en un supermercado Co-op y yo me encontré allí con ella una media hora después.

P. Y, mientras tanto, ¿dónde estaba mi cliente?

R. Cuando llegamos al lugar, el señor Parrie se había trasladado al *pub* Fox and Geese. Pudimos asegurar el garaje y la furgoneta para proceder a su análisis forense y a él nos lo llevamos para interrogarlo.

P. Algunos dirían que su justificación para actuar así era bastante poco sólida. ¿Arrestaron a un hombre porque olía mal?

R. Cuando interrogué a la señorita Sheldon, inmediatamente después de la agresión, me di cuenta de que era inteligente, observadora y capaz de expresarse con claridad. A mi juicio, pues, esa presunta identificación de su atacante debía tomarse en serio. Y los elementos que posteriormente se hallaron en el garaje lo confirmaron.

P. ¿Qué elementos eran esos, subinspector Fawley?

R. Una considerable cantidad de pornografía, catalogada como de categoría A.

SR. BARNES: Miembros del jurado, entre los documentos que se les han proporcionado, verán que el elemento 17 es una lista de dichos elementos en forma de hechos acordados. Tanto la acusación como la defensa aceptan que estos elementos fueron, en efecto, descubiertos en el garaje.

SRA. JENKINS: ¿Qué más se descubrió, subinspector Fawley?

R. Varias bridas del mismo tipo y color que las utilizadas en los ataques.

P. Pero no la pieza de joyería que le fue arrebatada a la señorita Donnelly, cuya descripción ya hemos oído en este juicio, ¿no es así?

R. En efecto.

P. Ni tampoco nada que relacionara al señor Parrie con ninguna de las otras víctimas. ¿Cierto?

R. Así es.

P. En cambio, sí había otro elemento, y muy significativo. ¿No es cierto?

R. Sí. El equipo que analiza las escenas del crimen encontró tres mechones de pelo de la señorita Sheldon. Su origen fue confirmado por los análisis de ADN.

P. ¿Y esos análisis fueron posibles porque los cabellos todavía tenían la raíz, lo que indicaría que habían sido arrancados y no cortados?

R. En efecto.

P. Y usted tenía la absoluta seguridad, supongo, de que la señorita Sheldon no había entrado en ese garaje en el tiempo transcurrido desde que le llamó y la llegada de los efectivos policiales, ¿no es así?

R. Yo no estaba allí. Pero no existe la más mínima prueba de que lo hiciera.

P. Aun así, si lo hubiera hecho, podría haber colocado ella misma los mechones de pelo, ¿no es así? Con la intención específica de incriminar a mi cliente.

R. En teoría, pero...

P. Debe reconocer que tenía un motivo para hacerlo. Creía que este hombre no solo había intentado violarla a ella, sino también que, tras ese incidente, había agredido brutalmente a varias mujeres más.

R. En el momento de sufrir la agresión, la señorita Sheldon llevaba el pelo largo. El cabello encontrado en el garaje tenía más de veinticinco centímetros de longitud. Cuando tuvieron lugar los acontecimientos en cuestión, llevaba el pelo corto. Muy corto. Aunque hubiera querido arrancarse pelos para colocarlos allí e incriminar al señor Parrie, no le habría servido de nada, porque eran mucho más cortos de lo necesario.

P. Una última pregunta por ahora, subinspector Fawley. Ha mencionado de nuevo, hace apenas un instante, que la señorita Sheldon lo llamó ese día. Lo llamó a usted directamente, en lugar de llamar al 999 o a cualquier otro número de la policía.
R. Como he dicho antes, sí, así fue.

P. ¿Y cómo es que tenía su número?

SR. BARNES: Señoría, si me permite, el subinspector Fawley ya ha explicado que interrogó a la señorita Sheldon tras la agresión y que entonces le dio su tarjeta.

SRA. JENKINS: ¿Es eso correcto, subinspector Fawley?
R. Sí, le di mi tarjeta a la señorita Sheldon en aquel momento.

* * *

—Yo tampoco lo sabía, hasta anoche.

Baxter, Quinn, Everett y Somer. Ocho de la mañana, en la cafetería que hay justo al lado de St Aldate, pero en el piso de arriba, por lo general medio vacío y ahora completamente desierto, aparte de ellos cuatro, que están sentados en el rincón más alejado de la ventana, junto al único radiador. En la mesa, entre ellos, una pila de transcripciones judiciales.

—Está claro que la defensa creyó que ahí había alguna cosa relevante —dice Baxter—. Lo que pasa es que no tenían suficiente base para ir más allá.

—Y la tal Bowen piensa sin duda que había algo turbio —añade Quinn—. Lo cual nos deja, por cierto, como un hatajo de burros.

—Habla por ti —interviene picado Baxter.

—Vamos, vamos —dice Ev mirando lúgubremente su café—. Eso no ayuda en nada. Hemos de estar juntos en esto. Decidir qué vamos a hacer.

—No sé muy bien qué podemos hacer —observa Somer—, aparte de sacar el asunto directamente y preguntar.

—¿Y no le corresponde eso a Gis? —apunta Ev—. ¿Por ser subinspector?

—Bueno, para eso le pagan una pasta gansa —murmura Quinn con sorna.

—No me corresponde el qué.

Todos se giran y ven a Gislingham en la puerta. Y no parece contento.

—Ya sé que es sábado, pero, joder, tenemos un crimen entre manos y la sala de coordinación está más desierta que el *Mary Celeste*. ¿Se puede saber qué hacéis todos aquí, escaqueándoos?

Se miran unos a otros, y Quinn le da un codazo a Baxter y lo mira de manera bien elocuente: «Tú eres el que ha dado con la prueba: te toca decírselo».

Baxter se aclara la garganta.

—Es por las transcripciones del juicio de Parrie. Hay algo que deberías saber.

* * *

Enviado: sábado, 6 de abril de 2018, 8:25
Importancia: Alta
De: AlanChallowCSI@policia.ThamesValley.uk
Para: lAdamFawley@policia.ThamesValley.uk,
   DIC@policia.ThamesValley.uk

Asunto: número de caso 1866453 Blake, S

Un rápido anticipo sobre Ashley Brotherton. Tenemos los resultados de los análisis. No había ADN ni de Faith Appleford ni de Sasha Blake en la parte trasera de su furgoneta, y el ADN femenino del condón no coincide con el de Blake. Es más, el ADN de Brotherton no coincide con ninguno de los perfiles masculinos encontrados en la bolsa de plástico utilizada en el ataque a Faith Appleford.

AC

* * *

Adam Fawley
6 de abril de 2018
9:35

Gis ha comenzado ya la reunión de equipo cuando llego. Me quedo al fondo, pero enseguida noto que no hay muy buen ambiente. Una primera búsqueda entre los colegas de Ashley Brotherton no ha proporcionado ningún sospechoso realmente prometedor, y las noticias de la escena del crimen tampoco son demasiado alentadoras. En la calle principal, se ha colgado un rótulo haciendo un llamamiento a posibles testigos, pero sigue sin haber rastro del bolso o el teléfono de Sasha, y no digamos ya del arma homicida. Ni siquiera saben con seguridad si la metieron en el río por donde habíamos pensado. La lluvia está derrotando a todo el mundo, incluso a los perros.

Gislingham resume todo lo anterior con claridad y concisión: últimamente, ha mejorado mucho en eso, así que me sorprende verlo tan nervioso. Quizá sea por lo que tuvo que ver durante la autopsia. Pese a todo, ha tomado una buena decisión al reclutar a otros tres agentes que no suelen formar parte del equipo. Tiene razón: esta vez vamos a necesitar todas las manos posibles para quitarnos este muerto de encima. Y, no, no voy a disculparme por el posible doble sentido.

Espero a que Gis haya terminado su informe para colocarme a su lado, frente a los demás.

—Muy bien. Atención, todos. Sé que no es precisamente lo que necesitamos ahora mismo, pero tenéis que saber que Harrison emitirá un comunicado de prensa el lunes por la mañana. Va a haber una revisión del caso del Violador del Arcén. Solo oficiosa, de momento, pero tampoco hay garantías de que no acabe remitiéndose enteramente a la Comisión de Revisión de Casos Penales.

Los presentes intercambian miradas, sin saber muy bien cómo reaccionar. Una cosa es saber que en este asunto había un problema en potencia y otra bien distinta que las autoridades lo aireen públicamente. Eso cambia mucho las cosas. Afectará a las posibilidades de resolver el caso, a las respectivas carreras profesionales, incluso a las lealtades. Eso es, al menos, lo que yo estaría pensando en su lugar. Y se percibe una clara corriente de fondo en la sala, de eso no hay duda.

—Sé que esto os pone una presión añadida, a todos, y seguro que los medios van a exprimir el asunto al máximo. Será todo material incendiario, la mayoría sobre Alastair Osbourne. O sobre mí. Pero nada sobre vosotros. Así que limitaos a hacer vuestro trabajo y no dejéis que la tormenta os desvíe del objetivo. Y no habléis con periodistas, ni siquiera con la mejor de las intenciones. La cosa nunca acaba bien.

—De hecho, señor —interviene Gislingham—. Sobre eso justamente...

Abro la boca para contestar, pero el sonido de la puerta que se abre tras de mí se me anticipa. La mujer que acaba de entrar es de estatura mediana y físico anguloso, y va vestida con un impecable traje sastre de *tweed*. Lleva el cabello más corto y claro que la última vez que la vi. Se parece bastante a Lia Williams. Y transmite apertura, positividad, confianza. De hecho, lo contrario a como me siento yo ahora.

Paseo la vista entre los miembros del equipo.

—Atención, por favor: os presento a la inspectora Ruth Gallagher. A partir de ahora, se hará cargo de la investigación de los casos Blake y Appleford.

Se percibe el aliento contenido, el furtivo intercambio de miradas, las ojeadas disimuladas a Gallagher para que yo no las detecte. Un cóctel formado por dos partes de *shock* y una parte de incomodidad. Supongo que es lo que podría esperarse, pero, para ser sincero, no tengo ni idea de lo que es «esperable» en una situación así. Todo esto es nuevo para mí; nunca me habían retirado de un caso.

Cruzo la mirada con Gallagher, la invito a adelantarse.

—¿Quieres decir algo?

Avanza un poco más por la habitación.

—Creo que todavía no. Primero tengo que documentarme más sobre el caso. Y me queda mucho para ponerme al día en la investigación sobre Parrie. Pero este equipo posee una reputación excelente y estoy deseando trabajar con él.

Ha manejado bien la situación, eso tengo que reconocérselo: sin mangonear, sin imponerse de golpe y porrazo. Modesta pero profesional. «Inclusiva», como sin duda dirían en Recursos Humanos. Pero debe haber percibido la intranquilidad, porque da otro paso adelante.

—Dejemos esto claro. Nadie está diciendo que el inspector Fawley hiciera nada mal ni que la condena a Gavin Parrie ofrezca dudas. Pero todos sabemos cómo funciona ahora todo, con la prensa y las redes sociales que se te echan encima cada minuto de cada día. No es justo, es un coñazo, pero así son las cosas.

Intenta sonreír, y yo hago lo mismo.

Respiro hondo; siento una opresión en el pecho. Porque por fin he llegado. Al punto crítico, al Rubicón que no tiene vuelta atrás.

Me vuelvo hacia el equipo.

—Hay algo más. Debería haberlo mencionado antes, ya lo sé, pero siempre existía la posibilidad de que no tuviéramos que llegar a esto. En cualquier caso, espero que entendáis por qué no dije nada. Una de las mujeres a las que Parrie atacó... se llamaba Sandie Sheldon.

Algo marcha mal; lo veo en sus caras.

—Dos años después del ataque, se casó. Conmigo. Sandie Sheldon, o Alexandra Sheldon, es mi mujer.

Gis se aclara la garganta.

—Sí, señor —dice con tranquilidad—. Lo sabemos.

* * *

* * *

Adam Fawley
6 de abril de 2018
9:52

—¿Qué quieres decir con que «lo sabéis»?

Gis parece cohibido, pero solo un poco y durante un breve instante. Es más, parece molesto. Y decepcionado.

Mierda.

—La primera vez que nos hablaste de Parrie —dice— pensamos, bueno, yo pensé, que quizá estuviéramos ante un imitador, con lo cual teníamos que saber cuánto podría haber

298

averiguado alguien sobre el *modus operandi* de Parrie simplemente leyendo sobre el juicio.

Que es exactamente lo que yo habría hecho en su lugar. Solo que no necesitaba hacerlo. Porque yo estuve allí.

—Y entonces nos dimos cuenta: el abogado defensor... la llamó Alexandra.

—Por entonces ella solía usar el diminutivo «Sandie» —aclaro con voz quebrada—. Ahora ya no.

Aventuro una mirada hacia Somer. Y puedo adivinarlo: esa parte, al menos, sí la entiende. Como también la entendería Faith Appleford si estuviera aquí. La abrumadora necesidad de volver a empezar, de tener otro nombre y hacer borrón y cuenta nueva; de disponer de una oportunidad para olvidar.

—Debería habérnoslo contado —dice Ev con suavidad—. Habríamos estado de su lado.

Y ahora no lo están. ¿Es eso lo que quiere decir?

Trago saliva con dificultad.

—Lo siento si alguien se siente decepcionado. Sé que tendría que habéroslo contado antes. Pero quería proteger a mi mujer. Eso es todo. No a mí mismo ni a mi penosa carrera. Solo a mi mujer.

Giro la cabeza hacia Gallagher y percibo hasta qué punto se siente violenta. Lo que habría dado ella por no estar en esta habitación ahora mismo.

—Ahora el caso es tuyo... No voy a interferir. Pero todavía me preocupa coger a ese cabrón. Así que, si me necesitas, me lo dices. ¿De acuerdo?

Gallagher asiente.

—Muy bien —contesta—. Lo haré.

* * *

Gislingham observa mientras la puerta se cierra tras Fawley. Y ahora todo el mundo dirige alternativamente la mirada hacia él y hacia Gallagher.

«Bien, y ahora ¿qué?», piensa. Tampoco es que no lo comprenda: él habría removido cielo y tierra para proteger a Janet de haberse encontrado en esa situación. Pero aun así...

—¿Subinspector? —dice Gallagher, lanzándole una mirada elocuente. A todas luces, espera de él que prosiga como si nada, a pesar del jarro de agua fría que les ha caído encima.

El subinspector suspira para sí mismo; vaya suerte la suya. Es decir, la tal Gallagher tiene buena reputación, sí, pero nunca puedes estar seguro... hasta que no te ves con la mierda al cuello.

—Muy bien —dice respirando hondo—. Ahora lo que más nos conviene a todos es hacer lo que mejor sabemos hacer. Resolver este maldito caso de una vez por todas.

Coge el bolígrafo y se acerca a la pizarra.

—Según yo lo veo, tenemos cuatro posibilidades. Uno: lo que les pasó a Faith y a Sasha, lo de la bolsa de plástico, las bridas o el pelo que le arrancaron a Faith, eso no tiene nada que ver con Gavin Parrie ni nunca lo ha tenido. No es más que una cabronada de coincidencia.

Silencio. Todo el equipo sabe lo que piensa Fawley de las coincidencias. Pero esta vez es diferente: esta vez, una coincidencia sería lo único que podría sacar al inspector del atolladero.

—Dos —continúa Gis—: el hombre que atacó a Faith y a Sasha es el Violador del Arcén, lo que significa que el verdadero asesino no solo evitó que lo cogieran, sino que ni siquiera llegaron a interrogarlo. Algo que, sí, no sería la primera vez que ocurre, todos lo sabemos.

—Como con el cabrón de Peter Sutcliffe, para empezar —murmura Quinn.

—Pero, si ese es el caso, ¿por qué los ataques cesaron en cuanto arrestaron a Gavin Parrie? ¿Y dónde ha estado este otro tío durante los últimos veinte años?

Resulta bastante evidente, solo por su tono, lo que Gislingham piensa sobre esa teoría. Pero, francamente, le trae sin cuidado que se le note.

Gis se gira de nuevo hacia la pizarra.

—Número tres: Faith y Sasha fueron atacadas por alguien que conoce a Parrie, alguien cuya intención es que parezca que a Parrie le tendieron una trampa para endilgarle algo que no hizo. Y la razón por la que todo esto está pasando ahora es porque Parrie puede solicitar la condicional. Y porque la gente de *Toda la verdad* está metiendo la nariz en el asunto. Y todos sabemos en qué puede derivar la cosa.

Baxter farfulla algo sobre *Fabricando un asesino*, lo que desata una oleada de aprobación entre los presentes.

Pero Quinn parece escéptico.

—Todo eso es un poco alambicado, ¿no? ¿Quién se va a tomar tantas molestias para liberar a Parrie? Por Dios, si parece sacado de una serie de la tele...

Ev está de acuerdo.

—Me lo creería si hubiera sido solo Faith. Pero ¿Sasha? Una cosa es la agresión sexual, pero ¿cometer un asesinato, y además tan brutal, solo para que Parrie salga absuelto? Ni tu familia haría una cosa así, ¿no?

—Estoy de acuerdo. Ya sé que la sangre tira mucho —murmura Baxter—, pero no tanto.

Gis se encoge de hombros.

—Estoy con vosotros, pero aun así tenemos que considerar seriamente esa posibilidad, al menos hasta que podamos demostrar que no es válida.

—Comprobaré quién lo visita —dice Everett—. ¿Dónde dijo el jefe que estaba? ¿En Wandsworth?

Si Ruth Gallagher ha oído ese «jefe», su cara no lo delata.

—De hecho, yo tengo ese dato —interviene, abriendo una carpeta—. El inspector Fawley ya lo había solicitado.

Se produce un momento algo incómodo mientras se acerca a Everett y le tiende la hoja de papel, y durante un segundo Gis se pregunta si ahora Gallagher tomará el mando de la reunión. Sin embargo, una vez cumplida la tarea, la inspectora vuelve a su sitio y con un gesto de asentimiento lo invita a seguir.

—De acuerdo, Ev —prosigue Gis—. Y quizá podrías comprobar dónde estaban esas personas los días en que Faith y Sasha sufrieron los ataques. Solo para que podamos tacharlas de la lista.

—¿Y los amigos? ¿Los antiguos colegas? —pregunta Asante—. Parrie podría haberle transmitido un mensaje a alguien de fuera a través de su familia. No tendría por qué ser nadie que lo hubiera visitado.

—Eso también parece sacado de una serie de la tele —dice Quinn, más fuerte esta vez.

—Empecemos por eliminar a las personas más cercanas —dice Gislingham con firmeza—. Veamos adónde nos lleva eso.

Escribe «4» en la pizarra y se vuelve hacia ellos.

—Y la última, pero no diré que menos importante: la posibilidad del imitador, que fue por la que Baxter estuvo revisando las transcripciones.

Baxter levanta la vista.

—Así es, sí. En esencia, todos los detalles del *modus operandi* están ahí: el pelo, el polvo de yeso, las bridas, la bolsa de plástico. Y también salió publicado en la prensa. Puedes tardar un poco en desenterrar todos los datos después de tanto tiempo, pero supongo que cualquiera podría dar con ellos si se lo propusiera de verdad.

—¿Y qué hay del novio de Sasha, subinspector? —pregunta Somer—. ¿Aún nos interesa buscarlo?

—Lo que nos interesa, más bien, es encontrarlo —dice impasible Baxter—. Porque ya estoy empezando a dudar de que ese cabronazo exista.

—Sí —interviene Gislingham en tono firme, mirándolo—. Nos interesa. Sasha tenía un paquete de condones medio vacío que no se usaron solos. ¿Puede ponerse con ello, agente Somer?

Somer asiente y Gis vuelve a mirar a los presentes.

—¿Alguna otra cosa?

Pero, si la hay, nadie parece dispuesto a exponerla delante de Gallagher.

* * *

Adam Fawley
6 de abril de 2018
14:49

—¿Podemos hablar un momento?

Levanto la cabeza y veo a Ruth Gallagher en mi puerta, con una mano todavía en el pomo.

Me recuesto en el asiento. No es que me haya interrumpido; llevo con el mismo informe una media hora y aún no he pasado del primer párrafo.

Le indico que entre con un gesto.

—Por supuesto.

—Tienes a un buen equipo aquí —dice sentándose.

—Eso creo, sí.

Deja una gruesa carpeta en mi mesa.

—He estado revisando el material sobre Blake y Appleford. Ese ofrecimiento de ayuda... ¿sigue en pie?

Asiento, pero debo transmitir desconfianza porque se apresura a hablar.

—Escucha, sé que es una situación de mierda, pero espero que entiendas que yo no quería esto más que tú. Por lo que puedo deducir del expediente, Alastair Osbourne hizo todo lo que un buen comisario haría. Y tú también. No se me ocurre cómo cualquier policía podría haber llegado a una conclusión diferente.

Así que se ha leído el expediente, y de verdad. Simplemente, no quería sacarlo a colación de golpe y porrazo, durante los cinco primeros minutos. Mi respeto por ella aumenta un punto.

—Mira, sé por qué has venido: quieres preguntarme por mi mujer, por lo que se dice en esas transcripciones del juicio. Pero el defensor solo quería ver si pescaba algo, si conseguía ponerme en situación comprometida. Alex y yo no estuvimos juntos hasta mucho después de que acabara el juicio. Cuando la agredieron estaba comprometida con otra persona. Rompieron unas semanas después de que todo ocurriera; el tipo simplemente no pudo digerirlo. Si hablas con Alex, te lo confirmará. Pero preferiría que no lo hicieras.

—No creo que sea necesario —dice mirándome fijamente—. Pero gracias de todos modos.

Me hago atrás en el asiento.

—Muy bien. ¿De qué querías hablar, entonces?

Se pone de pie.

–No sé tú, pero yo me muero por un café decente. Después de eso, ya podemos empezar.

* * *

Fiona Blake está sentada en la oscuridad, sola, tras las cortinas echadas. El televisor brilla en el rincón, pero el programa que fingía ver hace mucho que ha terminado y ni siquiera se ha molestado en cambiar de canal. En el plato que tiene delante, la comida ya largo tiempo fría empieza a coagularse, intacta. Hasta ella llega el penetrante aroma de un enorme ramo de lirios embutido de cualquier manera en una jarra que apenas usa. Nunca le han gustado esas flores, pero Isabel se las trajo y no quiso desairarla tirándolas a la basura. No podía, después de lo que han tenido que soportar esas chicas. El agente de enlace con las familias está en la cocina, sin duda preparándose otra taza de té. El ruido que hace trasteando de aquí para allá le pone los nervios de punta.

–¿Señora Blake?

Se vuelve despacio y ve a Patsie, titubeante en la puerta. Son más de las cuatro de la tarde, pero aún va en camisón, y tiene ese aspecto borroso de quien ni siquiera se ha lavado la cara. Es la primera vez que la ve en todo el día.

Fiona frunce el ceño.

–¿Estás bien, Pats?

La joven da un paso adelante. Y ahora se hace evidente: sin duda, algo va mal.

–Iz y Leah y yo –dice–. Hemos estado hablando.

Fiona baja su copa.

–Muy bien –contesta con cautela.

–Se me ocurrió cuando vi ese cartel buscando testigos. El que pusieron cuando Sasha desapareció. Esa parte en la que piden a la gente que se ponga en contacto..., ya sabe, por si, a lo mejor, la habían visto.

Fiona espera, casi con la respiración cortada. ¿Ha recordado algo Patsie? ¿O Isabel?

–Fue por ese periodista... Dijo que había otra chica y que se la habían llevado en una furgoneta. –Ahora tiene las mejillas encendidas–. Queríamos haberlo dicho antes, pero...

–Pero ¿qué? –dice Fiona. Parece que le falte aire–. ¿Qué pasa, Patsie?

La joven baja los ojos.

–Iz dice que no puede ser él, porque no era una furgoneta, o no exactamente...

Fiona está ahora de pie, agarrando a Patsie por los brazos, sacudiéndola.

–¿Quién no puede ser? ¿De quién estás hablando?

* * *

Adam Fawley
6 de abril de 2018
16:52

Ruth Gallagher toma el café solo, sin azúcar, y según parece también le gusta hablar sin edulcorar las cosas. Va directa al grano y, aunque te lance preguntas difíciles, no es menos cierto que también sabe encajarlas.

Cuando hemos terminado con el expediente del caso Parrie, yo me he convertido en «Adam» y ella en «Ruth», y empiezo a creer que Harrison sabe juzgar mejor a las personas de lo que había pensado.

–¿Cómo ha ido el resto de la reunión con el equipo? –acabo diciendo, cuando ella ya ha dejado el bolígrafo en la mesa y ha cerrado su cuaderno de notas. Me moría de ganas de preguntárselo durante toda la conversación, pero no quería parecer un paranoico total.

—El subinspector Gislingham parece tenerlo todo controlado. Aunque hablé con él después y le sugerí que quizá estaría bien hacer una reconstrucción de los hechos... De lo de Sasha Blake, quiero decir.

En otras palabras, que se lo sugirió en privado, para no socavar su autoridad delante del equipo. Esta mujer empieza a gustarme y, de momento, eso es sin discusión lo mejor que me ha pasado hoy. Aunque tampoco es que la competencia sea demasiado dura.

—¿Y Harrison accedió a apoquinar?

Me mira con sorna.

—Digamos que le sugerí que te debía una.

Y ya lo creo que me la debe.

—Seguro que vale la pena intentarlo —continúa—, considerando lo poco que tenemos para avanzar. Además, desviará la atención de la revisión del caso, lo que tampoco viene mal.

Había bajado la vista para coger el café, pero ahora que la miro no veo que lo diga con intención irónica. No hay doblez ni en su tono ni en sus ojos.

—El subinspector Gislingham intentará tenerlo todo listo para mañana.

Espero a que se levante para irse, pero no lo hace. En lugar de eso, me sonríe. Me sonríe y se recuesta en la silla.

—Ahora que nos hemos quitado de encima esos condenados expedientes, lo que me gustaría saber es lo que nunca se incluyó en ellos. Me gustaría saber lo que de verdad ocurrió.

Así que se lo cuento. Le cuento la verdad y nada más que la verdad.

O casi.

* * *

Cuando Gallagher abre la puerta de casa parece aturdida. Lleva una caja de perlitas de azúcar en una mano y un paño de cocina en la otra. En una de las mejillas tiene lo que parece ser una mancha de harina.

—Perdón —dice Somer—. Me han dicho que ya se había ido a casa, y traté de llamarla, pero...

Gallagher se ríe.

—Lo siento. He tenido que volver para recoger a mi hija. Y luego me ha enredado para hacer dulces. Debo de haberme dejado el teléfono arriba. —Da un paso atrás—. Entre.

Somer parece dudar.

—Bueno, si no es buen momento...

Gallagher desdeña la objeción con un gesto.

—Si no fuera importante, no estaría usted aquí.

La cocina está en la parte de atrás. Hay una bandeja de *cupcakes* enfriándose sobre una rejilla y otra remesa todavía en el horno. Se respira un aroma cálido, dulce y chocolateado. Una niña de unos ocho años está encaramada ante una gran mesa de madera disponiendo cuidadosamente flores de *fondant* azul pálido sobre los pastelillos; su carita muestra una intensa concentración. De algún lugar cercano llega el sonido de la televisión. El rugido de un estadio de fútbol.

—Mi hijo está en taekwondo —dice Gallagher, limpiándose las manos en el delantal—. El futbolero es mi marido.

Va a la nevera y saca una botella de vino.

—¿Va a conducir?

Somer asiente.

Gallagher sirve una copa grande y otra pequeña, y le pasa esta última a Somer.

—Muy bien. ¿Qué es lo que ha averiguado?

—Me acaba de llamar Fiona Blake. Patsie Webb le ha contado algo..., algo que no había mencionado hasta ahora.

Gallagher arquea una ceja.

—Ah, vaya, vaya.

Somer echa una ojeada hacia la niña y baja la voz.

—Uno de los profesores de Sasha demostraba por ella más interés de la cuenta. Su nombre es Scott. Graeme Scott.

—Eliza —le dice Gallagher a su hija—. ¿Por qué no le llevas uno de estos pastelitos a papá?

La niña levanta la vista.

—¿Puedo coger uno yo también?

Gallagher asiente.

—Pero solo uno.

Cuando la niña sale de la cocina, Gallagher se vuelve hacia Somer.

—¿No habíamos hablado ya con los profesores de Sasha?

Somer tuerce el gesto y niega con la cabeza.

—Con todos, menos con el tal Scott. Al subinspector Gislingham le dijeron que se había ido a casa con migraña.

Gallagher arquea una ceja.

—Ah, mira qué oportuna, la migraña.

—Acabo de telefonear a la directora —dice Somer—. Al parecer, ya las había tenido antes, así que puede que fuera verdad.

Gallagher se acerca al horno para supervisar los *cupcakes* y luego vuelve con Somer.

—¿Qué ha dicho Patsie exactamente?

—Según ella, este Scott llevaba un tiempo intentando hacerse «amiguito» de Sasha. Las chicas se lo tomaban a cachondeo; le hacían bromas a Sasha sobre ello, decían que era un baboso... Ya sabe cómo son las adolescentes. Al parecer lo llamaban «Graeme Granoso», entre otras cosas.

Gallagher esboza una sonrisa apenada.

–Dios mío, me alegro de no tener nunca más quince años. ¿Sabemos si Sasha le habló del asunto a alguien?

–Desde luego, a su madre no, y parece que tampoco a ninguno de sus profesores.

–¿Qué sabemos de él? Supongo que hubo de obtener un certificado de penales del DBS antes de empezar a trabajar.

Somer asiente.

–Sí, pero no hay nada destacable.

Abre el bolso y le pasa a Gallagher una hoja impresa. La fotografía enganchada a la parte superior muestra a un hombre de treinta y muchos. Su aspecto no es tan malo, pero tiene un algo de persona derrotada, de perro apaleado.

–Desde luego, parece un poco desesperado –dice Gallagher–. Pero no peligroso..., en el sentido de llegar a hacerte daño de verdad. Y sé que, a veces, a las adolescentes les atraen los hombres mayores –dice con una mueca de desagrado–, pero me quedaría absolutamente estupefacta si este fuera ese novio escurridizo de Sasha que no hay manera de encontrar. No creo que las chicas vayan a caer como moscas ante este tipo; está a años luz de ser esa clase de hombre.

Somer sonríe burlona. Viene a ser casi palabra por palabra lo que ha dicho Ev.

Gallagher da un rápido repaso al resto de la página.

–Vive solo, nunca se ha casado, sin antecedentes penales. Ni siquiera tiene una multa de aparcamiento. –Levanta la vista hacia Somer–. ¿Le hemos enviado esto a Bryan Gow?

Somer asiente.

–Estará fuera hasta el domingo, pero le echará un vistazo y me dirá algo tan pronto como pueda. Y hay algo más: comprobamos qué vehículo conduce. –Se queda mirando a Gallagher con insistencia–. Es un Morris Traveller.

Gallagher comprende de inmediato.

—Que es bastante más pequeño que una furgoneta, pero si te pusieran una bolsa en la cabeza y te empujaran a la parte de atrás..., ¿notarías la diferencia? No sé si yo lo haría.

Somer niega con la cabeza.

—Ni yo. Y Faith dijo que el vehículo en el que la metieron no le pareció muy grande.

—Bien —dice Gallagher en tono tajante—. ¿Tenemos una dirección?

—Esa es otra. Es el número 73 de Grasmere Close.

La dirección habla por sí misma. Está en los Lagos. A menos de un kilómetro de los Appleford; y a menos aún de los Blake.

—Ay, Dios mío —dice Gallagher—. Dios mío, Dios mío, Dios mío.

—Baxter está intentando hacerse con su historial laboral, para ver si también existe alguna relación con Faith, además de con Sasha. Si alguna vez ha trabajado en el colegio de Faith o en cualquiera de las escuelas en las que estudió.

Gallagher asiente.

—Buen trabajo. Exactamente lo que yo habría hecho.

Somer se sonroja un poco ante el elogio.

—Aun cuando no encontremos nada por ese lado, podría haber visto a Faith por la calle más de una vez. Tiene que pasar por su parada de autobús para ir a Summertown High.

—¿Y los ataques anteriores? —pregunta Gallagher tomando un sorbo de vino—. Los del Violador del Arcén. ¿Hay posibilidad de que fuera Scott también?

—Tenía dieciocho años en 1998 —contesta Somer—. Así que, sí, podría ser.

—Muy bien —dice Gallagher. Un grito repentino llega de la sala de estar: está claro que alguien ha marcado un gol—.

Averigüemos todo lo que haya que saber sobre Scott: todos los sitios en los que haya vivido desde finales de los noventa, dónde ha trabajado y si por alguna razón podría haber polvo de yeso en la trasera de su coche. Y si hay algo que lo relacione con las víctimas de Parrie.

Somer repara en esas tres últimas palabras..., repara en ellas y las aprueba: Gallagher sigue estando de parte de Fawley. Al menos, de momento.

–Y esperemos encontrar algo, porque ahora mismo no tenemos orden de registro de su casa ni de su coche, y no es probable que consigamos ninguna. –Gallagher deja la copa en la mesa y se levanta–. Pero eso no impide que tengamos con él una charla amigable.

–¿Quiere que lo llevemos a comisaría?

–Desde luego. Y que el agente Quinn vaya con usted.

Somer frunce el ceño.

–¿Quinn? Bueno –añade de inmediato–, por qué no, claro, solo me preguntaba...

Gallagher sonríe.

–Cada cual tiene un talento, agente Somer. Me interesa que el señor Scott se altere lo máximo posible. Y algo me dice que el agente Quinn sabrá cómo tocarle las narices.

* * *

TRIBUNAL PENAL CENTRAL

Old Bailey

Londres EC4M 7EH

PRESIDE:

SU SEÑORÍA EL JUEZ HEALEY

EL ESTADO

CONTRA

GAVIN FRANCIS PARRIE

El SR. R. BARNES y la SRTA. S. GREY
comparecen en nombre de la acusación.

La SRA. B. JENKINS y el SR. T. CUTHBERT
comparecen en nombre de la defensa.

Jueves 11 de noviembre de 1999

[Día 20]

JENNIFER GODDARD, declara bajo juramento
Interroga el SR. BARNES

P. ¿Su nombre completo es Jennifer Goddard?
R. Sí.

P. Su hija, Emma, fue víctima de una agresión sexual
el 14 de noviembre de 1998. ¿Es así?
R. Sí.

P. ¿Vivía Emma con usted en aquel momento?
R. Sí. Solo tenía diecinueve años. Por entonces vivíamos
en Headington. Después me mudé a Wantage, por lo
que pasó.

P. Durante la noche en cuestión, según creo Emma debía
volver a casa a la hora de costumbre, ¿no?
R. Así es. Trabajaba en el JR.

P. ¿Se refiere al hospital John Radcliffe?

R. Sí. Hacía prácticas para ser comadrona. Siempre llegaba a casa entre las 18:30 y las 19:00, a menos que llamara para avisar de que llegaría más tarde.

P. Pero esa noche no llamó, ¿no?

R. No. Por eso empecé a preocuparme cuando se hicieron las 20:00 y todavía no había llegado.

P. ¿Llamó a la policía?

R. Sí, pero más tarde. Me preocupaba que creyeran que estaba haciendo un mundo por nada.

P. ¿Y qué pasó cuando habló con ellos?

R. Dijeron que enviarían a alguien. Entonces supe que era grave. Y al poco tenía a una mujer de uniforme en la puerta. Me dijeron que tenía que acompañarlos. Alguien había atacado a Em y estaba en urgencias.

P. ¿Qué le había ocurrido?

R. En principio, no me contaron mucho. Hasta que llegamos al hospital. Entonces me enteré de que la habían violado.

P. ¿Cómo afectó esa agresión a su hija, señora Goddard?

R. La destrozó. Dejó de salir, y no únicamente sola, sino también conmigo o con sus amigas. Estaba demasiado aterrorizada. En diciembre ya casi no salía de su cuarto para nada. El hospital le había dado la baja de larga duración por enfermedad, pero me preocupaba que no fuera capaz de volver nunca más. Decía que no soportaba tener bebés cerca. Te rompía el corazón.

P. Y el 24 de diciembre del año pasado, ¿qué pasó?

R. Volví a casa del trabajo y la encontré en la cama. Se había tomado pastillas. Pastillas y vodka. Había escrito una nota muy bonita diciendo que me quería y que la perdonara, pero que no podía soportarlo más. Pero no era ella la que tenía que pedir perdón, sino él..., ese hijo de perra de ahí..., Gavin Parrie...

SRA. JENKINS: Señoría...

JUEZ HEALEY: Señora Goddard, me doy cuenta de lo difícil que esto tiene que ser para usted, pero es importante que se ciña a responder las preguntas que le hacen. ¿Lo entiende?

SRA. GODDARD: Sí, señoría.

SR. BARNES: ¿Logró su hija llevar a cabo su propósito de suicidarse, señora Goddard?

R. Llamé a emergencias y se la llevaron al hospital, pero en la ambulancia ya me dijeron que la situación era muy delicada.

P. ¿Y qué pasó cuando llegaron al hospital?

R. El doctor salió a hablar conmigo más o menos una hora después. Me dijo que habían hecho todo lo posible, pero que había sido inútil. Algunas enfermeras estaban llorando. Imagínese: conocían a Em.

* * *

Por su aspecto, no adivinarías que son policías. La mujer es un verdadero bombón, eso vaya por delante, y él, en fin, tiene esa pinta prepotente de gran fornicador que siempre le ha cabreado tanto. Los hombres así... no saben la suerte que tienen.

—¿Sí? —dice, manteniendo la puerta tan poco abierta como le es posible.

—Agente Erica Somer —dice la mujer—. Me preguntaba si le importaría responder a unas preguntas, señor Scott. Sobre Sasha Blake.

—¿No puede esperar hasta mañana?

El hombre lo mira con arrogancia, como si supiera algo que Scott no sabe.

—Lo siento pero no. Podemos hacerlo aquí o puede venir con nosotros a comisaría. Usted dirá.

Scott vacila. Qué es peor: dejar que lo encajonen en una de esas desagradables salas de interrogatorio o que metan las narices en su casa y busquen una excusa para ir al lavabo y husmear en sus cosas. Mira a un lado y a otro de la calle. No parece haber nadie por allí. Y el coche no lleva ningún distintivo. Al menos, esa bruja cotilla de enfrente no podrá montarse ninguna película rara.

—Denme cinco minutos —contesta—. Para cerrarlo todo bien.

* * *

Interrogatorio a Graeme Scott efectuado en la
comisaría de policía de St Aldate, Oxford
6 de abril de 2018, 19:55
Presentes: agente E. Somer, agente G. Quinn

ES: Antes de empezar, me gustaría darle las gracias por
venir aquí esta noche, señor Scott, sobre todo a una
hora tan tardía y habiéndole avisado con tan poca
antelación.

GS: Tampóco es que me dieran mucha opción. Pero, por
supuesto, quiero ayudar en lo que pueda. La situación
es espantosa. Para la madre de Sasha, quiero decir.

ES: ¿Era usted el profesor de arte de Sasha?

GS: Así es. Durante los dos últimos cursos.

GQ: Desde que tenía trece años.

GS: Sí. Tenía mucho talento. Yo siempre le insistía en
que hiciera el preuniversitario de esa rama.

ES: ¿La animaba usted a ello?

GS: Por supuesto. Ese es mi trabajo.

GQ: Pero, en concreto, ¿qué hacía? ¿Le daba clases
particulares? ¿Era usted una especie de *personal
coach*?

GS: [*Risas.*] No estamos en el sector privado, amigo. Yo
solo la motivaba en lo que podía para que desplegara
todas sus dotes.

GQ: Sí, claro, esa impresión nos había dado.

GS: [*Frunce el ceño.*] No sé muy bien qué quiere decir.
Lo único que hacía era interesarme por ella. Como
profesor.

ES: Según nos han contado, había bastante más que eso.
Por la manera en que nos lo describieron, se diría
que era algo del todo inapropiado.

GS: Ey, alto ahí...

ES: Qué tiene usted, ¿treinta y ocho años? Ella tenía
quince.

GS: No había nada de eso. Mire, no sé de dónde se ha
sacado usted... Bueno, mejor dicho, sé exactamente

de dónde lo ha sacado. Patsie e Isabel, ¿verdad? Y esa Leah. Seguro que se han ido de la lengua...

ES: ¿«Irse de la lengua», señor Scott? Creo que no me equivoco si digo que la expresión significa «decir algo que se debe callar». Es decir, revelar información que la gente no tiene por qué saber. Secretos, por ejemplo.

GS: [Con la cara roja.] No es eso lo que quería decir... No hay nada que revelar. Porque no estaba pasando nada.

ES: Pero a usted le habría gustado que sí pasara, ¿verdad? Me refiero a que, en fin, la chica era muy atractiva...

GS: Por Dios, tenía quince años. Aunque hubiera sido legal..., y no lo es, habría sido una absoluta falta de ética. Era una estudiante con talento. Eso es todo.

GQ: ¿Conoce a una chica llamada Faith Appleford?

GS: [Tuerce el gesto.] ¿Cómo dice?

GQ: Faith Appleford. También es una estudiante con talento. Con mucho talento. [Le pasa una fotografía.]

GS: No está en ninguna de mis clases. No la conozco.

ES: Antes usaba otro nombre. Quizá eso le refresque la memoria.

GS: Ya le he dicho que no la conozco. Mire, si no les importa, tengo cosas urgentes que hacer.

GQ: Ya casi hemos terminado. Y usted ha dicho que quería ayudar.

GS: [Pausa.] Muy bien. Siempre que pueda irme dentro de unos diez minutos.

ES: Estamos preguntando a todos los que conocían a Sasha dónde estaban el miércoles por la noche. ¿Puede decirnos dónde estaba usted? Solo para que conste.

GS: Estaba en casa. La mayoría de las noches estoy en casa.

ES: ¿Y no había nadie con usted?

GS: No. Estaba corrigiendo. Tengo montones de ejercicios que corregir. Ni se imagina usted.

GQ: ¿Llamó usted a alguien? ¿O recibió alguna llamada?

GS: No, que yo recuerde.

ES: ¿Y qué me dice de la mañana del día 1? ¿Dónde estaba?

GS: Perdone... Creía que estábamos hablando de Sasha.

ES: Es solo para que conste en nuestro expediente, señor Scott.

GS: Eso fue el lunes pasado, ¿no? Estaba en clase.

GQ: ¿De verdad? Porque en Summertown High nos han dicho que tiene las primeras dos horas del lunes libres y que no suele aparecer hasta después de las once.

GS: [*Se sonroja.*] Sí, bueno, muchos fines de semana me voy fuera. Tengo una casita de campo en las Brecon Beacons. Es lógico volver los lunes por la mañana. Hay menos tráfico.

ES: ¿Estuvo en la casa de campo el fin de semana pasado?

GS: No.

GQ: Entonces estaría en casa el lunes por la mañana, ¿no? ¿No aprovechó la oportunidad para entrar temprano... y así ponerse al día con todas esas correcciones que nos ha dicho antes?

GS: Mire, para su información, ese día no entré hasta después de las doce. Por razones evidentes.

ES: Perdone, señor Scott, pero no lo entiendo.

GS: Bueno, era el maldito día de las inocentadas de abril, ¿no? Y, créanme, tengo ya suficiente ración de bromitas pueriles hasta el fin de mis días. El año pasado, esos cabroncetes me cubrieron todo el coche con espuma de afeitar. Tardé una hora en quitarla, y delante de todo el instituto. Se lo dejé bien claro a esa mocosa: si me has estropeado la pintura, te denuncio a la directora en menos de lo que tú tardas en decir «exclusión temporal».

ES: Entiendo. Entonces, ¿quién lo hizo? ¿Quién le roció el coche?

GS: [*Pausa.*] Algunos alumnos de tercero.

ES: ¿Y eso fue el año pasado? Entonces debió de ser la clase de Sasha, ¿no?

GS: [*Pausa.*] Sí.

ES: Ha dicho «mocosa», en femenino. ¿Se estaba refiriendo a Sasha?

GS: Si quieren saberlo, fue Patsie. Le acababa de poner un suficiente pelado en un trabajo que no merecía ni un insuficiente y se estaba tomando la revancha. Es una miserable niñata vengativa, siempre lo ha sido. Estaba azuzando a los chicos, ella y también Isabel y Leah. Sasha no tuvo nada que ver. Es decir, sí que estaba allí, pero se veía que estaba avergonzada. No como las otras tres, que son unas cabezas huecas. Ya les digo yo que no verán a ninguna en el MOMA.

ES: ¿El Museo de Arte Moderno..., el de Pembroke Street?

GS: [*Pausa.*] Sí, voy allí bastante. Tengo el carné.

ES: ¿Y había visto allí a Sasha?

GS: [*Se sonroja.*] Una o dos veces.

ES: Ya veo.

GS: No, no lo «ve». No es lo que están pensando...

GQ: ¿Y qué es exactamente lo que estamos pensando?

GS: No la estaba acosando ni nada por el estilo. Dio la casualidad de que yo también estaba por allí esas veces. Le había recomendado un par de exposiciones.

```
Cosas que pensé que le gustarían. Miren, ¿hemos
acabado ya?
ES: Sí. Creo que eso es todo por ahora, señor Scott.
    Interrogatorio finalizado a las 20:17.
```

* * *

—No me he creído nada de lo que ha salido de esa boca.

Es Gislingham quien habla. Quinn y Somer se han reunido con él y con el resto del equipo en la habitación contigua, donde han estado observando en la pantalla de vídeo.

Baxter se encoge de hombros.

—A mí me ha parecido un pobre capullo. Vaya, que no lo veo raptando a nadie. No me parece que tenga cojones para eso.

—Pero apuesto a que le gusta mirar —dice Ev en tono sombrío—. Apuesto a que tiene la casa atiborrada de pornografía.

—A lo mejor por eso se metió en el arte —replica Quinn—. Con todas esas tetitas y chochitos.

—Sin embargo, no quiere que le registremos el coche —dice Gislingham—. Y no se me ocurre ninguna buena razón, si de verdad no tiene nada que ocultar.

Ev reflexiona.

—¿Y si hubiera llevado alguna vez a Sasha en el coche? Quizá es eso lo que le preocupa, que encontremos su ADN en el vehículo, aunque se tratara de algo completamente inocente.

—Si estuviera en el asiento, sí —apunta Quinn—. Pero no si está en la parte de atrás.

Se produce un silencio. Todos están pensando en lo que

le sucedió a Faith, en si es posible que haya ADN suyo en ese vehículo.

—Me pregunto... —comienza Somer lentamente—. Ya sé que parece cogido por los pelos, pero...

—Sigue —la anima Gislingham.

—Bueno, todavía no hemos encontrado ninguna relación entre Sasha y Faith, ¿verdad? Ni tampoco entre Graeme Scott y Faith, aparte del hecho de que vivan bastante cerca el uno del otro.

—Tal vez no necesitemos más —dice Gis.

—Ya lo sé. Pero eso que dijo Scott de encontrarse a Sasha en el MOMA... Tendría que volver a comprobarlo, pero estoy bastante segura de que había una postal del museo en el tablón de Faith. De alguna exposición a la que debió de ir. De Manolo Blahnik.

La mayoría de los hombres de la habitación ponen cara de no saber de qué habla.

—Zapatos —aclara Everett—. Muy pijos y caros. Aunque apuesto a que Quinn ya lo sabía, ¿eh?

Y está claro que sí, aunque no parece en absoluto dispuesto a admitirlo.

—¿Estás diciendo que Scott podría haber visto a Faith allí? —pregunta Gislingham, saliendo al rescate de Quinn.

Somer asiente.

—Es posible, ¿no creéis? Y, en ese caso, habría sido bien fácil seguirla a su casa. Después, sabiendo ya dónde vivía...

Gislingham asiente con aire lúgubre.

—Ese malnacido no tendría más que esperar...

* * *

Adam Fawley
6 de abril de 2018
20:55

No es la persona que esperaba ver cuando he abierto la puerta. Para empezar, no lleva una caja de *pizza*. Está lloviendo otra vez y Ruth Gallagher aparece medio chorreando, con el pelo pegado a la cabeza.

—Debería haber cogido el paraguas —dice con una sonrisa burlona—. No aprendo.

Me hago atrás y abro del todo la puerta.

—Pasa. He pedido comida y estará al llegar. Si te apetece...

Niega rápidamente con la cabeza.

—No, gracias, pero no. Tengo que volver. Es solo que hay una cosa que necesito comprobar y he pensado que mejor hacerlo en persona.

—Por aquí —le digo señalando hacia la sala de estar.

Se quita el chubasquero y los zapatos, y me sigue con pasos amortiguados, los pies cubiertos tan solo por las medias.

En la sala de estar no hay nadie, algo que yo ya sabía pero que ella está claro que no se esperaba.

—Mi mujer se ha acostado pronto —le digo sentándome—. Ahora tiene que tomárselo todo con calma.

De pronto parece nerviosa, como si detectara que hay algo que no sabe.

—Está embarazada —digo—. Veintitrés semanas.

He oído mil veces eso de que a alguien «se le ilumina la cara», pero nunca lo he visto plasmado de forma tan repentina e intensa como ahora. Su rostro irradia felicidad.

—Vaya, cuánto me alegro... Qué noticia más maravillosa.

—Gracias. Ha sido difícil, con esto del caso Parrie otra vez desenterrado.

Ahora parece preocupada.

–Ah, claro, claro. No podía ser peor momento.

Le sirvo una copa de vino, aunque solo acepta una pequeña cantidad.

–Bien, ¿qué querías preguntarme?

Hunde la mano en el bolsillo para sacar el móvil y pasa con el dedo la pantalla hasta que encuentra lo que busca.

–Este hombre –dice pasándome el teléfono–. Su nombre es Graeme Scott. ¿Por casualidad te suena?

Arrugo el entrecejo.

–No. En absoluto. ¿Quién es?

Su chispa se ha vuelto a apagar y ahora solo parece cansada. Cansada y desmoralizada.

–Uno de los profesores de Sasha Blake. Y es bastante posible que también su acosador.

–¿Crees que podría haberla matado él?

Hace una mueca.

–Digamos que encaja con el perfil psicológico que te dio Gow tras el ataque a Appleford. De hecho, encaja casi demasiado.

Y, si es así, entonces también encaja con el perfil del Violador del Arcén. No necesito que me haga un plano: ella piensa que este tipo es un sospechoso de libro.

–¿Cuántos años tiene? –pregunto levantando la vista hacia ella.

–Los suficientes. Pero todavía no sabemos dónde vivía hace veinte años.

–Bueno, su nombre ni siquiera apareció en aquel momento. De eso estoy seguro.

Gallagher suspira.

–Era lo que pensaba, pero tenía que preguntártelo.

Termina su copa y se prepara para irse.

–Tengo que irme. Los deberes de ciencias me esperan. –Sonríe rápidamente–. Los de mi hijo, no los míos. Pero supongo que estarás deseando verte en las mismas que yo.

La mayoría de la gente no diría algo así. La mayoría de la gente tendría demasiado miedo de que me recordara a Jake. Ya he visto esa expresión en demasiadas caras durante los últimos dos años. Pero quizá ya no la vea más. Quizá ahora todo sea diferente. La idea irrumpe como una repentina ráfaga de brisa marina.

* * *

Son más de las once de la noche, pero todavía se ve luz por debajo de la puerta de Sasha cuando Fiona Blake sube para acostarse. Se queda dudando y luego llama con suavidad, pero nadie contesta. Patsie se ha quedado dormida con la luz encendida, piensa, y seguro que luego se despierta porque le molesta. Con Sasha pasaba lo mismo: le encantaba leer en la cama, pero siempre se quedaba frita sobre el libro.

Empuja lentamente la puerta. Patsie está despatarrada de costado contra las almohadas, con la cara girada hacia el otro lado. Tiene el viejo osito de peluche de Sasha apretado contra el pecho y, aunque Fiona sabe que no es su hija, el parecido le parte el corazón. El pelo con la misma cola de caballo, el mismo pijama; Patsie debió de comprar uno igual. No le sorprendería; las dos eran inseparables. Por un momento, se pregunta si a Patsie le gustaría quedarse con algunas de las cosas de Sasha, para recordarla en el futuro. La ropa sería demasiado pequeña, pero también hay maquillaje, bolsos, zapatos... Después de todo, Sasha ya no los necesita. Estaría bien que pudieran hacer feliz a alguien. Sobre todo, a alguien que la quería.

Y si Patsie no quiere nada, lo donará todo a alguna asociación benéfica. No desea que la habitación se convierta en un santuario. Congelada en el tiempo, acumulando polvo, más fría y lúgubre y remota cada vez que abriera la puerta. Por eso le gusta tener allí a Patsie. Con ella el cuarto sigue pareciendo cálido, habitado. Vivo.

Se acerca con rapidez a la cama y, tras apagar la luz, sale de puntillas y cierra la puerta con suavidad.

* * *

—No, está bien así. Si estuviera fuera del país, puedo confirmarlo con el control de fronteras.

Everett cuelga el teléfono y hace una mueca de desagrado. Se ha tomado ya dos cafés esta mañana, pero no le importaría tomarse un tercero.

—¿Problemas? —pregunta Somer.

—Bueno, digamos que a los familiares de Gavin Parrie no les hace demasiada gracia tener que confirmar su paradero a la misma gente que lo metió en el trullo.

Somer hace también una mueca.

—Seguro que no.

Everett se recuesta en el asiento.

—En mi opinión, la idea de que Parrie contrate a un asesino a sueldo no puede ser más ridícula. Sería como *Los Soprano* pero en Aylesbury.

Somer sonríe y mira de nuevo a su pantalla. Está coordinando con la oficina de prensa la reconstrucción de los hechos para la televisión. Les está costando encontrar a alguna chica que se parezca lo suficiente a Sasha, pero una de sus compañeras de clase se ha ofrecido. O, más bien, su madre lo ha hecho por ella. La razón, al parecer, es que podría ser una gran oportunidad para su niña: la pequeña Jemima quiere ser actriz. Los seres humanos, piensa Somer, nunca dejan de defraudar tus expectativas.

–¿Tú cómo la ves? –pregunta por fin, levantando la vista hacia Everett–. A Gallagher, quiero decir.

–Parece legal. Justa. Inteligente. No creo que esté aquí para poner verde a Fawley, si es eso lo que me estás preguntando.

–Yo tampoco lo creo. El pobre... no se merece esto.

Ev levanta la cabeza.

–Sí, ya lo sé. Y su mujer... Imagina por lo que debe estar pasando. Como si no fuera bastante perder a un hijo, ahora vuelve toda esta mierda para atormentarla.

Somer se muerde el labio. Lo que la atormenta a ella es lo que le ocurrió a Alex Fawley. Aunque no fuera más que..., aunque ese hombre no llegara a...

–Y, hablemos claro –continúa Everett interrumpiendo sus pensamientos–: cómo no va una a comprender perfectamente a Fawley. ¿Quién, en su lugar, no querría mantener a ese tío entre rejas?

Pero ahí está, por supuesto, el quid de la cuestión.

* * *

Enviado: domingo, 7 de abril de 2018, 11:15
Importancia: Alta
De: AGarethQuinn@policia.ThamesValley.uk
Para: SIChrisGislingham@policia.ThamesValley.uk,
    DIC@policia.ThamesValley.uk
CC: IRuthGallagher@policia.ThamesValley.uk

Asunto: Graeme Scott – URGENTE

Acaban de llamarme de la administración local de las Brecon Beacons. Tenemos la dirección de la casa de campo de Scott. Está cerca de un lugar dejado de la mano de Dios llamado Ffrwdgrech (y, sí, lo he escrito bien). Tiene la casa desde 1995. Lo más importante es que solicitó un permiso de planificación para hacer unas reformas bastante grandes que incluían tirar algunos tabiques. Y, según el informe del último inspector de vivienda, está haciendo el trabajo <u>él mismo</u>.

Vamos a citarlo para que venga otra vez. Además, he pedido órdenes de registro para la casa de campo y para su domicilio en Oxford, y también para el coche. Supongo que nos las darán.

GQ

* * *

Interrogatorio a Graeme Scott efectuado en la comisaría de policía de St Aldate, Oxford 7 de abril de 2018, 14:50
Presentes: subinspector C. Gislingham, agente G. Quinn, Sra. D. Owen (abogada)

CG: Para que conste en la grabación, el señor Scott fue arrestado a las 13:15 de esta tarde como sospechoso de estar involucrado en el rapto y asesinato de Sasha Alice Blake. La brigada científica está llevando a cabo un registro minucioso en su domicilio de Oxford y en su vehículo, y la policía de Dyfed-Powys está haciendo lo mismo en su propiedad de Gales. En este interrogatorio, el señor Scott está acompañado por su abogada, la señora Deborah Owen.

GS: Ya se lo he dicho: no tengo absolutamente nada que ver con esto. El miércoles por la noche estaba en casa, y nunca le he puesto la mano encima a Sasha Blake. En cuanto a esa otra chica, Faith Appleton o como se llame, ya he dicho antes que ni siquiera había oído hablar de ella...

CG: [Le pasa una fotografía.] La chica no vive ni a un kilómetro de usted y suele coger el autobús en la parada de Cherwell Drive. Casi con toda seguridad, usted debe de haberse cruzado con ella por el barrio, aunque no sepa cómo se llama.

GS: [Apartando la foto.] Ya se lo he dicho: no la había visto en mi vida.

CG: Esa casa de Gales... Está haciendo reformas, según creo.

GS: [Con cautela.] Sí, ¿y?

CG: ¿Está haciendo el trabajo usted mismo?

GS: Es la única manera; si no, no podría permitírmelo.

CG: ¿Incluso los trabajos más especializados, como la electricidad y los enlucidos?

GS: Sí, con alguna ayuda ocasional. Pero no veo qué tiene eso...

CG: Al analizar las ropas de Faith Appleford, encontramos una pequeña cantidad de polvo de yeso. Sospecho que vamos a encontrar un material similar en la parte trasera de su vehículo.

GS: Pues seguro que sí. Pero eso solo demuestra que he estado haciendo algunos enlucidos con yeso. Lo que no van a encontrar es el maldito ADN de esa Faith, ni tampoco de Sasha Blake, vaya. A menos que lo pongan allí ustedes mismos. Porque ellas nunca estuvieron allí...

CG: Faith nos dijo que el suelo del vehículo tenía algún tipo de recubrimiento medio suelto. Suponemos que el atacante colocó láminas de plástico o una lona, para evitar que quedaran pruebas físicas. Así que, aunque no encontremos ADN de las chicas, eso no significa que no estuvieran allí.

DO: Eso no prueba nada, subinspector.

CG: No. Pero esto sí. [Le muestra al testigo una bolsita de recogida de pruebas.] ¿Reconoce esto, señor Scott?

GS: [Silencio.]

CG: ¿Señor Scott?

GS: [Silencio.]

CG: Para que conste, el elemento en cuestión es una goma de pelo de chica. Es rosa, con una pequeña flor y una pieza de strass en el centro. Nos ha parecido muy extraño que usted tuviera esto, señor Scott.

GS: [Silencio.]

CG: ¿Tiene usted una hija? ¿Una sobrina, quizá?

GS: Sabe de sobra que no.

CG: ¿Qué explicación puede darnos, entonces?

DO: ¿Dónde se encontró eso, subinspector?

GQ: En la taquilla del señor Scott, en Summertown High. La directora nos dio permiso para registrarla.

GS: Miren, eso me lo encontré, ¿vale?

DO: ¿Ha quedado establecido que ese objeto pertenecía incuestionablemente a una de las dos chicas?

GQ: Estamos esperando los resultados de los análisis de ADN, pero la madre de Sasha asegura que, sin ninguna duda, su hija tenía una igual, y ahora no la encuentra por ningún lado. Así que parece bastante probable, en mi opinión.

GS: Como ya he dicho, me la encontré. En el instituto, después de una clase. Por eso estaba en la taquilla.

CG: ¿Sabía que era de Sasha?

GS: [Aturullado.] No lo sé. Es posible.

CG: Entonces, ¿por qué no se la devolvió? ¿O por qué al menos no la dejó en Objetos Perdidos?

GS: No lo sé. Mire, debí de metérmela en el bolsillo y después olvidarme por completo.

GQ: Eeeh, eso no me lo creo, colega.

GS: Yo no soy su «colega».

GQ: Se la sacó del bolsillo y la guardó en su taquilla, donde debía de verla al menos media docena de veces cada día. Eso no me parece que sea exactamente «olvidarse por completo».

DO: Sea como sea, eso no demuestra que mi cliente estuviera implicado de algún modo en la trágica muerte de Sasha Blake. El hecho de que estuviera en posesión de una goma de pelo, suponiendo que finalmente se establezca que era de la chica, sería relevante si, y solo si, la joven la hubiera llevado cuando desapareció. ¿Tienen pruebas de que así fuera?

CG: [Pausa.] No.

DO: Pero sí deben tener una descripción de lo que llevaba en ese momento, ¿no? ¿Está la goma de pelo incluida en esa descripción?

CG: [Pausa.] No.

DO: En ese caso, me atrevería a decir que pruebas válidas tienen bien pocas. De hecho, no acabo de ver que exista justificación para un arresto, menos aún...

331

CG: Dada la gravedad del delito, la conocida conexión de su cliente con Sasha Blake y la proximidad física entre su domicilio y el de Faith Appleford, vamos a mantener bajo custodia a su cliente a la espera de ulteriores investigaciones.

GS: ¿Me está usted diciendo que soy de alguna manera sospechoso?

GQ: Lo que le estamos diciendo es que nos gustaría confirmar que no lo es.

DO: ¿Podría hablar un momento a solas con mi cliente?

CG: Desde luego. Interrogatorio finalizado a las 15:10.

* * *

—¿Qué te parece, Bryan? —pregunta Gallagher.

Se hallan en la habitación contigua, donde el experto en perfiles criminales ha estado garabateando en su cuaderno Moleskine.

Gow se sube las gafas.

—Creo que nuestro señor Scott podría haberse creído de verdad que él y Sasha mantenían algún tipo de relación, que lo único que tenía que hacer era esperar y al final todos los obstáculos que les impedían llegar más allá se evaporarían como por milagro.

—Incluido el pequeño inconveniente de que ella era menor de edad —dice Gallagher en tono sombrío.

—Exacto. Aunque eso no habría hecho más que alimentar su delirio. Scott podría haberse dicho a sí mismo que esa era la razón por la que tenían que mantenerlo en secreto, y por la que ella no podía decirle nada a él en público. El problema llega, por supuesto, cuando un hombre en su posición tiene que enfrentarse al hecho de que la mujer a la que ama no le corresponde ni nunca lo hará. Ante esa clase de rechazo, en fin, digamos que las cosas pueden degenerar muy deprisa. Muy muy deprisa.

—Entonces, si resulta que vio a Sasha esa noche en la parada de autobús...

—Podría haber pensado perfectamente que había llegado su momento, que aquella era la oportunidad ideal para decirle lo que sentía. Pero, claro, ella lo habría mirado horrorizada, como si fuera un pervertido.

—O se habría reído de él —añade Gallagher.

Gow asiente.

—Lo que habría sido aún peor, por supuesto. Todo su mundo haciéndose trizas y ella riéndose en su cara... Así que pierde los estribos y desencadena toda su ira... —Se encoge de hombros: no necesita seguir.

—A lo que habría que añadir —dice Gallagher— que ese Morris Traveller suyo debía estar repleto de materiales para manualidades y decoración, y eso incluye cuchillos. Matarla tal vez no fuera un acto premeditado, pero tenía todo lo que necesitaba para hacerlo en el maletero del coche.

Gow escribe una nota rápidamente.

—Interesante. No lo había pensado. —Levanta de nuevo la cabeza—. Pero hay un problema obvio en todo esto, como seguro que has pensado ya: Faith Appleford.

—Ya lo sé —dice Gallagher suspirando—. Cuanto más incidamos en la obsesión de Scott por Sasha, más difícil resultará explicar por qué habría de asaltar a Faith. O a cualquier otra chica, si vamos al caso.

Gow asiente.

—Y cualquier abogado defensor mínimamente competente se aferrará a eso de inmediato. Y tendrá razón. Así que, si Scott no atacó a Faith, ¿quién lo hizo? No hace falta que te lo diga: las posibilidades de que haya dos hombres diferentes llevando a cabo ataques prácticamente idénticos, al mismo tiempo y en la misma zona, son más que remotas.

En la pantalla, se ve a Scott hablando muy concentrado con su abogada, golpeando en la mesa con el dedo para enfatizar su argumento.

—¿Crees posible que ya lo hubiera hecho antes? —pregunta por fin Gallagher.

—¿Acosar a una chica? Difícil de decir. Si me obligaran a decantarme, diría que no. Sobre todo, porque a estas alturas estaría reflejado de una manera u otra en su expediente laboral.

Gallagher sigue con la vista fija en la pantalla.

—Entonces, mejor que nos aseguremos de que no tenga otra oportunidad.

La abogada de Scott se ha puesto ya de pie y gesticula hacia la cámara para llamar su atención.

Gow señala hacia la pantalla con la cabeza.

—Parece que tiene algo que decirnos. O lo tiene Scott.

* * *

—Resulta que tiene una coartada —dice Gallagher mirando a todo el equipo—. Al menos, para Faith. Menos de diez minutos después de que fuera raptada, Graeme Scott estaba comprando leche en Cherwell Drive. O eso dice. Y la cosa aún mejora: pagó con una tarjeta sin contacto, así que habrá quedado registrada electrónicamente.

Pasea la vista entre los allí presentes, en la sala de coordinación; percibe el cansancio, el desaliento, la sensación de «no vamos a ninguna parte». Tiene que darle la vuelta a eso, y rápido.

—Así que lo primero que haremos será comprobar esa coartada. —Se vuelve hacia Gislingham—. Y, mientras tanto, ¿hay noticias del laboratorio?

Gis levanta la cabeza.

—Están analizando los cuchillos y el polvo de yeso del coche de Scott, cotejando su ADN con el de la bolsa de Tesco encontrada en las huertas comunales. Trataré de acelerarlo todo.

—Muy bien —dice en tono enérgico, dirigiéndose a todos de nuevo—. Y, mientras ellos hacen su trabajo, nosotros seguiremos con el nuestro. No vamos a limitarnos a comprobar la coartada de Scott para Faith, también revisaremos sus llamadas telefónicas para ver si realmente estaba en casa la noche en que desapareció Sasha. Y también continuaremos buscando entre los colegas de Brotherton, porque, ahora mismo, tampoco están descartados. Nada de esto es física cuántica, señores, así que manos a la obra, ¿de acuerdo?

* * *

La reconstrucción se pone en marcha en cuanto oscurece. Cuando Somer y Everett llegan a Cherwell Drive, ya hay una buena cantidad de personas congregadas en la acera. Los focos y las cámaras de televisión están preparados y se ve el vehículo de la compañía de autobuses aparcado en un área de descanso, a un centenar de metros. El conductor está hablando con un par de policías uniformados.

Everett se abre camino hacia el equipo de la BBC, pero Somer se queda donde está, observando los rostros de la multitud, con la esperanza de que Fiona Blake haya seguido su consejo y no esté por allí. Si Sasha siguiera desaparecida, la presencia de Fiona todavía podría estar justificada.

Ahora ya no. Ahora, lo único que encontraría es dolor. Y no solo por haber perdido a su hija: Somer puede ver que están entrevistando a Jonathan Blake frente a la cámara; y, justo detrás, está la mujer con la que debe de vivir ahora, meciendo a un bebé contra su hombro. Blake habla con vehemencia, su ansiedad patente en el gesto serio y la arruga del entrecejo. Y más allá, detrás de las cámaras, están las amigas de Sasha. Somer no sabía si vendrían; los padres no eran demasiado partidarios y las chicas lo han pasado tan mal que insistir en ello parecía incluso cruel. Pero resulta incuestionable que su presencia puede cambiar mucho las cosas: el llamativo teñido del cabello de Isabel, la chaqueta de cuero rojo de Patsie... Todo eso puede ayudar a que alguien recuerde. Pero, como bien sabe Somer, lo que parece lógico en una investigación policial puede percibirse de manera muy distinta cuando te toca pasar por ello, sobre todo si tienes quince años y tu mejor amiga ha sido asesinada de un modo horrendo. Incluso desde la distancia, Somer distingue que Patsie está llorando y que Isabel y Leah se abrazan. Tampoco ayuda mucho la presencia de la chica que interpreta a Sasha. Con esa ropa y el bolso y el peinado que le han hecho, el parecido resulta perturbador. Gracias a Dios, piensa otra vez Somer, que Fiona Blake no ha venido.

—¿Erica?

La voz es familiar y, cuando Somer se gira, se encuentra cara a cara con Faith Appleford. Está pálida y todavía más delgada que la última vez que hablaron, pero parece tranquila, lo que en esas circunstancias resulta casi un milagro.

—No sabía que ibas a venir.

—Pensamos que debía hacerlo. Parecía lo más adecuado. —Se encoge de hombros—. Es difícil explicarlo.

—No, lo entiendo —contesta Somer—. ¿Cómo estás? Siento

336

muchísimo que no pudiéramos hablar un poco más cuando te llamé hace un par de días.

—No pasa nada —responde enseguida—. Sé que estás ocupada. Y yo voy mucho mejor. Sé que suena horrible después de..., en fin, ya sabes, después de «esto». —Se sonroja un poco—. Supongo que me estoy dando cuenta de la suerte que tuve. De la suerte que tengo.

Somer le dirige una sonrisa triste.

—En eso tienes razón. No lo olvides nunca. Tienes un futuro espléndido por delante.

Ahora puede ver también a Diane Appleford, de pie con Nadine, un poco más allá de la furgoneta de la BBC.

—Y, por horrible que sea todo esto —continúa Faith en tono suave—, al menos significa que lo que me pasó... Que no pudo ser nadie que yo conociera.

Somer quisiera estar de acuerdo, pero no sabe si puede estarlo. Ahora mismo, es como si hubieran vuelto a la casilla de salida.

El motor del autobús resopla de pronto y le evita a Somer el tener que responder. La puerta del vehículo se abre con un siseo y las dos jóvenes entran, primero «Sasha» y luego Isabel. Leah y Patsie observan desde el bordillo de la acera, con los ojos brillantes bajo el resplandor de las luces. Una mujer que debe de ser la madre de Patsie rodea a su hija con el brazo, pero Patsie la aparta con gesto brusco.

Somer se dirige a Faith.

—¿Te importa si te pregunto una cosa?

Faith se encoge de hombros.

—Dime.

—Ya sé que dijiste que a lo mejor no era una furgoneta donde te metieron. ¿Crees que podría haber sido algún tipo de coche? ¿Incluso uno bastante pequeño?

Faith la mira con los ojos abiertos de par en par.

—¿Crees que podrías saber quién fue?

—Estamos hablando con alguien, sí, pero es todo lo que puedo decir por ahora.

—¿Podéis analizar el coche? Quiero decir, los de la policía científica.

—El tipo asegura que tiene coartada para esa mañana, aunque aún no hemos podido comprobarla. Mientras tanto, sí, estamos analizando el coche. Pero nos ayudaría mucho si pudieras recordar alguna cosa más.

Faith parece afligida.

—Lo siento mucho, pero es que no puedo decir nada con seguridad. Me gustaría ayudar, pero...

—No —la interrumpe Somer—. No pasa nada. Lo entiendo.

Faith gira la cabeza hacia la multitud congregada alrededor de las cámaras.

—Ey, hay dos compañeras mías allí. ¿Te importa? Les había dicho que nos veríamos aquí.

Somer sigue su mirada. Dos chicas le están haciendo señas a Faith; una de ellas es Jess Beardsley, la joven con la que habló en la cantina.

—Me alegro de que vayas haciendo amigas. Es estupendo. Y Jess parece muy maja.

Faith sonríe con timidez.

—Sí, es lo único bueno en toda esta mierda. Resulta que el hermano de Jess también es trans. A ella no le parece nada raro.

Dos sencillas palabras, pero todo un mundo de aceptación en ellas. La posibilidad de otra vida.

Somer la observa mientras se aleja, ve cómo la abrazan. Quizá sí pueda salir algo bueno de todo este dolor. Contra todo pronóstico.

* * *

Sasha observa mientras el autobús se aleja; luego vuelve bajo la marquesina de la parada y se sienta en el banco. Mira el teléfono y de nuevo se pone de pie. Mira a un lado y al otro de la calle, con expresión nerviosa. Parece estar buscando a alguien.

Después, todas las luces se apagan.

* * *

Las cámaras dejan de rodar y la chica que interpreta a Sasha se gira y busca a su madre, ávida de elogios. Y quizá los merezca, quizá haya parecido de verdad la chica a la que encarnaba, porque Patsie y Leah se aferran la una a la otra, deshechas en llanto, y, cuando la puerta del autobús se abre, Isabel baja con paso inseguro y se derrumba, sollozando, en los brazos de Yasmin. Everett observa cómo la mujer envuelve en una manta a la joven y luego se la lleva, como si fuera la superviviente de un terremoto. Y tal vez el símil no se aleje mucho de la verdad, piensa Everett; porque la calamidad en la que se han visto atrapadas estas chicas ha destrozado todo aquello en lo que creían poder confiar y, aunque la confianza pueda recomponerse, esa línea de falla va a seguir siempre ahí.

Unos metros más allá, Jonathan Blake está otra vez hablando, ahora a otro grupo de periodistas. Parece haber encontrado su vocación, piensa Everett con desprecio, aunque enseguida se reprende a sí misma por ser tan desconfiada. Quizá ese hombre solo quiera ayudar. Uno de los periodistas interrumpe a Blake para preguntarle si puede posar para una fotografía con su nueva familia, y él, tras una tímida objeción, le hace señas a su novia para que se acerque.

—¿Rach? Parece que en esta quieren que salgáis también tú y Liam.

—Fantástico —dice el periodista mientras el cámara coloca a la pareja y a su hijo contra el fondo de la multitud—. El hermanito al que Sasha nunca llegó a conocer. Mi editor lo va a flipar.

* * *

A las ocho, después de que su marido se haya ido a trabajar, Alex Fawley se permite otra media hora en la cama antes de arrastrarse hasta la ducha y abrir el grifo. Comprueba la temperatura y la presión del agua antes de meterse: ni demasiado caliente, ni demasiado fuerte. Se enjabona con todo cuidado, acariciando la piel tirante que cubre a su bebé. Este se mueve al sentir el contacto y Alex sonríe. El bebé está bien. Todo marcha bien. Y ya no queda mucho. Solo diecisiete semanas más. Ciento diecinueve días...

No oye el teléfono hasta que cierra el grifo y sale con cautela a la alfombrilla. Es el móvil; debe de habérselo dejado en la cocina. Decide no hacer caso y coge una toalla para enrollársela en la cabeza. Por fin la llamada cesa, pero apenas treinta segundos después empieza de nuevo. Cuando llega abajo y encuentra el teléfono, se ha convencido a sí misma de que debe ser Adam, que llama para comprobar que está bien; pero al levantar el aparato lo que tiene ante los ojos es el número de su despacho. Y ya han llamado cuatro veces.

—¿Hola? ¿Sue? Soy Alex. ¿Me estabas llamando?

Pues claro que la estaba llamando. Se trata de uno de los clientes más importantes de Alex. Uno de los más importantes del bufete. Y de un plazo apremiante, y de un problema fiscal, y de que el socio que la sustituye no ha ido porque está enfermo, y..., y..., y...

Alex suspira: va a tener que pasarse por allí. Pero con suerte solo serán un par de horas. Habrá vuelto mucho antes de que Adam regrese. Ni siquiera tiene por qué enterarse.

—Muy bien —termina diciendo—. Acabo de salir de la ducha, pero estaré ahí lo más pronto posible.

—Uf, muchas gracias. —Suspira la ayudante, que es, tiene que recordarse a sí misma Alex, incuestionablemente brillante y muy ambiciosa, pero todavía inexperta hasta límites insospechados—. Qué amable por tu parte.

—No hay problema —dice, tratando de demostrar más ánimo del que en verdad siente—. Tú defiende el fuerte durante una hora. Voy lo más rápido que pueda.

* * *

Ruth Gallagher no puede acordarse de cuándo fue la última vez que estuvo en el despacho de Alan Challow. ¿Hace seis meses? ¿Hace más? Ha llevado tres o cuatro casos de asesinato durante el último año, pero por lo general es el subinspector quien trata con la brigada científica. Además, es Alan Challow quien suele desplazarse a donde estás tú, no al revés, de modo que ser invitado a su territorio es cuando menos una anomalía. Le gustaría pensar que tiene una noticia importante que darle, pero, si algo le han enseñado todos estos años en Delitos Graves, es a no hacerse demasiadas ilusiones.

Nadie responde cuando llama a la puerta y, cuando la abre, solo encuentra un despacho vacío. Tiene exactamente el aspecto que recordaba: la vista al aparcamiento, la mesa meticulosamente ordenada, la absoluta falta de personalización. Ruth es buena con los detalles, descubre significados en lo que a primera vista parece trivial; para conocer a los integrantes de su equipo temporal, los expedientes de cada cual le han dado tanta información como lo que ha visto en sus respectivos escritorios. Las fotos de bebé que Gislingham ha pegado alrededor de la pantalla del ordenador; la planta perfectamente cuidada de Everett o la fotografía que tiene Somer en la mesa, con una mujer tan parecida a ella que seguro que son hermanas; el relajado desorden del escritorio de Quinn; los envoltorios de chocolate ocultos en la papelera bajo el de Baxter. En cuanto a Fawley, también él tiene una fotografía. Su mujer y su hijo, en una playa de algún lugar, bronceados y descalzos, con un fondo de atardecer que les enrojece el cabello y acentúa todavía más el parecido entre ellos. Jake Fawley sonríe, con cierta cautela. La imagen debió tomarse el verano anterior a su muerte.

–Perdona por hacerte esperar –dice Challow entrando tras ella y cerrando la puerta. Lleva en la mano su taza-termo de café.

–He pensado que sería mejor hacer esto en persona.

Le indica con un gesto la silla y él rodea su mesa para tomar a su vez asiento.

–Y bien: ¿qué tienes? –pregunta Gallagher mientras observa cómo Challow coge un tubo de edulcorantes del cajón y saca cuidadosamente tres pastillas.

–Vamos primero con lo más soso. Hemos cotejado las muestras de Graeme Scott con las de la bolsa de plástico del ataque a Faith Appleford y no hay ninguna huella dactilar que coincida. El ADN masculino tampoco es el suyo, y en el coche no hay ADN de Faith.

–De todas formas, ya lo habíamos descartado, en el caso de Faith. Su coartada está comprobada. ¿Qué hay de Sasha?

–Ninguno de los cuchillos de su domicilio de Oxford, de la

casa de campo o del coche fue usado en el ataque, y tampoco hay ADN de la chica en ninguno de esos sitios. Lo lamento.

—¿Habéis comprobado el asiento delantero del coche, además de la parte de atrás?

Challow le dedica una mirada de desaprobación.

—Sé lo que hago, como puedes imaginar.

—Perdona... Es solo que nuestra teoría de base era que esa noche podría haberse ofrecido a llevar a Sasha. Pero después de lo que has dicho...

Challow niega con la cabeza.

—Muy improbable. Es extremadamente difícil limpiar un coche tan bien, y al de Scott no parecía que le hubieran pasado la aspiradora en todo el milenio, no digamos ya en la última semana.

Gallagher suspira.

—De acuerdo. Así que todo indica que también tenemos que descartarlo del caso de Sasha. Pero ¿no habías dicho que tenías algo que no era «soso»?

—Ah —contesta Challow, dejando con todo cuidado el palito con que remueve el café en una servilla—. Esto es muchísimo más interesante. También tiene que ver con la bolsa de la compra.

—Muy bien —dice Gallagher despacio.

—Cotejamos los perfiles de ADN de la bolsa la semana pasada y no encontramos ninguna coincidencia en la base de datos. Pero hay una cosa que no hicimos.

—¿Y fue?

—Comparar esos perfiles entre sí. Y no es ninguna cagada —se apresura a añadir al ver su expresión—. Ese nunca ha sido el procedimiento estándar. De hecho, si Nina no hubiera echado otro vistazo mientras estábamos con lo de Scott...

—Me estoy perdiendo...

–Dos de los perfiles de ADN que encontramos en la bolsa... Resulta que están relacionados.

–Relacionados ¿con qué?

Se recuesta en la silla.

–Entre sí. Casi con seguridad son de madre e hija.

Se le cae el alma a los pies. Pero ¿no se suponía que tenía algo interesante?

–Eso tampoco nos dice demasiado, ¿no crees? Siempre hemos sabido que la bolsa podría haberse cogido al azar, en la calle, en una papelera; casi cualquiera podría haberla tocado. La verdad...

Pero Challow niega con la cabeza.

–No es tan sencillo. No solo es que los perfiles estén relacionados, sino que están relacionados con la víctima.

Gallagher abre unos ojos como platos.

–¿Relacionados con Faith?

Asiente.

–Tendremos que comparar muestras reales para que sea admisible en un tribunal, pero estoy todo lo seguro que se puede estar: esa bolsa la habían tocado tanto Diane como Nadine Appleford.

* * *

Adam Fawley
8 de abril de 2018
11:46

–Soy Adam Fawley... Me han dicho que mi mujer está aquí.

Me esfuerzo por hacer salir las palabras; tengo el corazón tan desbocado que casi no puedo ni respirar. Durante todo el trayecto en coche me he estado diciendo...

La enfermera de la recepción me echa un vistazo y luego consulta una lista.

—Ah, sí —dice secamente—. Creo que ahora está con ella el doctor Choudhury. Espere un momento. —Coge el teléfono y marca un número.

Mi cerebro está en caída libre... Esta mujer no me mira a los ojos, ni tampoco sonríe... ¿No tendría que hacerlo si todo marchara bien? Con lo cual, eso significa que...

Cuelga el teléfono.

—Por el pasillo a la derecha. Habitación 156.

Alex está sentada en la cama, vestida con una bata de hospital. Y, por un momento, eso es todo lo que veo, su cara pálida, las lágrimas que le inundan los ojos...

—Ay, Adam, cuánto lo siento.

No sé cómo llego hasta la cama, porque mis piernas han desaparecido y tengo los pulmones como si fueran de hierro.

—Me han llamado... De tu despacho... Me han dicho que estabas allí, que te derrumbaste... Yo les dije que debía de ser un error, que tú no estabas ni cerca de ese maldito despacho...

—Su esposa se ha desmayado, señor Fawley —dice el doctor con tranquilidad. Ni siquiera había notado que estuviera allí. Me vuelvo hacia él—. Le hemos hecho algunas pruebas, solo para curarnos en salud, pero por ahora todo parece correcto.

Me lo quedo mirando como un muerto al que han indultado en el último minuto.

Asiente.

—El bebé está bien. Pero su mujer va a tener que tomarse mucho más en serio su salud. Sobre todo, en lo que respecta a comer como es debido y descansar más.

Aprieto la mano de Alex. Tiene los dedos fríos.

—¿Para qué demonios has ido allí hoy? Esta mañana no me has dicho nada...

—Estaban que se subían por las paredes. Sue me telefoneó... Lo siento, lo siento mucho.

Las lágrimas se desbordan ahora y su cara se arruga.

—Y entonces ocurrió y pensé..., pensé...

La atraigo hacia mí y la rodeo con los brazos mientras le acaricio el pelo.

—No pasa nada. El bebé está bien. Y tú, tú también.

—Lo que ahora necesita, señora Fawley, es descanso —interviene el doctor—. Y yo tengo que hablar un momento a solas con su marido.

—No pasa nada —susurro—. Enseguida vuelvo. Tú trata de relajarte.

Afuera, en el pasillo, Choudhury se vuelve hacia mí.

—Lo que ha dicho ahí dentro... No hay nada mal, ¿no? No hay nada que no me esté contando...

Niega con la cabeza. Creo que trata de resultar tranquilizador, pero no acaba de funcionarle.

—Tendremos que seguir controlando su presión arterial, pero salta a la vista que está extremadamente nerviosa y eso es lo que más me preocupa ahora. Va a tener que guardar reposo absoluto durante al menos las próximas dos semanas. Y evitar cualquier tipo de estrés.

—Yo he intentado...

—Estoy seguro de que lo ha intentado. Pero tendrá que seguir insistiendo. He hablado también con el médico de cabecera de su esposa. Tengo entendido que ya ha recibido antes tratamiento por alguna cuestión psicológica. La última vez en 2016.

Desvío la mirada; respiro profundamente.

—Nuestro hijo... se suicidó. Fue duro para los dos. Sobre todo, para Alex.

—Entiendo. —Su tono es más suave ahora—. ¿Y antes de eso?

—Aquello fue completamente diferente. Se trataba de ansiedad, más que de depresión.

—¿Cómo se manifestaba esa ansiedad? ¿Lo recuerda? Sé que hace bastante tiempo...

Por supuesto que lo recuerdo. ¿Cómo coño no voy a recordarlo?

—Dificultades para dormir, uno o dos ataques de pánico, apatía... Ese tipo de cosas. —Trago saliva—. Algunas pesadillas.

De las que despertaba aterrorizada y gritando, empapada en sudor, los ojos dilatados como los de un drogadicto, agarrada a mí con tanta fuerza que me hacía sangre...

—Pero no se parecía en nada a esto. Ahora solo está preocupada por el bebé.

El doctor me mira. Resulta obvio que no me estoy explicando demasiado bien.

—Aquella primera vez... había un motivo.

* * *

—Mierda. ¿De dónde ha salido eso? ¿Por arte de birlibirloque o qué?

Es Quinn quien habla. El equipo está reunido en la sala de coordinación.

—Y Challow está totalmente seguro, ¿no? —dice Gis—. Por saberlo, antes de irrumpir allí a lo bestia, como los comandos especiales.

Gallagher suspira.

347

–Todo lo seguro que puede estar. Tanto Diane como Nadine tocaron esa bolsa.

–Entonces, ¿qué es lo que está diciendo? –pregunta Somer–. ¿Que la madre de Faith le hizo eso a su hija? ¿Que su propia hermana fue capaz de hacer algo tan..., tan...?

–No sabemos si están implicadas –dice Gallagher rápidamente–. En este momento, es solo una teoría. Es posible..., aunque debe admitirse que extremadamente improbable, que el atacante encontrara una bolsa que los Appleford habían tirado.

Pero eso nadie se lo cree. Gallagher solo tiene que mirar sus caras. Cómo van a creérselo.

–Bueno, hay una cosa que sí sabemos –interviene Baxter–: dónde estaba Diane Appleford esa mañana. Sabemos el sitio exacto en el que estaba cuando atacaron a su hija, y no eran las huertas comunales de Marston Ferry Road. Y además está la furgoneta... ¿Cómo demonios iba la mujer a hacerse con ella?

Ev niega con la cabeza.

–Aún importa más el porqué. ¿Por qué demonios iba ella...?

–Y Nadine solo tiene quince años –interrumpe Quinn–. Imposible que condujera un vehículo, sea furgoneta, coche, SUV o tanque Chieftain.

–Pero sí que podría haber ido alguien con ella, ¿no? –replica Baxter volviéndose hacia Quinn–. No su madre. Otra persona, alguien más mayor que pudiera conducir. Y ella podría haber cogido perfectamente la bolsa de la compra en casa.

Ev abre de par en par los ojos.

–¿De verdad la crees capaz de hacer algo así? Madre mía...

Baxter se encoge de hombros.

—¿Cómo lo explicamos, si no?

—Qué tal si hablo con el colegio —se ofrece Gis—. Para asegurarnos de que Nadine estuviera allí esa mañana, como dijo.

—De acuerdo, hágalo —contesta Gallagher—. Pero con discreción, por favor. Si esto se filtra, va a ser la catástrofe del siglo.

* * *

Adam Fawley
8 de abril de 2018
13:10

Trato de escribir unos correos electrónicos, pero hay algo en los hospitales que me entumece el cerebro. Es como la memoria muscular, un espasmo involuntario de recuerdos inmutables. Todas aquellas veces que tuvimos que traer a Jake a sitios como este... Cuando se autolesionaba, cuando no habíamos sido capaces de impedírselo. Las miradas circunspectas, las preguntas cautelosas. «¿Ya lo había hecho antes?», «¿Podríamos hablar con su médico de cabecera?». Una vez y otra y otra más. Todos nosotros paralizados ante algo que no podíamos explicar y menos aún comprender.

Desisto de intentar trabajar ahora y arrojo el teléfono a la silla que tengo al lado. En la cama, Alex se rebulle un poco, pero no se despierta. Parece tranquila, más de lo que lo ha estado en muchas semanas. Me pregunto si el doctor le habrá dado algún sedante. Tengo un televisor delante de mí, fijado a la pared; cojo el mando, lo enciendo y de inmediato bajo el volumen. Están dando las noticias locales, otra vez la reconstrucción de los hechos, la última vez que alguien vio a Sasha Blake con vida. Sus amigas, su padre con su nueva familia. Ya lo había visto, pero estaba cocinando y distraído. Ahora, por primera vez, miro de verdad.

* * *

Gislingham cuelga el teléfono y levanta la cabeza hacia Gallagher.

—Era la directora de Summertown High. Nadine Appleford sí estaba allí la mañana en que atacaron a Faith.

—Gracias a Dios...

Pero Gis no ha terminado.

—El problema es que no saben con seguridad a qué hora llegó. No estuvo en el pase de lista, pero sí a las 11:15, que era cuando tenía su primera clase del día. Al principio dieron por supuesto que estaría enferma, ya sabe, con ese norovirus que ha estado circulando por ahí.

—¿A qué hora pasan lista?

—A las 8:50. Y la primera vez que hablamos con ella, Diane Appleford nos dijo que había dejado a Nadine en el instituto justo después de las 8:00, de camino al trabajo.

—Así que llegó con más de media hora de antelación y aun así no estuvo en pase de lista —dice Gallagher pensativa.

Mira a los presentes y se detiene en Everett.

—Recuérdame, ¿a qué hora raptaron a Faith?

Everett levanta la vista.

—Salió de casa a las 9:00, así que probablemente unos diez o quince minutos después.

—¿Y a qué hora la recogió el conductor del taxi?

—A las 11:20 —dice Gislingham—. Más o menos. Pero quien la atacara ya hacía mucho que se había largado. Así que, si Nadine estuvo implicada, habría podido volver a tiempo para su clase sin ningún problema. Quien condujera la furgoneta pudo dejarla en el instituto.

Gallagher se gira hacia el mapa y observa de nuevo las chinchetas que marcan dónde vive Faith, dónde la raptaron y dónde la encontraron.

—Entonces, ¿su madre la deja en el instituto poco después de las 8:00, allí se encuentra con su misterioso cómplice y los dos vuelven juntos a Rydal Way para interceptar a Faith?

Gis se levanta y se coloca a su lado. Duda un instante y luego señala el área que se extiende desde Summertown High.

—O también podría haber ido directamente a las huertas comunales desde el instituto. Hay menos de un kilómetro.

Gallagher todavía sigue mirando el mapa.

—Pero, sea una cosa o la otra, tuvo que participar alguien más. Solo tenemos que averiguar quién.

* * *

Ninguna de las dos habla demasiado durante el trayecto. De entre todas las direcciones que podría haber tomado este caso, jamás habrían pensado que tuvieran que regresar allí, al lugar donde todo empezó.

Somer aparca enfrente y se quedan en el coche durante un momento, mirando la casa. No se ven signos de vida y Somer casi tiene la esperanza de que no haya nadie. Pero sabe que eso tan solo pospondría lo inevitable.

—¿Qué demonios vamos a decirle a Faith? —pregunta girándose hacia Everett—. ¿No ha pasado ya bastante para que ahora le vengan también con algo así? Esto podría romper la familia.

Ev le pone la mano en el hombro.

—No te pongas catastrofista. Además, en el peor de los casos, no será tuya la culpa. Y no olvides que no sabemos aún que Nadine hiciera nada. Podría haber una explicación completamente inocente.

—Venga ya, Ev. Eso no te lo crees ni tú.

Everett se encoge de hombros.

—Hasta que no preguntemos, ¿cómo vamos a saberlo? Lo único que ahora sabemos es que tenemos que hacer esto, y, si hay alguien que pueda hacérselo entender a Faith, esa eres tú.

Salen del coche y recorren a paso lento el camino hasta la puerta. En el peldaño de entrada, Everett se vuelve a mirar rápidamente a Somer. Luego levanta el brazo y llama al timbre.

Diane Appleford está visiblemente sorprendida de verlas.

—Ah, hola —dice—. No habíamos quedado, ¿no? Faith no está. Se ha ido a casa de esa nueva amiga suya, Jess no sé qué.

Everett casi puede oír el alivio que invade a Somer. Consigue esbozar una tenue sonrisa.

—¿Y Nadine, señora Appleford? ¿Está en casa?

—¿Nadine? Sí, arriba, en su habitación. ¿Por qué...? ¿Quieren hablar con ella?

—Ha surgido algo, señora Appleford. ¿Puede pedirle a Nadine que baje un momento, por favor?

Una arruga asoma fugazmente en el entrecejo de la mujer.

—Muy bien.

Se acerca al pie de la escalera y llama.

—¿Nadine? ¿Estás ahí?

Esperan, pero no se oye ningún movimiento.

—¡Nadine! —grita más fuerte Diane—. ¿Podrías bajar, cielo?

Ahora sí hay indicios de vida; el crujido de la cama, una puerta que se abre. Un instante después, Nadine aparece en lo alto de las escaleras. Las ve y retrocede ligeramente. Y a Somer se le encoge el corazón.

—¿Qué hacen aquí?

—Solo quieren hablar un momento contigo, cariño. ¿Puedes bajar?

Empieza a bajar las escaleras, despacio, deteniéndose en cada peldaño.

—¿De qué quieren hablar? —dice al llegar abajo.

—Nos han llegado nuevos datos del laboratorio forense —dice Everett—. Así que necesitamos comprobar algunas cosas y volver a hablar con algunas personas.

Nadine parece relajarse un poco al oírlo.

—Muy bien. ¿Qué quieren saber?

—Sería mejor si nos acompañaras. Con tu madre.

—No quiero que ella venga —se apresura a decir Nadine—. Puedo hacerlo yo sola.

—¿Qué es todo esto? —pregunta Diane, mirando a su hija y luego a Everett—. Ahora me están preocupando.

—Solo necesitamos tener una pequeña charla con Nadine, señora Appleford. No nos llevará mucho tiempo.

¿Qué otra cosa puede decir? «¿Le importa si su hija pasa toda la noche en comisaría? ¿La cosa es muy seria?».

—Puedo ir sola —dice Nadine con obstinación—. No quiero que mi madre esté allí. No soy un bebé.

—Mira, ve a por el abrigo y ahora lo hablamos —dice Diane.

Nadine duda y luego se da media vuelta y sube de nuevo las escaleras.

* * *

353

Interrogatorio a Nadine Appleford efectuado
en la comisaría de policía de St Aldate, Oxford
8 de abril de 2018, 18:15
Presentes: inspectora R. Gallagher, agente V. Everett,
señorita S. Rogers (adulto responsable designado)

RG: Para que conste en la grabación, la señorita Sally Rogers está presente en el interrogatorio como adulto responsable de la señorita Appleford. Nadine no está arrestada y se le ha informado de que puede solicitar la presencia de su madre y de un abogado en cualquier momento. Ahora mismo, la señora Diane Appleford está observando desde la habitación contigua. Bien, Nadine, debes de estar preguntándote por qué estás aquí.

NA: [*Se encoge de hombros.*]

RG: Te lo diré. Hemos hecho más análisis de la bolsa de la compra que se utilizó para ahogar a tu hermana. En ella había ADN.

NA: [*Silencio.*]

RG: ¿Tienes idea de quién podría ser ese ADN?

NA: [*Desvía la mirada.*] ¿Cómo voy a saberlo?

RG: ¿Estás absolutamente segura?

NA: Mire, no me fastidie... Ya le he dicho que no lo sé.

RG: Pues yo creo que sí lo sabes, Nadine. No sé cuánto sabes del ADN, pero una de las cosas que puede revelar es el sexo de una persona. Y también si dos personas están emparentadas. Con estos nuevos análisis, sabemos que dos de las personas que habían tocado esa bolsa eran parientes. Casi con toda seguridad, madre e hija.

NA: [*Se cruza de brazos.*] ¿Y?

RG: ¿No se te ocurre qué madre e hija pueden ser?

NA: Ya se lo he dicho: no tiene nada que ver conmigo. No sé por qué sigue preguntándome lo mismo.

RG: [*Le pasa una hoja de papel.*] Estos son los resultados, Nadine. Y muestran, sin la más mínima posibilidad de duda, quiénes son esa madre y esa hija. Eres tú, Nadine. Tú y tu madre.

NA: No es verdad..., eso no puede ser. Se habrán equivocado.

RG: Como he dicho, siento decirte que no hay la más mínima posibilidad de error. Así que te lo vuelvo a preguntar: ¿qué puedes contarnos de lo que le pasó a tu hermana?

NA: [*Visiblemente angustiada.*] Ya le he dicho... que no fui yo.

RG: Entonces, ¿no puedes explicar por qué precisamente esa bolsa acabó siendo utilizada en el ataque a tu hermana?

NA: ¿Cómo voy a saberlo? Alguien debió de encontrársela o algo así.

RG: Eso es muy improbable, seguro que lo sabes...

NA: Ya se lo he dicho: no lo sé.

SR: Creo que deberíamos pasar a otra cosa, inspectora.

RG: ¿Dónde estabas la mañana en que atacaron a Faith, Nadine?

NA: En el instituto. Ya se lo dije.

RG: ¿Conoces a alguien que conduzca una furgoneta?

NA: No.

RG: ¿Y una ranchera, un cuatro por cuatro u otro vehículo de ese tipo?

NA: No.

RG: ¿Tienes buena relación con tu hermana?

NA: ¿Qué tiene eso que ver?

RG: Bueno, en ocasiones yo le hubiera sacado los ojos a mi hermana, cuando tenía tu edad. Muchas veces me ponía de los nervios. ¿No te ha pasado a ti nunca?

NA: No.

RG: ¿Ni siquiera por tener que cambiar de colegio por su culpa? ¿Y dejar a todos tus amigos? Debió de ser duro.

NA: No fue tan malo. Además, ahora tengo otros amigos.

RG: A Faith le afectó mucho la agresión, ¿no es así?

NA: Sí, ¿y?

RG: Y, desde entonces, todo se le está haciendo muy difícil.

NA: Supongo.

RG: Estoy segura de que nunca quisiste que le pasara algo así.

NA: Yo no lo hice... Ya se lo he dicho. No tuvo nada que ver conmigo. [Al borde de las lágrimas.] ¿Por qué no deja de preguntarme esa mierda?

RG: Hemos hablado con el instituto. Nos han dicho que no estabas cuando pasaron lista la mañana en que atacaron a tu hermana. Dicen que sí estabas en la clase de Geografía, a las 11:15, pero no saben dónde estabas antes. ¿Nos lo puedes decir tú?

NA: [Silencio.]

RG: ¿Estabas en las huertas comunales, Nadine? ¿Tuviste algo que ver con lo que le pasó a tu hermana?

NA: [Silencio.]

VE: ¿Por qué vas a cargar tú con toda la culpa, Nadine? Sabemos que alguien más tuvo que estar implicado.

Alguien tuvo que conducir la furgoneta. ¿Quién es,
Nadine? ¿Por qué lo estás protegiendo?

NA: [*Al adulto designado.*] ¿Me puedo ir ya a casa?

RG: Siento decirte que no, Nadine. Todavía no. Pero
podemos hacer un descanso, si quieres.

SR: Creo que sería una buena idea.

VE: Interrogatorio suspendido a las 18:35.

* * *

–Ha sido como ver ese programa de la tele –dice Quinn–.
¿Cómo se llama? Ese en el que tienen que adivinar quién
está mintiendo.

–*Faking it: las lágrimas de un crimen* –dice Somer.

–Pero tengo razón, ¿no? –dice Quinn, volviéndose hacia
ella–. Aunque no haya dicho nada en voz alta, su lenguaje
corporal estaba a todo volumen. Si fuera el puto Pinocho,
la nariz le llegaría ya hasta Birmingham.

–Puede que sí –dice Gislingham con tristeza–, pero así no
vamos a saber quién conducía la furgoneta, ¿verdad?

* * *

Está lloviendo en Blackbird Leys. Una lluvia torrencial, insistente y descorazonadora que solo hace que los alrededores parezcan más deprimentes. Everett aparca el Mini debajo de una farola –no es tonta–, se sube el cuello y corre los
pocos metros que la separan de la casa de los Brotherton.
La puerta tarda un buen rato en abrirse.

–¿Qué quiere? –pregunta el anciano. Todavía viste los mismos pantalones beis, pero ahora tiene un delantal alrededor de
la cintura y un guante de horno en una mano–. Ashley no está.

357

—Siento molestarlo, señor Brotherton. Solo quería hacerle una pregunta rápida. A usted..., no a Ashley.

La mira largo rato sin decir nada.

—¿Es una pregunta «oficial»?

Everett se ruboriza un poco. Porque el hombre tiene razón: no le ha dicho a nadie que iba a ir allí. Su cara muestra un gesto compungido.

—No exactamente.

—¿Y contestarla va a poner a Ash en apuros?

—No —responde de inmediato—. No, estoy segura de que no. De hecho, podría ayudarlo.

El anciano retrocede un paso.

—Será mejor que entre, pues. Va a coger una pulmonía ahí fuera.

* * *

La dirección que está buscando Somer cuesta un poco de encontrar, sobre todo de noche y lloviendo, pero por fin aparca frente a un bloque moderno muy cercano a Iffley Road. Consulta el número de piso y luego recorre chapoteando el camino hasta el portal.

Aprieta el timbre y el interfono cobra vida con un chisporroteo.

—¿Quién es?

—Erica Somer. ¿Eres Jess?

Una pausa.

—¿Quién te ha dado esta dirección?

—La madre de Faith. Me ha dicho que Faith venía a verte esta noche. ¿Está ahí?

La puerta se abre y salen un par de chicas, bien abrigadas con sus parkas con capucha de pelo y sus botas. Ambas se están riendo. Somer tiene la tentación de colarse rápidamente antes de que la puerta se cierre, pero se reprime: necesita que Jess y Faith sientan que tienen el control.

Vuelve al interfono.

—Solo quería comprobar que Faith está bien.

Sigue un silencio y luego se oye el zumbido de la puerta al desbloquearse.

—Sube.

El piso está en la última planta. El ascensor no funciona, así que Somer va bastante más lenta cuando por fin alcanza el rellano correspondiente. Algo más adelante puede ver la puerta, ya abierta. Jess está de pie en el umbral. Apenas pasan de las nueve de la noche, pero ya lleva el pijama y una larga bata de cachemira que parece más bien de hombre.

Arquea una ceja al ver a Somer.

—Tenemos que dejar de vernos así.

Sostiene una taza en la mano, humeante. Pero no de café, sino de algo terroso, herbáceo.

—¿Cómo está Faith? —pregunta Somer.

Jess tuerce el gesto.

—No muy bien.

Hablan en voz baja, como si hubiera alguien enfermo.

—Su madre ha llamado hará unos veinte minutos —continúa Jess—. Dice que habéis detenido a Nadine, que está arrestada, vaya.

Somer suspira.

—Lo siento. La verdad es que no hemos tenido opción, con las nuevas pruebas que tenemos ahora.

—Faith no estaba tan mal antes de saberlo, pero desde entonces no deja de llorar. No puede creer que Nadine pudiera haberle hecho aquello.

—No sabemos si lo hizo. Todavía no.

Jess se encoge de hombros.

—Debéis creer que es posible o no la estaríais interrogando. ¿Tienes tú alguna hermana?

Somer duda; luego asiente.

—Sí. La tengo.

—Bueno, pues ¿cómo te lo tomarías tú?

* * *

—No sé cómo se llama —dice el señor Brotherton, sacando la bolsita de té de la taza y arrojándola a la basura.

—Pero Ashley tiene una novia, ¿no?

El anciano deja escapar un bufido.

—Más bien la tenía, diría yo. No creo que ella le haya dicho ni pío desde que todo esto empezó.

Las antenas detectivescas de Everett vibran al oírlo. Quizá no signifique nada, pero por otro lado...

—¿Cómo se llama? —pregunta cogiendo la taza que le ofrece.

—A mí que me registren. Nunca la trae aquí.

A Ev se le cae el alma a los pies.

—Entonces, ¿nunca la ha visto?

El anciano hurga en el armario en busca de galletas y vuelve con unas Garibaldi. Everett trata de no pensar en cuánto tiempo puede llevar allí el paquete.

Arrastrando los pies, el hombre camina hasta la mesa y se sienta.

—La vi una vez o dos, de lejos. Hará a lo mejor un par de meses. Pero estaba de espaldas. Pelo castaño, bastante largo.

Entonces podría ser prácticamente cualquiera, piensa Everett. Pero también Nadine Appleford.

–De algo sí que me acuerdo –dice ofreciéndole el paquete de galletas–. Él le estaba enseñando a conducir.

* * *

Somer se sienta en un sillón, frente a Faith. La joven se rodea las piernas con los brazos y apoya la mejilla en las rodillas. Una manta gofrada le envuelve los hombros.

–¿Cómo estás? –pregunta Somer con suavidad.

No hay contestación. Puede ver las lágrimas en el rostro de la joven.

–Solo he pasado para ver cómo seguías. Por desgracia, no hay mucho que pueda decirte ahora mismo.

Faith parece notar la presencia de Somer por primera vez. Levanta la cabeza y se seca los ojos.

–Mi madre me dijo que la bolsa de la compra era de nuestra casa.

Somer suspira.

–Ya lo sé. Todavía no tenemos explicación. Por desgracia, Nadine no está diciendo mucho.

Faith vuelve a bajar la cabeza. Somer no puede ni imaginarse cómo tiene que ser... descubrir que alguien que supuestamente te quiere te ha traicionado. Y además de una forma tan cruel y deliberada y vengativa.

–¿Conoces a muchos amigos de Nadine?

Faith levanta la cabeza y niega en silencio.

–¿Alguno de ellos tiene una furgoneta? ¿Algún vehículo similar que pudiera ser ese en el que te metieron?

Otra negativa casi imperceptible con la cabeza; las lágrimas asoman de nuevo. Ahora se está meciendo suavemente, mientras las manos se agarran todavía más fuerte a las rodillas.

–Lo siento, Faith, pero tenía que preguntártelo.

Jess se desliza a su lado en el sofá y le pone con suavidad una mano en el hombro.

—Enseguida preparo algo de comer —susurra—. Macarrones con queso, tu plato favorito.

Faith no reacciona, pero tampoco le quita la mano.

Cuando unos minutos más tarde Somer se detiene ante la puerta y se gira para mirarlas, ambas siguen allí sentadas, en la misma posición; tan solo se oye el repiqueteo de la lluvia en las ventanas y el leve siseo del fogón de gas.

* * *

Enviado: lunes, 8 de abril de 2018, 21:55
Importancia: Alta
De: AVerityEverett@policia.ThamesValley.uk
Para: IRuthGallagher@policia.ThamesValley.uk

Asunto: Ashley Brotherton – URGENTE

Había algo que no dejaba de reconcomerme en todo este asunto de Nadine, así que fui a hablar otra vez con el abuelo de Ashley. Me dijo que Ashley tenía una novia y que él le estaba <u>enseñando a conducir</u>. En aparcamientos y sitios así. El señor Brotherton no sabe su nombre y solo puede dar una descripción imprecisa, pero, por lo que dijo, no hay duda de que podría tratarse de Nadine.

Así que solo porque tenga 15 años y no tenga carné no significa que no pudiera conducir físicamente la furgoneta. Y, si era ella la novia de Ashley, también sabría lo de la copia de la llave que guardan junto a la puerta de atrás.

Creo que es posible que Nadine cogiera un autobús hasta allí la mañana en que atacaron a Faith y que «tomara prestada» la furgoneta mientras Ashley y su abuelo iban al funeral. Los tiempos son realmente muy justos, pero creo que podría haber sido ella quien lo hizo. Y el señor Brotherton dijo que ese día Ashley aparcó la furgoneta en la siguiente calle, para asegurarse de que los coches fúnebres tuvieran sitio, con lo que habría resultado más fácil llevársela sin que nadie lo notara.

Sé que todo está muy cogido por los pelos, pero es factible. ¿Recuerda lo que dijo aquella testigo de que el conductor de la furgoneta llevaba la gorra tan baja que le tapaba la cara? Eso también tendría sentido, si se trataba de Nadine. No querría que nadie se percatara de lo joven que es.

Y eso también explicaría perfectamente por qué no quiere decirnos quién fue su cómplice: no puede hacerlo, porque no lo tenía.

VE

* * *

–¿Agente Everett? Soy Ruth Gallagher. Acabo de recibir su correo.

Gallagher habla por el manos libres del coche mientras espera en el semáforo de Summertown. Aunque ella no lo sepa, Everett está apenas a un centenar de metros, arriba en su piso, volcando con la mano libre una lata de comida para gatos en un cuenco.

–Ha sido una intuición brillante. La felicito.

–Gracias. Es que se me ocurrió de repente... Si alguien le había cogido la furgoneta a Ashley, ¿por qué no podría haber sido una novia? ¿Y por qué no Nadine?

–Pero con lo de los tiempos tiene razón. Habría necesitado una suerte milagrosa con la conexión de los autobuses.

Y tanto a la ida como a la vuelta, porque no solo tuvo que coger la furgoneta en Blackbird Leys, sino que luego tuvo que volver a dejarla allí y regresar al instituto.

—Sí, ya lo sé, pero son solo unos ocho kilómetros. Podría hacerse, aunque por poco.

—Bueno, será mejor que lo comprobemos haciéndolo nosotros mismos. Pero lo primero es lo primero. ¿Ha hablado con Ashley?

Gallagher puede oír una especie de gemido difuso al fondo, no de un bebé, sino más bien de un gato. Un gato especialmente insistente.

—Lo he intentado —contesta Everett, levantando un poco la voz—, pero, como no puede trabajar por el corte de la mano, se ha ido a Blackpool con unos amigos. Y me parece que no coge el teléfono.

—¿Le pidió a su abuelo que probara? Es más probable que le conteste a él que a un número desconocido.

—Sí, se lo pedí, pero saltó el buzón de voz. No se preocupe, volverá a intentarlo mañana a primera hora. Y, si es necesario, volveré allí para asegurarme de que lo haga.

* * *

Adam Fawley
9 de abril de 2018
8:25

Alex está todavía dormida cuando llego al hospital, pero se agita un poco cuando acerco una silla a la cama y termina abriendo los ojos. Sonríe con esa maravillosa sonrisa lenta que tiene al despertarse, una sonrisa que me provoca un vuelco en el corazón.

—¿No debería estar trabajando a esta hora, inspector Fawley?

—Creo que el programa de divulgación a la comunidad puede arreglárselas sin mí durante un rato.

Ayer fue una charla en el Club de Personas Sordas sobre cómo la policía trata con testigos vulnerables; hoy toca hablar sobre los distintos itinerarios de la profesión en el instituto de secundaria de Cuttleslowe. Son cosas importantes y alguien tiene que hacerlas. Solo que preferiría no ser yo.

Alex se incorpora despacio y tira de las mantas para taparse. Instintivamente, sin pensarlo. Como si estuviera protegiendo al bebé, incluso de mí. Afuera, en el pasillo, puedo oír el traqueteo del carrito del desayuno.

Extiendo el brazo y le cojo la mano.

—No puedo quedarme mucho, pero volveré después, en cuanto pueda escaparme.

Me sonríe, pero esta vez es una sonrisa triste y desmayada.

—Resulta irónico, ¿no crees? Durante todos estos años no quería que trabajaras hasta tan tarde y ahora llegas pronto a casa todos los días, y por mi culpa.

—No es culpa tuya, y con suerte tampoco será por mucho tiempo. Se rumorea que Ruth Gallagher está a punto de arrestar a alguien por el caso de Sasha Blake. A uno de sus profesores. Y, si fue él, vivía en el norte de Gales a finales de los noventa, así que es imposible que fuera un presunto sospechoso que nos pasara desapercibido en el caso Parrie. De modo que trata de no darle más vueltas, ¿de acuerdo?

—Te cae bien, ¿verdad? —dice—. Esa Ruth Gallagher.

—Sí, así es. Es buena en su trabajo, pero no hace alarde de ello. Y ha conseguido que el equipo haga lo que ella quiere sin obligarlos a cambiar sus métodos de trabajo. Y eso no es fácil.

—¿También Quinn? –pregunta Alex.

—También Quinn. Seguramente porque Gallagher tiene un hijo adolescente y ha utilizado la misma técnica que con él.

Intercambiamos sonrisas. Me digo a mí mismo que sus mejillas parecen tener algo más de color. Y quizá sea así.

Me levanto y le doy un último apretón en la mano.

—¿Adam? –me dice cuando ya estoy en la puerta. Pero al darme la vuelta ella parece haber cambiado de opinión–. Nada importante –dice–. Puede esperar.

* * *

—Y hasta ahí hemos llegado –dice Ruth Gallagher–. Matrícula de honor para Everett, pero hasta que hablemos con Ashley no dejará de ser una suposición.

Están en la reunión matinal y la sala está llena. El sentimiento de expectación resulta tan perceptible como el olor a café de máquina. Quizá vayan por fin a resolver este maldito caso.

—¿Qué dice Nadine? –pregunta Gislingham.

—Nada –contesta Gallagher–. No hay sorpresas por ese lado. Aunque su madre asegura que jamás ha oído el nombre de Ashley Brotherton y que Nadine no tiene novio. Lo cual, como sabe cualquiera que tenga un hijo adolescente, no prueba absolutamente nada. Pero tal como están ahora las cosas, y sin tener nada más en lo que apoyarnos, no he tenido más remedio que dejarla libre y enviarla a casa.

Quinn se levanta y se acerca a la pizarra. Es el único que está tomando un auténtico café de cafetería; tampoco en eso hay sorpresas. Observa las fotografías durante un momento y luego se vuelve hacia el grupo.

—Bueno, si queréis saber mi opinión, diría que aquí estamos errando el tiro.

Nadie quiere saber tu opinión, piensa Everett, poniéndose de mala uva. Típico de Quinn poner palos en las ruedas.

—¿Por qué lo dice, Quinn? —pregunta Gallagher con tranquilidad.

—En fin, no hay más que mirarla... A Nadine, quiero decir. Ashley Brotherton queda por completo fuera de su alcance. No miraría a esa chica dos veces.

Se produce cierta agitación en la sala. Quizá algunos de los presentes hubieran pensado lo mismo, pero Quinn es el único que se atreve a hacer ese tipo de comentarios.

Gallagher arquea una ceja.

—Una cosa que he aprendido en este trabajo, agente Quinn, es que si basas una investigación en tus creencias personales, probablemente acabarás de mierda hasta las cejas.

Somer y Everett cruzan la mirada: ninguna de ellas había tenido antes a una mujer como jefa, pero está claro que tiene su parte buena.

—¿Ha quedado claro? —continúa Gallagher, paseando la vista entre los presentes—. A pesar de los recelos del agente Quinn, vamos a dar por supuesto que sí hay conexión entre Nadine y Ashley Brotherton, hasta que demostremos lo contrario. Y, mientras lo hacemos, vamos también a averiguar si pudo ser físicamente posible que, el 1 de abril, la chica fuera a Blackbird Leys y regresara a tiempo para su doble clase de Geografía en el instituto. Un positivo para quien se presente voluntario para lo de los autobuses. Si no hay nadie, tendré que elegir a una víctima.

* * *

Adam Fawley
9 de abril de 2018
10:05

La veo nada más detenerme en el aparcamiento. Sería difícil no verla en cualquier parte, más aún en este lugar. Está justo en la entrada: bolsa de bandolera al hombro, largo cabello rojo oscuro recogido en una garbosa cola de caballo, botas por encima de la rodilla con cordones por delante y falda solo hasta la mitad del muslo. Mira dos veces su reloj en el tiempo que me cuesta cerrar el coche. Y entonces me ve.

—Inspector Fawley —dice acercándose rápidamente. No es una pregunta, no hay entonación ascendente. Sabe quién soy.

—Estoy ocupado. Hable con la oficina de prensa.

Se detiene, justo en medio de mi camino.

—Ya lo he hecho. Se niegan a decirme nada.

—Bueno, tampoco yo voy a decirle nada. Ni siquiera me encargo ya del caso. Como usted bien sabe.

Reemprendo la marcha y ella me sigue.

—Pero sigue siendo parte de él... Si encuentran al asesino, eso repercutirá directamente en el caso Parrie. Eso es en lo que estoy trabajando...

—Mire, señorita...

—Bowen. Nicole Bowen.

—Esta investigación la lleva la inspectora Gallagher. Hable con ella.

Tuerce el gesto.

—También lo he hecho. Y me dijo que me fuera a la mierda. Cierro comillas.

No puedo evitar una discreta sonrisa al oírlo. Entonces, por encima del hombro de la mujer, veo que un coche pone el intermitente y entra desde la calle principal. Es un Jaguar rojo cupé, y estoy bastante seguro de que lo he visto antes. Una intuición que se convierte en convicción cuando veo quién conduce. Es Victoria Parker, la madre de Isabel. Y no quiero a esta Nicole Bowen a menos de un kilómetro de ella.

Me doy la vuelta y empiezo a caminar, pero Bowen continúa pegada a mí.

—He oído un rumor —dice—. Dicen que han arrestado a alguien. Por el asesinato de Blake.

Me detengo y me giro para mirarla cara a cara.

—¿Quién le ha dicho eso?

Se me acerca un paso.

—Se dice que es uno de sus profesores. ¿Graeme Scott?

No controlo mi expresión con suficiente rapidez. Nota el impacto de sus palabras. Al otro lado del aparcamiento, Victoria Parker ya ha cerrado el coche y camina hacia mí.

—Así que es verdad —continúa Bowen con mirada escrutadora.

Y entonces me doy cuenta claramente de una cosa: esta mujer tendrá que practicar más su cara de póker si quiere labrarse un futuro en los reportajes criminales. Esa sonrisita ufana que tiene hará que no la trague ningún policía.

—Mire, señorita Bowen. Tengo mejores cosas que hacer que quedarme aquí escuchando especulaciones descabelladas y sin ninguna base. Si quiere conservar su trabajo, le recomiendo que evite decir este tipo de cosas en público o incluirlas en su maldito documental. ¿Está claro? Bien. Y, ahora, si me permite...

Algo en la expresión de mi cara hace que esta vez no me siga. Victoria Parker se ha detenido en la puerta principal y arquea una ceja mientras me acerco.

—¿Algún problema?

—La prensa —contesto—. Gajes del oficio, por desgracia habituales en casos como este. ¿Hay algo en lo que pueda ayudarla?

—Es todo este asunto terrible de Sasha Blake... La rumorología se ha disparado en el instituto, y de qué manera.

—Parece incómoda—. Quiero decir que, bueno, no me suelen gustar los cotilleos típicos mientras esperas en la puerta, pero estaba hablando con la madre de Leah Waddell y de pronto pensé... En fin, que me había olvidado de eso hasta ese momento, pero...

Ahora se ha sonrojado un poco.

—Lo siento. Estoy parloteando como una cotorra, ¿verdad? Seguramente no es nada...

—Señora Parker, hay algo que he aprendido en este oficio: si la gente hace el esfuerzo que ha hecho usted de venir a la comisaría, no es probable que sea por «nada». Así que por qué no entra y me dice de qué se trata. Encontraré a alguien con quien pueda hablar.

Abre los ojos de par en par.

—¿No puedo hablar con usted?

Niego con la cabeza.

—Oficialmente, no. Ya no formo parte de esta investigación. Pero está el subinspector Gislingham, o la agente Somer si prefiere hablar con una mujer.

Se queda dudando y luego asiente.

—Muy bien. Pero solo tengo media hora. Le dije a Isabel que me iba al supermercado. No quería que se enterara de que venía aquí.

* * *

Al final, Gallagher no ha tenido que endosarle lo de los autobuses a nadie, porque Asante se ha presentado voluntario.

Eso sí, teniendo que aguantar las sonrisitas de Quinn y su comentario de «enchufado de la profe» susurrado de forma perfectamente audible. Pero eso a Asante le trae sin cuidado. Siempre ha tenido un sano respeto por el egoísmo ejercido con sabiduría. Y, además, por fin ha dejado de llover y no le vendrá mal tomar un poco de aire fresco.

Aparca el coche en una calle lateral cercana a Summertown High y camina hasta la parada de autobús. Hay una línea que le llevará al centro en cinco minutos.

* * *

Adam Fawley
9 de abril de 2018
10:26

Cuando abro la puerta de la sala de coordinación, Gislingham se halla en la parte de delante, gesticulando hacia la pizarra. La gente se apelotona a su alrededor. Todos están de pie. Y, pueden creerme, como indicador inmediato de la moral con que se afronta un caso, la ratio entre estar sentado y de pie suele ser bastante fiable. Lo de «arriba y a por ellos» es algo más que un cliché en este oficio.

Se vuelven las cabezas y ven que soy yo.

—Estábamos repasando los últimos acontecimientos, señor —empieza Gis.

Me acerco a ellos.

—Siento irrumpir de esta manera, pero esto no puede esperar. Abajo hay una testigo que necesita que alguien le tome declaración.

Gislingham frunce ligeramente el ceño.

—Declaración ¿sobre qué?

—Sobre Sasha Blake. Y Graeme Scott.

* * *

Interrogatorio a Graeme Scott efectuado
en la comisaría de St Aldate, Oxford
9 de abril de 2018, 11:52
Presentes: agente G. Quinn, agente A. Baxter,
Sra. D. Owen (abogada)

DO: Supongo que ya han tenido ocasión de comprobar la coartada de mi cliente, así que no sé a qué obedece ahora todo esto.

GQ: El pequeño supermercado de Cherwell Drive nos ha proporcionado los recibos de caja de la mañana del 1 de abril, así que hemos confirmado que su cliente compró leche a las 9:16.

DO: Lo que significa que es imposible que cometiera la agresión a Faith Appleford. ¿Tienen los resultados de los análisis forenses de su vehículo?

GQ: En efecto.

DO: ¿Y? Por el amor de Dios, agente: hay que sacárselo todo con sacacorchos.

GQ: No hay ningún rastro ni de Faith Appleford ni de Sasha Blake en el vehículo del señor Scott.

GS: [*Dando una palmada en la mesa.*] Ahí lo tiene... ¿Qué le dije? No tengo nada que ver con esto.

DO: En ese caso, quizá pueda explicarnos qué estamos haciendo aquí.

GQ: Es en relación con otro incidente. Algo que ocurrió unos días antes de que Sasha muriera.

GS: No sé de qué habla.

GQ: ¿Dónde estaba usted la mañana del sábado 17 de marzo, señor Scott, sobre las 10:45?

GS: No tengo ni pajolera idea.

GQ: ¿Está seguro? ¿No recuerda haber estado en Walton Street esa mañana? ¿En el tramo del edificio Blavatnik? Porque tenemos una testigo que dice que sí estaba allí.

* * *

Adam Fawley
9 de abril de 2018
12:17

Cuando abro la puerta, Somer ya está allí, mirando el vídeo.

–Perdona. No sabía que había alguien.

Tampoco yo debería estar allí, como sin duda sabe Somer. Parece como si estuviera a punto de decir alguna cosa, pero resulta obvio que decide no hacerlo. Me acerco a la pantalla y tuerzo un poco el gesto.

–¿Solo Quinn y Baxter en el interrogatorio? ¿No ha querido Gallagher estar presente también?

Me giro hacia ella y me doy cuenta de que se ha puesto como la grana.

–Ah –dice–, ¿la inspectora Gallagher no le ha dicho nada?

–Decir qué.

–Hemos descartado a Scott. No había ADN en su coche... ni de Faith ni de Sasha. No fue él.

Me vuelvo hacia la pantalla para que no pueda verme la cara. Sé que Gallagher no lo ha hecho a propósito, pero a nadie le gusta quedar como un imbécil. Y menos delante de su propio equipo. Mi equipo. No el suyo; el mío. El equipo que tendré que seguir dirigiendo, mucho después de que ella haya vuelto con su maldito montón de expedientes a Delitos Graves.

–Estoy segura de que quería decírselo, señor. Solo que, bueno, todo ha sido un poco locura esta mañana.

–No pasa nada, Somer. De verdad. –Pero sigo sin girarme para mirarla. Y no voy a hacerlo. Al menos hasta que note menos calor en las mejillas. Pero entonces, allí frente a la pantalla, me doy cuenta de algo que casi literalmente salta a la vista, así que me vuelvo de nuevo hacia ella.

–Perdona, pero no lo entiendo. Si Gallagher ha descartado a Scott, ¿para qué demonios lo interrogáis?

Esta vez sostiene mi mirada.

–La inspectora Gallagher se plantea acusarlo de acoso.

Arrugo el entrecejo.

–¿Aunque la persona a la que acosara esté muerta? Eso no va a ser fácil de demostrar.

–Ya lo sé, señor, pero le preocupa que lo vuelva a hacer. Y como es profesor... –Se encoge de hombros–. La inspectora Gallagher espera que lo que nos contó la señora Parker sea suficiente para convencer a la Fiscalía de que vale la pena intentarlo.

Todo lo cual tiene sentido. Pero esa primera persona del plural de «nos contó» todavía escuece. Porque no formo parte de ello, por más que fuera yo a quien Victoria Parker vino a ver. Ahora mismo son ellos y yo, no «nosotros».

Somer se gira hacia la pantalla y suspira.

–Pero, incluso con una testigo, este va a ser otro caso de «su palabra contra la mía».

Sigo mirando a la pantalla.

–Llama al edificio Blavatnik –digo lentamente–. Y pídeles los vídeos de sus cámaras de vigilancia.

* * *

GQ: Y bien, ¿se acuerda ahora, señor Scott?

GS: Supongo que es posible que estuviera allí. Compro por el barrio de Jericho bastante a menudo.

GQ: Como he dicho, esto fue frente al edificio Blavatnik. Sabe dónde le digo, ¿no?

GS: Pues claro que sí...

DO: ¿Qué relevancia tiene esto, agente?

AB: Nuestra testigo vio al señor Scott frente al edificio esa mañana. Sentado en su coche.

DO: No hay ninguna ley que prohíba estar sentado en tu propio coche. ¿O es que estaba aparcado en una línea amarilla? ¿Es eso? ¿Se han quedado sin más opciones y han tenido que recurrir a infracciones de aparcamiento?

GQ: Según nuestra testigo, Sasha Blake también estaba en Walton Street esa mañana. Pero eso ya lo sabía usted, ¿no, señor Scott?

GS: Ya se lo he dicho... Voy allí bastante a menudo los fines de semana.

GQ: Nuestra testigo estaba en una cafetería, enfrente del Blavatnik, esperando a su hija. Estaba sentada junto a una ventana y recuerda que vio un coche igual que el suyo aparcado al otro lado de la calle. Y, admitámoslo, no estamos hablando de un Ford Mondeo corriente y moliente, ¿verdad? Su coche no se confunde fácilmente.

DO: Pero no es único... ¿Su testigo pudo identificar quién conducía? Porque tengo que decirle que lo dudo mucho.

GQ: Oh, sí, puede identificarlo sin problema. Porque ya lo conocía. Le da clase a su hija.

375

DO: [*Pausa.*] Aun así...

GQ: Así que vamos a repasar de nuevo la pregunta, si le parece, señor Scott. ¿Dónde estaba usted la mañana del sábado 17 de marzo?

* * *

Adam Fawley
9 de abril de 2018
12:56

—Han enviado las grabaciones enseguida —dice Somer mientras abre el archivo digital en su portátil y navega hasta encontrar lo que busca—. Baxter se puso en plan friki tecnológico cuando las vio.

Y ya veo por qué. Las imágenes no solo tienen una resolución muy alta, sino que son a todo color; puedes distinguir los rasgos de la gente, la expresión de su cara. La cámara está enfocada hacia abajo, sobre la amplia explanada que hay delante del edificio Blavatnik y el tramo de Walton Street situado justo enfrente. Hay un código de tiempo en la parte inferior izquierda de la pantalla; la fecha es el 17/03/18.

Somer pulsa el *play* y avanza hasta las 10:04. Un par de estudiantes charlan animadamente cerca de las puertas del Blavatnik. En la acera de enfrente, un hombre mayor empuja un carrito de la compra de tela escocesa. Camina muy encorvado hacia delante, con la cabeza ladeada para ver por dónde va. Y, en la cafetería, Victoria Parker hace cola para pedir su café y después se sienta en un banco ubicado junto a la ventana. Saca el teléfono y empieza a pulsar en la pantalla, levantando la cabeza cada pocos segundos para mirar a la calle. A las 10:14, un Morris Traveller azul pálido aparca al otro lado de la calzada. El conductor para el motor, pero no sale del coche. Mira a ambos lados de la calle y luego abre una revista.

—El último número de *Acecho Deportivo*, sin duda —susurro en tono sombrío.

Somer levanta brevemente la cabeza, pero no dice nada. Vuelve a avanzar la grabación y la detiene cuando vemos a una chica que se acerca desde la izquierda.

—Es Sasha —dice Somer—. Parece venir del centro de la ciudad.

La vemos cruzar la calle, frente a la cafetería, acomodarse el bolso rosa en el hombro. Lleva una chaqueta con flecos, gorro y botines negros. Desde lejos y con el pelo oculto bajo el gorro, se parece inquietantemente a Somer, un parecido del que ella misma es consciente, a juzgar por su cara. Victoria Parker levanta la cabeza y entonces sé que lo que nos contó es cierto sin asomo de duda: vio a Sasha ese día y también vio a Graeme Scott.

Rebobinamos y lo volvemos a ver, y luego otra vez. Observamos con atención cómo Sasha esquiva el tráfico y va directa al edificio Blavatnik, hasta desaparecer de la vista justo debajo de la cámara. Y, cada vez que ponemos la grabación, distinguimos con toda claridad cómo el hombre del coche baja la revista y no le quita ojo a la chica. Unos instantes después, Isabel, Leah y Patsie aparecen por el mismo lado que Sasha y se detienen frente a la cafetería. Victoria Parker se levanta y empieza a recoger sus cosas.

Somer pulsa la pausa y se vuelve hacia mí.

—Muy bien —digo—. Si yo fuera el abogado de Scott, aduciría que esto es pura casualidad. No estaba acosándola, ni siquiera siguiéndola; solo estaba comprando inocentemente unos rollos de papel de váter en el súper y de pronto, zas, ahí estaba ella.

—Pero esa es la cuestión —replica Somer—, que no se le ve comprar nada. Ni siquiera sale del coche. Está allí solo por una razón: Sasha Blake.

—Si es como dices, tendría que haberlo planeado, ¿no? Somer asiente.

—Entonces, ¿cómo sabía que ella estaría allí? ¿En ese preciso lugar y justo en ese momento?

—Pues creo que a lo mejor tengo la respuesta. —Coge su teléfono y navega hasta una página web—. Le eché un vistazo a la web de Blavatnik y vi que esa mañana había una conferencia abierta al público: «Arte y poder en la Florencia renacentista». Es exactamente el tipo de cosas que Scott le habría mencionado a Sasha. Ya ha admitido que la «animaba», el muy baboso.

Pero la escucho solo a medias. He rebobinado y estoy mirando otra vez la grabación.

—Ahí —digo congelando la imagen y señalando—. ¿Lo ves?

Está claro que no, porque se acerca un poco más.

—Justo antes de que Sasha cruce. Esa mujer de ahí, la que empuja la bicicleta.

Una mujer de unos cincuenta años, quizá cincuenta y cinco, con una larga melena rubia y un abrigo turquesa. Va en dirección contraria a Sasha, así que en un punto tienen que cruzarse en la acera llena de gente. Unos momentos después, la mujer se para de repente y mira fijamente a algo, visiblemente sobresaltada, y luego vuelve la cabeza atrás para mirar de nuevo a Sasha, que ya está cruzando la calle. Después niega con la cabeza y sigue su camino.

—¿Está mirando a Scott? —pregunta Somer.

—No lo creo. Él está al otro lado de la calle, así que dudo que entre en su campo visual. Y está sentado en el coche... No hay nada que pueda provocar una reacción como esa.

Somer mira con más atención la pantalla.

—Victoria está mirando su teléfono. Maldita sea, así seguro que no vio nada.

—Dudo que hubiera visto algo de todas formas, desde dentro de la cafetería. No tiene ángulo.

—Supongo que podríamos intentar buscar a la mujer de la bici —empieza Somer—, pero después de tanto tiempo nos va a costar Dios y ayuda...

—No necesitamos hacerlo. Sea lo que sea lo que vio, tuvo que ser justo frente al edificio de Oxford University Press. Y qué te apuestas a que también tienen cámaras de videovigilancia.

* * *

Es la primera tarde sin lluvia desde hace más de una semana, así que Ursula Hollis decide aprovecharla. Lleva días sin ir más allá del final de la calle y está empezando a sufrir un poco de síndrome del ermitaño. Su viejo perro labrador tampoco es que se haya quejado, pero a ambos les vendría bien airearse y sacudirse las telarañas. Descuelga la correa de la percha que hay junto a la puerta y sonríe cuando, bastante trabajosamente, el perro se levanta. Solo le falta emitir un suspiro.

—Vamos, vamos, *Bruno*, que no es para tanto. Solo hasta el *pub*, llegamos al Vicky Arms y volvemos. A lo mejor hasta vemos conejos.

Hace mucho tiempo que *Bruno* no caza nada, y menos un conejo. Tiene ya pelos plateados alrededor del hocico color chocolate. La mujer lo acaricia detrás de las orejas y deposita un rápido beso en su frente, intentando no pensar en cómo se las arreglará sin él, cuando ya no esté.

A pesar de que el tiempo ha mejorado, apenas se ve a nadie en los alrededores. En cinco minutos, solo se cruza con un empleado de BT, enfrascado en complicadas operaciones con el cableado de una caja de conexiones, y con Jenny, la vecina del número 4, que se está peleando con sus cubos de basura.

Llega al cruce, se sube un poco más la cremallera del plumífero para protegerse del viento y continúa en dirección a Mill Lane.

* * *

Adam Fawley
9 de abril de 2018
13:13

—Entonces, ¿los de Oxford University Press no tenían nada?

En honor a Gallagher, debe decirse que no ha mostrado ni sorpresa ni recelo cuando Somer ha aparecido allí conmigo detrás. No sé si yo hubiera tenido una actitud tan positiva de haberse invertido los papeles.

Somer niega con la cabeza.

—La fecha es demasiado antigua... No conservan las grabaciones tanto tiempo. Ni siquiera están seguros de que la cámara hubiera enfocado en la dirección que nos interesa.

Gallagher se recuesta en el asiento, ahora con los hombros un poco caídos.

—Así que no hay modo de saber lo que vio esa mujer, a no ser que demos con ella. Y aunque la encontrásemos, podría no ser nada: alguien montado en un monociclo, ese pato que salió en el *Oxford Mail* la semana pasada... Cualquier chorrada.

Así es esta ciudad. La semana pasada vi a un tipo disfrazado de jirafa en Woodstock Road. Incluso existe el *hashtag* #soloenOxford. De modo que, sí, esto podría no ser diferente de salir a cazar gamusinos. Pero algo me dice que no lo es. Esa mujer de Walton Street vio algo, algo que la sobresaltó lo suficiente como para detenerse en seco. Y, de súbito, tengo una desagradable corazonada sobre lo que podría ser.

Somer parece desesperada.

—No creo que podamos hacer nada más.

La miro y luego me vuelvo hacia Gallagher.

—Sí —digo—. Sí podemos.

* * *

Interrogatorio a Graeme Scott efectuado en la comisaría de St Aldate, Oxford

9 de abril de 2018, 14:05

Presentes: inspectora R. Gallagher, agente E. Somer, Sra. D. Owen (abogada)

RG: Para que conste en la grabación, la inspectora Ruth Gallagher y la agente Erica Somer están ahora a cargo de este interrogatorio. Espero que haya disfrutado de su pausa para comer, señor Scott; ahora quizá podríamos retomar el asunto del que estaba hablando con el agente Quinn. En el tiempo que lleva usted fuera de esta habitación, hemos conseguido las imágenes de videovigilancia de la

Escuela de Gobierno Blavatnik correspondientes a la mañana en cuestión, y se le ve a usted perfectamente.

DO: Confío en que pondrán esas imágenes a nuestra disposición.

RG: Por supuesto. Bien, señor Scott, ¿recuerda ahora esa mañana?

GS: Si usted dice que estaba allí, supongo que así debió de ser.

ES: Había una conferencia en la escuela Blavatnik a la que creemos que iba a asistir Sasha. Una conferencia sobre la Florencia renacentista. ¿Le suena a usted?

GS: Ahora que lo menciona, creo que se lo dije a Sasha. Estoy en su lista de correo.

ES: Entonces sabía que estaría allí.

GS: No, no sabía que estaría allí. Yo solo se lo mencioné. Mis alumnos no me mantienen al corriente de su vida social, inspectora.

RG: Pero sabía que había bastantes probabilidades de que fuera, ¿no? Las suficientes como para acudir allí usted también. Por si acaso.

GS: Como he dicho, suelo comprar en Jericho.

ES: Lo que pasa es que no lo hizo. Ni siquiera salió de su coche. Se quedó sentado dentro. Mirando.

GS: No estaba «mirando». No soy esa clase de pervertido...

RG: Puede que no. Pero de todas formas la estaba mirando. Y lo que ahora quisiera saber, señor Scott, es qué vio usted exactamente.

* * *

−¿Nos lo vamos a creer? ¿De verdad vamos a creerle? Creo que nunca he visto a Somer tan pálida. Desde que ella y Gallagher han salido de la sala de interrogatorios, no ha hecho más que pasearse arriba y abajo, tratando de dar salida a la energía nerviosa, a la pura incredulidad. Gallagher ha adoptado la actitud contraria: ha ido a la mesa y se ha sentado, sin apenas moverse, aunque puedo percibir el runrún de su cabeza incluso desde el otro extremo de la habitación.

Somer se vuelve hacia Gallagher y repite la pregunta:

−Y bien, ¿vamos a creérnoslo? Es un disparate...

−Pero es posible −contesta Gallagher con tranquilidad−. Sabes que lo es.

−Pero no podemos arrastrar a la gente a un interrogatorio basándonos en «eso», aunque sea verdad, aunque ese tío no esté mintiendo descaradamente, algo que ahora mismo tendría muy buenas razones para hacer...

Respiro hondo.

−No creo que mienta. Creo que está diciendo la verdad.

Gallagher me mira.

−Pero Somer también tiene razón, ¿no? Aunque estés en lo cierto, necesitamos mucho más que su palabra. Y sin las imágenes de videovigilancia o esa testigo... −Se encoge de hombros, impotente−. No podemos avanzar, ¿no crees?

Pero yo no estoy tan seguro.

Me levanto y cojo mi chaqueta.

−¿Adónde vas?

−Retened aquí a Scott. Hay una persona con la que tengo que hablar.

* * *

Bruno acelera el paso cuando se acercan al desvío que conduce al *pub*. Más matorrales, más basura, más olores interesantes. Ursula tiene que tirar de él para arrancarlo de una farola a la que tiene especial cariño, pero solo consigue que dé un brinco repentino y se hunda en una zanja medio llena de un agua negruzca. Se acerca al borde, mira abajo y frunce el ceño al advertir que mordisquea alguna cosa. Eso no es propio de él; hacía muchos meses que no se portaba así. Al principio, no ve qué es lo que ha cogido, pero entonces el perro se mueve y distingue algo rosado. Retrocede un poco, asqueada; ya ha tenido suficientes ratas destripadas durante todos estos años... Sin embargo, hay algo en la forma, en el color...

Un instante después está sacando su teléfono móvil.

—¿Es la policía de Thames Valley? Me llamo Ursula Hollis. Es sobre esa chica, Sasha Blake. Creo que deberían venir.

* * *

Adam Fawley
9 de abril de 2018
15:45

Miramos la grabación otra vez y entonces la mujer se recuesta en la silla. Estará en la setentena, lleva el grueso cabello blanco muy corto y viste un cárdigan azul marino bastante ajado. Pero la expresión de su rostro no tiene nada de ajada. Es una de las personas con mayor agudeza mental que he visto en mucho tiempo. Cuando la conocí, le dije a

384

Alex que me recordaba a esa mujer que interpretaba a Miss Marple en la serie televisiva de los ochenta. No sabía entonces cuán atinada era esa observación.

—Buen intento... para un aficionado —dice girándose levemente hacia mí. Percibo cierta rigidez en su movimiento y me inclino hacia delante en la silla para que me vea con mayor facilidad—. Quizá debería plantearse aprender a hacerlo como es debido. Diría que puede serle útil en su oficio.

Sonrío.

—Solo si promete enseñarme usted. Pero yo tenía razón, ¿no? ¿Es eso lo que quiere decir?

Me mira con seriedad.

—Me temo que sí. A juzgar por lo que acabo de ver, aquí hay algo feo, inspector. Muy feo.

* * *

La casa es una construcción reciente situada a las afueras de Marston, diseñada para que tenga ese aire antiguo tipo Poundbury del que Somer siempre desconfía. Pulcra, bien cuidada, pero curiosamente inanimada, y otro tanto podría decirse de la mujer que abre la puerta.

—¿Señora Webb? Soy la agente Erica Somer y esta es la agente Everett. Nos gustaría hablar un momento con Patsie si está en casa. ¿Es posible?

Denise Webb arruga el entrecejo.

—¿No está en casa de los Blake?

—No. Hemos llamado a la señora Blake, pero nos ha dicho que no la ha visto.

—Entonces supongo que estará aquí —dice—. Será mejor que pasen.

—¿No la ha visto hoy?

La señora Webb se encoge de hombros.

–Ya saben cómo son los adolescentes: si los ves a la hora de las comidas, ya te puedes dar con un canto en los dientes. La siguen al vestíbulo y luego van a la cocina. La casa resuena con un ligero eco, como si no estuviera del todo amueblada, ni habitada. Parece más bien una vivienda piloto, y la deliberada monotonía en la elección de los colores tampoco ayuda.

–¿Lleva mucho aquí? –pregunta Somer.

–Un par de años. Desde que mi marido se fue.

Somer se muerde el labio; este oficio está sembrado de trampas.

–Lo siento.

–La vida sigue –responde–. No te queda más remedio cuando tienes hijos.

–¿Patsie tiene hermanos y hermanas?

–Solo un hermano. Ollie. Está en la universidad, en Cardiff. Ingeniería.

Everett mira a su alrededor.

–Es una casa muy grande solo para las dos.

La mujer se encoge de hombros.

–Mi novio va y viene también. Pero Patsie pasa más tiempo en casa de sus amigas que aquí.

Se percibe cierta amargura en su voz, pero desaparece con la misma rapidez con la que, una vez más, se encoge de hombros.

–Como he dicho, la vida sigue. Su habitación está arriba. No tiene pérdida.

La escalera está cubierta por una alfombra marrón topo cuya gruesa felpa parece engullirles los pies. La curiosa sensación de amortiguamiento se hace incluso mayor a medida que ascienden silenciosamente por los peldaños, pasando junto a cuadros que conforman una extraña combinación de Ikea y de *kitsch* victoriano. Somer frunce el ceño. El lugar la tiene por completo descolocada. Denise Webb, con ese caro teñido de mechas rubias y el top de Boden, parece entrar de lleno en la categoría de madres sofisticadas y divinas, pero, cuando se ha dado la vuelta, Somer ha distinguido la espiral de un tatuaje de serpiente que surgía del suéter y le ascendía por la nuca.

Al llegar arriba de las escaleras, se detiene y mira a su alrededor, pero Ev ya la está tocando en el brazo y señalando. A la izquierda, hay una puerta medio abierta. A juzgar por el tamaño de la habitación, parece evidente que se trata del dormitorio principal. La cama está hecha, pero se ven prendas desparramadas por encima. Prendas de hombre. Sin embargo, una vez más, no son como las que Somer habría esperado encontrar. Ni trajes ni camisas, sino camisetas, vaqueros de faena y un cinturón portaherramientas. Y, en el suelo, unas botas de trabajo con puntera de acero.

—Quizá no sea coincidencia que Patsie, de pronto, haya decidido pasar mucho tiempo fuera de casa —dice Ev en voz baja.

Cruzan la mirada.

—Recuérdame —contesta Somer en tono suave— que compruebe dónde estaba este tío la noche en que Sasha desapareció.

Ev la mira con ojos como platos.

—No creerás...

—No. Pero mejor no dejarse nada en el tintero, eso es todo. No quiero que luego surja algo que acabe provocándonos remordimientos de conciencia, solo porque en su momento no nos molestamos en hacer un par de comprobaciones rutinarias.

No menciona el nombre de Fawley. No es necesario.

Al otro lado del rellano, hay una puerta que seguramente conduce al cuarto de Patsie. Una cortina de cuentas cuelga del dintel y las tiras tintinean ligeramente, movidas por el aire que han provocado al acercarse.

—Esto me trae recuerdos —dice Ev—. Mi abuela tenía una como esta. No creía que aún fuera posible conseguirlas.

Somer avanza y coge una de las tiras. Las cuentas son de color rosa, plata y azul; brillantes, iridiscentes. Y pesadas. Mucho más de lo que esperaba.

—Debe de hacer un montón de ruido cada vez que abres la puerta —dice.

Ev se acerca también.

—A lo mejor ese es el objetivo —dice otra vez en voz baja—. No hay cerrojo.

A ninguna le gusta la dirección que esto va tomando, pero tampoco deben extraer conclusiones precipitadas. Somer levanta la mano y llama.

—¿Patsie? Soy la agente Somer. ¿Podemos entrar?

Se oyen pasos y un momento después la puerta se abre. Patsie va descalza, con unos *shorts* vaqueros y una camiseta negra de Ariana Grande. Tiene cercos amoratados alrededor de los ojos.

—¿Qué quieren?

—Acaba de llegarnos información nueva. Algo que no esperábamos. Sé que es un fastidio, pero eso nos obliga a hacerte algunas preguntas más.

Patsie entorna los ojos.

—Es sobre ese asqueroso de Scott, ¿verdad?

—Lo siento, Patsie, pero no se nos permite hablar de ello aquí. Necesitamos que nos acompañes a St Aldate para grabar la entrevista.

Patsie pone los ojos en blanco.

—¿¡En serio!?

—Lo siento. No te lo pediríamos si no fuera importante. Suspira.

—Claro, claro. Ya lo pillo. Pero tienen que prometerme que pescarán a ese baboso, ¿vale?

* * *

Interrogatorio a Patsie Webb efectuado en la comisaría de policía de St Aldate, Oxford

9 de abril de 2018, 16:45

Presentes: agente V. Everett, agente E. Somer, Sra. D. Webb (madre)

ES: Bien, Patsie, esperamos que puedas ayudarnos respondiendo algunas preguntas más.

PW: Ya les he contado todo lo que recuerdo.

ES: Esto es sobre algo que ocurrió antes de la muerte de Sasha. La mañana del 17 de marzo.

PW: No lo entiendo... ¿Qué tiene que ver con todo esto?

ES: El incidente concierne al señor Scott, tu profesor de arte.

PW: Ah, muy bien. Ese pervertido. ¿No me habían dicho que lo habían arrestado?

VE: Y lo hemos hecho. Gracias a ti, por cierto. Por la información que nos diste.

PW: Se lo merece, ese bicho raro.

DW: La verdad, creo que deberían estarle agradecidos a mi hija por todo lo que les ha ayudado.

VE: Y lo estamos, señora Webb. De hecho, Graeme Scott ha estado aquí respondiendo a unas preguntas hoy mismo.

PW: Pero ¿está aquí? ¿Ahora?

VE: No hay por qué alarmarse. No puede hablar contigo.

ES: Bien, ¿podemos centrarnos en ese sábado por la mañana, Patsie? ¿Recuerdas dónde estabas?

PW: [*Se encoge de hombros.*] No, la verdad. Hace siglos de eso.

ES: Solo han pasado dos semanas. Y si te dijera que fue en Walton Street, ¿te ayudaría a recordar? Ese día la madre de Isabel se encontró con ella en la cafetería. ¿Te acuerdas?

PW: Ah, sí. Ya me acuerdo.

ES: Había allí una mujer con una bicicleta, y estamos bastante seguros de que vio alguna cosa. Algo que la alteró, incluso podríamos decir que la escandalizó. Pero no hemos podido hablar con ella. De hecho, no parece posible encontrarla.

PW: Pues... yo no vi nada, así que...

ES: Pero hubo alguien que sí lo vio. Tu profesor... El señor Scott. Él estaba allí esa mañana. Te vio a ti... A vosotras cuatro, en realidad.

PW: [*Silencio.*]

ES: ¿Sabes lo que nos ha contado, Patsie?

PW: ¿Qué les ha dicho ese asqueroso? Ese puto pervertido...

DW: Patsie, no hace falta emplear ese lenguaje.

PW: [*Poniéndose de pie.*] Ya me he cansado de esta mierda. Me voy a casa.

VE: Siéntate, por favor, Patsie. Lo siento, pero no puedes irte a ningún lado.

ES: [*A la señora Webb.*] Parece que Patsie no quiere decírselo, señora Webb, así que lo haré yo. El señor Scott vio a las cuatro chicas: su hija, Sasha Blake, Isabel Parker y Leah Waddell. Venían caminando por

Walton Street desde el centro y se detuvieron en el cruce de Great Clarendon Street y se quedaron charlando un momento. Entonces se abrazaron y Sasha dejó a las otras y cruzó la calle en dirección al centro Blavatnik.

DW: ¿Y? ¿Qué tiene eso de malo?

ES: Según el señor Scott, en cuanto Sasha les dio la espalda a sus amigas, Patsie levantó la mano e hizo un gesto. Y las otras se rieron. Pero Patsie no se rio... En realidad, no podía estar más seria. Por eso se le quedó grabado al señor Scott; no fue solo lo que hizo, sino la expresión que tenía al hacerlo. Nos ha dicho que le heló la sangre.

DW: Sigo sin entenderlo...

ES: Imitó una pistola con la mano, señora Webb. Hizo como si disparara una pistola. Su hija fingió matar a su amiga. Y ahora esa amiga está muerta.

DW: ¿Y esa es razón para traernos aquí? ¿Por algo así? Lo fingió, como usted ha dicho. Son crías, por el amor de Dios. Ya sabe cómo son las cosas entre adolescentes, un día estamos bien y al siguiente no nos podemos ni ver...

ES: Sí, ya sé cómo es, señora Webb. Y también sé lo muy a pecho que te puedes tomar las cosas a esa edad. Las pequeñas discrepancias, los desprecios imaginados... Y lo rápido que todo eso puede ir a más.

DW: Sasha Blake era la mejor amiga de Patsie. Pasaban juntas todas las horas del mundo. Se conocían desde la guardería. ¿Tiene idea de lo horrible que ha sido todo esto?

VE: Estoy segura de que lo ha sido, señora Webb. Sobre todo, para la madre de Sasha.

ES: ¿Tiene razón tu madre, Patsie? ¿Era Sasha tu mejor amiga?

PW: Pues claro que...

ES: Porque yo nunca hice como si matara a una de mis mejores amigas. Ni siquiera de broma.

PW: Fue solo eso, una broma. ¿Cuántas veces...? Fue solo una broma... Hacíamos cosas como esa todo el rato.

ES: ¿Fue eso lo que pasó, Patsie? ¿Empezó siendo también una «cosa como esa»?

PW: [*Mirando alternativamente a una agente y a la otra.*] Empezó ¿el qué? ¿De qué están hablando?

ES: Estoy hablando de la noche en que Sasha murió. ¿Se suponía que iba a ser otra de tus «bromitas» y luego se te fue de las manos?

PW: Pero ¿qué coño...? ¿De verdad me está diciendo que maté a Sasha? ¿En serio? ¿Por qué iba yo a hacer algo así?

ES: No lo sé, Patsie... Dímelo tú. ¿Discutisteis? ¿O era envidia? ¿Por esas prácticas que consiguió en *Vogue*? ¿Por lo guapa que era? ¿O solo porque era mucho más popular que tú?

PW: Es usted una puta enferma, ¿sabe? Una enferma.

DW: Esto es intolerable. ¿Cómo se atreve...?

ES: ¿Recuerdas la reconstrucción de los hechos que se llevó a cabo en la parada de autobús, Patsie? Uno de nuestros colegas vio la noticia en televisión. La vio en el hospital John Radcliffe, así que el televisor estaba silenciado. Y, ya sabes, cuando quitas el volumen te fijas más en las imágenes. Te das cuenta de más cosas. Vio cómo hablabais Leah y tú. Mientras entrevistaban al padre de Sasha. Se os veía al fondo. Tú le decías algo a Leah y ella parecía muy afectada. ¿Lo recuerdas, Patsie?

PW: ¿Y? ¿Por qué no tendría que hablar con Leah? ¿Qué tiene de malo?

ES: Supongo que depende bastante de lo que le estuvieras diciendo.

PW: Y, además, estábamos a kilómetros de las cámaras. Es imposible que nadie nos oyera.

ES: Cierto. Es lo mismo que dijo nuestro colega.

PW: Bueno, entonces, ¿cuál es su puto problema?

ES: Pero entonces se le ocurrió una idea. Recientemente había dado una charla divulgativa en el club local de personas sordas, así que llevó allí las imágenes y se las enseñó a una experta en lectura de labios. Y ella no tuvo ninguna duda.

DW: Pero ¿de qué está usted hablando? Patsie..., ¿de qué hablan?

ES: [*Pasándole una hoja de papel.*] Está todo aquí, señora Webb. Pero la parte relevante está en la mitad de abajo, subrayada. Leah habla con su hija; se nota que está claramente angustiada, pero no se ve lo que dice porque está de espaldas a la cámara. Pero Patsie no. A Patsie se la ve muy bien. Está agarrando a Leah por el brazo y le dice: «¿Cuántas veces te lo tengo que repetir? Todo saldrá bien siempre que mantengas la puta boca cerrada».

PW: [*Poniéndose de pie y desplazándose hacia la puerta.*] Me largo de aquí.

VE: [*Siguiéndola y tratando de impedírselo.*] No puedes, Patsie...

PW: [*Empujándola.*] No me ponga la puta mano encima, zorra asquerosa...

ES: No seas estúpida, Patsie. Eso no te va a ayudar...

PW: [*Gritando y lanzándole un golpe a la agente Everett.*] Le he dicho que me quite las putas manos de encima...

ES: Patsie Belinda Webb, quedas arrestada por tu presunta participación en la muerte de Sasha Blake. Tienes derecho a guardar silencio, pero puede perjudicar a tu defensa si en el interrogatorio no mencionas algo en lo que puedas basarte más tarde ante el tribunal. Todo lo que digas podrá ser usado como prueba. Interrogatorio suspendido a las 17:06.

* * *

* * *

Adam Fawley
9 de abril de 2018
17:18

—No digo que te estés equivocando, Adam —dice Gallagher—. Solo que no consigo cuadrar los horarios.

394

Estamos delante de la pizarra blanca, en la sala de coordinación, mirando el mapa y la cronología garabateada en las irregulares mayúsculas de Gislingham.

20:33	JONATHAN BLAKE ENVÍA MENSAJE A SASHA
20:50	LAS CHICAS SALEN DE LUIGI'S (recibo de caja)
21:43	SASHA, PATSIE E ISABEL SALEN DEL CENTRO (billete autobús) LEAH SE VA ANDANDO A CASA
21:46	BLAKE ENVÍA MENSAJE A SASHA (no recibido/teléfono apagado)
21:50 (aprox.)	PATSIE BAJA EN MARSTON
22:00 (aprox.)	SASHA BAJA EN CHERWELL DRIVE
22:05 (aprox.)	ISABEL HABLA CON CONDUCTOR (C. Higgins)
22:10 (aprox.)	PATSIE LLEGA A CASA, HABLA CON VECINO (L. Chase)
22:15 (aprox.)	LEAH LLEGA A CASA, HABLA CON SU MADRE

Y todo está allí, negro sobre blanco. El billete de autobús, el conductor, el vecino, la madre. Elementos que no tienen vuelta de hoja. Cosas que sabemos que son verdad. Y, desde el momento en que las chicas salen de Summertown, la sucesión de acontecimientos dura apenas media hora, de principio a fin.

—Por mucho que fuerce esta cronología —dice Gallagher— no hay tiempo suficiente. La Fiscalía nunca la tomaría como base. En un juicio los harían pedazos.

No le falta razón. Casi puedo oír al abogado defensor, diciéndonos que lo interpretamos todo mal, que debía haber sido algún depredador aleatorio, algún pervertido que por casualidad pasó por la parada de autobús de Sasha. O alguna otra persona que la conocía..., alguien que podría haber estado persiguiéndola. Como el puñetero Graeme Scott, por ejemplo.

—Pero sí sabemos que Patsie estuvo implicada de alguna forma. —Me doy la vuelta del todo para mirarla cara a cara—. ¿O no? ¿O soy yo el único que lo cree?

Gallagher niega con la cabeza.

—No, creo que tienes razón. No solo por lo que dijo quien le leyó los labios, sino por cómo la chica ha reaccionado hace un momento. Lo que pasa es que no veo forma de explicar el cómo. —Suspira—. Y en cuanto al porqué...

Observo otra vez el mapa y luego la cronología.

—Muy bien. Empecemos por lo que sabemos. El autobús llegó a las 21:43; Patsie, Isabel y Sasha subieron y Leah se fue andando a su casa.

Gallagher asiente.

—De lo cual tenemos confirmación por el billete de autobús y por lo que nos ha dicho la madre de Leah.

—Así es. Pero ese es el único billete que tenemos, ¿verdad? Así que ¿y si Isabel subió sola a ese autobús? ¿Y si Patsie se bajó con Sasha mucho antes, incluso a las 21:00, y Leah e Isabel se entretuvieron por ahí, solas, media hora o así antes de irse a casa?

Gallagher me mira con los ojos abiertos de par en par.

—¿Insinúas que lo hicieron deliberadamente? ¿Para crear una cronología falsa? —Emite un leve silbido—. Está hablando de una conspiración bastante enfermiza, inspector Fawley. Pero, muy bien, llevemos la teoría hasta el final. ¿Sabemos algo de lo que hicieron después de salir de la pizzería?

—Según ellas, se quedaron «por ahí un rato». Ya sabes, en esos bancos que hay por South Parade, los cuales, de forma muy oportuna, quedan fuera del campo de las cámaras de videovigilancia.

Gallagher asiente. Conoce el sitio, cómo no va a conocerlo: ella misma vive por allí. Y siempre hay chavales vagueando por las noches. Fumando, bebiendo sidra... «Pasando el rato».

Me acerco un paso a la pizarra; hay algo que no deja de rondarme por la cabeza.

—¿Y si todo eso es mentira? ¿No podían Patsie y Sasha haberse ido a casa nada más salir del restaurante? Pero no en autobús. Andando.

Trazo la ruta: por Banbury Road y luego por Marston Ferry Road hacia Cherwell Drive. Y entonces me detengo y golpeo el mapa con el dedo.

—Aquí —digo volviéndome hacia ella—. Este es el sitio donde se detuvieron. Aquí se desviaron.

La senda que conduce al *pub* Vicky Arms. A menos de cien metros de donde se encontró el cuerpo de Sasha.

Gallagher reflexiona.

—A esa hora de la noche todo habría estado bastante oscuro.

—Patsie podría haber llevado una linterna. Si de verdad fue todo tan premeditado.

Gallagher me mira fugazmente.

—Pero ¿por qué iba Sasha a ir con ella?

Me encojo de hombros.

—Ella no podía saber que Patsie quería hacerle daño, ¿no? Se supone que eran amigas del alma; se conocían desde la guardería. Quizá Patsie le dijo que quería ir al *pub*. Quizá habían quedado con unos chicos. Quién sabe.

—Muy bien —contesta Gallagher—. Y luego ¿qué?

—En cuanto ya no pueden verlas desde la calle, Patsie se lanza sobre Sasha y la mata, después arrastra el cuerpo hasta el río...

—El teléfono de Sasha —dice Gallagher de repente—. La última señal fue a las 21:35. Creíamos que la batería se había acabado, pero tal vez no fue así en absoluto. Tal vez el teléfono se desconectó en ese momento porque Patsie lo arrojó al Cherwell.

Encaja, todo encaja.

Gallagher se acerca más al mapa.

—¿Y después Patsie se va a casa andando, como si nada hubiera pasado?

Asiento.

—Y al llegar procura por todos los medios hablar con alguien en la calle, para que recuerden haberla visto. Mientras tanto, Isabel se sube al autobús en Summertown a las 21:43 y tiene buen cuidado de preguntarle al conductor la hora cuando se están acercando a Headington.

—Coartadas perfectas, envueltas en bonito papel de regalo y listas para entregar —dice Gallagher—. Lo único que tienen que hacer es contar todas que las tres estaban en ese autobús.

Noto que alguien se me acerca por la espalda y al volverme me encuentro a Gislingham pegado a mí.

—Buenas noticias —dice—. Ha llamado alguien: parece que hemos encontrado el bolso de Sasha. Estaba cerca del Vicky Arms. Quinn va ya hacia el laboratorio para echar un vistazo.

Me quedo mirándolo.

—¿Dónde lo han encontrado? El lugar exacto.

Se acerca al mapa y señala con el dedo.

–Por aquí, creo. En una zanja que hay en la esquina de Mill Lane.

A medio camino entre el lugar en el que Sasha murió y donde vive Patsie. Esto ha dejado de ser una corazonada. Aquí hay ya una prueba, una argumentación admisible. Y, por primera vez desde que todo esto comenzó, observo las fotografías de Sasha viendo en mi cabeza a la persona que la dejó en ese estado. El cuerpo boca abajo en el agua, las muñecas atadas, los cortes irregulares. La cara pálida y destrozada.

–Se me ha ocurrido algo más, jefe –dice Gislingham en tono tranquilo–. Sobre eso que estaba diciendo de Patsie Webb... Nadie vio nada en su ropa cuando llegó a casa, ¿verdad? A lo mejor, por eso utilizó la bolsa de plástico. Así seguiría teniendo la ropa bien limpita mientras golpeaba a la pobre Sasha hasta hundirle el cráneo.

Gallagher lo mira.

–Sospecho que tiene usted razón, subinspector. Pero no creo que esa fuera la única razón. Tampoco quería mirarla. No habría soportado verle la cara.

* * *

Interrogatorio a Patsie Webb efectuado en la comisaría de policía de St Aldate, Oxford

9 de abril de 2018, 18:45

Presentes: agente V. Everett, agente E. Somer, Sra. D. Webb, J. Beck (abogado)

ES: Interrogatorio reanudado a las 18:45. A Patsie se le ha dado tiempo para consultar con un abogado y ahora está presente el señor Jason Beck.

DW: No puedo creer que la hayan arrestado. No pueden pensar seriamente...

ES: Nosotras no «pensamos» nada, señora Webb. Solo queremos la verdad. Y por eso me gustaría que Patsie nos contara una vez más lo que sucedió esa noche.

PW: ¿Qué? ¿Otra vez?

ES: Sí, otra vez. Has dicho que dejasteis a Leah en Summertown sobre las 21:45, cuando vosotras tres subisteis al autobús.

PW: Ya se lo he dicho. Además, Iz les dio su billete de autobús, ¿no?

ES: Sí, así es. Nos dio el billete.

VE: Y luego te bajaste en Marston Ferry Road, y Sasha siguió hasta Cherwell Drive, y la última vez que Isabel la vio estaba de pie en la parada de autobús, esperando a alguien. ¿Es así?

PW: Exacto.

VE: Y después Isabel continuó en el autobús hasta Headington.

PW: Sí.

VE: Y habló con el conductor. Para preguntarle la hora.

ES: Verás, eso es algo que siempre me ha parecido raro. Es decir, que hablara con él.

PW: No veo por qué.

ES: Vosotros los jóvenes... Ahora pasáis ya de los relojes. Para ver la hora usáis el móvil. ¿Para qué tendría que preguntarle al conductor del autobús?

PW: No lo sé. A lo mejor lo tenía apagado.

VE: Bien supuesto. Has acertado: estaba apagado. Lo comprobamos. De hecho, hemos averiguado que todos vuestros teléfonos estuvieron apagados desde las

21:00 hasta poco después de las 22:30. El tuyo, el de Leah y el de Isabel. Y eso también es raro.

PW: [*Se encoge de hombros.*]

ES: Así que empezamos a preguntarnos por qué. ¿Podría ser que Isabel quisiera tener una excusa para hablar con el conductor del autobús, que quisiera que él se acordara después de ella? Después de todo, tiene un aspecto bastante llamativo, ¿verdad?, con ese pelo con las puntas teñidas de rosa. No es probable que el conductor la olvidara.

VE: ¿Cuándo se lo tiñó, Patsie?

PW: [*Se encoge de hombros.*] No me acuerdo.

VE: Debe de ser bastante reciente, porque no lo tenía así cuando se encontró con su madre en Walton Street.

PW: Si usted lo dice.

VE: Y eso fue solo una coincidencia, ¿no? Que se lo tiñera justo antes de lo que le pasó a vuestra amiga, quiero decir.

PW: No sé adónde quiere llegar. Mire..., ¿en qué cambia eso las cosas? Estábamos en ese autobús. Eso lo sabe. Iz le dio el billete.

ES: Precisamente. Sabemos que Isabel estaba en el autobús. Tenemos la prueba. Pero ¿y tú, Patsie? ¿Dónde está tu billete? ¿O es que no tienes?

* * *

—¿Qué tenemos? —pregunta Quinn.

El contenido de la bolsa de pruebas está desparramado sobre la mesa del laboratorio. Un bolso. Cuero suave, rosa intenso, con oscuras manchas descoloridas en las zonas expuestas al aire y a la humedad durante días. Un bolígrafo con una pluma embarrada en la punta. Un monedero. Un neceser de maquillaje. Un tampón con envoltorio de plástico naranja. Una bolsita de pastillas de menta.

—No hay duda de que es el bolso de Sasha —dice Nina Mukerjee abriendo el monedero y sacando varios carnés de plástico. Lleva unos gruesos guantes de látex—. Todos estos carnés son suyos.

La mayoría de la gente usa la misma foto de pasaporte para todo, pero Sasha no. Una versión ligeramente diferente de la joven mira desde cada tarjeta. La sonrisa más o menos marcada, el gesto más o menos pícaro.

—¿Ningún teléfono, entonces? —pregunta Quinn.

—No, lo siento. Ni cuaderno de notas.

—¿Y billete de autobús?

—No, que yo haya encontrado.

—Entonces, ¿crees que obtendremos alguna prueba forense?

Nina asiente.

—Todavía pueden quedar huellas en la parte de fuera, y aquí hay al menos dos —dice abriendo el bolso para mostrar el interior—. Esta zona de debajo de la solapa quedó protegida de la lluvia. Hemos tenido suerte.

—Pero lo más probable es que sean de Sasha, ¿no?

Niega con la cabeza.

—Yo diría que no. Al menos, estas. Creo que aquí hay también restos de sangre. Y, si es así, casi seguro que las huellas no son suyas.

Quinn arruga el entrecejo.

—Porque...

—Porque la persona que dejó estas huellas tenía sangre de Sasha en las manos.

ES: Por supuesto, existe otra explicación... de por qué todas teníais el teléfono apagado esa noche.

PW: Sin comentarios. [*Volviéndose hacia el Sr. Beck.*] Me ha dicho que podía decir eso, ¿no?

ES: Sabíais que podríamos usarlos para rastrear dónde habíais estado. Sabíais que la única forma segura de evitar que os rastrearan era apagar los teléfonos.

DW: ¿De dónde se saca todo eso? Mi hija no es ninguna criminal...

ES: Y, según lo veo yo, no existe ninguna buena razón para que quisierais hacer algo así, Patsie. Solo hay una mala, muy mala.

* * *

Adam Fawley
9 de abril de 2018
19:15

La noticia ha corrido antes de que entremos en la sala de coordinación. Un solo vistazo a sus caras y me doy cuenta. Quinn está delante, el rostro con un rubor desacostumbrado; y, créanme, Quinn no muestra ese grado de emoción muy a menudo.

—Entonces, ¿el bolso era sin duda de Sasha? —pregunta Gallagher.

Quinn asiente.

—Sin ninguna duda. Y hay al menos dos huellas en la parte interior de la solapa. —Hace una pausa; sabe cómo tener en ascuas al público—. Las huellas tenían sangre. Y todos sabemos lo que eso significa. –Pasea la mirada entre los presentes–. La brigada científica las está cotejando con las de Patsie Webb ahora mismo. Mukerjee ha dicho que me llamaría dentro de una hora.

Gallagher se vuelve hacia mí. La sangre, el bolso, las huellas. Su cara lo dice todo.

«La tenemos».

* * *

VE: Interrogatorio reanudado a las 19:25.

ES: ¿Por qué tenías tanto interés en hacer que sospecháramos del señor Scott, Patsie? Te tomaste muchas molestias para dirigir nuestra atención en esa dirección.

PW: Porque es un pervertido..., porque la estaba siguiendo...

ES: Pero él no la mató, ¿verdad? Tú lo sabías y, sin embargo, te desviviste para que pensáramos que sí lo había hecho. ¿Por qué?

PW: ¿De qué me está hablando? ¿Cómo coño iba yo a saber lo que hizo? Yo no estaba allí...

VE: Yo creo que sí estabas, Patsie. Creo que sabes exactamente lo que pasó. Así que ¿por qué no nos lo cuentas? Cuéntanos la verdad sobre cómo murió Sasha...

PW: Pero ¿qué está diciendo? Mamá..., no pueden acusarme de algo así, ¿no?

JB: ¿Qué pruebas reales tiene para fundamentar esa monstruosa teoría, agente? [*El subinspector Gislingham entra en la sala, intercambia unas palabras con la agente Somer.*]

PW: [*Rompiendo a llorar.*] Yo no lo hice, mamá, no fui
yo... Sasha era mi mejor amiga...

DW: Ya sé que no lo hiciste, cariño, ya lo sé. No podrías
hacer algo así, ni en un millón de años.

* * *

Adam Fawley
9 de abril de 2018
20:25

Nadie está descorchando una botella de champán, pero la sala de coordinación se parece a una fiesta sorpresa que aguarda la llegada del invitado de honor. Hay risas, una sensación de liberación; algunos de los hombres se han aflojado la corbata.

Cuando Mukerjee llama por teléfono, Quinn la pone en el altavoz: todos queremos oírlo.

—Entonces, ¿coincide?

La línea chisporrotea un poco, pero la voz se oye con claridad.

—Así es.

Hay algunos puñetazos al aire, algunos vítores silenciosos; Gallagher sonríe. Alguien le da una palmada en la espalda a Quinn, como si hubiera sido él mismo quien se hubiera metido en la zanja y hubiese encontrado el dichoso bolso.

—Esa es la buena noticia —continúa Mukerjee—. Pero siento decir que la cosa no está tan clara como esperábamos.

En la habitación se hace el silencio.

Gallagher se acerca al teléfono.

—Nina..., soy la inspectora Gallagher. ¿Puedes explicar a qué te refieres?

–Es verdad que he encontrado huellas dactilares de Patsie Webb en el bolso. El problema es que no había sangre cerca de esas huellas. Podrían ser de cualquier otro momento.

Y las chicas eran amigas. No sería raro que Patsie hubiera tenido el bolso en las manos, o que Sasha se lo hubiera prestado. No es suficiente. Ni mucho menos es suficiente.

–Las huellas con restos de sangre solo eran parciales –prosigue Mukerjee–. No son lo bastante buenas para resultar admisibles en un tribunal.

Gallagher se acerca un poco más.

–Pero, si son parciales de Patsie...

La línea chisporrotea de nuevo.

–Lo siento. No me he explicado con claridad. Coinciden parcialmente, pero no con las de Patsie Webb.

–Entonces, ¿con las de quién? ¿Con las de Isabel?

–No. Lo comprobamos con las suyas del billete de autobús. Tampoco son de Isabel.

Gallagher frunce el ceño.

–¿De quién, entonces?

–Nadine –contesta Mukerjee, con voz ahora más nítida–. Las huellas muestran una coincidencia parcial con las de Nadine Appleford.

* * *

–Vergüenza debería darles, joder. Y si creen que pueden irse de rositas, van listos.

Denise Webb está tan enfadada que prácticamente no puede hablar sin escupir. Everett ya se ha llevado su buena dosis de improperios moralizantes a lo largo de los años, pero este rato se halla entre los más desagradables que le ha tocado pasar. Patsie está a pocos metros, con la cabeza gacha y el pelo sobre la cara. Resulta imposible ver su expresión. No ha abierto la boca desde que han salido de la sala de interrogatorios.

—Tenernos aquí horas y horas... —continúa Denise—, para acusar a una niña de quince años de algo tan..., tan... Es repugnante, eso es lo que es.

El sargento de recepción le pasa a Everett los papeles de la libertad provisional para que Denise Webb los firme. Por su cara, está claro que se alegra de no verse mezclado. Ev se ve sola en este trance.

—Y ahora me llevo a mi hija a casa, señora agente, o como tenga que llamarla. Pero esto no se ha acabado. Ni mucho menos.

No, piensa Everett mientras observa cómo la mujer rodea con el brazo a su hija y se la lleva hacia la salida. En eso tiene usted toda la razón.

* * *

Adam Fawley
9 de abril de 2018
21:35

Gallagher abre la puerta de la sala de coordinación y se deja caer pesadamente en la silla más cercana. Acaba de informar a Harrison. No me hace falta preguntarle cómo ha ido: esa expresión que tiene ahora ya la he visto muchas veces... en mi propia cara.

—Por favor, que alguien me explique cómo las huellas de Nadine Appleford han llegado a ese bolso —dice en tono fatigado—, porque a mí se me han acabado las explicaciones válidas.

Gislingham niega con la cabeza.

—Me da igual lo que hayan dicho los de la científica. Nadine no pudo matar a Sasha. Al menos, sola. Entre otras cosas, se las habría visto negras para meter el cuerpo en el río sin ayuda. Patsie sí habría podido, pero Nadine es por lo menos entre ocho y diez centímetros más baja.

—Bueno, no sé —tercia Quinn—. Quizá sea más baja, pero a mí me parece bastante recia, y la orilla tenía pendiente, así que solo tendría que soltar el bulto y dejarlo rodar hasta el agua.

—El «bulto» era una chica de quince años —dice Somer con sequedad.

—También tiene quince años Nadine —replica Gislingham—. Además, ¿por qué iba a atacar a Sasha? Ni siquiera se conocían.

Baxter levanta la vista.

—La verdad es que sí se conocían. Lo he comprobado. Estaban en el mismo curso en Summertown High.

Silencio. Otra vez silencio.

—Joder —dice Gallagher.

—Pues ahí está. —Gislingham suspira—. Eso es lo que se nos ha escapado.

—No te culpes —interviene enseguida Gallagher—. Se nos ha escapado a todos. Lo teníamos en las narices todo el tiempo y nunca se nos ocurrió preguntar.

—Pero, aunque se conocieran —dice Somer—, no eran amigas. Es imposible que lo fueran. Yo estuve en el cuarto de Sasha, no lo olvidéis. Había montones de fotografías de ella y de sus amigas, pero ninguna en la que estuviera Nadine. Ni una. ¿Por qué iba a matar Nadine a alguien a quien apenas conocía?

Everett se encoge de hombros.

—Tal vez sea esa la cuestión. Sasha tenía todo lo que Nadine no tiene: amigos, belleza...

—¿Cómo? ¿Lo dices en serio? —dice Quinn.

Ev sacude la cabeza.

—Está claro que no has sido nunca una chica adolescente. Tampoco lo ha sido Baxter y está empezando a apoyar esa teoría.

—Estoy de acuerdo con Ev. Y acordaos de lo que dijo Gow, lo de que era casi seguro que a las dos chicas las hubiera atacado la misma persona. Tenemos pruebas que relacionan a Nadine con el ataque a su hermana, así que ¿no debería ser también la sospechosa número uno en el caso de Sasha?

—Entonces, ¿qué? ¿Es una psicópata? —interviene Somer—. ¿Una asesina en serie que, así, de pronto y sin razón aparente, agrede a una chica y mata a otra en el espacio de una semana? Por no mencionar el hecho de que hace todo lo posible para que esos ataques parezcan obra de un depredador sexual... La verdad, no creo que Nadine sea tan retorcida...

—Pero Patsie sí lo es —digo con tranquilidad.

Gallagher levanta las manos.

—Mirad, no debemos olvidar que las huellas eran solo parciales. Podríamos estar errando completamente el tiro, porque quizá Nadine no tenga absolutamente nada que ver con esto. Yo, al menos, me aferro a esa esperanza, por débil que parezca ahora mismo.

Asante se dirige a ella.

—Entonces, ¿qué hacemos ahora?

Gallagher se pone lentamente de pie.

—Solo hay una cosa que podamos hacer. Pero primero nos queda mucho trabajo por delante.

* * *

Adam Fawley
9 de abril de 2018
22:09

Son más de las diez de la noche. Gallagher y yo somos los únicos que seguimos en la sala de coordinación. Después de repartir las tareas para el día siguiente, ha enviado a todo el equipo a casa y, la verdad, yo habría hecho exactamente lo mismo. La adrenalina tiene un extraño efecto: puede mantenerte en marcha todo el tiempo que haga falta cuando no queda otro remedio, pero, en cuanto esa imperiosa necesidad desaparece, te precipitas a un abismo.

Todos estábamos ya bajo mínimos esta noche. Nadie era capaz de pensar con claridad.

Gallagher apura otra taza de café. No dejo de recordarle que tiene hijos, y ella de recordarme a mí que tengo esposa, pero por alguna razón ninguno de los dos se mueve de allí.

* * *

El día siguiente amanece claro y luminoso, con un viento cortante y nubes altas y finas.

Habían quedado en verse directamente allí en lugar de en comisaría y, cuando Gislingham llega, Quinn ya está esperándolo en el aparcamiento.

—No hay duda de que recibieron el mensaje —le dice en cuanto llega Gis—. La secretaria ya ha venido a decirme que ella misma se encargará personalmente de convertir mi coche en calabaza si se me ocurre aparcar en el sitio del vicedirector.

Pero Gis no está de humor para las típicas bromas de Quinn.

—Acabemos con esto cuanto antes —dice.

* * *

Adam Fawley
10 de abril de 2018
10:15

Estoy en la recepción cuando llegan Nadine y su madre, pero ninguna de las dos me reconoce. Aunque también es bastante posible que ni siquiera me recuerden. Nadine viste vaqueros y un jersey, por lo que parece evidente que su madre no espera ni por asomo que vaya hoy al instituto. La joven se estira el jersey, se enrosca la lana en los dedos y se sobresalta con cada ruido repentino, como si llevara días sin dormir. Sea lo que sea lo que esta chica haya hecho, o no haya hecho, está cargando con un peso demasiado grande para ella.

Diez minutos después, Bryan Gow se une al resto de nosotros en la habitación contigua a la Sala de Interrogatorios 1. Parece tan animado como siempre. Incluso lleva una grabadora. Tal vez espera encontrarse con un caso digno de estudio.

En la pantalla, Somer toma asiento al lado de Gallagher. El abogado y el adulto responsable también son mujeres, de modo que en la sala no hay ningún hombre, una sabia decisión por parte de Gallagher, debo admitirlo. Cuando hacen entrar a Nadine y a su madre, incluso a mí me impresiona el cambio que ha experimentado Diane en tan pocos minutos. Le tiembla la mano al coger la silla y, bajo la implacable luz del techo, su rostro se ve demacrado, con las facciones hundidas. Así es como te quedas cuando sabes que tu hija es sospechosa de asesinato.

* * *

Interrogatorio a Nadine Appleford efectuado
en la comisaría de policía de St Aldate, Oxford
10 de abril de 2018, 10:42
Presentes: inspectora R. Gallagher, agente E. Somer,
Sra. D. Appleford, Srta. S. Rogers (adulto responsable
designado), Srta. P. Marshall (abogada)

ES: Interrogatorio iniciado a las 10:42. Acompañan a Nadine su madre, la señora Diane Appleford; su abogada, la señora Pamela Marshall; y la señorita Sally Rogers, que actuará de nuevo como adulto responsable.

RG: Para que conste en la grabación, Nadine ha sido arrestada por su presunta implicación en la muerte de Sasha Blake la noche del 3 de abril de 2018. Bien, Nadine, quisiera empezar preguntándote dónde estabas esa noche. ¿Saliste?

DA: ¿Alguien me puede decir, por favor, qué está pasando? ¿Cómo es posible que piensen siquiera que Nadine podría...?

RG: Ya llegaremos a eso, señora Appleford. Nadine..., ¿podrías responder a la pregunta, por favor?

NA: [*Silencio.*] No me acuerdo.

DA: Mis dos hijas estaban en casa cuando llegué a las 23:00, eso ya puedo decírselo yo.

ES: ¿Las dos? ¿Faith y Nadine?

DA: Faith había salido, creo, pero ya había vuelto cuando yo llegué. Como acabo de decir.

ES: ¿Y no hubo nada extraño esa noche? ¿Algo que se te quedara grabado?

PM: [*Sin dejar que responda.*] ¿Qué pruebas tienen que relacionen a Nadine con este crimen, inspectora?

RG: Ayer por la tarde, un ciudadano descubrió un bolso rosa a poca distancia de donde fue encontrado el cuerpo de Sasha. Se ha identificado sin lugar a dudas como suyo y en él hay restos de su sangre.

PM: Eso no demuestra nada.

RG: Siento decir que en la sangre también hay huellas dactilares. Huellas que creemos que pueden ser de Nadine.

DA: Pero eso es imposible...

PM: Dice usted que «pueden» ser de Nadine. ¿Coinciden o no coinciden con las suyas?

RG: Son parciales. Coinciden parcialmente con las de Nadine.

PM: ¿Cuántos puntos?

RG: Cinco en una, cuatro en la otra.

PM: Sabe tan bien como yo que serían inadmisibles en un tribunal. Va a necesitar bastantes más argumentos si quiere que la Fiscalía la tome mínimamente en serio. Mientras tanto, me gustaría discutir estas nuevas pruebas con mi cliente. Estoy segura de que el adulto responsable estará de acuerdo en que es una petición más que razonable.

SR: Sí, estoy de acuerdo en que sería una buena idea.

ES: Interrogatorio suspendido a las 10:53.

* * *

Estamos en plena pausa de mediodía, así que la directora les permite usar su despacho para no tener que pelear por un espacio en la atestada sala de profesores. La habitación está en la parte de atrás. Desde la ventana, Gislingham puede ver los campos hasta una línea de árboles lejanos. Más allá, como bien sabe, está el lugar en el que encontraron a Sasha. Solo espera que los estudiantes no hayan establecido esa misma conexión.

El tutor del curso es un hombre llamado Dennis Woodley, un tipo con una barba marcadamente pelirroja, mirada franca y persistente y un apretón de manos tan implicado que requiere de las dos manos. Gislingham lo tiene ya catalogado de cristiano evangélico antes incluso de que lo haya soltado. Hay otra profesora, una mujer bajita de aspecto atormentado, con ese aire de apresuramiento de quien llega siempre tarde.

Woodley demuestra ostensiblemente que quiere encargarse él de «hacer los honores» con el café y que no espera que lo haga su colega femenina. Un cartel colgado en la pared proclama que los valores del colegio son el trabajo en equipo, la diversidad, la amabilidad y la igualdad. Está claro que Woodley pretende hacer suyo el paquete completo.

Gislingham dice que sí al café, Quinn dice que no y por fin se sientan todos frente a la mesa de centro.

—Y bien, agentes —dice Woodley con una gran sonrisa marca de la casa—, ¿en qué podemos ayudarles?

* * *

El agente de uniforme guía a Nadine y a las otras dos mujeres fuera de la sala, pero Somer sigue sentada en la mesa de interrogatorios.

—¿Qué pasa? —le pregunta Gallagher mientras recoge sus carpetas—. Algo te ronda por la cabeza, ¿no?

Somer frunce el ceño.

—Es algo que ha dicho Diane Appleford. Sobre esa noche.

Gallagher deja lo que está haciendo; ya le ha quedado claro que el instinto de Somer merece ser tenido en cuenta.

—Ah, ¿sí?

—Ha procurado disimularlo rápidamente, pero ha habido un momento... Es como si se le hubiera ocurrido algo de pronto..., alguna cosa que enseguida ha visto que no le convenía revelar.

Gallagher reflexiona.

—Bueno, tú has pasado con ella más tiempo que yo. Creo que deberías seguir esa intuición.

—Pero tampoco puedo preguntárselo directamente, ¿no? Ahora ya se ha cerrado en banda... No me lo va a decir.

—Pero tú conoces a Faith, y bastante bien, según he oído. Si hubo algo raro esa noche, ella debería saberlo. ¿Por qué no preguntárselo?

Somer hace una mueca.

—No estoy tan segura. Tal como estaba la última vez que la vi... No quisiera alterarla más de lo que ya lo hemos hecho...

—Entonces pídeselo a esa amiga suya, Jess se llama, ¿no? A lo mejor ella sí puede hacerlo.

* * *

Adam Fawley
10 de abril de 2018
12:18

—Bueno, según lo veo yo, ahí tenemos el motivo. Más claro, agua.

Es Quinn, alborotando el gallinero, como de costumbre. Tiene suerte de que Somer no esté presente en la habitación, porque dudo que ella lo dejara seguir por ahí. Pero, esté donde esté Somer, no es allí.

—En mi opinión, lo que Woodley nos contó lo demuestra: Nadine tenía un motivo para matar a Sasha. Y si a eso le añadimos la prueba del bolso...

—No sabemos si las huellas son suyas —comienza Everett—. Son solo parciales.

—La hostia divina... Pero ¿quién más podría ser?

Los ánimos se están encrespando y Gallagher interviene para poner algo de paz:

—Muy bien, agente Quinn, ya hemos oído su punto de vista. Subinspector, ¿qué opina usted?

Gislingham levanta la cabeza.

—Bueno, está bastante claro que Nadine estaba desesperada por entrar en el grupito de Patsie. Woodley ha dicho que le ha resultado difícil integrarse desde que llegó. Debe de haberlo pasado mal, la pobre, viéndose de pronto en un instituto nuevo en el que todo el mundo tiene ya sus propios amigos.

—Pero ¿seguro que era el grupo de Patsie en el que Nadine quería entrar?

Gislingham asiente.

—Son las chicas que molan, parece ser. Las «LIPS girls», las llaman. Todas quieren estar en su pandilla.

—Apuesto a que ahora ya no —murmura Baxter, pero está al fondo de la habitación, como yo, y soy el único que lo oye.

—¿Y la rechazaron?

Gislingham asiente con expresión sombría.

—Peor. Según parece, empezaron a meterse con ella, a burlarse de su pelo, de que estaba gorda... Cosas así. Aunque eran sobre todo las otras tres... La impresión es que Sasha trataba de desmarcarse un poco.

—¿Y el instituto no hizo nada?

—Woodley ha dicho que, cada vez que lo intentaban, Nadine se cerraba en banda y negaba que hubiera pasado algo. Y las chicas eran demasiado listas para que las pillaran.

—Sorpresa, sorpresa —dice Ev en tono lúgubre.

Gallagher se dirige a Gow.

—¿Qué opinas tú, Bryan?

Gow se ríe.

—¿Del cerebro adolescente? ¿Cuánto tiempo tenéis? Mirad, cualquier padre os dirá lo mismo: no funcionan de la misma forma que nosotros. Nadine Appleford estaba bajo un fuerte estrés y no tenía capacidad mental para gestionarlo ni la madurez para ponerlo en contexto. Estamos ante la típica presión de grupo sobre el aspecto físico y los novios y la concepción de lo que es el «éxito», a lo que debe añadirse la total ausencia de una red de apoyo en el instituto y un entorno doméstico que se ha precipitado en el más absoluto caos durante los últimos meses.

Everett parece molesta.

—Faith no tenía ninguna intención de causar problemas...

Gow asiente.

—Estoy de acuerdo. Pero lo ha hecho, de todas formas. Nadine ha tenido que lidiar con un hermano convertido en hermana, una mudanza, un instituto nuevo y una madre que ha estado algo distraída, comprensiblemente. Ser rechazada por el grupo de Patsie de un modo tan público y malicioso podría haber sido la última gota.

—Y, sin embargo, a los profesores les dijo que no había pasado nada.

Gow se encoge de hombros.

—Así funcionan los adolescentes. Es probable que se dijera a sí misma que las cosas cambiarían, que si aguantaba y no se chivaba al final las otras cambiarían de opinión. Y, mientras tanto, todas esas mezquindades y pequeñas crueldades se van acumulando hasta que finalmente la sobrepasan y se quiebra.

—Pero ¿dónde encaja Sasha en todo esto? —pregunta Gallagher—. Si se trata de la banda de Patsie, ¿por qué Nadine se desquita con Sasha? Y más si realmente Sasha era la única que se mostraba amable con ella...

—Simplemente, podría haber estado en el lugar equivocado en el momento equivocado —dice Quinn—. Nadine pasa por Cherwell Drive esa noche, ve a Sasha en la parada de autobús y decide ajustar cuentas con ella. Quizá se acerca a Sasha precisamente porque no es tan zorra como las demás. Pero luego algo se tuerce, Nadine pierde los papeles...

—¿Y las bridas? —pregunta Ev—. ¿Y el cuchillo? ¿Los llevaba encima por casualidad o qué?

Gallagher tiene una expresión sombría.

—Estoy con Everett. Me cuesta mucho creer esa teoría. La única explicación posible es que fuera premeditado, que Nadine lo hubiera planeado todo de antemano. Lo que pasa es que tampoco me encaja: ¿cómo demonios iba a saber que Sasha estaría allí esa noche?

—Y aunque lo hubiera sabido, ¿cómo llevó el cuerpo desde allí hasta el río? —pregunta Baxter—. Porque no veo a Sasha accediendo a acompañar a Nadine por esa senda en la más completa oscuridad, no importa qué excusa pudiera darle. Yo, desde luego, no lo haría. Eso seguro.

—Mirad, ni siquiera sabemos dónde estaba Nadine esa noche —dice Ev—. Podría tener una coartada perfecta...

—No la tiene.

Es Somer quien habla. Está en la puerta, con el móvil en la mano.

—Acabo de hablar con la amiga de Faith, Jess Beardsley. Faith fue al cine esa noche. Vio *El hilo invisible* en el cine Phoenix de Walton Street. Salió de casa a las 19:15 y no volvió hasta las 22:45.

—Así que tenemos más de tres horas en las que Nadine podría haber estado en cualquier sitio —dice Gallagher con cautela.

—Por desgracia, la cosa todavía empeora más. Faith ha dicho que cuando volvió a casa estaba puesta la lavadora.

Quinn arruga el entrecejo.

—¿Y?

—Por eso Faith está tan segura de que fue la misma noche. Se le quedó grabado, porque su madre siempre la toma con Nadine porque quiere que se lave su ropa y ella nunca lo hace. Que recuerde Faith, esa noche es la única vez que lo ha hecho sin que tengan que darle la lata.

Gallagher niega tristemente con la cabeza. Está a punto de decir algo más cuando la puerta se abre de nuevo y aparece Tony Asante. Busca con la mirada hasta que ve a Ev.

—Ah, agente Everett. Abajo hay alguien que quiere hablar con usted. Diría que está como un flan, así que sería buena idea bajar enseguida, antes de que se lo piense mejor.

* * *

Todavía parece nervioso una hora después, cuando ya han acabado. Y eso que le han repetido una y otra vez que ha hecho lo correcto, que al final la verdad se habría sabido de todas formas, y que en un asunto como este siempre es mucho mejor saltar que verse empujado.

Everett lo acompaña a la puerta principal y le dedica lo que pretende ser una sonrisa tranquilizadora.

–Todo irá bien. De verdad. Aunque ahora mismo no lo parezca.

–Sí, ya lo sé. Solo recuerde lo que le he dicho, ¿vale?

Everett asiente.

–No se preocupe. Ya estoy avisada.

* * *

Interrogatorio a Patsie Webb efectuado en la comisaría de policía de St Aldate, Oxford

10 de abril de 2018, 15:19

Presentes: agente V. Everett, agente E. Somer, Sra. D. Webb, J. Beck (abogado), Sra. M. Chandler (adulto responsable designado)

ES: Para que conste en la grabación, Patsie está acompañada por su madre; su abogado, el señor Beck; y la señora Monica Chandler, en calidad de adulto responsable.

DW: Me parece increíble que nos hayan obligado a venir aquí. Patsie ya les ha dicho cien veces que no tiene nada que ver con lo que le pasó a Sasha Blake, y hasta sus científicos han confirmado que las huellas de ese dichoso bolso no eran suyas. Voy a presentar una queja formal... ¿Me oyen? Una queja formal. Esto es acoso, es abuso de poder...

ES: Le aseguro que no es ese el caso, señora Webb. Y no estamos aquí para hablar de Sasha. Esta vez no. Bien, Patsie, ¿recuerdas qué estabas haciendo el día 1 de abril?

PW: Pero ¿qué...?

DW: ¿El 1 de abril? Eso fue el lunes pasado no, el anterior, ¿verdad? Entonces puedo responder yo. Estaba en casa, en la cama. Había cogido ese virus de los vómitos.

ES: Es así, ¿Patsie? ¿Estabas enferma ese día?

PW: [Se encoge de hombros y asiente.]

ES: Lo hemos comprobado con Summertown High y ese día figuras como ausente por enfermedad, sin ninguna duda. Igual que Isabel. Y que Leah.

DW: Lo cogió todo el instituto. ¿Adónde quieren llegar con esto?

ES: ¿A qué hora se va usted a trabajar por las mañanas, señora Webb?

DW: A las 7:45. Como mucho a las 8:00. ¿Por qué?

ES: Es decir, que no puede saber con seguridad dónde estaba Patsie ese día, ¿no? No al cien por cien. A menos que su novio estuviera en casa. ¿Lo estaba?

DW: [Duda.] No, la verdad es que no. No hasta más tarde...

ES: ¿Habló con Patsie por teléfono a lo largo del día?

DW: [Pausa.] Di por supuesto que estaría durmiendo. Se había pasado toda la noche levantándose por los vómitos. Oía las arcadas en el baño, aunque no me dejaba entrar.

VE: ¿Y no probó con el teléfono fijo?

DW: No. Como he dicho, estaba enferma... Estaba durmiendo. No quería despertarla. Cuando volví, a las 18:30, estaba viendo la televisión enrollada en el edredón.

ES: Eso no significa que estuviera allí todo el día, ¿verdad, Patsie?

PW: Quieren hacerme creer que saben algo, pero no es así. Porque no hay nada que saber.

JB: Está pisando terreno peligroso, agente. Si tiene motivos razonables para sospechar que se ha cometido un delito, debería preguntar a mi cliente tras comunicarle previamente su imputación y sus derechos. Como bien sabe.

ES: En ese caso, Patsie Belinda Webb, quedas arrestada como sospechosa de retención ilegal y agresión constitutiva de un delito de lesiones durante el día 1 de abril de 2018. Tienes derecho a guardar silencio, pero puede perjudicar a tu defensa si en el interrogatorio no mencionas algo en lo que puedas basarte más tarde ante el tribunal. Todo lo que digas podrá ser usado como prueba. Bien, Patsie, cuando el inspector Fawley habló con Isabel el 4 de abril, ella dijo que no conocía a nadie llamado Faith Appleford. Pero tú sí, ¿no es cierto? Todas la conocéis. Conocéis a su hermana, Nadine.

PW: Nadine está en nuestra clase. Pero lo que se dice conocer, no la conozco.

ES: Lo que le ocurrió a Faith se parece mucho a lo que le pasó a Sasha. Tanto que estábamos convencidos de que el autor debía ser la misma persona. A Faith la raptaron, la ataron y se la llevaron a un cobertizo situado en las huertas comunales de Marston Ferry Road. La pobre chica estaba completamente aterrorizada. Creyó que la iban a matar. Le quitaron la ropa interior...

MC: Vamos a ver, ¿de verdad todo esto es necesario?

ES: Y su atacante fue muy listo. Le puso una bolsa de plástico en la cabeza para que no pudiera ver. Además, se mantuvo durante todo el tiempo en silencio, para que ella no pudiera oír nada que luego sirviera para identificarlo. La única pista que teníamos era que se la llevaron en algún tipo de furgoneta. Pero, aunque removimos cielo y tierra, no la encontramos. Después se nos ocurrió que a lo mejor no era una furgoneta, que quizá era un SUV, o incluso algún vehículo ranchera antiguo.

VE: Y fue entonces cuando nos hablaste de Graeme Scott, ¿verdad, Patsie? Nos contaste que tenía un interés malsano por Sasha. Y luego averiguamos que su coche era un Morris Traveller y nos preguntamos si no podría ser el hombre que íbamos buscando, si no podría haber sido él quien atacara tanto a Sasha como a Faith.

DW: Como ya les he dicho, deberían estar agradecidos a mi hija, y no tratarla como si fuera una delincuente.

ES: Pero luego la policía científica nos dijo que en la bolsa utilizada en el ataque a Faith había ADN de su madre y de su hermana. En ese momento no supimos qué pensar. No entendíamos cómo Graeme Scott podía haber conseguido esa bolsa. De hecho, solo había una persona que podría haberse hecho con ella: la propia Nadine.

VE: Pero ni siquiera eso tenía sentido. Porque sabíamos que ella no podía haber conducido esa furgoneta. Solo tiene quince años... En fin, que no hubiera sido legal, ¿verdad?

PW: [*Silencio.*]

ES: Y entonces pensamos: un momento, solo porque no sea legal no significa que no pudiera ocurrir. Porque está claro que alguien puede saber conducir aunque no tenga carné.

PW: [*Cambia de postura en la silla, pero no dice nada.*]

ES: Incluso hicimos una prueba para comprobarlo. Nuestro colega, el agente Asante, efectuó el recorrido para ver si Nadine podría haber tenido tiempo de atacar a su hermana y estar de vuelta en el instituto a las 11:45. Y, mira por dónde, sí que era posible. Aunque habría necesitado mucha suerte en la conexión de autobuses a Blackbird Leys...

PW: [*Levanta la cabeza y luego vuelve a bajarla.*]

ES: Ah, ¿no lo había dicho aún? Creemos que la furgoneta en cuestión podría pertenecer a alguien que vive en Blackbird Leys. En realidad, no lo creemos: estamos seguros. Porque esa persona ha venido esta mañana y ha efectuado una declaración. Ashley nos lo ha contado todo, Patsie. De nada sirve seguir mintiendo.

PW: [*Silencio.*]

DW: ¿Patsie? ¿Es eso verdad?

PW: Miren, no era más que una broma, ¿vale? Por el día de los inocentes de abril. No sé por qué a todo el mundo se le ha ido la puta pinza con esto...

ES: ¿No lo sabes? ¿De verdad estás diciendo que no entiendes por qué la policía tendría que tomarse esto muy en serio?

PW: [*Malhumorada.*] No le hicimos nada.

VE: Ya lo creo que le hicisteis. Le arrancasteis el pelo, lo cual es un delito de lesiones. Y le causasteis un daño psicológico indecible. Faith creyó que iban a matarla..., a violarla...

PW: ¿Cómo coño iban a violarla, si ni siquiera es una chica...?

DW: Patsie...

ES: Entonces, ¿admites tu implicación en el rapto de Faith Appleford ocurrido la mañana del 1 de abril de 2018?

PW: Joder, que no fue ningún rapto. Fue una broma.

VE: Acabas de decir «No le hicimos nada». ¿Quién más estaba contigo?

PW: Iz. Y Leah. Nos encontramos en las huertas comunales.

ES: Así que ninguna de vosotras estaba enferma. Solo les dijisteis a vuestros padres que lo estabais.

PW: [*Silencio.*]

VE: Y tú condujiste la furgoneta de Ashley Brotherton. La furgoneta de tu novio.

DW: ¿Qué novio? ¿Desde cuándo tienes tú novio?

PW: [*A su madre.*] Desde que empezaste a pasar cada minuto de cada día con ese baboso de Lee y a demostrar que yo te importaba una mierda. Ya ves, desde entonces.

ES: Ashley nos ha dicho que no tenía ni idea de que ibas a coger la furgoneta.

PW: Ya, bueno, tampoco iba a decírselo, ¿no? Me habría escondido las putas llaves. Ya me dio bastante la brasa después.

ES: Es decir, que lo tenías planeado. Sabías lo del funeral y lo planeaste todo.

PW: ¿Es usted algo cortita o qué? Le he dicho que fue una inocentada de abril. Tenía que ser ese día.

VE: Ashley quería acudir a la policía en cuanto se enteró, pero le dijiste que nos contarías que había tenido relaciones sexuales contigo, a pesar de ser tú menor. Así que él tenía miedo de perder el trabajo...

PW: Sí, bueno, el tío no es que sea una lumbrera...

ES: ¿Por qué la tomasteis con Faith, Patsie? ¿Por qué ella, precisamente?

PW: [*Se encoge de hombros.*] No lo sé.

ES: Yo creo que lo sabes perfectamente. Verás, cuando empezamos a investigar lo que le pasó a Faith, supusimos que debía ser un crimen de odio. Pensamos que el atacante debía de conocer su secreto y que por eso la eligió. Pero, por mucho que lo intentamos, no pudimos encontrar a nadie que estuviera al tanto de ese secreto. Nadie sabía nada, aparte de su familia más cercana.

PW: [*Silencio.*]

ES: Y ahí está justamente la explicación, ¿verdad, Patsie? Porque Nadine lo sabía. Y te lo contó.

DW: No pueden demostrar nada de todo eso.

ES: La propia Patsie lo ha demostrado. Ha dicho que Faith «ni siquiera es una chica». Y solo hay una forma de que pudiera saberlo.

PW: Como he dicho, era una inocentada de abril...

VE: ¿Por qué te contó Nadine lo de su hermana, Patsie? ¿Porque quería ser aceptada en el grupo? ¿Porque quería caeros bien?

PW: Solo nos estábamos echando unas risas, ¿vale? Le dijimos que podría ser nuestra amiga si nos contaba un secreto. Algo que nadie más supiera.

DW: Ay, Dios mío...

ES: Pero no teníais ninguna intención de ser amiga suya, ¿verdad? Solo la estabais utilizando. Utilizasteis lo que os contó para traicionarla. Y de la manera más cruel y despiadada que pueda imaginarse.

PW: A esa zorra estúpida se le fue la olla. Por su mierda de hermana. Nos dijo que nunca nos lo habría contado si hubiera sabido lo que íbamos a hacer. Cuando oímos las sirenas, creímos que había llamado a los putos polis.

VE: ¿Y la bolsa de la compra? ¿Dónde la conseguisteis?

PW: Iz se la mangó. La muy mema ni se dio cuenta.

ES: ¿Y qué nos dices de Sasha?

PW: Ya le he dicho que en eso no tenemos nada que ver.

VE: ¿Aunque los detalles coincidan casi por completo? ¿La bolsa de plástico? ¿Las bridas? Lo hicisteis así deliberadamente, ¿verdad? Para que la policía creyera que había un depredador sexual por ahí suelto...

JB: Si me permite, agente, todo lo que acaba de decir puede servir de argumento más que sólido para considerar a Nadine Appleford como sospechosa del asesinato de Sasha Blake. Sabía con total exactitud lo que le había ocurrido a Faith y, por tanto, estaba en inmejorable situación para imitar a la perfección el crimen. Tenía los medios y un motivo extremadamente poderoso: la venganza. Quería incriminar a Patsie y a las otras chicas, y al mismo tiempo desquitarse con quienes la habían rechazado a ella y habían humillado a su hermana.

PW: Eso es... Es exactamente lo que debió de pasar...

VE: Entonces, ¿está diciendo que Nadine lo planeó..., que deliberadamente se propuso matar a Sasha calcando lo que le había ocurrido a Faith, solo para que Patsie y las otras cargaran con la culpa?

JB: ¿Puede probar que no fue así?

ES: En ese caso, ¿por qué no nos dijo, desde el primer momento, que Patsie y las otras habían atacado a Faith? ¿Por qué esperar durante todo este tiempo a ver si conseguíamos averiguarlo por nosotros mismos?

JB: Eso tendrá que preguntárselo a ella, agente. Quién sabe en lo que estaba pensando. Resulta evidente que está muy trastornada.

PW: Tiene razón... Nadine es rara de cojones...

DW: Patsie, por favor...

JB: ¿Nadine tiene coartada, por ejemplo? Porque mi cliente sí la tiene, como bien saben ustedes. Sasha, Patsie e Isabel estaban juntas en ese autobús, y ustedes tienen un billete que lo demuestra.

ES: Es una estupenda teoría, señor Beck. Pero hay una pega: ¿cómo demonios pudo saber Nadine dónde iba a estar Sasha esa noche? El lugar concreto, justo a esa hora... ¿Cómo podría haber sabido algo así?

PW: Muy fácil: porque nos había estado espiando. Ahí tiene la respuesta.

* * *

Adam Fawley
10 de abril de 2018
17:05

—¿Crees que es verdad... lo que ha dicho Patsie?

Gallagher mira fijamente a la pantalla, los brazos rígidos cruzados sobre el pecho, el pie golpeteando en el suelo.

—¿Que Nadine las espió? Por desgracia, resulta más que factible. Nadine estaba desesperada por que la aceptaran... No me cuesta imaginármela escuchando disimuladamente los planes de las otras.

—Veamos qué tienen que decir Isabel y Leah de todo esto. Quinn y Gislingham van a recogerlas por separado, para que no tengan oportunidad de intercambiar información.

Eso tendría que tranquilizarme, pero no lo hace.

—Si de algo estoy seguro es de que estas chicas deben haber acordado sus versiones hace ya tiempo. Isabel y Leah van a corroborar todo lo que diga Patsie. Lo que significa que, diga lo que diga Nadine, será solo su palabra contra la de ellas. Y, ahora mismo, ni siquiera podemos situarlas en la escena del crimen, no digamos acusarlas.

Gallagher suspira.

—Una panda de niñas de quince años..., con la mitad de la división criminal de Thames Valley encima de ellas y ni siquiera somos capaces de desbaratar sus coartadas.

* * *

—¿Agente Somer?

Es Nina Mukerjee quien habla. Está en la puerta de la cocina de los Appleford.

Han empezado en el piso de arriba: la habitación de Nadine, la de Diane, la de Faith, el baño... Embolsando, etiquetando y llevándose cosas. Y ahora están en la cocina, a unos escasos seis metros de donde está sentada Somer, que lleva todo ese rato allí, al lado de Diane Appleford, tratando desesperadamente de fingir interés en un antiguo episodio de *Ley y orden*.

—¿Puede venir un momento?

Nina habla en tono absolutamente normal, pero Somer no se deja engañar. No la llamarían de no ser importante.

Diane levanta la cabeza con súbita alarma.

—No es nada, señora Appleford. Tardo solo un minuto.

Nina la precede hasta el final del pasillo. En la cocina, el contenido del cajón de los cubiertos está desparramado sobre la mesa.

—Iba a proceder con todo esto, pero he pensado que debería verlo antes.

Los cuchillos tienen mangos de metal y filos de sierra.

–¿Qué pasa? –Diane Appleford está indecisa en el umbral, con el rostro descolorido y de un matiz verdoso bajo la luz del techo–. Son solo cuchillos de carne –dice–. Debe haber centenares de ellos en esta ciudad. Miles.

–Ya lo sé –contesta Somer–. Es solo el procedimiento...

–¿Qué voy a decirle a Faith? –pregunta con voz de pronto quebrada–. Se niega a venir a casa. Ni siquiera quiere hablarme.

–Escuche, quizá sea para bien –dice Somer acercándose a Diane–. Dele tiempo. Esto es muy duro para ella..., para todos ustedes.

Se oyen pasos en las escaleras y murmullos en el pasillo. Las voces son lo suficientemente bajas para resultar discretas, pero lo bastante altas para oír lo que dicen.

–¿Tienes toda la ropa?

Es la voz de Clive Conway. Habla con su subalterno del CSI.

–Sí, tengo todo lo que había en la lista. También los zapatos. Hay unas deportivas con manchas de barro seco, y creo que hay también restos de algo más, así que tal vez tengamos suerte.

–¿Qué quiere decir con «restos»? –pregunta Diane, volviéndose hacia Somer con ojos como platos–. ¿De qué están hablando?

Somer se muerde el labio.

–Como he dicho, es solo el procedimiento habitual. Vamos a tomarnos las cosas paso a paso.

* * *

Adam Fawley
11 de abril de 2018
10:08

Pasan la llamada a la sala de coordinación justo después de las 10:00 de la mañana siguiente. Las manchas de las deportivas de Nadine son de sangre. Sangre de Sasha. La mayoría de nosotros aún no podemos creerlo, pero, como siempre dice Alan Challow, las pruebas forenses nunca mienten.

—Esto va a destrozar a la madre —dice Somer con tristeza. Como si hiciera falta decirlo.

—Yo aún sigo creyendo que aquí hay gato encerrado —dice Gallagher—. Esas chicas... tienen que estar implicadas de alguna forma...

Ev hace una mueca.

—Isabel y Leah parecían loros repitiendo «sin comentarios» a cada pregunta que les hacíamos. Como si estuvieran en una secta o algo así.

—Sí, bueno —dice Gis—. Pero yo no me quito de la cabeza que sus huellas están por todos lados. Sobre todo, las de Patsie.

—No exactamente —observa Baxter—. Las parciales del bolso no coinciden con las de ninguna de las chicas.

—Por desgracia —murmura Quinn.

Pero algo de lo que ha dicho Baxter me deja intranquilo y, cuando la reunión finaliza, me lo llevo discretamente aparte. Porque tampoco vamos a anunciar nada a bombo y platillo delante de todos. Podría estar equivocado.

* * *

Interrogatorio a Nadine Appleford efectuado
en la comisaría de policía de St Aldate, Oxford
11 de abril de 2018, 11:55
Presentes: agente V. Everett, agente E. Somer,
Sra. D. Appleford, Sra. P. Marshall (abogada),
Srta. S. Rogers (adulto responsable designado)

VE: Interrogatorio reanudado a las 11:55 del 11 de abril de 2018.

ES: Bien, Nadine. Desde la última vez que nos vimos, hemos hablado con Patsie Webb. Y ha admitido que ella y sus amigas fueron quienes atacaron a tu hermana. También hemos interrogado a Isabel y a Leah, y todas van a ser acusadas de un delito de lesiones. ¿Comprendes lo que te digo, Nadine? Sabemos que fueron ellas. Sabemos lo que hicieron y cómo te engañaron.

NA: [*A su madre.*] Ya te dije, mamá, que yo no lo hice..., no fui yo...

DA: Ya lo sé, cariño, ya lo sé.

ES: ¿Y sigues manteniendo que tampoco estabas en el río la noche en que Sasha murió?

NA: No estaba allí. Ya se lo he dicho.

VE: Ni la viste..., ni hablaste con ella...

NA: No... Ni siquiera salí. Estuve en casa durante toda la noche.

ES: Tu hermana dice que la lavadora estaba en marcha cuando llegó a casa. ¿Podrías explicarnos eso?

NA: [*Se encoge de hombros.*] No sé. No me acuerdo.

VE: Como sabes, ayer efectuamos un registro en tu casa. Nos incautamos de varios objetos para que la policía científica los analizara. Entre otras cosas, un par

432

de zapatillas que estaban escondidas bajo la ropa, en el fondo de tu armario.

DA: No estaban escondidas... Solo es desordenada... Es una adolescente...

VE: ¿Nadine? ¿Tratabas de esconder esas zapatillas?

NA: [*Silencio.*]

ES: Los análisis han determinado que alguien intentó limpiar las zapatillas con lejía, un producto bastante inusual para emplearlo con unas deportivas. ¿Fue cosa suya, señora Appleford?

DA: [*Pausa.*] No. No fui yo.

ES: ¿Fuiste tú, Nadine? ¿Intentaste eliminar algo de tus zapatillas?

PM: Tienes derecho a responder «sin comentarios» en cualquier momento, Nadine.

NA: Sin comentarios.

VE: ¿Podrías hablar más alto, por favor? Es por la grabación.

NA: [*Más alto.*] Sin comentarios.

ES: [*Pasándole una hoja de papel.*] Estos son los resultados de los análisis efectuados en las zapatillas, Nadine. Tienen restos de sangre. No mucha, pero ahí está. Y es de Sasha.

NA: [*Silencio.*]

ES: Pero eso solo demuestra que estabas presente cuando Sasha murió. No prueba que, de hecho, hicieras nada. Así que ¿qué pasó, Nadine? ¿Cómo acabaste allí aquella noche?

NA: [*Silencio.*]

VE: Patsie dice que ninguna de las otras chicas estaba allí..., que tú la mataste, tú sola. Dice que sabías que Sasha tomaría ese camino para volver a casa esa noche, porque habías estado espiándolas. Escuchando a escondidas sus conversaciones. ¿Es cierto eso?

NA: No fue así.

VE: ¿Cómo fue, entonces?

NA: [*Niega con la cabeza.*]

ES: ¿Por qué te niegas a hablar con nosotras, Nadine? ¿Volvió Patsie a engañarte, es eso? No deberías cargar tú con toda la culpa si Patsie te engañó.

NA: No fue...

PM: [*Impidiéndole contestar.*] No tienes por qué responder, Nadine.

NA: No, quiero hacerlo. No me engañó.

VE: ¿Cómo fue, entonces?

NA: Me dijo que estuviera allí, esa noche. En el río.

VE: ¿Patsie?

NA: [*Asiente.*]

ES: Quedaste allí con ella.

NA: No solo con ella. También con las otras. Dijo que sentían lo de Faith y que esto era como una compensación, que todas seríamos hermanas de sangre.

ES: ¿Hermanas de sangre?

NA: Ya sabe, igual que en la tele. Dijeron que había que llevar un cuchillo. Cada una el suyo.

ES: Y entonces cogiste uno de la cocina de tu casa, ¿no es así?

NA: [*Asiente sin mirar a su madre.*]

VE: ¿Qué pasó cuando llegaste allí?

NA: Estaba esperando en la parada de autobús, cerca del Vicky Arms. Ellas venían andando desde Summertown.

VE: ¿Quiénes son «ellas», Nadine?

NA: Patsie, Isabel y Sasha. Leah no. Leah no estaba allí.

VE: ¿Y a qué hora fue eso?

NA: Sobre las 21:15. Me habían dicho que estuviera allí a las 21:00. Patsie llevaba linternas y otras cosas en su bolso.

ES: ¿Dijo algo Sasha cuando os encontrasteis?

NA: No. Pero no parecía muy contenta. Yo creo que no quería estar allí. No hacía más que mirar el reloj, como si tuviera que irse a otra parte.

VE: ¿Qué pasó luego?

NA: Fuimos por la senda hasta el río. Isabel iba delante, luego Sasha, después Patsie y luego yo. De pronto, Patsie agarró a Sasha por la espalda e Isabel le embutió una bolsa en la cabeza, y después sacaron esas cosas de plástico y la ataron. Sasha se cayó en el barro. Trataba de gritar, pero se notaba que no tenía suficiente aire. Patsie sacó el teléfono y empezó a grabarlo todo, pero casi no podía de lo mucho que se reía, y entonces Isabel dijo: «No te olvides del pelo».

ES: ¿«No te olvides del pelo»?

NA: [*Asiente.*]

ES: ¿Por qué lo dijo? ¿Lo sabes?

NA: [*Niega con la cabeza.*]

VE: ¿Qué hizo Patsie después de que Isabel dijera eso?

NA: Agarró a Sasha por el pelo y le arrancó un mechón de la parte de atrás. Sasha lloraba, lloraba muy fuerte. Tenía un pelo muy bonito.

ES: ¿Y luego?

NA: Patsie me dijo que sacara mi cuchillo y le hiciera un corte. A Sasha. Yo no quería. Tenía miedo y náuseas, pero ella me dijo que tenía que hacerlo, que si no lo hacía no seríamos hermanas de sangre

435

y que yo sería la siguiente. Así que lo hice. Pero fue un corte pequeño. En la pierna. Patsie e Isabel seguían riéndose. Estaban como... histéricas, como si se hubieran drogado o algo. Entonces Patsie miró el corte y dijo que era patético y que tenía que hacerle otro. Y yo se lo hice y esta vez salió más sangre. Iz me la restregó por la cara. [*Empieza a llorar.*] Sasha lloraba mucho. Llamaba a su madre. Pero ellas no paraban de reírse y de decir cosas como «así aprenderás», «zorra creída»..., cosas así. [*Secándose los ojos.*] Ella no sabía cuánto la odiaban. Creía que les caía bien, pero yo las oí hablando de ella cuando no estaba delante. Estaban supercabreadas porque era más guapa que ellas, y Patsie pensaba que quería enrollarse con su novio. [*Mirando alternativamente a las dos agentes.*] No me lo estoy inventando... No sé cómo se llama el tío, pero oí a Patsie hablar de ello. Se puso como loca.

VE: Lo sabemos, Nadine. Hemos hablado con él y nos contó lo mismo.

ES: ¿Qué pasó después?

NA: Isabel empezó a pegarle patadas y luego también Patsie. Intenté que pararan, pero Patsie dijo que me harían lo mismo si no me callaba la puta boca.

VE: ¿Cuánto tiempo duró eso?

NA: No sé. Me pareció una eternidad, pero seguramente no fue tanto. Entonces Patsie me dijo que era una negada y una inútil, me dio el bolso y me ordenó que me largara cagando leches, que me largara y que de paso tirara el bolso por ahí.

ES: ¿Y el teléfono de Sasha?

436

NA: Lo tiró al río. Y también un cuadernillo que había en el bolso.

VE: Y entonces te fuiste a casa.

NA: [*Asiente.*]

ES: ¿Y en ese momento Sasha todavía estaba viva?

NA: [*Asiente.*] No sé qué pasó luego. Pensé que se habrían vuelto todas a casa. Vomité en el camino de vuelta, y tenía sangre en la ropa y barro y manchas de otras cosas, así que lo metí todo en la lavadora. [*Llorando de nuevo.*] Lo siento mucho. Haría lo que fuera por borrar lo que pasó. No me lo quito de la cabeza...

ES: ¿Qué pasó al día siguiente?

NA: Cuando llegué al instituto, vi a Patsie y a Iz, pero Sasha no estaba con ellas, y tampoco acudió a la asamblea matinal, así que empecé a ponerme muy mal. Entonces Patsie me dijo que si contaba algo le darían a la policía el vídeo del teléfono y sería yo la que iría a la cárcel, porque era a la única a la que se veía en el vídeo.

ES: También ellas habrían ido a la cárcel. El vídeo probaría que estaban allí.

NA: [*Silencio.*] Eso no se me ocurrió.

* * *

Adam Fawley
11 de abril de 2018
12:19

En la habitación contigua, Gallagher se coloca a mi lado frente a la pantalla de vídeo.

—Somer lo está haciendo muy bien —digo mirándola—. Espero que se lo vayas diciendo. No tiene suficiente confianza en sus habilidades.

Me echa una ojeada.

—Se lo digo, sí, pero gracias. Procuraré repetírselo. También le he dicho que se tome la tarde libre. Parece completamente agotada.

En la pantalla, Nadine solloza en brazos de su madre y todos empiezan a levantarse. Seguramente, han decidido tomarse un descanso.

—¿Alguna noticia de los de la científica?

Gallagher asiente.

—Hay algunos restos de ADN de Sasha en uno de los cuchillos de cocina de los Appleford. Lo que encaja con la versión de Nadine, pero, como enseguida aducirá el abogado de Patsie, eso también podría confirmar la versión de los hechos de Patsie. Y sin el arma homicida nos va a costar mucho demostrar quién de las dos la mató.

—¿Y el móvil de Patsie? ¿Sabemos algo de ese vídeo que grabó, según Nadine?

—El teléfono está en el laboratorio, junto con su ordenador portátil. Sospecho que hace mucho que ese vídeo desapareció, pero, si tenemos suerte, no lo habrá borrado tan concienzudamente como para que se les escape a los forenses digitales.

Niego con la cabeza.

—¿Y si ese vídeo nunca existió? Porque todas tenían el teléfono apagado, ¿no? Eso lo sabemos. Así que no acaba de encajar.

Gallagher frunce el ceño. Está claro que no se le había ocurrido.

—¿Y no podía haber puesto el móvil en modo avión?

–Es una posibilidad. Pero estas chicas son listas, sobre todo Patsie. Seguro que sabía lo difícil que resulta borrar las cosas. En especial, si también se almacenan en la nube.

–Entonces, ¿crees que Nadine miente?

–No –contesto–. Lo que creo es que Patsie iba de farol: fingió que grababa en vídeo a Nadine para poder chantajearla y que no dijera nada.

Gallagher suspira.

–Y, si no hay vídeo, los abogados de Patsie podrán decir que eso demuestra todavía más que es Nadine la que miente.

Se sienta a mi lado.

–Lo que me preocupa es que aunque consigamos situar a Patsie y a Isabel en la escena del crimen, las dos dirán que para ellas todo era una simple «broma», que cuando dejaron a Sasha estaba viva y en buen estado, que después Nadine debió de volverse loca y terminó matándola. Patsie ya está diciendo a todo el mundo que Nadine es rarita.

Asiento.

–Y Nadine tiene un móvil mucho más creíble. Aunque el testimonio de Brotherton respalde el suyo, será muy difícil convencer a un jurado de que esas chicas mataran a Sasha por un motivo en apariencia tan trivial. Sobre todo, porque además se supone que eran BFF, superamigas, vaya.

Gallagher sonríe.

–Me sorprende que conozcas ese lenguaje.

Esbozo una sonrisa burlona.

–Tengo una faceta frívola de lo más insospechada.

Vuelve a mirar la pantalla. La madre de Nadine acompaña a su hija fuera de la sala.

–Tenemos que encontrar la forma de ayudar a esa chica,

Adam, porque ahora mismo todo está en su contra. Y, como no deja de recordarme el subinspector Gislingham, estas niñatas nos están tomando por tontos.

Llaman a la puerta y Baxter aparece en el umbral.

—Ah, está usted aquí, jefe. He enviado esas huellas a la científica como me pidió y les metí un poco de prisa. Acaban de llegarme. Creo que la cosa va a gustarle... Parece que tenía usted razón.

Cuando la puerta se cierra tras él, Gallagher me mira y arquea una ceja.

—¿Qué tal si me cuentas «la cosa»?

* * *

Parece que saldré pronto. Dejaré mis llaves en la recepción por si vuelves antes que yo. Impaciente por verte Ex

Genial, prob salga en 1 hora aprox Gx

* * *

Adam Fawley
11 de abril de 2018
12:25

La sala de coordinación está llena. La gente está sentada en el borde de las mesas, comiendo sándwiches del supermercado que hay enfrente. Y delante de todos, junto a la pizarra, está Baxter.

—Y bien —dice Gallagher—. ¿De qué va todo esto?

Baxter se da la vuelta y señala una ampliación del billete de autobús de Isabel Parker.

—El inspector me pidió que solicitara más pruebas del billete y parece que acertó. Hay dos grupos de huellas aquí.

Quinn arruga el entrecejo.

—¿Los billetes no los entregan los conductores del autobús? Así que deben ser sus huellas, ¿no?

Está claro que Quinn no pasa demasiado tiempo en los transportes públicos. Pero me parece que tampoco hace falta decirlo.

—Los billetes los expide la máquina —aclara Asante con tranquilidad—. Los únicos que los tocan son los pasajeros.

—Muy bien, un grupo son las de Isabel Parker —empieza Gallagher—. Y las otras...

—Las otras —dice Baxter— coinciden plenamente con las de Leah Waddell.

Pero nadie lo entiende. Al menos, no de inmediato. Se adivina por las miradas de desconcierto. Me levanto y me vuelvo hacia los presentes.

—Bien. Esto es lo que creo que ocurrió. Patsie, Sasha e Isabel salieron de Summertown a pie esa noche, como ha dicho Nadine. Se encontraron con Nadine al comienzo de la senda y fueron todas juntas hasta el río. Solo Dios sabe lo que le dirían a Sasha para convencerla de que fuera con ellas, pero, fuera lo que fuera, debió de creérselo. Mientras tanto, Leah Waddell esperó sola en Summertown y luego tomó el autobús de las 21:43. Ese billete de la pizarra... es el suyo.

—Pero si es un billete a Headington... —dice Everett, todavía sin entender.

—Así es. Precisamente. Compró un billete a Headington. Solo que no llegó hasta allí. Se bajó en la primera parada y se fue andando a su casa, adonde llegó, como ya sabemos, a las 22:15. Y, al día siguiente, en el instituto, le dio el billete a Isabel para que pudiera demostrar su coartada, si lo necesitaba.

Quinn deja escapar un largo suspiro.

—Vaya con las niñas, qué zorronas.

—Pero ese conductor de autobús habló con Isabel —replica Everett, que obviamente sigue sin verlo claro—. La identificó. No lo entiendo... Por fuerza tuvo que estar en ese autobús. Asiento.

—Y lo estuvo. Patsie se fue andando a casa desde el río, pero Isabel volvió a la calle principal y tomó el autobús a Headington desde allí. El mismo autobús que Leah había cogido solo unos minutos antes. Seguramente, Isabel llevaba la capucha puesta al subir para que el conductor no se fijara en su pelo, pero después debió de quitársela. Quería estar absolutamente segura de que luego pudiera acordarse de ella.

—No me jodas —murmura Gislingham—. Que alguien me recuerde todo esto, por favor, cuando vuelva a decir que me gustaría tener hijas.

* * *

El piso de Somer no tiene el espacio de la casa de Saumarez. Ni la decoración. Ni las vistas. La sala de estar es diminuta, solo dispone de una habitación y el baño ni siquiera tiene ventana. Pero eso a Giles no parece importarle. Es una de las cosas que tienen intrigada a Somer. Para alguien que ha invertido tanto tiempo y dinero en procurarse un espacio arreglado enteramente a su gusto, Giles parece tener el don de sentirse cómodo allí donde se encuentre. Y ese lugar es ahora mismo el sofá de Somer, en el que se ha arrellanado para ver la televisión.

No apaga el aparato cuando la ve, pero sí se levanta, la atrae hacia sí y hunde la cara en su pelo.

—Te he echado de menos —le dice.

—Solo han sido unos pocos días. —Se ríe ella, pero han sido unos pocos días de mierda, y de súbito se siente al borde de las lágrimas.

Respira su presencia, su calor, su olor. A aire marino y a piel y ropa limpia. Quizá sea eso el amor, piensa de pronto. Quizá sea eso lo que ha estado buscando, exactamente eso, durante toda su vida adulta. Solo que nunca lo había sabido.

Se separa de él y se quita el abrigo.

—Voy a preparar un té —dice yendo hacia la cocina—. Y después tendré que ducharme. ¿Quieres algo?

—No, estoy bien.

Se deja caer de nuevo en el sofá y pone los pies encima de la mesa de centro. Si alguno de sus novios anteriores hubiera hecho algo así, le habría hervido la sangre. Pero están en los comienzos, como no deja de recordarse a sí misma, lo que es solo una razón entre muchas otras. Detalles como ese solo empiezan a atacarte los nervios después de seis meses, como mínimo.

Es un programa de crímenes reales lo que está viendo: vaya sorpresa. Somer reconoce a la mujer que pone la voz en *off*. Un acento estadounidense muy marcado y juguetón cuya procedencia geográfica no sabría situar exactamente: ¿algún lugar de la costa oeste?

Su móvil tintinea cuando está echando el agua en la taza. Es un correo de Ev. Deja la tetera y lo abre.

—Mierda —dice—. Mierda, mierda, mierda.

* * *

—¿Lo tienes todo?

Alex suspira.

—Dios mío, Adam. No veo el momento de llegar a casa. Qué ganas de perder de vista el pastel de carne...

Cojo su abrigo de encima de la cama y lo sostengo para que se lo ponga. Alex camina con cierta inestabilidad, después de haber pasado tanto tiempo en la cama. Me roza sin querer cuando la ayudo a encontrar una manga. Su pelo huele diferente. El champú del hospital.

—Por cierto, para esta noche he pedido pollo con patatas fritas. De ese sitio francés.

Eso consigue arrancarle una sonrisa. Es su placer inconfesable. Junto con el Meursault que ahora ya no se permite tomar.

Coge el bolso y echa una última ojeada a la habitación.

—Muy bien, colegui. Ya es hora de que tú y yo nos piremos de aquí.

* * *

—¿Me enseñas otra vez ese correo?

Somer le da el teléfono a Giles y este observa mientras pasa hacia abajo la pantalla.

—Creíamos que ya las teníamos —le dice—. Fawley había deducido que Leah debió de comprar ese billete de autobús y luego dárselo a Isabel. Y tenía razón: sus huellas estaban en el billete. Y todos pensamos: ya está, ahí está la prueba.

444

–Pero ahora Leah dice que puede explicar cómo llegaron allí sus huellas –dice Giles devolviéndole el teléfono.

–Así es. Dice que al día siguiente buscó algo en el bolso de Isabel cuando estaban en el instituto y que, al hacerlo, debió de tocar el billete. Lo cual no me creo ni por un nanosegundo.

Giles levanta la vista hacia ella.

–Pero no podrás demostrar nada, de todas formas. Ese es el problema.

–Ya íbamos a vérnoslas negras para convencer al jurado. La defensa podría llamar a un montón de testigos que aseguraran lo amiguísimas que eran Sasha y las otras. Y todo el mundo tiene una hija o una hermana o una sobrina que se parece a esas chicas. Nadie querrá creer que son capaces de algo así.

–A mí no te costaría nada convencerme. Cosas así ocurren más a menudo de lo que se piensa. Hubo un caso espantoso en Estados Unidos, una chica de dieciséis años que fue apuñalada repetidamente por dos de sus mejores amigas, solo porque «ya no les caía bien».

Somer se rodea el cuerpo con los brazos.

–No puedo dejar de pensar en ello, Giles. En Sasha, en cómo debió haber un momento en que supo que no iban a parar y que sus «mejores amigas» iban a matarla. Imagínatelo... Imagínate darte cuenta de algo así.

Giles extiende el brazo y le pone la mano en el hombro.

–Estás haciendo todo lo que puedes.

–Pero ¿y si eso no es suficiente? ¿Y si ni siquiera podemos convencer a la Fiscalía para que emprenda acciones legales? Porque, ahora mismo, ni de milagro lo creo posible. Sería la pobre Nadine la que se comería el marrón. Y, durante todo este tiempo, esa perra rabiosa de Patsie ha estado intimando con la madre de Sasha, comiendo su comida, durmiendo en la cama de Sasha... Esa pobre mujer no tiene ni puñetera idea...

Saumarez se la queda mirando.

–Repite eso.

–Patsie ha estado casi ininterrumpidamente en casa de Sasha desde que ella desapareció. Creíamos que intentaba ser amable, darle apoyo a Fiona, pero ahora, por supuesto, la cosa parece bien distinta...

Se interrumpe. Giles ha sacado ahora su propio teléfono y golpetea con el dedo en la pantalla.

–¿Qué pasa?

Le tiende el móvil.

–Esto es de finales de los noventa, en Los Ángeles. El caso Michele Avila. ¿Te suena de algo?

Somer lee lo que hay en la pantalla y levanta la vista hacia él, el rostro de pronto descolorido.

–Pero ¿qué...?

Él asiente.

–Dos de las amigas de Avila la golpearon hasta matarla, solo porque era más guapa y más popular que ellas. Y durante todo el tiempo que la policía pasó buscando al culpable, una de las asesinas estuvo refugiada en casa de la víctima, «consolando» a su madre. Y, para colmo, casi se van de rositas.

Somer abre los ojos de par en par.

–¿Me estás diciendo que Patsie y las otras podrían conocer este caso? ¿Que, de hecho, podrían haberlo copiado?

–No puede descartarse esa posibilidad.

Somer busca su teléfono.

–Le pediré a Baxter que compruebe los teléfonos y los ordenadores portátiles...

Pero Giles niega con la cabeza.

–Patsie es demasiado lista para eso, Erica. Y también será

inútil con los ordenadores del instituto. Guardan el historial de búsqueda de los alumnos.

El rostro de Somer muestra un absoluto desánimo.

—Por favor, no me digas que estamos en otro callejón sin salida.

—No, no necesariamente. Internet no es la única vía por la que podrían haberse enterado. Dijiste que Patsie y las otras estaban muy puestas en temas forenses y rastreo por GPS y cosas así, ¿no? Bien, pues quizá no sea yo el único que ve programas de crímenes reales en la tele.

Su voz se va apagando. De nuevo mira su teléfono, esta vez con el ceño fruncido.

—¿Qué? ¿Qué pasa ahora?

—Pues solo que me pregunto... Tal vez el caso Avila no sea el único que Patsie se ha estudiado. —Levanta la cabeza y la mira—. ¿No habías dicho que, según Fawley, todo esto podría ser cosa de un imitador?

Somer asiente.

De nuevo le pasa el teléfono.

—Pues bien, a juzgar por esto, yo diría que puede tener razón.

* * *

Mensaje de voz

Agente Andrew Baxter

Móvil

Transcripción
«He recibido tu mensaje. Nos vemos allí. Y he compro-

bado todos los teléfonos y portátiles otra vez y no hay nada, pero, como has dicho, tampoco es una sorpresa. Ah, y no sé si tú le has dicho algo a Gallagher. Yo no. Supongo que es mejor esperar a ver si conseguimos alguna cosa. Te veo en un rato».

Altavoz   **Llamar**   **Eliminar**

* * *

Baxter no sabe quién es..., o no lo sabe al principio. Pero no tarda en adivinar que debe de ser el nuevo galán de Somer. Recuerda a Gis haciendo comentarios maliciosos sobre Saumarez cuando ella empezó a quedar con él, y con una sola ojeada ya sabe uno por qué. Y además es inspector. Algunos cabronazos tienen toda la suerte del mundo.

Abre la puerta del coche y sale mientras Somer se acerca ya por la calle, con su novio un paso o dos por detrás.

—Este es Giles —le dice—. Me ha estado ayudando.

Saumarez sonríe y le estrecha la mano.

—Me alegro de conocerte. Erica me ha hablado mucho de ti. Dice que eres el *crack* informático del equipo.

—Giles también es bastante bueno con los ordenadores —apunta Somer rápidamente.

Baxter la mira con curiosidad: tiene las mejillas encendidas y nunca la ha visto tan acelerada ni con tantas ganas de quedar bien. Como si estuviera presentando a Saumarez a su padre, y no a un colega cualquiera de trabajo.

—Ah, ¿de verdad? —contesta en tono cansino volviéndose hacia Saumarez—. Investigación forense digital, ¿no?

Saumarez sonríe de nuevo. Una sonrisa limpia, sin sarcasmo. Somer tiene que reconocérselo: ese temperamento apacible suyo es casi milagroso.

—No, soy solo un poli corriente y moliente.

Somer mira alternativamente al uno y al otro.

—Muy bien. ¿Nos podemos ir ya?

* * *

Adam Fawley
11 de abril de 2018
15:15

—¿Hoy no trabajas? —pregunta Alex cuando le pongo la taza de té verde en la mesita de noche.

Niego con la cabeza.

—Yo ya he hecho mi parte en este asunto. Ahora voy a tomarme un poco del montón de tiempo que me deben y a malcriarte.

A Alex le tiembla el labio y veo que está al borde de las lágrimas.

—Ey —le digo sentándome en la cama, a su lado—. Tampoco es una perspectiva tan espantosa, ¿no?

Pero no consigo hacerla sonreír.

—Tengo que hablar contigo —susurra con voz quebrada—. Debería haberlo hecho antes, ya lo sé. Pero nunca parecía un buen momento. —Las lágrimas se desbordan—. Y luego todo se descontroló y creí que ya no podría decírtelo. Pensé que solo serviría para que todo fuera diez veces peor.

Le cojo la mano.

—Es por el juicio, ¿no? —digo con suavidad—. Por lo que declaraste en el juicio.

Me mira.

—Pero ¿cómo...?

—Lo sé, Alex, cariño. Siempre lo he sabido.

* * *

TRIBUNAL PENAL CENTRAL

Old Bailey

Londres EC4M 7EH

PRESIDE:

SU SEÑORÍA EL JUEZ HEALEY

EL ESTADO

CONTRA

GAVIN FRANCIS PARRIE

El SR. R. BARNES y la SRTA. S. GREY
comparecen en nombre de la acusación.

La SRA. B. JENKINS y el SR. T. CUTHBERT
comparecen en nombre de la defensa.

Martes 16 de noviembre de 1999

[Día 23]

ALEXANDRA SHELDON, llamada de nuevo al estrado
Interroga la SRA. JENKINS

P. Señorita Sheldon, me gustaría hacerle algunas
preguntas más, si me permite, sobre los
acontecimientos del 3 de enero de este año. Le pido
disculpas por hacerla repasar los hechos de nuevo,

pero se trata, y seguro que es usted consciente, de un punto esencial para la acusación. De hecho, el más esencial de todos. Usted, como abogada en prácticas, sin duda se dará cuenta de ello.

SR. BARNES: Señoría, si me permite la interrupción, no podemos esperar que la testigo comente tales asuntos.

JUEZ HEALEY: Señora Jenkins, si puede usted avanzar, por favor...

SRA. JENKINS: Señoría. Bien, señorita Sheldon, ¿sigue usted sosteniendo que no entró en el garaje del señor Parrie en ningún momento de ese día?

R. Así es.

P. ¿No comprobó la puerta antes de que llegara la policía, para ver si estaba abierta?

R. No.

P. De hecho, como ya hemos oído, la puerta estaba cerrada. Pero el señor Parrie guardaba una copia de la llave sobre el dintel, una llave que cualquiera que lo hubiera estado observando ese día podría haberle visto coger y utilizar para abrir la puerta.

R. Ya les he dicho que yo no entré. Habrían encontrado mis huellas en el picaporte si lo hubiera hecho. Y en la llave.

P. No necesariamente, señorita Sheldon. No si hubiera llevado usted guantes. Y, de acuerdo con los archivos del centro meteorológico, hacía un día soleado pero muy frío aquel 3 de enero, con una temperatura que apenas superó los seis grados.

R. No llevaba guantes.

P. Entonces, ¿no entró usted, ni dejó nada dentro?
R. Ya le he dicho que no.

P. ¿Como mechones de pelo, por ejemplo? ¿Como los que después encontró la policía?
R. No, como ya he dicho. Y hacía semanas que me había cortado el pelo. ¿Cómo iba a tener mechones tan largos?

P. Podría haber llevado algunos en su bolso, en su cepillo de pelo...
R. ¿Con qué frecuencia limpia usted su cepillo?

P. No es eso lo que importa aquí...
R. Yo limpio el mío cada pocos días. Como la mayoría de las mujeres. La agresión había ocurrido cuatro meses antes.

SR. BARNES: Señoría, si me permite, ya hemos oído el testimonio del experto de la policía científica según el cual los cabellos recuperados de un cepillo habrían estado enredados en forma de bola, y no en mechones largos y «sueltos» como los que se hallaron en el garaje.

SRA. JENKINS: Una última pregunta, señorita Sheldon. Este tribunal ya ha oído que usted no conocía al

subinspector Fawley con anterioridad a la noche de la agresión, el 4 de septiembre de 1998. ¿Es así?
R. Sí, así es.

SRA. JENKINS: No hay más preguntas, señoría.

* * *

Es un hombre quien abre la puerta. Lleva el pelo mojado, una toalla enrollada en la cintura y otra en la mano.

—¿Quién demonios es usted?

—Agente Erica Somer, de la policía de Thames Valley, y el agente Andrew Baxter. Este es el inspector Giles Saumarez. ¿Está la señora Webb en casa?

Se queda mirándolos, uno por uno.

—No. Se ha ido a comprarle algo a Patsie. Algo que la «anime», a esa zorrita malcriada.

Su desprecio es patente. La última vez que Somer estuvo allí, salió preguntándose si este hombre podría haber estado abusando de la hija de Denise Webb, hasta el punto de que comprobó su paradero en la noche que murió Sasha. Pero ni siquiera estaba cerca de allí.

—¿Podemos pasar?

—¿De qué va esto? ¿Es por la niña Blake otra vez?

—¿Conocía usted a Sasha, señor Riley?

Si está sorprendido por que sepa su nombre, no se le nota.

—Sí, la vi una o dos veces. Una chica muy maja. Callada. Educada. Nunca entendí qué le encontraba a la maldita Patsie.

Se hace atrás y los tres agentes pasan ante él para entrar en el vestíbulo. Hay una bolsa de herramientas en el suelo, junto a las escaleras, y una chaqueta reflectante de trabajo sobre la barandilla.

—Es usted albañil, ¿verdad, señor Riley?

—La hostia... No tiene que jurarme que es usted detective...

—¿Conoce a un tal Ashley Brotherton?

Parece un poco sobresaltado y en su rostro se aprecia cierta desconfianza.

—Sí. Hemos coincidido en algún trabajo. ¿Por qué?

—¿Sabía que Patsie se veía con él?

—¿Se «veía»? Quiere decir que se lo cepillaba, ¿no? Sí, me imaginaba algo así. Los vi una vez por el centro.

Dios mío, piensa Somer... Y por qué no se les ocurriría hablar con este gilipollas antes...

—¿Y no le dijo nada a su madre? Tiene quince años...

Una desagradable sonrisa se dibuja en su rostro.

—Joder... ¿Y qué? Además, Den ya me dio bastante el coñazo con eso: me dejó bien clarito que de los asuntos de Patsie se ocupaba ella, no yo. Así que, a mí, lo que haga o deje de hacer esa niñata me la trae floja.

Empieza a secarse el pelo con la toalla. Tiene un brazo completamente cubierto de tatuajes y una serpiente que se le enrosca por los hombros; la misma, se da cuenta de pronto Somer, que le vio a Denise Webb.

—¿No registraron ya los trastos de Patsie? —pregunta—. Den dijo que su gente vino aquí y se llevó su portátil.

Saumarez da un paso adelante.

—¿Patsie tiene televisor en su habitación, señor Riley?

—No —contesta con el ceño fruncido—. El único es el de aquí abajo.

—¿Y qué plataformas tienen? ¿Sky? ¿Virgin?

—Sky —responde—. Por los deportes. —Mira a Somer y luego a los dos hombres—. ¿Es eso lo que quieren ver? ¿La tele?

454

–Si no le importa –dice Somer.

Sonríe de nuevo.

–Adelante. Ustedes mismos. Si encuentran algo que incrimine a esa putilla me harán el favor del siglo. Mientras tanto, me voy arriba.

* * *

28 de agosto de 1998, 22:45
Club nocturno Kubla, High Street, Oxford

El bar está lleno. Es viernes por la noche y todo el mundo anda un poco revolucionado. Todo el mundo menos el joven de pelo oscuro que se sienta en la barra, cuya pinta de cerveza lleva más de una hora calentándose frente a él. No ha estado solo durante todo ese tiempo. Hasta hace unos minutos, lo acompañaba un amigo. Y fuera lo que fuera de lo que estuvieran hablando, debía de ser algo serio, porque el joven no se ha mostrado muy sonriente. Ahora su amigo ya se ha ido y él se ha dado la vuelta en el taburete para observar qué sucede en el resto del bar. Se le da bien eso, mirar a la gente, adivinar cómo es cada cual. Hay unas cuantas parejas aquí y allá, algunas en las mesas, otras bailando. Una de ellas lleva toda la noche lanzándose pullas y ahora parece al borde de una discusión; otra está claramente en esa fase de nervios típica de una primera cita. Algunos grupos de chicos agarran por el cuello sus vistosas botellas de cerveza y ríen un poco demasiado fuerte. Y al fondo se ve a una pandilla de chicas de despedida de soltera. Ninguna adolescente; todas deben andar por los veintitantos. Tampoco se ve ninguna bochornosa parte corporal inflable; solo bandas de satén y diademas y un globo atado al respaldo de la silla de la futura casada. Incluso sin eso, el joven habría sabido quién era la novia: lleva un pasador de pelo rosa con *strass* y la palabra PILLADA en letras grandes y brillantes; la chica ha tratado de quitárselo varias veces, pero sus amigas se lo han vuelto a colocar de inmediato.

Al otro extremo de la barra, la maestra de ceremonias de la despedida está pidiendo una ronda de *cosmopolitans* y algo en una copa tulipa que ha requerido coctelera, una cereza en un palillo y una bengala. Resulta obvio que está destinado a la novia, quien al darse cuenta se pone de pie. El joven de la barra no es el único que repara en ella: difícil pasar por alto esa larga cabellera negra, los zapatos rojos de tacón alto de los que probablemente se esté ya arrepintiendo, los ojos de un azul violáceo.

No parece borracha, a diferencia de algunas de sus amigas, pero aun así el joven intuye que el vino ha causado su efecto. Finalmente llega a la barra, tras eludir varios intentos de hacerla bailar, y se sienta en un taburete, al lado de su amiga. Ahora está a menos de dos metros del joven.

Señala hacia la copa de cóctel.

—Si crees que voy a beberme eso, vas lista.

Su tono es grave, más de lo que él habría esperado.

Mira a su amiga y luego al barman.

—Esta trata de ponerme pedo, ¿verdad? Para que acabe haciendo algo espantoso como bailar encima de la mesa, sin bragas.

El barman muestra una amplia sonrisa y se encoge de hombros. Es un hombre recio, con un gran corpachón.

—A mí no me mires. Lo que pasa en el gallinero se queda en el gallinero.

Ella suelta una carcajada y luego se vuelve hacia su amiga.

—No me habrás traído a un *stripper*, ¿no, Chlo? Dime, por favor, que no va a venir ningún *stripper*.

Chloe abre mucho los ojos fingiéndose ofendida, como diciendo: «Quién, ¿yo?».

La mujer la mira con ojos entornados.

—Vale, vale. Vamos a decir que me mantendré bien lejos de cualquiera que lleve uniforme.

Alarga el brazo, retira la bengala de la bebida y, con ademán exagerado, se la pasa a su amiga. Todo resulta un poco demasiado teatral. Como si supiera que es objeto de todas las miradas. Y, por supuesto, lo es.

Coge la copa y toma un sorbo.

—Pues la verdad es que no está tan mal.

Su amiga sonríe y le choca la mano al barman.

—¡Así se hace, Gerry!

—Pero de todas formas ni de coña me bebo esto.

Su amiga se baja, con cierta torpeza, del taburete.

—Voy solo a llevarles las bebidas a las chicas. Amy me está haciendo señas como una maníaca desesperada.

Cuando se queda sola, la mujer levanta el brazo para quitarse el pasador de pelo, pero se le queda enredado. El joven tiene que reprimirse para no ofrecerle ayuda, aunque finalmente ella consigue desenredarlo, tras lo cual se lo mete en el bolso y se frota a un lado de la cabeza.

La chica debe de haber visto por el rabillo del ojo cómo el joven cogía su vaso, porque ahora lo está mirando sin tapujos. Se sonroja y sonríe, un poco avergonzada.

—Maldito artilugio... Me ha estado dando dolor de cabeza toda la noche.

Una oleada de risas resuena en la mesa de las chicas y Chloe, con paso no demasiado estable, empieza a acercarse de nuevo a la barra.

—Perdona si hemos armado demasiado jaleo —dice la novia—. La culpa es de nuestro trabajo. Trabajamos en un bufete de abogados; ese es nuestro castigo divino. No es exactamente para mondarse de risa.

—¿Eres abogada? —pregunta el joven.

457

Ella se queda mirándolo y luego toma otro sorbo de la bebida. Le brillan mucho los ojos.

—No, solo secretaria jurídica. Muy muy muy aburrido. ¿Y tú?

—¿Yo? Bueno, soy solo un funcionario. Bastante aburrido, también.

La mujer se pone de pie y levanta su copa en señal de brindis.

—¡Que el aburrimiento universal reine sobre la tierra!

Chloe se acerca y le pasa el brazo por el hombro a su amiga. Tiene dificultades para mantenerse recta.

—¿Vienes, Sand? Las chicas quieren irse a otra parte.

—Enseguida. ¿Qué clase de funcionario?

Él duda; quizá hay algo en su trabajo que no le gustaría divulgar. Al menos, a una mujer atractiva que acaba de conocer.

—En el ayuntamiento. Estoy en Urbanismo.

Una sonrisa curva los labios de la chica.

—Ya. Entonces, ¿tú eres el tío al que hay que preguntar si quiero que me hagan una extensión?

Chloe suelta una estridente carcajada.

—¡Dios mío! ¡No puedo creer que hayas dicho eso!

La novia también sonríe, pero de forma pícara, como provocándolo. Como si no se hubiera dejado engañar por su mentira.

—Podrías ser un tipo al que conviene conocer, señor Estoy en Urbanismo. ¿Tienes una tarjeta?

Ahora le toca a él sonrojarse.

—No, lo siento.

Ella sonríe más abiertamente y coge una servilleta.

—Pero seguro que sí tienes un número de teléfono —dice—. Hasta la gente muy aburrida tiene. ¿Puedes apuntármelo? Solo por si acaso.

Chloe la está observando con ojos como platos mientras el joven saca un bolígrafo y escribe las cifras.

La mujer coge la servilleta, le echa un vistazo y luego lo mira a él.

—Adam Fawley —dice con voz suave—. Para ser una persona aburrida, tienes un nombre muy interesante.

* * *

—No hay nada en las grabaciones —dice Saumarez, con la vista fija en el televisor. Es un aparato de enorme pantalla plana ubicado en el rincón de la sala de estar. Tan enorme que se hace difícil colocarse lo bastante lejos como para enfocar correctamente—. Pero vamos a mirar en los elementos eliminados. A lo mejor tenemos suerte; no todo el mundo sabe que en estos aparatos tienes que borrar dos veces las cosas.

Empieza a bajar por la lista: programas de fútbol, de boxeo...

—¿Todo bien? Es que me tengo que ir ya.

Es Riley, desde la puerta. Ahora está vestido y lleva una chaqueta de cuero echada al hombro.

—Sí, gracias, señor Riley, acabamos enseguida.

—¿Qué están haciendo? —pregunta acercándose al televisor. Saumarez ha dejado de bajar por la lista; ahora mira fijamente a la pantalla.

—Bueno, solo es algo que estamos comprobando —se apresura a contestar Somer, un poco incómoda.

—A Patsie le encanta esa basura —dice Riley señalando la lista—. Siempre está mirándola. *Faking It: las lágrimas de un crimen, Un crimen perfecto, Las primeras 48 horas.* Una vez le pregunté por qué perdía el tiempo con toda esa mierda y me miró con ese aire de perdonavidas típico suyo y dijo: «Investigación».

Se da cuenta de cómo cambia la expresión de sus caras y se ríe.

—Pues sí, toda seria... Eso me dijo. Y entonces le pregunté si estaba planeando matarme o qué, y ella solo puso una sonrisa diabólica. Me dio escalofríos, ya le digo.

Se cuelga un poco más arriba la chaqueta.

—Desde luego, cuando Den me dijo que la estaban interrogando por lo de Sasha Blake casi me meo encima. Quiero decir que, bueno, no es algo que se sacarían de la manga porque sí. Y ella había estado viendo ese puto programa solo dos días antes.

Somer frunce el ceño.

—No sé si le sigo. ¿Qué programa?

Saumarez se vuelve hacia ella.

—Ya sé a cuál se refiere —dice con tranquilidad—. Se llama *Maté a mi mejor amigo*.

* * *

Adam Fawley
11 de abril de 2018
15:40

Puedo verlo ahora, en mi cabeza. Los colores un poco demasiado vivos, la imagen un poco demasiado nítida, como en los sueños o los estados febriles. Aparcando el coche delante del supermercado Co-op aquel día. El cubo de basura del que rebosan los desperdicios, una urraca posada en el borde, con algo rosa y brillante en el pico, centelleando en el sol invernal que se pone en el horizonte. Algo que, ya entonces, me pareció reconocer. Recuerdo haber aminorado el paso, solo un instante; recuerdo haberme sorprendido por la coincidencia, si es que lo era. No en ese momento, ni siquiera cinco minutos después, cuando entré y la vi y me di cuenta de que se había cortado el pelo.

¿Y más adelante –podrían preguntarme–, cuando encontraron lo que encontraron? Si los de la científica hubieran acudido a mí primero, si me hubieran enseñado lo que había en la bolsa de pruebas, ¿habría caído entonces en la cuenta?

Sí. Sin duda.

¿Y habría dicho algo? ¿Habría actuado de modo diferente?

Diría que sí, pero, si soy del todo sincero, no lo sé. Ni siquiera ahora lo sé. Porque sabíamos que había sido él. Yo estaba seguro de que había sido él. Y esa era la única forma de hacérselo pagar.

Pero todo eso son hipótesis, porque no acudieron a mí, sino a Osbourne, y él se dio cuenta enseguida de lo que tenían y de que eso podría cambiarlo todo; y cuando alguien me informó ya era tarde, demasiado tarde.

* * *

Cuando Gallagher levanta la vista de su escritorio y ve a Somer, su primera reacción es torcer el gesto.

–¿No se supone que tenías la tarde libre?

En ese momento, ve que tras ella hay un hombre e intuye que debe ser el novio del que todos hablan, pero entonces Somer saca el teléfono y la expresión de su rostro no ofrece lugar a dudas.

Gallagher mira la pantalla y después levanta la cabeza, con el ceño fruncido.

–Perdona, pero no entiendo... ¿Qué es esto?

—Es del televisor de la casa de Patsie Webb. Un programa que vio hace seis meses, un programa que ella creía haber borrado. Por eso las chicas le arrancaron el pelo a Sasha y por eso le habían hecho exactamente lo mismo a Faith. Siempre supieron lo del Violador del Arcén. Querían hacernos creer que había vuelto, querían que estuviéramos tan centrados en él que no buscáramos en ninguna otra dirección.

TRUE CRIME TV

Nuevo: Los depredadores sexuales más famosos de Gran Bretaña

1 h 3 m **HD**

® ↕ Grabar serie, lunes 22:00

El Violador del Arcén: Walter Selnick Jr, especialista en el género de crímenes reales, ofrece una visión en profundidad del caso de Gavin Parrie, declarado culpable de haber cometido siete brutales agresiones sexuales en el Reino Unido en 1999. Pero ¿podría seguir suelto el verdadero violador? (T3, ep8)

* * *

Adam Fawley
11 de abril de 2018
15:45

—Sabías lo del pasador de pelo.

Alex me está mirando; el rostro, incluso los labios, sin color.

—Recuerdo que lo llevabas y que se te quedó enredado en el pelo. Y también que lo metiste en el bolsillo lateral de tu bolso. Después pensé en lo fácil que sería olvidarse de que estaba allí y que podrían pasar semanas hasta que te acordaras. Incluso meses.

—¿Por qué no dijiste nada?

—No había modo de estar seguro.

Pero la verdad es que no quería preguntar, no quería estar observando su cara mientras ella decidía si iba a mentir o no. Porque en ese momento ya estaba enamorado de ella.

—Y, como tú has dicho, cuanto más tiempo pasaba, más difícil se hacía decir nada.

—Podrías haber perdido tu trabajo.

La cojo de la mano.

—Ya lo sé.

Se hace el silencio.

—Estaba aterrorizada —dice Alex—. Durante todo el juicio... creí que el barman del Kubla revelaría que los dos estábamos allí esa noche..., que averiguarían que yo había mentido.

No digo nada. No le cuento que hablé con él, que me encargué de ello: le hablé de la chica a la que Parrie había agredido en Manchester, de que Parrie podría librarse porque no podíamos referirnos a ello en el juicio y teníamos poca cosa más contra él. El barman había estado en el ejército; lo entendió. Pero Alex no tiene por qué enterarse. Ahora no.

—Fue él —dice Alex soltando el aire, la voz poco más que un susurro—. Parrie. Estoy segura de que fue él. O yo no habría...

Traga saliva, se obliga a continuar; no me está mirando.

—Yo no habría hecho lo que hice si no hubiera estado segura. Absolutamente segura.

—Ya lo sé.

Levanta la cabeza y me mira a los ojos.

–Lo entiendes, ¿verdad? Entiendes por qué lo hice. Tenía que detenerlo. Los periódicos no dejaban de decir que no había ADN, que era demasiado listo para dejar pruebas. Esa pobre chica que se suicidó... Era casi una niña. Y, luego, en esa cola me di cuenta de que era el mismo olor, y él estaba detrás de mí como una persona normal, pero yo lo sabía, sabía seguro que era él, y pensé: esta es mi oportunidad, ahora puedo hacérselo pagar...

Le aprieto la mano. Tiene los dedos helados.

–Pensaba que todo era ya agua pasada, que todo estaba más que finiquitado y él se había llevado su merecido, y durante todos estos años llegué a convencerme de que así era como debía ser, que cualquier persona razonable habría hecho lo mismo que yo. Y entonces me dijiste que podrían concederle la libertad condicional, que podría salir, y todo comenzó de nuevo. Pensé que podrías perder tu trabajo, que todo saldría a la luz y sería culpa mía, y yo... yo...

Ahora está sollozando. La atraigo hacia mí y la beso en el pelo.

–Bueno, ni perdí el trabajo ni voy a perderlo. Todo ha acabado..., acabado de verdad. Y todo va a estar bien. Tú, yo y nuestro bebé. Eso es lo único que importa. Te prometo que nada, nada en absoluto, nos va a quitar eso.

* * *

A Fiona Blake la despierta el timbre de la puerta. Busca a tientas el reloj despertador. Son las 7:35: no lleva ni una hora dormida. Siente los ojos como llenos de barro y los miembros pesados, inestables, como cemento sin fraguar.

Le habían dicho, las policías le habían dicho, que harían todo lo posible para mantener alejada a la prensa, pero que sería mejor si tuviera algún otro lugar al que ir, si pudiera quedarse con otra persona. Ella les había respondido que no. No quería irse a ningún otro lugar, no había nadie a quien quisiera ver. Solo quería que la dejaran en paz, que ellas la dejaran en paz. Casi había sentido pena, al final, cuando las hizo salir por la puerta. Sobre todo, por la más guapa, Somer o como se llamara. Esa parecía afectada de verdad. Como si hubiera conocido a Sasha, como si casi pudiera entender lo que se sentía..., al saber que...

El timbre suena de nuevo. Se restriega la cara y siente la piel áspera y seca al tacto. Coge la bata, la misma que lleva desde hace días. Hasta ella se da cuenta de que huele mal.

No se atreve a mirarse al espejo que hay junto a la puerta principal, pero tampoco le importa. Si es la maldita prensa la que está ahí fuera, que miren. Que vean lo que le hace a alguien perder a una hija de esa manera.

Pero no es ningún periodista. Es Victoria Parker. Sostiene un ramo de flores en la mano. Azucenas. Idénticas a las que trajo su hija. De repente le llega una vaharada floral insoportable. La invaden las náuseas.

—Señora Blake..., quiero decir, Fiona —dice Victoria con voz estrangulada. Está pálida, la cara de un color casi amoratado—. No sabía qué hacer. Esto es tan espantoso... Es que no lo entiendo... Tan amigas que eran..., tan buenas amigas...

Victoria traga saliva. Se le ven los nudillos pálidos mientras estruja las azucenas contra el pecho. Una pequeña parte del cerebro anestesiado de Fiona percibe la mancha de polen naranja en su chaqueta beis. Nunca conseguirá eliminarla, piensa. Hay cosas que jamás pueden recuperarse.

—Lo siento —dice Victoria. Está parpadeando, demasiado rápido. Intenta evitar unas lágrimas que sabe que no inspirarán lástima a esta mujer—. Lo siento tanto tanto...

Fiona se la queda mirando durante un largo rato y luego, con lentitud y tranquilidad, cierra la puerta.

* * *

Daily Telegraph
13 de febrero de 2019

ADOLESCENTES DE OXFORD DECLARADAS CULPABLES POR UN ASESINATO «BRUTAL E INHUMANO»

Lisa Greaves

Cuatro chicas adolescentes fueron condenadas hoy en el Tribunal de la Corona de Oxford por la agresión y el asesinato de la adolescente de Marston Sasha Blake. Tras ocho semanas de juicio, Patsie Webb e Isabel Parker fueron declaradas culpables de asesinato, y Leah Waddell de conspiración en el delito de asesinato. Una cuarta joven, cuyo nombre no puede revelarse por razones legales, fue declarada culpable de un delito de lesiones. Las cuatro tenían quince años en el momento en que se produjeron los hechos.

En el tribunal quedó expuesto que Webb y Parker planearon el asesinato durante semanas, para lo cual investigaron varios crímenes similares, en especial, el caso que en 1999 acabó con la condena a Gavin Parrie, el llamado Violador del Arcén. Nicholas Fox, letrado de la Corona, argumentó que ciertos detalles del asesinato «brutal e inhumano» de Sasha Blake estaban concebidos específicamente para hacer pensar a la policía que el autor era un depredador sexual que imitaba otros *modus operandi*. Las chicas llegaron incluso a agredir de manera casi idéntica a otra joven unos días antes del asesinato, para dar mayor crédito a la impostura.

Sasha Blake fue atraída con engaños a la zona boscosa de Marston Ferry Road de Oxford el 3 de abril de 2018, lugar donde Webb y Parker la sometieron a una brutal paliza que le causó la muerte. El jurado oyó cómo Webb había desarrollado un odio intenso e irracional hacia Blake, a pesar de que ambas habían sido amigas desde la niñez. Asimismo, Webb pensaba que su novio, Ashley Brotherton, quería poner fin a su relación para iniciar otra con Blake. Brotherton dejó constancia en el tribunal del carácter irascible de Webb y describió cómo esta lo amenazó en varias ocasiones por su supuesta atracción por Blake. Por otro lado, Fox expuso ante el jurado que Webb se había centrado en el caso del Violador del Arcén no solo por haber ocurrido en la zona de Oxford, sino porque Brotherton era yesero, con lo cual sabía que las pruebas forenses de su furgoneta harían pensar a la policía que las agresiones guardaban relación con el caso Parrie. Varios testigos dieron fe de la fascinación de Webb por los programas televisivos de crónica negra e investigación policial.

Leah Waddell, por su parte, rompió a llorar durante su interrogatorio y aseguró que la habían «acosado y amenazado» para que tomara parte en el plan y que Webb y Parker la tenían «tiranizada»: «No podía negarme. Tenía miedo de lo que podrían hacerme». Tras la muerte de Sasha Blake, Webb procuró por todos los medios desviar la atención de su persona y la de Parker, llegando incluso a colocar preservativos en casa de la víctima para hacer creer a la policía que esta última tenía un novio. Cuando oyó a uno de los investigadores de la división criminal decirle a la señora Blake que la policía no pensaba que hubiera conexión entre la muerte de su hija y el caso Parrie, Webb desvió la atención hacia otro sospechoso, quien tras ser investigado quedó exonerado de cualquier implicación en el asesinato.

La sentencia de las cuatro jóvenes se dictará el próximo mes. Además, Webb, Parker y Waddell deberán hacer frente a acusaciones por su anterior agresión.

yougottahave Seguir

745 publicaciones   **267.000 seguidores**   **629 siguiendo**

FAITH Moda | Belleza | Estilo
         Compartiendo la pasión, aprendiendo a quererme

Publicado a las 10:27 del 16 de febrero de 2019

Primer plano, interior, directamente a cámara

Hola a todos. Esta mañana me he dado cuenta de que hace seis meses que empecé a compartir mi viaje personal con vosotros. Cuando abrí este canal, no tenía la valentía para hablar de ello, y no creo que la hubiera tenido nunca de no ser por mi increíble pareja, Jess, y mi maravillosa madre, que tanto ha tenido que sufrir últimamente, pero que no por ello ha dejado de estar ahí, apoyándome y queriéndome tal como soy. Se me desbordan un poco las emociones porque estos últimos meses han resultado realmente angustiosos, pero quiero darles las gracias a ambas desde lo más profundo de mi corazón.

Y también quiero daros las gracias a todos vosotros, en especial a los cientos y cientos de nuevos seguidores que se han ido sumando desde el último verano. Me habéis hecho un montón de comentarios increíbles, tanto los *fashionistas* como las chicas trans que ahora me siguen. Os quiero a todos y me alegra MUCHÍSIMO que mis experiencias estén ayudando a otras personas a sentirse tan hermosas por fuera como lo son por dentro.

Le hace señas a alguien que queda fuera de campo; aparece Jess, que saluda sonriente. Sostiene una tarta con velas.

Bien, pues eso es todo por hoy. Un poco más corto de lo habitual, pero es el cumpleaños de Jess y nos espera una fiesta... ¡Yupi!

Soy Faith y cierro con el mensaje de siempre: cuidad vuestro aspecto, sed buenas y amaos como sois.

Epílogo

Centro Penitenciario de Wandsworth
23 de mayo de 2018

El coche lo está esperando frente a la puerta. Su madre. No quería alborotos, y mucho menos que estuvieran los putos críos por allí. En cuanto a la prensa, habrá tiempo más que suficiente para eso. Su abogado dice que ya los tiene haciendo cola. Ahora solo queda ver cuánta pasta están dispuestos a aflojar. Una historia como esta... es una mina de oro.

Su madre sale del coche. Todavía el mismo Fiat destartalado. Otra cosa que también va a cambiar, ya se encargará él de eso.

–¿Estás bien? –pregunta la madre mientras él cruza la calle hacia el coche. Está empezando a llover. Ella tiene ya salpicaduras de gotas en los hombros del abrigo.

–Métete en el coche, mamá –le dice–. Para qué mojarse, ¿no?

La mujer no lo abraza. Solo lo mira a los ojos y le pasa las llaves.

–He pensado que te gustaría conducir.

Él sonríe.

–Sí –contesta–. ¿Por qué no? Hay que volver a cogerle el tranquillo a todo, claro.

Sube al coche y se inclina para abrirle la puerta del acompañante a la madre. Percibe el olor a humo de cigarrillos por debajo del aroma artificial a pino. Hay un ambientador de esos que se pegan al salpicadero. Casi le entran arcadas. Todos estos años pasados en la cárcel parecen haberle aguzado el sentido del olfato.

Su madre cierra la puerta y gira la cabeza hacia él.

—¿Y bien?

—No voy a dejar que se salgan con la suya, ¿sabes?

Espera que su madre le diga que lo deje correr. Que pase página. Pero no lo hace.

—Ese poli de mierda —dice—. Y la zorra de su mujer. Me tendieron una trampa... Eso lo sabes, ¿no?

Ella lo mira. Asiente.

—Dejémoslo estar, ¿vale? Primero a casa. Ya pensarás en todo eso después.

Pero él no ha acabado.

—Estoy más que seguro de que no había pelo en el puto almacén, mamá. Esa mala zorra lo puso allí. Lo puso para que me trincaran.

Su madre suspira. Eso ya lo ha oído antes; él lleva casi veinte años diciendo lo mismo.

—Lo digo en serio. Tú espera y verás... Los muy hijos de puta... tendrán que pagar, ya me encargo yo.

Pagar por todos estos años en la trena.

Pagar por no haber podido ver cómo crecían sus hijos.

Pagar, por encima de todo, por habérsela jugado en su propio terreno.

Él sabe que no había pelo en el almacén, porque no era tan estúpido como para dejarlo allí. Porque sabe dónde esconder algo tan valioso. Porque conoce sitios en los que nunca se le ocurriría mirar a la policía.

Y lo que él escondió, hace ya tantos años, todavía estará allí, esperándolo. Los largos mechones caoba que le arrancó a esa perra de la cabeza. Los rubios de Emma. Los pelirrojos de Alison. Las joyas y las bragas de seda y todas las otras cosas que les quitó a las chicas. Siente movimientos en la entrepierna solo de pensar en ello. Pero eso llegará después. No hay prisa. Ahora ya no. Gracias a Jocelyn Naismith y a *Toda la verdad* y a sus abogados tontos del culo, ahora tiene todo el tiempo del mundo.

Se queda un rato sentado, abriendo y cerrando los puños, dejando que se calmen los latidos del corazón. Luego mete la llave en el contacto y arranca el coche.

Agradecimientos

Son muchas las personas que componen el «equipo Fawley» y que han contribuido a hacer de este libro lo que es.

En primer lugar, mi equipo de Penguin, empezando por mi brillante editora, Katy Loftus. Un agradecimiento especial para ella por su tiempo, por empujarme a hacer dos revisiones finales cuando yo estaba ya muy cansada y no quería volver otra vez sobre lo mismo. Pero tenía razón y el libro es ahora mucho mejor (la próxima vez no pasará: ¡lo prometo!). Gracias también a la ayudante editorial Rosanna Forte y a mi fabuloso equipo de *marketing* y relaciones públicas: Jane Gentle, Olivia Mead, Ellie Hudson y Lindsay Terrel, el cerebro tras la *newsletter* de Cara Hunter (para suscribirse, entrar en https://www.penguin.co.uk/newsletters/carahunter/).

Asimismo, estoy en deuda con Karen Whitlock por su excepcional labor como correctora y con Emma Brown y el equipo de producción de Penguin: siempre les propongo nuevos retos con mis originales, como transcripciones de hilos de Twitter o los mapas que aparecen en este libro, ¡y ellos siempre los superan! Gracias también al muy grande y añorado John Hamilton y al equipo de diseño que produjo unas cubiertas tan impresionantes y atractivas para los libros, así como al equipo de Dead Good, a James Keyte y a todos los que trabajaron en la parte de audio, en especial a Emma Cunniffe y Lee Ingleby, que dan vida a los libros de modo tan brillante.

Gracias, asimismo, a mi agente Anna Power, de Johnson & Alcock, por su apoyo, conocimientos y... ¡paciencia! Y a Hélène Butler: gracias a ella los libros de Fawley se publican ya en más de veinte países repartidos por todo el mundo.

Mi equipo de asesores profesionales me ha dado consejos de inestimable valor en los aspectos técnicos y procedimentales de este libro, como lo hizo en los anteriores: gracias al inspector Andy Thompson, a Joey Giddings, a Nicholas Syfret (letrado de la reina) y a Ann Robinson. Cualquier error que pueda quedar es responsabilidad mía.

En un apartado más íntimo, quiero dar las gracias a mi marido, Simon, y a los amables amigos que forman mi «comité de primeros lectores»: Sarah, Peter, Elizabeth, Stephen, Andy, Richard, Neera y Deborah.

Gracias también a KUCHENGA por su inteligente lectura.

Y, por último, quisiera daros las gracias a vosotros, mis lectores. Penguin me ha dicho que alguien compra un libro de Cara Hunter cada cincuenta segundos (¡increíble!), y todos los días hay personas que me escriben en Twitter o Instagram para decirme que les han gustado los libros. No soy capaz de expresar la alegría que siento cuando eso sucede: la vida de escritora es maravillosa, pero algo así supera a todo lo demás. Estoy inmensamente agradecida a todos los que han comprado, tomado prestado o recomendado esta serie durante los últimos dos años, sobre todo a los que se han molestado en publicar su opinión en Netgalley o Amazon, así como a los blogueros que tanto apoyo han prestado a los libros.

Un último apunte sobre el libro mismo. Igual que en los anteriores, a pesar de que en la novela hay lugares y calles reales de Oxford, me he tomado algunas libertades aquí y allá con la geografía, y algunos lugares son invención mía. Por ejemplo, no existen Summertown High, Windermere Avenue y Rydal Way. Los artículos periodísticos son también pura ficción; ninguna de las personas que se nombran está basada en alguien real, y cualquier parecido entre los nombres de usuario de internet que aparecen en este libro y los de personas reales es pura coincidencia.

Y para aquellos de vosotros que tengáis ojo de águila, diré que el 1 de abril de 2018 cayó realmente en domingo, pero tuve que cambiarlo a lunes por exigencias de la trama. En cualquier caso, ¡felicidades a quienes se hayan dado cuenta!

Esta primera edición de *Secuestro en Oxford*,
de Cara Hunter, se terminó de imprimir en
Grafica Veneta S.p.A. di Trebaseleghe (PD)
de Italia en junio de 2024. Para la
composición del texto se ha utilizado la tipografía
Sabon diseñada por Jan Tschichold en 1964.

Duomo ediciones es una empresa comprometida
con el medio ambiente. El papel utilizado para
la impresión de este libro procede de bosques
gestionados sosteniblemente.

PEFC

PEFC/18-31-226

Este libro está impreso con el sol. La energía
que ha hecho posible su impresión procede
exclusivamente de paneles solares.
Grafica Veneta es la primera imprenta
en el mundo que no utiliza carbón.

GRAFICA VENETA